二魚文化

小說讀本 增訂版 ㊤

梅家玲 郝譽翔——主編

臺灣現代文學教程

SHORT STORIES

〈上冊〉

小說讀本

CONTENTS 目錄

〈下冊〉

小說讀本

CONTENTS 目錄

編輯凡例

一、本教程為製作嚴謹的現代文學選集，第一批出版「小說」、「散文」、「新詩」、「報導文學」、「當代文學」五種讀本，為昭公信，每種讀本由任教於大學的作家主編，並邀請開設臺灣現代文學課程的學者出任編輯委員。

二、每種讀本的入選作品，均廣納各方意見，多次開會討論決定，務期作品具代表性與文學價值。

三、編選範圍，自日治時期迄今，務期呈現臺灣現代文學的發展脈絡。

四、作品排列，《散文讀本》及《新詩讀本》大抵按作者出生先後為序。《小說讀本》、《報導文學讀本》以作品發表日期為序；《當代文學讀本》以文類，再依作者出生先後排列。

五、本教程由主編撰寫「導論」或「緒言」、「作者簡介」、「作品評析」、「延伸閱讀」，務期方便欣賞、習作，與研究。各種讀本在格式上不盡相同，如《新詩讀本》的主編考慮詩語言充滿歧義性，乃將作品評析部分融入「作者簡介」概述；《小說讀本》亦然。

六、「導論」旨在陳述文學思潮流變，彰顯文學發展座標；「作者簡介」呈現作家生平概略，與整體創作風貌；「作品評析」為體貼讀者欣賞，深入淺出地導讀文本；「延伸閱讀」條列選文重要的評論、訪問篇目，提供進一步研究的參考。

打開臺灣小說之門

這些年來，我們在大學教授「現代小說選」和「臺灣文學」等課程，深深感到最大的困擾就是沒有適切的教材可用。

其實，目前關於臺灣小說的選本不在少數。但有些成書的年代較早，如今看來，其中的篇什已不全然合用。有些選本則出之以特殊的觀點，譬如日據時代小說、女性小說，甚至以本土為主，或是兼顧臺海兩岸三地者，均試圖從不同的面向出發，引領讀者走入小說的大千世界。但若要以此作為臺灣小說的入門書籍，則難免是以偏概全，無法顯現出文學跟隨社會變遷，孳乳衍生出來的多元面貌。

回顧臺灣小說的發端，一九二五年，張我軍在《臺灣民報》上大聲疾呼文學界：「請合力拆下這座敗草欉中的破舊殿堂」，從此舊文學逐漸退場，而以白話文為寫作工具的臺灣新文學，尤其是現代小說，在一批文人的努力之下蓬勃開展。他們帶來的，不僅是文學內容的新生，語言形式的革命，更重要的是，文學是臺灣社會先知先覺的良心，肩負民族自救、社會改造的神聖使命。

時至如今，將近八十年的歲月悠悠過去了。在這段以文學史家的眼光看來，並不能算長的時間裡，臺灣小說卻已有驚人的曲折發展，面貌之繁複，變化之多端，在在顯現出臺灣文學創作的旺盛活力。但是萬變不離其宗，臺灣小說自始至終，都與社會的變遷緊密扣合在一起，「感時憂國」似乎成了新文學誕生伊始，便無法逃脫的宿命。這是臺灣小說先天的侷限，但是從另外一方面看來，卻也正是它可貴的所在。

它的侷限是：小說的純文學性不免遭到無謂的質疑。七〇年代喧騰一時的「鄉土文學論戰」即是顯著的例子，多少文學的嚮往與堅持，就在意識型態掛帥的年代裡遭到扼殺，而「政治正確」與否，更是臺灣小說一直無法拔除的緊箍咒。

然而，我們也不能忘記，從臺灣新文學開始，小說家作為社會先知先覺的良心，又是如何真誠懇切地記錄下這一塊島嶼，以及島上人民的生活、愛憎、希望、卑微與驕傲。我們確然同意，一篇好的小說，必然是關懷人類的集體命運，土地的歷史記憶，而臺灣特殊的政治處境，不正是一塊值得反省和考掘的沃土嗎？故小說家們在國族的認同、離散與遷徙之上，屢屢深刻著力，使得我們在閱讀臺灣小說時，不僅是在閱讀文學作品，也同時是在透過各種角度，閱讀臺灣隱密的身世，看見了島上的兩千三百萬人民是如何陸續來到這裡，相遇，相識，與相聚。

因此，我們決定編一部小說選。至於標準何在呢？答案無他，唯有「文學」二字。而此「文學」則是社會集體心靈的總合，把握小說美學與時俱變的脈動。

卸下「政治正確」的緊箍咒，讓文學的回歸文學，是我們對於臺灣小說最殷切的期望。但論到文學的鑑賞與品味，絕對無法放諸四海而皆準，必定會受到一時一地、因人而異的限制。而這不就是文學評論者所面臨的最大困難嗎？我們並無意塑造永恆的典律，然而這部小說選本的誕生，代表我們相信：好的小說必然具備某種美好的質素，足以撼動心靈，啟發視野，並讓讀者聽見超越時空的綿長召喚。這種美好的質素無法以別的言語來說明，僅存在於小說的敘述之中。唯有透過小說，我們才能發現。

臺灣現代小說發軔於日據時代，小說以反映殖民時期臺灣生活為主。其中在現代化過程對內部傳統價值觀的衝擊，以及人民的抗議精神，是當時的著墨重點。國府遷臺後，五〇年代的反共懷鄉文學，反映戰亂流離之後，第一代外省族群對鄉土中國的鄉愁想像；六、七〇年代，現代主義文學興起，則在彰顯向現代化走去的臺灣現實難題的同時，發展和建立了一個對立於體制，且不妥協於現狀的文學傳統。八〇年代以後，臺灣政治解嚴，經濟起飛，相應於種種劇變而起的，正是小說裡的多方觀照、思辨與批判，政治、女性與性別議題的呈現，尤其多有可觀。

這些小說深美可讀者甚多，然而因為篇幅限制，我們從成千上萬的臺灣小說中，挑選出二十八篇來。這段過程無疑是充滿艱辛的，也是對於個人文學品味的一大考驗。幸運的是，當最後的選單出爐之時，我們真是感到無比的快樂。快樂的是，小說家們的慷慨應允，使得我們能夠順利收入這些精彩的作品，而當它們羅列在一起時，無需贅言，一部臺灣小說的發展史就隱然成形了。

被尊為「臺灣新文學之父」的賴和，處在新舊文學交替的階段，雖有深厚的古文涵養，卻畢生致力白話文的寫作。〈一桿稱仔〉是賴和的代表作，也是臺灣現代小說的先驅，最能凸顯臺灣在殖民與現代化的過程中，內部傳統價值觀所受到的衝擊與流失。公理與正義，標準究竟何在？恐怕才是作者最想提出的疑問。楊逵不但是小說家，更是臺灣左翼政治運動的先行先覺者。〈送報伕〉描寫殖民地的弱勢階級，飽受殖民母國的資本家欺凌，而其中洋溢的積極抗暴、不屈不撓的尊嚴與勇氣，今日讀來，依然是振奮人心。一九三七年，日本在臺全面推行皇民化運動，殖民政策日趨高壓，而臺灣的抵抗意識也隨之日趨淡薄，逐步走向屈從與傾斜。龍瑛宗〈植有木瓜樹的小鎮〉刻畫當時知識份子的徬徨無奈，潛思多於行動，他們籠罩在揮之不去的孤獨與哀愁下，只能以消極的自殘自棄，來向命運控訴。

一九四五年，日本戰敗，臺灣政權易主。一九四九年，國民政府遷臺，「反共抗俄」成了最高的也是唯一的文藝綱領。但在漫長的黑夜之中，偶爾也有星光燦爛。跟隨國民政府來臺的一批軍中作家，也曾為臺灣小說帶來些許新的氣息。其中朱西甯擅長鋪設北方村里風土人情，以及生命與土地在時代劇變時刻的掙扎與照映，正是代表性作家之一。〈鐵漿〉以孟沈兩家為了爭取包鹽槽而結下世仇夙怨為主線，輻輳出的，既是血氣英雄人物與命定環境的抗衡，也是傳統農村在面臨「現代性」鋪天蓋地而來時的無力與無奈。

相對於五〇年代外省籍作家在文壇的優勢與強勢，本省籍作家的努力尤其彌足珍貴。臺灣光復後才開始學習國語文的鄭清文，五〇年代末期即有小說發表，迄今創作不輟。他善以素樸的文字，簡明清朗且富象徵性的含蓄手法敘述。〈水上組曲〉正是早期代表作品之一，同時也顯現出五、六〇年代本土作家的創作成果。

一九六〇年，有感於當時臺灣文學的空洞與教條化，一群臺大外文系學生在夏濟安教授的指導下，創辦了《現代文學》雜誌，在文壇掀起了一股現代主義熱潮，締造戰後臺灣的第一輪文學盛世。《現代文學》不僅有系統地翻譯介紹西方近代藝術學派、思潮、作家與作品，而雜誌社的成員們如白先勇、王文興、歐陽子、陳若曦等，更是身體力行，試驗創造新的小說形式和風格。白先勇

《臺北人》一書，至今仍被視為臺灣小說的經典，書中描寫一群從大陸渡海來臺的昔日王公貴族，他們失根漂泊的情境，恰與現代主義的荒謬疏離相互應和。〈遊園驚夢〉一篇尤是壓卷之作，技巧最為圓熟，白先勇透過豐富的象徵與意識流筆法，穿梭在今與昔、靈與肉、生與死二元對立的世界，揭露人物複雜糾葛的內心。從《臺北人》到二十世紀末朱天心《想我眷村的兄弟們》、駱以軍《月球姓氏》，外省族群的離散書寫，已儼然自成一特殊的脈絡。

同屬《現代文學》成員的王文興，則受喬埃斯影響最深，直走語言試煉的顛峰，《家變》與《背海的人》將中文詞彙語法的彈性，扭曲並展延至前所未有的境地，新的感性於焉誕生。而在這部選本中，則收錄王文興最平易近人的一則短篇〈欠缺〉，簡單的少男成長故事，寫的其實是人類的失樂園，令人不禁想起波蘭導演奇士勞斯基的〈愛情影片〉。但說到現代主義，則不能忽略郭松棻、李渝這對夫婦，他們秉持現代主義的美學信仰，卻又在七〇年代義無反顧投入保釣運動。美與現實，形式與內容，在到達某一個程度之後，竟非彼此矛盾的準則，反而是相互援引生發。他們的小說做了最好的例證。郭松棻〈草〉文風簡約凝練，荒蕪肅殺之氣，頗能襯托出彼時歷史環境的困頓。李渝〈江行初雪〉則以「聽故事」的「多重渡引」方式，輾轉寫文革慘狀，當拉出客觀距離後，反更凸顯人的殘酷與渺小，而宇宙無言，覆蓋了大地多少的辛苦與孤寂。

七〇年代，臺灣經歷一連串國際事件，在保衛釣魚臺、退出聯合國、美臺斷交的接連衝擊之下，民族意識普遍覺醒，關懷社會現實的鄉土文學也隨之興起。從六〇年代全盤西化的現代主義文學，到七〇年代反映現實、揭露帝國主義經濟入侵的鄉土文學，這段轉折的過程，陳映真堪稱是典型的代表者。他批判現代派的空洞虛無，主張文學應該使人看見人性的至高莊嚴，並從而建造以這莊嚴為基礎的民族信心。〈山路〉就是如是的一篇作品，陳映真以他特有的抒情筆調，溫婉節制，卻寫出了白色恐怖下人們堅毅的理想，大無畏的救贖精神。

相較於陳映真的理想主義，黃春明和王禎和這兩位鄉土文學大將，則擅長捕捉社會底層小人物的面貌。黃春明尤其是說故事的高手，他的小說就如同臺灣的老相簿，讓我們看見了農業社會中許許多多令人難忘的臉孔，以及在臉孔底下所含藏的樸實情感。然而，隨著臺灣經濟的快速轉型，諸多人、事與物，傳統中可貴的人情，充滿智慧與趣味的民間諺語、俗語，都被現代化的巨輪一一無情輾碎了。只剩下〈兒子的大玩偶〉這些小說，作為上一代人的永恆見證。王禎和則有相當特殊的文學背景，他出生在花蓮，所書所寫，總不離這座位在東部海濱的小城，但他卻又在臺大外文系唸書，學習的是最前衛的現代主義文學技巧。所以王禎和的小說融合了前衛與鄉土，大膽的戲耍的語言，宛如是一場紙上嘉年華會，但在最前衛的同時，卻反更能貼近鄉土的真實，揭示出小人物的荒謬情境，以及臺灣庶民社會多元的文化活力。

八〇年代以後，鄉土文學似乎沒落了，其實不然，它以另一種變貌出現，宋澤萊的小說便是其中的佼佼者。〈舞鶴村的賽會〉以自然主義的筆法，寫人類共通的宿命，正如宋澤萊自己所言，這才是臺灣的下層社會農村、小鎮、港市的真相，他們的畸慘超乎了中層以上社會知識階級所能想像，而宋澤萊正是以申冤的心情在營建這些故事。而在九〇年代頗受到矚目的舞鶴，則又是臺灣文壇的一大異數，或曰其為「流浪漢」、「惡漢」，或曰其為「畸零人」。〈調查：敘述〉詭譎陰沉如夢魘，相當準確傳達出在政治高壓下，人心所遭受的脅迫與變形。舞鶴扭曲晦澀的筆觸，喃喃囈語精神官能症式的書寫風格，輾轉在臺灣鄉土邊緣流竄的性、瘋狂與暴力，確實為向來優雅的臺北文壇，帶來了一股不小的震撼。

從八〇年代到二十一世紀初，在這二十年的時間裡，臺灣文壇最受矚目的現象應屬女作家的崛起。她們確然已經成為當前小說界的中堅，寫作題材與風格之多樣，以及創作態度的嚴謹執著，每一書出，在在令人刮目相看。張愛玲是這群女作家們所共同崇奉的偶像，多年下來，張派系譜分枝長葉，早就茁壯為現代小說史上最為茂盛的一株大樹。但張愛玲究竟是不是臺灣作家呢？這個問題引發不小的爭議。前幾年，臺灣文學經典選拔，將張愛玲短篇小說集列入，引發了軒然大波，持正反意見的雙方你來我往，激烈爭辯，仍沒個結果。這場論戰此處不再贅言，但喜好小說的人，自然已把張愛玲列為必修的經典。

張愛玲〈傾城之戀〉流露出文明底層的惘惘威脅，末日即將來臨，繁華終成廢墟，卡珊得拉（Cassandra）似的預言者姿態，被不少張派女作家所承繼。此後，袁瓊瓊〈自己的天空〉鋪寫女性走出婚姻家庭，尋求自己天空的彳亍行跡，為八〇年代以降女性文學的自覺自省，發出先聲。朱天文〈世紀末的華麗〉、朱天心〈想我眷村的兄弟們〉，華麗有之，蒼涼有之，時間的迫促感一如張愛玲，無不暗示臺灣八〇年代政治解嚴以後所面臨的信仰淪喪，及其伴隨而來的國族認同不確定性與曖昧性，加以後現代社會商品符碼的氾濫，所導致的生活意義和深度的缺乏。朱氏姊妹在小說中唱起哀悼末世的輓歌，視肉體為經驗大道輪迴的試煉場，見證眾生便是一部毀滅史，無疑是張愛玲小說中末日景象的後現代版。蘇偉貞筆下向來擅長挖掘女性孤絕幽深的內在特質，〈以上情節……〉以電影小說與現實人生相互辨證，更為世紀末的女性，勾繪出深化曲折的心理圖貌。

至於本省籍的施叔青、李昂姊妹，則有不同的寫作企圖，屢屢結合歷史與國族論述，挑戰禁忌。〈她名叫蝴蝶〉以妓女黃得雲隱喻香港的殖民身世，〈彩妝血祭〉則以括弧的插入和聖／俗並置的語言，不斷干擾小說敘事的進行，以女性角度重寫臺灣的民主運動史。平路〈百齡箋〉也有異曲同工之妙，她擅長運用後設技法，從宋美齡這一民國傳奇女性的視角，重塑臺灣或中國的身世／歷史之謎。這三位女作家都不甘於寫實的道路，而著力在編織多重的敘事聲音、象徵和結構，使得小說眾聲喧譁，並進而質疑和挑釁權威中心，瓦解單一的意義。

在臺灣文學史上，馬華作家的成就不容小覷，不論是現代詩、散文和小說，皆有亮麗搶眼的成績。李永平〈日頭雨〉保持中國白話特有的簡潔、亮麗，以及活潑明快的節奏和氣韻，濃稠的意象，更令人聯想起馬來西亞特有的豐饒與神祕。〈日頭雨〉虛構出的是一座不存在於現實世界的古陵鎮，但正因其虛構，所以何處不是吉陵？而所謂的故鄉，不也正是存在於我們虛擬的鄉愁之中嗎？被王德威稱為「壞孩子」（enfant terrible）的黃錦樹，一向文筆犀利，陷刻少恩，但〈舊家的人〉卻哀傷纏綿，遊子返鄉，但故鄉何在？唯有瀰漫在雨林深處的憂愁，如夢似幻層層圍繞而來。

至於九〇年代以後崛起的新生代作家，除了黃錦樹外，我們也選取了駱以軍和袁哲生兩位。評論者對於新生代向來頗有微詞，以為他們多囿於個人私密的情慾世界，所關懷的部位不會超過肚臍眼以上。但這種觀點未免抹煞了新生代的多元性，更忽略了在這塊向來被視為禁忌的「私領域」上，新生代作家披荊斬棘，大膽的開發與突破。駱以軍〈降土十二星座〉迷離錯亂的電玩世界，頗可視為一則網路世代的寓言：袁哲生〈秀才的手錶〉另闢鄉土書寫的新頁，他們的寫作仍在發展之中，不宜驟然論斷，但可喜的是，世代交替，二十一世紀的臺灣小說，必定還有精采可期。

這部小說選本能夠順利的完成，都要歸功於諸位小說家的協助，我們在此致上最深的感謝。也要感謝楊佳嫻、尤靜嫻同學自暑期一開始，就犧牲假期，埋首將繁瑣的資料一一整理爬梳。當然，這部選本也有一些遺珠之憾，或因為長久失聯，如呂赫若和黃凡；或因作家個人考量，如七等生、張大春，願意將有限的篇幅讓予後進；而九〇年代同志書寫中最為重要的邱妙津《蒙馬特遺書》，也在特殊因素下無法收入，所幸他們的作品在市面上仍易尋找，有心的讀者千萬不能錯過。

以上交代此書誕生的過程。但不論如何，好的小說，比任何再多的論述都要來得重要，讀者的心領神會，也更遠勝過評論者自以為是的饒舌。面對小說，我們小心翼翼，避免過度詮釋，但為方便有心者進一步研探相關問題，遂在文後附以「延伸閱讀」，提供若干重要述著篇目，以供讀者參考。謹期盼能夠透過這部選本，讓更多人感受到臺灣小說的多樣與美好，進而興起讀小說、愛小說之心，正如王文興所言：「文學的目的就是使人快樂。」

一桿稱仔

賴和

鎮南威麗村裡，住的人家，大都是勤儉、耐苦、平和、順從的農民。村中除了包辦官業的幾家勢豪，從事公職的幾家下級官吏，其餘都是窮苦的佔多數。

村中，秦得參的一家，尤其是窮困的慘痛，當他生下的時候，他父親早就死了。他在世，雖曾贌（租耕，或長期租耕）得幾畝田地耕作，他死了後，只剩下可憐的妻兒。若能得到業主的恩恤，田地繼續贌給他們，雇用工人替他們種作，猶可得稍少利頭，以維持生計。但是富家人，誰肯讓他們的利益，給人家享。若然就不能其富戶了。所以業主多得幾斗租穀，就轉贌給別人。他父親在世，汗血換來的錢，亦被他帶到地下去。他母子倆的生路，怕要絕望了。

鄰右看她母子倆的孤苦，多為之傷心，有些上了年紀的人，就替他們設法，因為餓死已經不是小事了。結局因鄰人的做媒，他母親就招贅一個夫婿進來，本來做後父的人，很少能體恤前夫的兒子。他後父，把他母親亦只視作一種機器，所以得參，不僅不能得到幸福，又多挨些打罵，他母親因此和後夫就不十分和睦。

幸他母親，耐勞苦，會打算，自己織草鞋、畜雞鴨、養豬，辛辛苦苦，始能度那近於似人的生活。好容易，到得參九歲的那一年，他母親就遣他，去替人家看牛，做長工。這時候，他後父已不大顧到家內，雖然他們母子倆，自己的勞力，經已可免凍餒的威脅。

得參十六歲的時候，他母親教他辭去了長工，回家裡來，想贌幾畝田耕作，可是這時候，贌田就不容易了。因為製糖會社（糖公司），糖的利益大，雖農民們受過會社刻虧（刻薄待遇）、剝奪，不願意種蔗，會社就加「租聲」（方言，提高租穀）向業主爭贌，業主們若自己有利益，那管到農民的痛苦，田地就多被會社贌去了。有幾家說是有良心的業主，肯贌給農民，亦要同會社一樣的「租聲」，得參就贌不到田地。若做會社的勞工呢，有同牛馬一樣，他母親又不肯，只在家裡，等著做些散工。因他的氣力大，做事勤敏，就每天有人喚他工作，比較他做長工的時候，勞力輕省，得錢又多。又得他母親的刻儉，漸積下些錢來。光陰似矢，容易地又過了三年。到得參十八歲的時候，她母親唯一未了的心事，就是為得參娶妻。經她艱難勤苦積下的錢，已夠娶妻之用，就在村中，娶了一個種田的女兒。幸得過門之後，和得參還協力，到田裡工作，不讓一個男人，又值年成好，他一家生計，暫不覺得困難。

得參的母親，在他二十一歲那一年，得了一個男孫子，以後臉上已見時現著笑容，可是亦已衰老了。她心裡的欣慰，使她責任心亦漸放下，因為做母親的義務，經已克盡了。但二十年來的勞苦，使她有限的肉體，再不能支持。亦因責任觀念已弛，精神失了緊張，病魔遂乘虛侵入，病臥天，她面上現著十分滿足、快樂的樣子歸到天國去了。這時得參的後父，和他只存了名義上的關係，況他母親已死，就各不相干了。

可憐的得參，他的幸福，已和他慈愛的母親，一併失去。

翌年，他又生下一女孩子。家裡頭因失去了母親，須他妻子自己照管，並且有了兒子的拖累，不能和他出外工作，進款就減少一半，所以得參自己不能不加倍工作，這樣辛苦著，過有四年，他的身體，就因過勞，伏下病根，在早季收穫的時候，他患著瘧疾，病了四五天，才診過一次西醫，花去兩塊多錢，雖則輕快些，腳手尚覺乏力，在這煩忙的時候，而又是勤勉的得參，就不敢閒著在家裡，亦即耐苦到田裡去。到晚上回家，就覺得有點不好過，睡到夜半，寒熱再發起來，翌天也不能離床，這回他不敢再請西醫診治了。他心裡想，三天的工作，還不夠吃一服藥，那得那麼些錢花？但亦不能放他病著，就煎些不用錢的青草，或不多花錢的漢藥服食。雖未全部無效，總隔兩三天，發一回寒熱，經過有好幾個月，才不再發作。但腹已很脹滿。有人說，他是吃過多的青草致來的，有人說，那就叫脾腫，是吃過西藥所致。在得參總不介意，只礙不能工作，是他最煩惱的所在。

當得參病的時候，他妻子不能不出門去工作，只有讓孩子們在家裡啼哭，和得參呻吟聲相和著，一天或兩餐或一餐，雖不至餓死，一家人多陷入營養不良，尤其是孩子們，猶幸他妻子不再生育……

一直到年末。得參自己，才能做些輕的工作，看看「尾衙」（尾牙）到了，尚找不到相應的工作，若一至新春，萬事停辦了，更沒有做工的機會，所以須積蓄些新春半個月的食糧，得參的心裡，因此就分外煩惱而恐惶了。

末了，聽說鎮上生菜的販路很好。他就想做這項生意，無奈缺少本錢，又因心地坦白，不敢向人家告借，沒有法子，只得教他妻到外家（娘家）走一遭。

一個小農民的妻子，那有闊的外家，得不到多大幫助，本是應該情理中的事，總難得她嫂子，待她還好，把她唯一的裝飾品——一根金花——借給她，教她去當舖裡，押幾塊錢。暫作資本，這法子，在她當得帶了幾分危險，其外又別無法子，只得從權了。

一天早上，得參買一擔生菜回來，想吃過早飯，就到鎮上去，這時候。他妻子才覺到缺少一桿「稱仔」（秤）。「怎麼好？」得參想，「要買一桿，可是官廳的專利品，不是便宜的東西，那兒來的錢？」她妻子趕快到隔鄰去借一桿回來，幸鄰家的好意，把一桿尚覺新新的借來。因為巡警們，專在搜索小民的細故，來做他們的成績，犯罪的事件。發見得多，他們的高昇就快。所以無中生有的事故，含冤莫訴的人們，向來不勝枚舉。什麼通行取締、道路規則、飲食物規則、行旅法規、度量衡規紀，舉凡日常生活中的一舉一動，通在法的干涉、取締範圍中。——她妻子為慮萬一，就把新的「稱仔」借來。

這一天的生意，總算不壞，到市散，亦賺到一塊多錢。他就先糴生米，預備新春的糧食。過了幾天糧食足了，他就想，「今年家運太壞，明年家裡，總要換一換氣象才好，第一廳上奉祀的觀音畫像，要買新的，同時門聯亦要換，不可缺的金銀紙（冥鏹，燒給神的叫金紙，燒給鬼、死人的叫銀紙），香燭，亦要買。」再過幾天，生意屢好，他又想炊（蒸）一灶年糕，就把糖米買回來。他妻子就忍不住，勸他說：「剩下的錢積積下，待贖取那金花，不是更要緊嗎？」得參回答說：「是，我亦不是把這事忘卻，不過今天才廿五，那筆錢不怕賺不來，就賺不來，本錢亦還在。當鋪裡遲早，總要一個月的利息。」

一晚市散，要回家的時候，他又想到孩子們。新年不能有件新衣裳給他們，做父親的義務，有點不克盡的缺憾，雖不能使孩子們享到幸福，亦須給他們一點喜歡。他就剪了幾尺花布回去。把幾日來的利益，一總花掉。

這一天近午，一下級巡警，巡視到他擔前，目光注視到他擔上的生菜，他就殷勤地問：

「大人（日據下臺灣人對日本警察的尊稱），要什麼不要？」

「汝的貨色比較新鮮。」巡警說。

得參接著又說：

「是，城市的人，總比鄉下人享用，不是上等東西，是不合脾胃。」

「花菜賣多少錢？」巡警問。

「大人要的，不用問價，肯要我的東西，就算運氣好。」參說。他就擇幾莖好的，用稻草貫著，恭敬地獻給他。

「不，稱稱看！」巡警幾番推辭著說，誠實的參，亦就掛上「稱仔」稱一稱說：

「大人，真客氣啦！才一斤十四兩。」本來，經過稱稱過，就算買賣，就是有錢的交關（交易），不是白要，亦不能說是贈與。

「不錯罷？」巡警說。

「不錯，本有兩斤足，因是大人要的……」參說。這句話是平常買賣的口吻，不是贈送的表示。

「稱仔不好罷，兩斤就兩斤，何須打扣？」巡警變色地說。

「不，還新新呢！」參泰然點頭回答。

「拿過來！」巡警赫怒了。

「稱花（度日）還很明瞭。」參從容地捧過去說。巡警接在手裡，約略考察一下說：

「不堪用了，拿到警署去！」

「什麼緣故？修理不可嗎？」參說。

「不去嗎？」巡警怒叱著。「不去？畜生！」撲的一聲，巡警把「稱仔」打斷擲棄，隨抽出胸前的小帳子（小記事本），把參的名姓、住處，記下。氣憤憤地，回警署去。

參突遭這意外的羞辱，空抱著滿腹的憤恨，在擔邊失神地站著。等巡警去遠了，才有幾個閒人，近他身邊來。一個較有年紀的說：「該死的東西，到市上來，只這規紀（規矩）亦就不懂？要做什麼生意？汝說幾斤幾兩，難道他的錢汝敢拿嗎？」

「難道我們的東西，該白送給他的嗎？」參不平地回答。

「唉！汝不曉得他的厲害，汝還未嘗到他，青草膏的滋味（即謂拷打）。」那有年紀的嘲笑地說。

「什麼？做官的就可任意凌辱人民嗎？」參說。

「硬漢！」有人說。眾人議論一回，批評一回，亦就散去。

得參回到家裡，夜飯前吃不下，只悶悶地一句話不說。經他妻子殷勤的探問，才把白天所遭的事告訴給她。

「寬心罷！」妻子說，「這幾天的所得，買一桿新的還給人家，剩下的猶足贖取那金花回來。休息罷，明天亦不用出去，新春要的物件，大概準備下，但是，今年運氣太壞，怕運裡帶有官符，經這一回事，明年快就出運，亦不一定。」

參休息過一天，看看沒有什麼動靜，況明天就是除夕日，只剩得一天的生意，他就安坐下來，絕早挑上菜擔，到鎮上去。此時，天色還未大亮，在曉景朦朧中，市上人聲，早就沸騰，使人愈感到「年華垂盡，人生頃刻」的悵惘。

到天亮後，各擔各色貨，多要完了，有的人，已收起擔頭，要回去圍爐，過那團圓的除夕，償一償終年的勞苦，享受著家庭的快樂。當這時參又遇到那巡警。

「畜生，昨天跑到那兒去？」巡警說。

「什麼？怎得隨便罵人？」參回說。

「畜生，到衙門去！」巡警說。

「去就去呢，什麼畜生？」參說。

巡警瞪他一眼便帶他上衙門去。

「汝奏得參嗎？」法官在座上問。

「是，小人，是。」參跪在地上回答說。

「汝曾犯過罪嗎？」法官。

「小人生來將三十歲了，曾未犯過一次法。」參。

「以前不管他，這回違犯著度量衡規則。」法官。

「唉！冤枉啊！」參。

「什麼？沒有這樣事嗎？」法官。

「這事是冤枉的啊！」參。

「但是，巡警的報告，總沒有錯啊！」法官。

「實在冤枉啊！」參。

「既然違犯了，總不能輕恕，只科罰汝三塊錢，就算是格外恩典。」法官。

「可是，沒有錢。」參。

「沒有錢，就坐監三天，有沒有？」法官。

「沒有錢！」參說，在他心裡的打算：新春的閒時節，監禁三天，是不關係什麼，這是三塊錢的用處大，所以他就甘心去受監禁。

參的妻子，本想洗完了衣裳，才到當鋪裡去，贖取那根金花。還未曾出門，已聽到這凶消息，她想：在這時候，有誰可央託，有誰能為她奔走？愈想愈沒有法子，愈覺傷心，只有哭的一法，可以少（稍）舒心裡的痛苦，所以，只守在家裡哭。後經鄰右的勸慰，教導帶著金花的價錢，到衙門去，想探探消息。

鄉下人，一見巡警的面，就怕到五分，況是進衙門裡去，又是不見世面的婦人，心裡的驚恐，就可想而知了。她剛跨進郡衙的門限，被一巡警的「要做什麼」的一聲呼喝，已嚇得倒退到門外去，幸有一十四來歲的小使（日語，工友），出來查問，她就哀求他，替伊探查，難得那孩子，童心還在，不會倚勢欺人，誠懇地，替伊設法，教她拿出三塊錢，代繳進去。

「才監禁下，什麼就釋出來？」參心裡，正在懷疑地自問。出來到衙前，看著她妻子。

「為什麼到這兒來？」參對著妻子問。

「聽……說被拉進去……」她微咽著聲回答。

「不犯到什麼事，不致殺頭怕什麼。」參怏怏地說。

他們來到街上，市已經散了，處處聽到「辭年」的爆竹聲。

「金花取回未？」參問她妻子。

「還未曾出門，就聽到這消息，我趕緊到衙門去，在那兒繳去三塊，現在還不夠。」妻子回答他說。

「唔！」參恍然地發出這一聲就拿出早上賺到的三塊錢，給他妻子說：

「我挑擔子回去，當舖怕要關閉了，快一些去，取出就回來罷。」

「圍過爐」，孩子們因明早要絕早起來「開正」各已睡下，在做他們幸福的夢。參尚在室內踱來踱去。經他妻子幾次的催促，他總沒有聽見似的，心裡只在想，總覺有一種，不明瞭的悲哀，只不住漏出幾聲的嘆息，「人不像個人，畜生，誰願意做。這是什麼世間？活著倒不若死了快樂」他喃喃地獨語著，忽又回憶到母親死時，快樂的容貌，他已懷抱著最後的覺悟。

元旦，參的家裡，忽譁然發生一陣叫喊、哀鳴、啼哭。隨後，又聽著說：「什麼都沒有嗎？」「只『銀紙』（冥鏹）備辦在，別的什麼都沒有。」

同時，市上亦盛傳著，一個夜巡的警吏，被殺在道上。

這一幕悲劇，看過好久，每欲描寫出來，但一經回憶，總悲哀填滿了腦袋，不能著筆。近日看到法朗士的克拉格比，才覺這樣事，不一定在未開的國裡，凡強權行使的地上，總會發生，遂不顧文字的陋劣，就寫出給文家批判。

作者簡介與評析

賴和，原名賴河，字懶雲，一八九四年生於彰化市。臺北醫學校畢業，在彰化開設賴和醫院。後加入臺灣文化協會，開始參與抗日文化活動。一九二五年發表第一篇隨筆〈無題〉與第一首新詩〈覺悟下的犧牲——寄二林事件的戰友〉，一九二六年發表第一篇小說〈鬥鬧熱〉，被視為臺灣新文學史上成熟期的開端作品之一。賴和終生致力白話文寫作，建立臺灣新文學反帝、反封建的寫實主義基礎，把二〇到三〇年代的臺灣民眾生活與殖民社會的現實，反映於作品內，表現了強烈的抵抗精神，被尊稱為臺灣新文學之父，論者時常將其比為中國五四文學的先驅者魯迅。賴和曾於一九二三、一九四一年兩度入獄。一九四三年去世，享年五十歲。林瑞明編有《賴和全集》（臺北：前衛，2000）收有小說、新詩、散文、漢詩及評論，資料最為完備。

〈一桿稱仔〉描寫臺灣農民在殖民統治下備受欺凌、生計困蹇，而作為「官廳專利品」的稱仔，照理說應是法律給予的公正保障，但是在小說中。卻反倒成為統治者欺壓人民的工具。稱仔乃是一個看似公正、實則攀附了殖民地政府幽靈的「法」的象徵，隱喻公理、正義淪喪，價值標準失衡的臺灣社會。賴和秉持知識份子的人道關懷。透過小說質疑法律與統治威權，同時也在質疑時代的進步，是否果真能夠為人民帶來更多的幸福？對殖民現代化提出了深刻的反省。

延伸閱讀

1 林瑞明，《臺灣文學與時代精神——賴和研究論集》（臺北：允晨，1993）。

2 施淑，〈稱仔與稱錘：論賴和小說的思想性〉。《臺灣文藝》第80期（1983年1月），頁48～54。

3 陳芳明，〈賴和與臺灣左翼文學系譜〉，《左翼臺灣》（臺北：麥田，1998），頁47～74。

4 陳昭瑛，〈一根金花：論賴和的〈一桿「稱仔」〉〉，《中國現代文學理論》第9期（1998年3月），頁23～36。

5 游勝冠，〈啊！時代的進步和人們的幸福原來是兩回事——賴和面對殖民現代化的態度初探〉，《殖民地經驗與臺灣文學》（臺北：臺杏文教基金會，2000），頁235～256。

6 陳建忠，〈解構殖民主義神話——論賴和的反殖民主義思想〉。《中外文學》第31卷6期（2002年11月），頁93~131。

送報伕

楊逵（胡風／譯）

「呵！這可好了！……」

我想。我感到了像背著很重很重的東西，快要被壓扁了的時候，終於卸了下來似的那種輕快。因為，我來到東京以後，一混就快一個月了，在這將近一個月的中間，我每天由絕早到深夜，到東京市底一個一個職業介紹所去，還把市內和郊外劃成幾個區域，走遍各處找尋職業，但直到現在還沒有找到一個讓我做工的地方。而且，帶來的二十圓只剩有六圓二十錢了，留給帶著三個弟妹的母親的十圓，已經過了一個月，也是快要用完了的時候。

在這樣惴惴不安的時候，而且是從報紙上看到了全國失業者三百萬的消息而吃驚的時候，偶然在╳╳派報所底玻璃窗上看到「募集送報伕」的紙條子，我高興得差不多要跳起來了。

「這可找著了立志底機會了。」

我胸口突突地跳，跑到╳╳派報所底門口，推開門，恭恭敬敬地打了個鞠躬。

「請問……」

是下午三點鐘。好像晚報剛剛到，滿房子裡都是「咻！咻！」的聲音，在忙亂地疊著報紙。在短的勞動服中間，只有一個像是老闆的男子，頭髮整齊地分開，穿著上等的西裝，坐在椅子上對著桌子。他把菸捲從嘴上拿到手裡，大模大樣地和煙一起吐出了一句：

「什麼事？……」

「呃……送報伕……」

我說著就指一指玻璃窗上的紙條子。

「你……想試一試麼？……」

老闆底聲音是嚴厲的。我像要被壓住似地，發不出聲音來。

「是……的是。想請您收留我……」

「那麼……讀一讀這個規定，同意就馬上來。」

他指著貼在裡面壁上的用大紙寫的分條的規定。

第一條第二條第三條地讀下去的時候，我陡然瞠目地驚住了。第三條寫著要保證金十圓。我再讀不下去了，眼睛發暈……

過了一會兒回轉頭來的老闆，看我到那種啞然的樣子，問

「怎樣？……同意麼？……」

「是……是的。同意是都同意，只是保證金還差四圓不夠……」

聽了我底話，老闆從頭到腳地仔細地望了我一會。

「看到你這副樣子，覺得可憐，不好說不行。那麼，你得要比別人加倍地認真做事！懂麼？」

「是！懂了！真是感謝得很。」

我重新把頭低到他底腳尖那裡，說了謝意。於是把另外鄭重地裝在襯衫口袋裡面，用別針別著的一張五圓票子和錢包裡面的一圓二十錢拿出來，恭恭敬敬地送到老闆底面前，再說一遍：

「真是感謝得很。」

老闆隨便地把錢塞進抽屜裡面說：

「進來等著。叫做田中的照應你，要好好地聽話！」

「是，是。」我低著頭坐下了。從心底裡歡喜著，一面想：

——不曉得叫做田中的是怎樣一個人？……要是那個穿學生裝的人才好呢！……

◆

電燈開了，外面是漆黑的。

老闆把抽屜都上好了鎖，走了。店子裡面空空洞洞的，一個人也沒有。似乎老闆另外有房子。

不久，穿勞動服的回來了一個，回來了兩個，暫時冷清清的房子裡面又騷擾起來了。我要找那個叫做田中的，馬上找住一個人打聽了。

「田中君！」那個男子並不回答我，卻向著樓上替我喊了田中。

「什麼？……哪個喊？」

一面回答，從樓上衝下了一個男子，看來似乎不怎樣壞。也穿著學生裝。

「啊……是田中先生麼？……我是剛剛進店的，主人吩咐我要承您照應……拜託拜託。」

我恭敬地鞠一個躬，衷心地說了我底來意，那男子臉紅了，轉向一邊說：

「呵呵，彼此一樣。」

大概是沒有受過這樣恭敬的鞠躬，有點承不住罷。

「那麼……上樓去。」說著就登登地上去了。

我也跟著他上了樓。說是樓，但並不是普通的樓，站起來就要碰著屋頂。

到現在為止，我住在本所（東京區名，工人區域）底╳╳木賃宿（大多為失業工人和流浪者的下等宿舍）裡面。有一天晚上，什麼地方底大學生來參觀，穿過了我們住的地方，一面走過一面都說，「好壞的地方！這樣窄的地方睡著這麼多的人！」

然而這個╳╳派報所底樓上，比那還要壞十倍。

蓆子底面皮都脫光了，只有草。要睡在草上面，而且是髒得漆黑的。

也有兩三個人擠在一堆講著話，但大半都鑽在被頭裡面睡著了。看一看，是三個人蓋一床，被從那邊牆根起，一順地擠著。

我茫然地望著房子裡面的時候，忽然聽到了哭聲，吃驚了。

一看，有一個十四五歲的少年男子在我背後的角落裡哭著，嗚嗚地響著鼻子。他旁邊的一個男子似乎在低聲地用什麼話安慰他，然而聽不見。我是剛剛來的，沒有管這樣的事的勇氣，但不安總是不安的。

——我有了職業正在高興，那個少年為什麼這時候在嗚嗚地哭呢？……

結果我自己確定了，那個少年是因為年紀小，想家想得哭了的罷。這樣我自己就安了心了。

◆

昏昏之間，八點鐘一敲，電鈴就「令！令！令！」地響了。我又吃了一驚。

「要睡了，喂。早上要早呢……兩點到三點之間報就到的，那時候大家都得起來……」

田中這樣告訴了我。

一看，先前從那邊牆根排起的人頭，一列一列地多了起來，房子已經擠得滿滿的。田中拿出了被頭，我和他還有一個叫作佐藤的男子一起睡了。擠得緊緊的，動都不能動。

和把瓷器裝在箱子裡面一樣，一點空隙也沒有。不，說是像沙丁魚罐頭還要恰當些。

在鄉間，我是在寬地方睡慣了的。鄉間底家雖然壞，但我底癖氣總是要掃得乾乾淨淨的。因為我怕跳虱。

可是，這個派報所卻是跳虱窠，從腳上、腰上、大腿上、肚子上、胸口上一齊攻擊來了，癢得忍耐不住。本所底木賃宿也同樣是跳虱窠，但那裡不像這樣擠得緊緊的，我還能夠常常起來捉一捉。

至於這個屋頂裡面，是這樣一動都不能動的沙丁魚罐頭，我除了咬緊牙根忍耐以外，沒有別的法子。

但一想到好容易才找到了職業，這一點點……就滿不在乎了。

「比別人加倍地勞動，加倍地用功罷。」想著我就興奮起來了。因為這興奮和跳虱底襲擊，九點敲了，十點敲了，都不能夠睡著。

到再沒有什麼可想的時候，我就數人底腦袋。連我在內二十九個。第二天白天數一數看，這間房子一共鋪十二張蓆子。平均每張蓆子要睡兩個半人。

這樣混呀混的，小便漲起來了。碰巧我是夾在田中和佐藤之間睡著的，要起來實在難極了。想，大家都睡得爛熟的，不好掀起被頭把人家弄醒了。想輕輕地從頭那一面抽出來，但離開頭一寸遠的地方就排著對面那一排的頭。

我斜起身子，用手撐住，很謹慎地（大概花了五分鐘罷）想把身子抽出來，但依然碰到了佐藤君一下，他翻了一個身，幸而沒有把他弄醒……

這樣地，起來算是起來了，但要走到樓梯口去又是一件苦事。頭那方面，頓與頭之間相隔不過一寸，沒有插足的地方。腳比身體佔面積小，算是有一些空隙。可是，腳都在被頭裡面，哪是腳哪是空隙，卻不容易弄清楚。我仔仔細細地找，找到可以插足的地方，就走一步，好容易才這樣地走到了樓梯口。中間還踩著了一個人底腳，吃驚地跳了起來。

小便回來的時候，我又經驗了一個大的困難。要走到自己的舖位，那困難和出來的時候固然沒有兩樣，但走到自己底舖位一看，被我剛才起來的時候碰了一下翻了一個身的佐藤君，把我底地方完全佔去了。

今天才碰在一起，不知道他底性子，不好叫醒他；只好暫時坐在那裡，一點辦法也沒有。過一會，在不弄醒他的程度之內我略略地推開他底身子，花了半點鐘好容易才擠開了一個可以放下腰的空處。我趕快在他們放頭的地方斜躺下來。把兩隻腳塞進被頭裡面，在冷的十二月夜裡累出了汗才弄回了睡覺的地方。

敲十二點鐘的時候我還睜著眼睛睡不著。

◆

被人狠狠地搖著肩頭，張開眼睛一看，房子裡面騷亂得好像戰場一樣。

昨晚八點鐘報告睡覺的電鈴又在喧鬧地響著。響聲一止，下面的鐘就敲了兩下。睡到兩個鐘頭。腦袋昏昏的，沉重。

大家都收拾好被頭登登地跑下樓去了。擦著重的眼皮，我也跟著下去了。

樓下有的人已經在開始疊報紙，有的人用溼手巾擦著臉，有的人用手指洗牙齒。沒有洗臉盆，也沒有牙粉。不用說，不會有這樣文明的東西。我並且連手巾都沒有。我用水管子的冷水沖一沖臉，再用袖子擦乾了。接著急忙地跑到疊著報紙的田中君底旁邊，從他分得了一些報紙，開始學習怎樣疊了。起初的十份有些不順手，那以後就不比別人遲好多，能夠和著大家的調子疊了。

「咻！咻！咻！咻！咻！」自己的心情也和著這個調子，非常地明朗，睡眠不夠的重的腦袋也輕快起來了。

早疊完了的人，一個走了，兩個走了出去分送去了。我和田中是第三。

外面，因為兩三天以來積到齊膝蓋那麼深的雪還沒有完全消完，所以雖然是早上三點以前，但並不怎樣暗。

冷風颯颯地刺著臉。雖然穿了一件夾衣，三件罩衣，一件衛生衣（這是我全部的衣服）出來，但我卻冷得牙齒閣閣地作響。尤其苦的是，雪正在融化，雪下面都是冰水，因為一個月以來不停地繼續走路，我底足袋（相當於襪子，但勞動者多穿上有橡皮底的足袋，就可以走路或工作了）底子差不多滿是窟窿，這比赤腳走在冰上還要苦。還沒有走幾步我底腳就凍僵了。

然而，想到一個月中間為了找職業，走了多少冤枉路，想到帶著三個弟妹走投無路的母親，想到全國的失業者有三百萬人……這就滿不在乎了。我自己鞭策我自己，打起精神來走，腳特別用力地踏。

田中在我底前面，也特別用力地踏，用一種奇怪的步伐走著。每次從雨板塞進報紙的時候，就告訴了我那家底名字。

這樣地，我們從這一條路轉到那一條路，穿過小路和橫巷，把二百五十份左右的報紙完全分送了的時候，天空已經明亮了。

我們急急地往回家的路上走。肚子空空地隱隱作痛。昨晚上，六圓二十錢完全被老闆拿去作了保證金，晚飯都沒有吃：昨天底早上，中午——不……這幾天以來，望著漸漸少下去的錢，覺得惴惴不安，終於沒有吃過一次飽肚子。

現在一回去都有香的豆汁湯（日本人早飯時喝的一種湯）和飯在等著，馬上可以吃一個飽！——想著，就好像那已經擺在眼前一樣，不禁流起口涎來了。

「這次一定能夠安心地吃個飽。」——這樣一想，腳上底冷，身上底顫抖，肚子底痛，似乎都忘記了一樣，爽快極了。

可是，田中並不把我帶回店子去，卻走進稍稍前面一點的橫巷子，站在那個角角上的飯店前面。

昏昏地，我一切都莫名其妙了。我是自己確定了店子方面會供給伙食的。但現在田中君卻把我帶到了飯店前面。而且，我一文都沒有。……

「田中君……」我喊住了正要拿手開門的田中君，說，「田中君……我沒有錢……昨天所有的六圓二十錢，都交給主人作保證金了。……」

田中停住了手，呆呆地望了我一會兒，於是像下決心一樣。

「那麼……進去罷。我墊給你……」拿手把門推開，催我進去。

我底勇氣不曉得消失到什麼地方去了。……

好容易以為能夠安心地吃飽肚子，卻又是這樣的結果。我悲哀了。

「但是，這樣地勞動著，請他墊了一定能夠還他的。」這樣一想才勉強打起了精神。吃了一個半飽。

「喂……夠麼？……不要緊的，吃飽呵……」

田中是比我想像的還要溫和的懂事的男子，看見我這樣大的身體，還沒有吃他底一半多就放下了筷子，這樣地鼓勵我。

但我覺得對不起他，再也吃不下去了，雖然肚子還是餓的。

「已經夠了。謝謝你。」說著我把眼睛望著旁邊。

因為，望著他就覺得抱歉，害羞得很。

似乎同事們都到這裡來吃飯。現在有幾個人在吃，也有吃完了走出去的，也有接著進來的。許多的面孔似乎見過。

田中君付了賬以後，我跟他走出來了。他吃了十二錢，我吃了八錢。

出來以後，我想再謝謝他，走近他底身邊，但他底那種態度（一點都不傲慢，但不喜歡被別人道謝，所以顯得很不安）我就不作聲了。他也不作聲地走著。

回到店子裡走上樓一看，早的人已經回來了七八個。有的到學校去，有的在看書，有的在談話，還有兩三個人攤出被頭來鑽進去睡了。

看到別人上學校去，我恨不得很快地也能夠那樣。但一想到發工錢為止的飯錢，我就悶氣起來了。不能總是請田中君代墊的。聽說田中君也在上學，一定沒有多餘的錢，能為我墊出多少是疑問。

我這樣地煩悶地想著，靠在壁上坐著，從窗子望著大路，預備好了到學校去的田中君，把一隻五十錢的角子夾在兩個指頭中間，對我說：

「這借給你，拿著吃午飯罷，明後日再想法子。」

我不能推辭，但也沒有馬上拿出手來的勇氣。我凝視著那角子說：

「不……要緊？」

「不要緊。拿著罷。」他把那銀角子擺在我膝頭上，登登地跑下樓去了。

我趕快把那拿起來，捏得緊緊地，又把眼睛朝向了窗外。

對於田中底親切，我幾乎感激得流出淚來了。

「生活有了辦法，得好好地謝一謝他。」

我這樣地想了。忽然又聽到了「嗚嗚！」的哭聲，吃驚地回過了頭來，還是昨晚上哭的那個十四五歲的少年。

他戀戀不捨似地打著包袱，依然「嗚嗚！」地縮著鼻子，走下樓梯去了。

「大概是想家罷。」我和昨晚上一樣地這樣決定了，再把臉朝向了窗外。過不一會，我看見了向大路底那一頭走去，漸漸地小了，時時回轉頭來的他底後影。

不知怎地，我悲哀起來了。

那天送晚報的時候，我又跟著田中君走。從第二天早上起，我抱著報紙分送，田中跟在我後面，錯了的時候就提醒我。

這一天非常冷。路上的水都凍了，滑得很，穿著沒有底的足袋的我，更加吃不消。手不能和昨天一樣總是放在懷裡面，凍僵了。從雨板送進報紙去都很困難。

雖然如此，我半點鐘都沒有遲地把報送完了。

「你底腦筋真好！僅僅跟著走兩趟，二百五十個地方差不多沒有錯。……」

在回家的路上，田中君這樣地誇獎了我，我自己也覺得做得很得手。被提醒的只有兩三次在交叉路口上稍稍弄不清的時候。

那一天恰好是星期日，田中沒有課。吃了早飯，他約我去推銷定戶，我們一起出去了。我們兩個成了好朋友，一面走一面說著種種的事情。我高興得到了田中君這樣的朋友。

我向他打聽了種種學校底情形以後，說：

「我也趕快進個什麼學校。……」

他說：「好的！我們兩個互相幫助，拚命地幹下去罷。」

這樣地，每天田中君甚至節省他底飯錢，借給我開飯賬，買足袋。

◆

「送報的地方完全記好了麼？」

第三天的早報送來了的時候，老闆這樣地問我。

「呃，完全記好了。」

這樣地回答的我，心裡非常爽快，起了一種似乎有點自傲的飄飄然心情。

「那麼，從今天起，你去推銷定戶罷，就可以暫時由田中送。但有什麼事故的時候，你還得去送的，不要忘記了！」老闆這樣地發了命令。不能和田中一起走，並不是不有些覺得寂寞，但曉得不會能夠隨自己底意思，就用了什麼都幹的決心，爽爽快快地答應了「是！」田中君早上晚上還能夠在一起的。就是送報罷，也不能夠總是兩個人一起走，所以無論叫我做什麼都好。有飯吃，能夠多少寄一點錢給媽媽，就行了。而且我想，推銷定戶，晚上是空的，並不是不能夠上學（日本有為白天做事的人辦的夜學）。

於是從那一天起，我不去送報，專門出街去推銷定戶了。早上八點鐘出門，中午在路上的飯店吃飯，晚上六點左右才回店，僅僅只推銷了六份。

第二天八份，第三天十份，那以後總是十份到七份之間。

每次推銷回來的時候，老闆總是怒目地望著我，說成績壞。進店的第十天，他比往日更猛烈地對我說：

「成績總是壞！要推銷十五份，不能推銷十五份不行的！」

十五份！想一想，比現在要多一倍。就是現在，我是沒有休息地拚命地幹。到底從什麼地方能夠多推銷一倍呢？

我著急起來了。

第二天，天還沒有亮，我就出了門，但推銷和送報不同，非會到人不可，起得這樣早卻沒有用處。和強賣一樣地，到夜深為止，順手推進一家一家的門，哀求，但依然沒有什麼好效果。而且，這樣冷的晚上，到九點左右，大概都把門上了門，一點辦法都沒有。

這一天好容易推銷了十一份。離十五份還差四份。雖然想再多推銷一些，但無論如何做不到。累得不堪地回到店子的時候，十點只差十分了。八點鐘睡覺的同事們，已經睡了一覺，老闆也睡了。第二天早上向老闆報告了以後，他兇兇地說：

「十一份？……不夠不夠……還要大大地努力。這不行！」

事實上，我以為這一次一定會被誇獎的，然而卻是這副兇兇的樣子，我膽怯起來了。雖然如此，我沒有說一個「不」字。到底有什麼地方比奴隸好些呢？

「是……是……」我除了屈服沒有別的法子。不用說，我又出去推銷去了。這一天慘得很。我傷心得要哭了。依然是晚上十點左右才回來，但僅僅只推銷了六份。十一份都連說「不行不行，」六份怎樣報告呢？……（後來聽到講，在這種場合同事們常常揑造出烏有讀者來暫時度過難關。可是，揑造的烏有讀者底報錢，非自己剮荷包不可。甚至有的人把收入底一半替這種烏有讀者付了報錢，當然，老闆是沒有理由反對這種烏有讀者的。）

第二天，我惶惶恐恐地走到主人底前面，他一聽說六份就馬上臉色一變，勃然大怒了。臉脹得通紅，用右手拍著桌子。

「六份？……你到底到什麼地方玩了來的？不是連保證金都不夠很同情地把你收留下來的麼？忘記了那時候你答應比別人加倍地出力麼？走你底！你這種東西是沒有用的！馬上滾出去！」他以保證金不足為口實，咆哮起來了。

和從前一樣，想到帶著三個弟妹的母親，想到三百萬的失業者，想到走了一個月的冤枉路都沒有找到職業的情形，咬著牙根地忍住了。

「可是……從這條衝到那條街，一家都沒有漏地問了五百家，不要的地方不要，走了的地方走了，在指定的區域內，差不多和捉虱一樣地找遍了。……」

我想這樣回答，這樣回答也是當然的，但我卻沒有這樣說的勇氣。而且，事實上這樣回答了就要馬上失業。所以我只好說：

「從明天起要更加出力，這次請原諒……」除了這樣哀求沒有別的法子。但是，老實說，這以上，我不曉得應該怎樣出力。第二天底成績馬上證明了。

那以後，每天推銷的數目是，三份或四份，頂多不能超過六份。這並不是我故意偷懶，實在是因為在指定的區域內，似乎可以定的都定了，每天找到的三四個人大抵是新搬家的。

「因為同情你，把你底工錢算好了，馬上拿著到別的地方去罷。本店辦事嚴格，規定是，無論什麼時候，不到一個月的不給工錢。這是特別的，對無論什麼人不要講，拿去罷，到你高興的地方去。可憐固然可憐，但像你這樣沒有用的男子，沒有辦法！」

是第二十天，老闆把我叫到他面前去，這樣教訓了以後，就把下面算好了的賬和四圓二十五錢推給我，馬上和忘記了我底存在一樣，對著桌子做起事來了。

我失神地看了一看賬：

每推銷報紙一份　五錢

推銷報紙總數　八十五份

合計　四圓二十五錢

我吃驚了，現在被趕出去，怎麼辦，……尤其是，看到四圓二十五錢的時候，我暫時啞然地不能開口。接連二十天，從早上六點鐘轉到晚上九點左右，僅僅只有四圓二十五錢！

「既是錢都拿出來了，無論怎樣說都是白費。沒法。但是，只有四圓二十五錢，錯了罷。」這樣想就問他：

「錢數沒有錯麼？……」

老闆突然現出兇猛的面孔，逼到我鼻子跟前：

「錯了？什麼地方錯了？」

「一連二十天……」

「二十天怎樣？一年，十年，都是一樣的！不勞動的東西，會從哪裡掉下錢來！」

「我沒有休息一下……」

「什麼？沒有休息？反對罷？應該說沒有勞動！」

「……」我不曉得應該怎樣說了。灰了心，想：

「加上保證金六圓二十錢，就有十四圓四十五錢，把這二十天從田中君借的八圓還了以後，還有二圓二十五錢。吵也沒有用處。不要說什麼了，把保證金拿了走罷。」

「沒有法子！請把保證金還給我。」我這樣一說，老闆好像把我看成了一個大糊塗蛋，嘲笑地說：

「保證金？記不記得，你讀了規定以後，說一切都同意，只是保證金不夠？忘記了麼？還是把規定忘記了？如果忘記了，再把規定讀一遍看！」

我又吃驚了：那時候只是担心保證金不夠，後面沒有讀下去，不曉得到底是怎樣寫的……我胸口「東！東！」地跳著，讀起規定來。跳過前面三條，把第四條讀了：

那裡明明白白地寫著：

第四條、只有繼續服務四個月以上者才交還保證金。

我覺得心臟破裂了，血液和怒濤一樣地漲滿了全身。

睨視著我的老闆底臉依然帶著滑稽的微笑。

「怎麼樣？還想交回保證金麼？乖乖地走！還在這裡纏，一錢都不給！剛才看過了大概曉得，第七條還寫著服務未滿一月者不給工錢呢！」

我因為被第四條嚇住了，沒有讀下去，轉臉一看，果然，和他所說的一樣，一字不錯地寫在那裡。

的確是特別的優待。

我眼裡含著淚，歪歪倒倒地離開了那裡。玻璃窗上面，惹起我底痛恨的「募送報伕」的紙條子，鮮明得可惡地又貼在那裡。

我離開了那裡就乘電車跑到田中底學校前面，把經過告訴他，要求他：

「借的錢先還你三圓，其餘的再想法子。請把這一圓二十五錢留給我暫時的用費。

田中向我聲明他連想我還他一錢的意思都沒有。

「沒有想到你都這樣地出去。你進店的那一天不曉得看到一個十四五歲的小孩子沒有，他也是和你一樣地上了鉤的。他推銷定戶完全失敗了，六天之間被騙去十圓保證金，一錢也沒有得到走了的。」

算是混蛋的東西。

「以後，我們非想個什麼對抗的法子不可！」他下了大決心似地說。

原來，我們餓苦了的失業者被那個比釣魚餌底牽引力還強的紙條子釣上了。

我對於田中底人格非常地感激，和他分手了。給毫無遮蓋地看到了這兩個極端的人，現在更加吃驚了。

一面是田中，甚至節儉自己底伙食，借給我付飯錢，買足袋，聽到我被趕出來了，連連說「不要緊！不要緊！」把要還他的錢，推還給我；一面是人面獸心的派報所老闆，從原來就因為失業困苦得沒有辦法的我這裡把錢搶去了以後，就把我趕了出來，為了肥他自己，把別人殺掉都可以。

我想到這個惡鬼一樣的派報所老闆就膽怯了起來，甚至想逃回鄉間去。然而，要花三十五圓的輪船火車費，這一大筆款子就是把腦殼賣掉了也籌不出來的，我避開人多的大街走，當在上野公園底椅子上坐下的時候，暫時癱軟了下來，心裡面是怎樣哭了的呀！

過了一會，因為想到了田中，才覺得精神硬朗了一些。想著就起了捨不得和他離開的心境。昏昏地這樣想來想去，終於想起了留在故鄉的，帶著三個弟妹的，大概已經正在被饑餓圍攻的母親，又感到了心臟和被絞一樣地難過。

同時，我好像第一次發見了故鄉也沒有什麼不同，顫抖了。那同樣的是和派報所老闆似地逼到面前，吸我們底血，剮我們底肉，想擠乾我們底骨髓，把我們打進了這樣的地獄裡面。

否則，我現在不會在這裡這樣狼狽不堪，應該是和母親弟妹一起在享受著平靜的農民生活。

到父親一代為止的我們家裡，是自耕農，有五平方「反」（日本田地計數，為一平方町的十分之一）的田和五平方「反」的地。所以生活沒有感到過困難。

然而，數年前，我們村裡的××製糖公司說是要開辦農場，為了收買土地大大地活動起來了。不用說，開始誰也不肯，因為是看得和自己底性命一樣貴重的耕地。

但他們決定了要幹的事情，公司方面不會無結果地收場的。過了兩三天，警察方面發下了舉行家長會議的通知，由保甲經手，村子裡一家不漏地都送到了。後面還寫著「隨身攜帶圖章。」

我那時候十五歲，是公立學校底五年生，雖然是五六年以前的事，但因為印象太深了，當時的樣子還能夠明瞭地記得。全村子捲入了大恐慌裡面。

那時候父親當著保正，保內的老頭子老婆子在這個通知發下來之前就緊張起來了的空氣裡面，戰戰兢兢地帶著哭臉接續不斷地跑到我家裡來，用了打顫的聲音問：

「怎麼辦？……」

「怎麼得了？……」

「什麼一回事？……」

同是這個時候，我有三次發見了父親躲著流淚。

在這樣的空氣裡面，會議在發下通知的第二天下午一點開了。會場是村子中央的媽祖廟。因為有不到者從嚴處罰的預告，各家底家長都來了，有四五百人罷。相當大的廟擠得滿滿的。學校下午沒有課，我躲在角落裡看情形。因為我幾次發見了父親底哭臉甚為担心。

鈴一響，一個大肚子光頭殼的人站在桌子上面，裝腔作勢地這樣地說：

「為了這個村子底利益，本公司現在決定了在這個村子北方一帶開設農場。說好了要收買你們底土地，前幾天連地圖都貼出來了，叫在那區域內有土地的人攜帶圖章到公司來會面，但直到現在，沒有一個人照辦。特別煩請原料委員一家一家地去訪問所有者，可是，好像都有陰謀一樣，沒有一個人肯答應。這個事實應該看作是共謀，但公司方面不願這樣解釋，所以今天把大家叫到這裡來。回頭大人（日據時期臺胞對警察的稱呼）和村長先生要講話，使大家都能夠了解，講過了以後請都在這紙上蓋一個印。公司預備出比普通更高的價錢……呃哼！」這一番話是由當時我們五年生底主任教員陳訓導翻譯的，他把「陰謀」、「共謀」說得特別重，大家都吃了一驚，你望望我我望望你。

其次是警部補老爺，本村底警察分所主任。他一站到桌子上，就用了凜然的眼光望了一圈。於是大聲地吼：

「剛才山村先生也說過，公司這次的計劃，徹頭徹尾是為了本村利益。對於公司底計劃，我們要誠懇地感謝才是道理！想一想看！現在你們把土地賣給公司……而且買得到高的價錢，於是公司在這村子裡建設模範的農場。這樣，村子就一天一天地發展下去。公司選了這個村子，我們應該當作光榮的事情……然而，聽說一部分人有『陰謀』，對於這種『非國民』，我是絕不寬恕的。……」

他底翻譯是林巡查，和陳訓導一樣，把「陰謀」、「非國民」、「絕不寬恕」說得特別重，大家又面面相覷了。

因為，對於懷過陰謀的余清風、林少貓等的征伐，那血腥的情形還鮮明地留在大家底記憶裡面。

最後站起來的村長，用了老年底溫和，只是柔聲地說：

「總之，我以為大家最好是依照大人底希望，高興地接受公司底好意。」說了他就喊大家底名字。都動搖起來了。

最初被喊的人們，以為自己是被看作陰謀底首領，臉上現著狼狽的樣子，打著抖走向前去。當上面叫「你可以回去！」的時候，也還是呆著不動，等再吼一聲「走！」才醒了過來，逃到外面去！

在跑回家去的路上，還是不安地想：沒有聽錯麼？會不會再被喊回去？無頭無腦地著急。像王振玉，聽說走到家為止，回頭看了一百五十次。

這樣地，有八十名左右被喊過名字，回家去了。

以後，輪到剩下的人要吃驚了。我底父親也是剩下的一個。因為不安，人中間騰起了嗡嗡的聲音。伸著頸，側著耳朵，會再喊麼？會喊我底名字麼？……這樣地期待著，大多數的人都惴惴不安了。

這時候，村長說明了「請大家拿出圖章來，這次被喊的人，拿圖章來蓋了就可以回去」以後，喊出來的名字是我底父親。

「楊明……」一聽到父親底名字，我就著急得不知所措，屏著氣息，不自覺地捏緊拳頭站了起來。——會發生什麼事呢？……

父親鎮靜地走上前去。一走到村長面前就用了破鑼一樣的聲音，斬釘截鐵地說：

「我不願意賣，所以沒有帶圖章來！」

「什麼？你不是保正麼！應該做大家底模範的保正，卻成了陰謀底首領，這才怪！」

站在旁邊的警部補，咆哮地發怒了，逼住了父親。

父親默默地站著。

「拖去！這個支那豬！」

警部補狠狠地打了父親一掌，就這樣發了命令，不曉得是什麼時候來的，從後面跳出了五六個巡查。最先兩個把父親捉著拖走了以後，其餘的就依然躲到後面去了。

看著這的村民，更加膽怯起來，大多數是，照著村長底命令把圖章一蓋就望都不向後面望一望地跑回去了。

到大家走完為止，用了和父親同樣的決心拒絕了的一共有五個，一個一個都和父親一樣被拖到警察分所去了。後來聽到說，我一看到父親被拖去了，就馬上跑回家去把情形告訴了母親。

母親聽了我底話，即刻急得人事不知了。

幸而隔壁的叔父趕來幫忙，性命算是救住了，但是，到父親回來為止的六天中間，差不多沒有止過眼淚，昏倒了三次，瘦得連人都不認得了。

第六天父親回來了，他又是另一副情形，均衡整齊的父親底臉歪起來了，一邊臉頰腫得高高的，眼睛突了出來，額上滿是疱子。衣服弄得一團糟，換衣服的時候，我看到父親底身體，大吃一驚，大聲叫起了出來：

「哦哦！爸爸身上和鹿一樣了！……」

事實是父親底身上全是鹿一樣的斑點。

那以後，父親完全變了，一句口都不開。

從前吃三碗飯，現在卻一碗都吃不下，倒牀了以後的第五十天，終於永逝了。

同時，母親也病倒了，我帶著一個一歲、一個二歲、一個四歲的三個弟妹，是怎樣地窘迫呀！叔父叔母一有空就跑來照應，否則，恐怕我們一家都完全沒有了罷。

這樣地，父親從警察分所回來的時候被丟到桌子上的六百圓（據說時價是二千圓左右，但公司卻說六百圓是高價錢）因為父親底病、母親底病以及父親底葬式等，差不多用光了，到母親稍稍好了的時候，就只好出賣耕牛和農具胡餬口。

我立志到東京來的時候，耕牛、農具、家裡的庭園都賣掉了，剩下的只有七十多圓。

「好好地用功……」母親站在門口送我，哭聲地說了鼓勵的話。那情形好像就在眼前。

這慘狀不只是我一家。

和父親同樣地被拖到警察分所去了的五個人，都遇到了同樣的命運。就是不作聲地蓋了圖章的人們，失去了耕田，每月三五天到製糖公司農場去賣力，一天做十二個鐘頭，頂多不過得到四十錢，大家都非靠賣田的錢過活不可。錢完了的時候，村子裡的當局者們所說的「村子底發展」相反，現在成了「村子底離散」了。

沉在這樣回憶裡的時候，不知不覺地太陽落山了，上野底森林隱到了黑闇裡，山下面電車燦爛地亮起來了，我身上感到了寒冷，忍耐不住。我沒有吃午飯，覺得肚子空了。

我打了一個大的呵欠，伸一伸腰，就走下坡子，走進一個小巷底小飯店，吃了飯。想在乏透了的身體裡面恢復一點元氣，就決心吃了一個飽，還喝了兩杯燒酒。

以後就走向到現在為止常常住在那裡的本所底╳╳木賃宿。

我剛剛踏進一隻腳，老闆即刻看到了我，問：

「哎呀！……，不是臺灣先生麼！好久不見。這些時到哪裡去了。……」

我不好說是做了送報伕，被騙去了保證金，辛苦了一場以後被趕出來了。

「在朋友那裡過……過了些時……」

「朋友那……唔，老了一些呢！」他似乎不相信，接著笑了：

「莫非幹了無線電討擾了上面一些時麼？……哈哈哈……」

「無線電？……無線電是什麼一回事？」我不懂，反問了。

「無線電不曉得麼？……到底是鄉下人，鈍感……」

雖然老頭子這樣地開著玩笑，但看見我似乎很難為情，就改了口：

「請進罷。似乎疲乏得很，進來好好地休息休息。」

我一上去，老闆說：

「那麼，楊君幹了這一手麼？」

說著做一個把手輕輕伸進懷裡的樣子。很明顯地，似乎以為我是到警察署底拘留所裡討擾了來的。當時不懂得無線電是什麼一回事，但看這次的手勢，明明白白地以為我做了扒手。我沒有發怒的精神，但依然紅了臉，不尷不尬地否認了：

「哪裡話！哪個幹這種事！」老頭子似乎還不相信，疑疑惑惑地，但好像不願意勉強地打聽，馬上嘻嘻地轉成了笑臉。

事實上，看來我這副樣子恰像剛剛從警察署底豬籠裡跑出來的罷。

我脫下足袋，剛要上去。

「哦，忘記了。你有一封掛號信！因為弄不清你到哪裡去了，收下放在這裡……等一等……」

說著就跑進裡間去了。

我覺得奇怪，什麼地方寄掛號信給我呢？

過一會，老頭子拿著一封掛號信出來了。望到那我就吃了一驚。

母親寄來的。

我覺得奇怪得很。

「到底為了什麼事寄掛號信來呢？……」

我手抖抖地開了封。什麼，裡面現出來的不是一百二十圓的匯票麼！我更加吃驚了。我疑心我底腦筋錯亂了。我胸口突突地跳，一個字一個字地讀著很難看清的母親底筆跡。我受了大的衝動，好像要發狂一樣。不知不覺地在老頭子面前落了淚。

「發生了什麼事麼？……」

老頭子現著莫名其妙的臉色望著我，這樣地問了，但我卻什麼也不能回答。收到錢哭了起來，老頭子沒有看到過罷。

我走到睡覺的地方就鑽進被頭裡面，狠狠地哭了一場：

信底大意如下：

——說東京不景氣，不能馬上找到事情的信收到了。想著你帶去的錢也許已經完了，担心得很。沒有一個熟人，在那麼遠的地方，一個單人，又找不到事情，想著這樣窘的你，我胸口就和絞著一樣。但故鄉也是同樣的。有了農場以後，弄到了這步田地，沒有一點法子。所以，絕對不可軟弱下來，想到回家。房子賣掉了，得到一百五十圓，寄一百二十圓給你。設法趕快找到事情，好好地用功，成功了以後才回來罷。我底身體不能長久，在這樣的場合不好討擾人家，留下了三十圓。阿蘭和阿鐵終於死掉了。本不想告訴你的，但想到總會曉得，才決心說了。媽媽僅僅只有祈禱你底成功，在成功之前，無論有什麼事情也不要回來。……

這是媽媽底唯一的願望，好好地記著罷。如果成功以後回來了，把寄在叔父那裡的你唯一的弟弟引去照看照看罷。要好好地保重身體。再會。……——

好像是遺囑一樣的寫著。我著急得很。

「也許，已經死掉了罷……」這想頭鑽在我底腦袋裡面，去不掉。

「胡說！那來這種事情。」我翻一翻身，搖著頭出聲地這樣說，想把這不吉的想頭打消，但毫無效果。

這樣地，我通晚沒有睡覺一會，跳虱底襲擊也全然沒有感到。

我腦筋裡滿是母親底事情。

母親自己寫了這樣的信來，不用說是病得很厲害。看發信的日子，這信是我去做送報伕以前發的，已經過了二十天以上。想到這中間沒有收到一封信，……我更加不安起來了。

我決心要回去。回去以後能不能再出來我沒有自信，但是，看了母親底信，我安靜不下來了。

「回去之前，把從田中君那裡借來的錢都還清罷。順便謝謝他底照顧，向他辭一辭行。」

這樣想著，我眼巴巴地等著第二天早上的頭趟電車，終於通夜沒有合眼。

從電車底窗口伸出頭去，讓早晨底冷風吹著，被睡眠不足和興奮弄得昏昏沉沉的腦袋，陡然輕鬆起來了。

「這或許是最後一次看見東京。」這樣一想，連╳╳派報所底老闆都忘記了，覺得捨不得離開。昨晚上想著故鄉，安不下心來，但現在是，想會見的母親和弟弟底面影，被窮乏和離散的村子底慘狀遮掩了，陡然覺得不敢回去。

這樣的感情底變化，從現在要去找的不忍別離的田中君底魅力裡面受到了某一程度的影響，是確實的。

那種非常親切的，理智的，討厭客氣的素樸……這是我當作理想的人物底模型。

我下了╳╳電車站，穿過兩個巷子，走到那個常常去的飯店子的時候，他正送完了報回來。

我在那裡會到了他。

原來他是一個沒有喜色的人，今天早上現得尤其陰鬱。

但是，他底陰鬱絲毫不會使人感到不快，反而是易於親近的東西。

他低著頭，似乎在深深地想著什麼，不作聲地靜靜地走來了。

「田中君！」

「哦！早呀！昨天住在什麼地方？……」

「住在從前住過的木賃宿裡。……」

「是麼！昨天終於忘記了打聽你去的地方……早呀！」

這個「早呀！」我覺得好像是問我，「有什麼急事麼？……」

所以我馬上開始說了。但是，說到分別就覺得寂莫，孤獨感壓迫得我難堪：

「實在是，昨天回到木賃宿去，不意家裡寄了錢來了。……」

我這樣一說出口，他就說：

「錢。……那急什麼！你什麼時候找得到職業，不是毫無把握麼？拿著好啦！」

「不然……寄來了不少。回頭一路到郵局去。而且，順便來道謝。……」

覺得說不下去，臉紅了起來。

「道謝？如果又是那一套客氣，我可不聽呢……」他迷惑似地苦笑了。

「不！和錢一起，母親還寄了信來，似乎她病得很厲害，想回去一次。……」

他馬上望著我底臉，寂寞似地問：

「叫你回去麼？」

「不……叫不要回去！……，好好地用功，成功了以後再回去。……」

「那麼，也許不怎樣厲害——」

「不……似乎很厲害。而且，那以後沒有一點消息不安得很……」

「呀！有信。昨天你走了以後，來了一封。似乎是從故鄉來的。我去拿來，你在飯店子裡等一等！」說著就向派報所那邊走去了。

我馬上走進飯店子裡等著，聽說是由家裡來的信，似乎有點安心了。

但是，信裡說些什麼呢？這樣一想，巴不得田中君馬上來。

飯館底老闆娘子討厭地問：

「要吃什麼？……」

不久，田中氣喘喘地跑來了。

我底全神經都集中在他拿來的信上面。他打開門的時候我就馬上看到了那不是母親底筆跡，感到了不安。心亂了。

不等他進來，我站起來趕快伸手把信接了過來。

署名也不是母親，是叔父底。

我底臉色陰暗了。胸口跳，手打顫。明顯地是和我想像的一樣，母親死了。半個月以前……而且是用自己底手送終的。

我所期望的唯一的兒子：

我再活下去非常痛苦，而且對你不好。因為我底身體死了一半……。

我唯一的願望是希望你成功，能夠替像我們一樣苦的村子底人們出力。

村子裡的人們底悲慘，說不盡。你去東京以後，跳到村子旁邊的池子裡淹死的有八個。像阿添叔，是帶了阿添嬸和三個小兒一道跳下去淹死的。

所以，覺得能夠拯救村子底人們的時候才回來罷。沒有自信以前，絕不要回來！要做什麼才好我不知道，努力做到能夠替村子底人們出力罷。

我怕你因為我底死馬上回來，用掉冤枉錢，所以寫信給叔父，叫暫時不要告訴你……諸事保重。

媽媽

這是母親底遺書。母親是決斷力很強的女子。她並不是遇事嘩啦嘩啦的人，但對於自己相信的，下了決心的，卻總是斷然要做到。

哥哥當了巡查，糟蹋村子底人們，被大家厭恨的時候，母親就斷然主張脫離親屬關係，把哥哥趕了出去，那就是一個例子。我來東京以後，她底勞苦很容易想像得到，但她卻不肯受做了巡查的她底長男我底哥哥底照顧，終於失掉了一男一女，把剩下的一個託付給叔叔自殺了。是這樣的女子。

從這一點看，可以說母親並沒有一般所說的女人底心，但我卻很懂得母親底心境。同時，我還喜歡母親底志氣，而且尊敬。

現在想起來，如果有給母親讀……的機會，也許能夠做柴特金女史那樣的工作罷，當父親因為拒絕賣田而被捉起來了的時候，她不會昏倒而採取了什麼行動的罷。

然而，剛剛看了母親底遺囑的時候，我非常地悲哀了。暫時間甚至勃勃地起了想回家的念頭。

你的母親在╳月╳日黎明的時候吊死了。想馬上打電報告訴你，但在母親手裡發現了遺囑，懂得了母親底心境，就依照母親底希望，等到現在才通知你。母親在留給我的遺囑裡面說她只有期望你，你是唯一的有用的兒子。你底哥哥成了這個樣子，弟弟還小，不曉得怎樣……她說，所以，如果馬上把她底死訊告訴你，你跑回家來，使你底前途無著，那她底死就沒有意思。

弟弟我在鄭重地養育，用不著担心。不要違反母親底希望，好好地用功罷。絕對不要起回家來念頭。因為母親已經不是這個世界底人了……

叔父

「看不到母親了，她已經不是這個世界底人了。」這樣一想，我決定了應該斷然依照母親底希望去努力。下了決心：不能夠設法為悲慘的村子出力就不回去。

當我讀著信，非常地興奮（激動），心很亂的時候，田中在目不轉睛地望著我，看見我收起信放進口袋去，就担心地問：

「怎樣講？」

「母親死了。」

「死了麼？」似乎感慨無量的樣子。

「你什麼時候回去？」

「打算不回去。」

「……？」

「母親死了已經半個月了……而且母親叫不要回去。」

「半個月……臺灣來的信要這麼久麼？」

「不是，母親託付叔父，叫不要馬上告訴我。」

「唔，了不起的母親！」田中感歎了。

我們這樣地一面講話一面吃飯，但是，太興奮了，飯不能下嚥。我等田中吃完以後，付了賬，一路到郵局去把匯票兌來了，鑾鑾地把借的錢還了田中。把我底住所寫給他就一個人回到了本所底木賃宿。

一走進木賃宿就睡了。我實在疲乏得支持不住。在昏昏沉沉之中也想到要怎樣才能夠為村子底悲慘的人們出力，但想不出什麼妙計。

……存起錢來，分給村子底人們罷……，也這樣想了一想然而做過送報伕的現在，走了一個月的冤枉路依然是失業的現在，不用說存錢，能不能賺到自己底衣食住，我都沒有自信。

我陡然地感到了倦怠，好像兩個月以來的疲勞一齊來了，不曉得在什麼時候，我沉沉地睡著了。

因為周圍底吵鬧，好像從深海被推到淺的海邊的時候一樣，意識朦朧地醒來的時候也常常有，但張不開眼睛，馬上又沉進深睡裡面去。

「楊君！楊君！」

聽見了這樣的喊聲，我依然是在像被推到淺的海邊的時候一樣的意識狀態裡面；雖然稍稍地感到了，但馬上又要沉進深睡裡面去。

「楊君！」

這時候又喊了一聲，而且搖了我底腳，我吃了一驚，好容易才張開了眼睛。但還沒有醒。從朦朧的意識狀態回到普通的意識狀態，那情形好像是站在濃霧裡面望著它漸漸淡下去一樣。一回到意識狀態，我看到了田中坐在我底旁邊。我馬上踢開了被頭，坐起來。我茫茫然把房子望了一圈。站在門邊的笑嘻嘻的老闆，望著我底狼狽樣，說：

「你恰像中了催眠術一樣呀……你想睡了幾個鐘頭？……」

我不好意思地問：

「傍晚了麼？……」

「哪裡……剛剛過正午呢……哈哈哈……但是換了一個日子呀！」說著就笑起來了。

原來，我昨天十二點過睡下以後，現在已到下午一點左右了……。整整睡了二十五個鐘頭。我自己也吃驚了。

老頭子走了以後，我向著田中。

他似乎很緊張。

「真對不起。等了很久罷……」

對於我底抱歉，他答了「哪裡」以後，興奮地繼續說：

有一件要緊的事情來的……昨天又有一個人和你一樣被那張紙條子釣上了。你被趕走了以後，我時時在煩惱地想，未必沒有對抗的手段麼？一點辦法沒有的時候又進來了一個，我放心不下，昨天夜裡偷偷地把他叫出來，提醒了他。但是，他聽了以後僅僅說：

「唔，那樣麼！混蛋的東西……。」

隨和著我底話，一點也不吃驚。

我焦燥起來了，對他說：

「所以……我以為你最好去找別的事情……不然，也要吃一次大苦頭。……保證金被沒收，一個錢沒有地被趕出去……。」

但他依然毫不驚慌，伸手握住了我底手以後，問：

「謝謝！但是，看見同事吃這樣的苦頭，你們能默不作聲麼？」

我稍稍有點不快地回答：

「不是因為不能夠默不作聲，所以現在才告訴了你麼？這以外，要怎樣幹才好，我不懂。近來我每天煩惱地想著這件事，怎樣才好我一點也不曉得。」

於是他非常高興地說：

「怎樣才好……我曉得呢。只不曉得你們肯不肯幫忙？」

於是我發誓和他協力，對他說：

「我們二十八個同事的，關於這件事大概都是贊成的。大家都把老闆恨得和蛇蠍一樣。……」

接著他告訴了我種種新鮮的話。歸結起來是這樣的：

「為了對抗那樣惡的老闆，我們最好的法子是團結。大家成為一個，同盟罷╳……（忘記了是怎樣講的）同盟罷╳……說是總有辦法呢。勞動者一個一個散開，就要受人糟蹋，如果結成一氣，大家成為一條心來對付老闆，不答應的時候就採取一致行動……這樣幹，無論是怎樣壞的傢伙，也要被弄得不敢說一個不字……」這樣說呢。而且那個人想會一會你。我把你底事告訴了他以後，他說：

「唔……臺灣人也有吃了這個苦頭的麼？……無論如何想會一會。請馬上介紹！」田中把那個人底希望也告訴了我。

說要收拾那個咬住我們，吸盡了我們底血以後把我們趕出來的惡鬼，對於他們底這個計劃，我是多麼高興呀！而且，聽說那個男子想會我，由於特別的好奇心，我希望馬上能夠會到。

向被人糟蹋的送報伕失業者們教給了法子去對抗那個惡鬼一樣的老闆，我想，這樣的人對於因為製糖公司、兇惡的警部補、村長等陷進了悲慘境遇的故鄉底人們，也會貢獻一些意見罷。

聽田中說那個人（說是叫作佐藤）特別想會我，我非常高興了。

在故鄉的時候，我以為一切日本人都是壞人，恨著他們。但到這裡以後，覺得好像並不是一切的日本人都是壞人。木賃宿底老闆很親切，至於田中，比親兄弟還……不，想到我現在的哥哥（巡查），什麼親兄弟，不成問題。拿他來比較都覺得對田中不起。

而且，和臺灣人裡面有好人也有壞人似地，日本人也一樣。

我馬上和田中一起走出了木賃宿去會佐藤。

我們走進淺草公園，筆直地向後面走。坐在那裡底樹蔭下面的一個男子，毫不畏縮地向我們走來。

「楊君！你好……」緊緊地握住了我底手。

「你好……」我也照樣說了一句，好像被狐狸迷住了一樣，是沒有見過面的人，但回轉頭過來看一看田中底表情，我即刻曉得這就是所說的佐藤君。我馬上就和他親密無間了。

「我也在臺灣住過一些時。你喜歡日本人麼？」他單刀直入地問我。

「……」我不曉得怎樣回答才好。在臺灣會到的日本人，覺得可以喜歡的少得很。但現在，木賃宿底老闆，田中等，我都喜歡。這樣問我的佐藤君本人，由第一次印象就覺得我會喜歡他的。

我想了一想，說：

「在臺灣的時候，總以為日本人都是壞人，但田中君是非常親切的！」

「不錯，日本底勞動者大都是和田中君一樣的好人呢。日本底勞動者反對壓迫臺灣人，糟蹋臺灣人。使臺灣人吃苦的是那些像把你底保證金搶去了以後再把你趕出來的那個老闆一樣的畜生。到臺灣去的大多是這種根性的人和這種畜生們底走狗！但是，這種畜生們，不僅是對於臺灣人，對於我們本國底窮人們也是一樣的，日本底勞動者們也一樣地吃他們底苦頭呢。……總之，在現在的世界上，有錢的人要掠奪窮人們底勞力，為了要掠奪得順手，所以壓住他們……。」

他底話一個字一個字在我腦子裡面響，我真正懂了。故鄉底村長雖然是臺灣人，但顯然地和他們勾在一起，使村子底大眾吃苦……

我把村子底種種情形告訴了他。他用了非常深刻的注意聽了以後，脹紅了臉頰，興奮地說：

「好！我們攜手罷！使你們吃苦也使我們吃苦的是同一種類的人！……」

這個會見的三天後，我因為佐藤君底介紹能夠到淺草家一家玩具工廠去做工。我很規則地利用閒空的時間……（原文刪去）

幾個月以後，把我趕出來了的那個派報所裡勃發了罷工。看到面孔紅潤的擺架子的╳╳派報所老闆在送報伕地團結前面低下了蒼白的臉，那時候我底心跳起來了。

對那胖臉一拳，使他流出鼻涕眼淚來——這種欲望推著我，但我忍住了。使他承認了送報伕底那些要求，要比我發洩積憤更有意義。

想一想看！

鉤引失業者的「募集送報伕」的紙條子拉掉了！

寢室每個人要佔兩張蓆子，決定了每個人一牀被頭，租下了隔壁的房子做大家底宿舍，蓆子底表皮也換了！

任意制定的規則取消了！

消除跳虱的方法實行了！

推銷一份報紙工錢加到十錢了！

怎樣？還說勞動者……………！

「這幾個月的用功才是對於母親底遺囑的最忠實的辦法。」

我滿懷著確信，從巨船蓬萊丸底甲板上凝視著臺灣底春天，那兒表面上雖然美麗肥滿，但只要插進一針，就會看到惡臭逼人的血膿底迸出。

作者簡介與評析

楊逵，原名楊貴，一九〇五年生於臺南新化。一九一五年，年幼的他親眼目睹噍吧年事件，為日後積極抗日的民族意識，埋下了種子。他在青少年時期，閱讀了大量日本與歐洲文學作品，開啟世界性的視野，日後至日本讀書時，日本共產黨成立，他因此吸收了不少馬克思與無政府主義思想，確立了後來的思考模式。一九二七年，他返臺參與農民運動，從此展開積極抗爭的一生。一九三四年，他發表第一篇小說〈送報伕〉，入選東京《文學評論》第二獎，這是臺灣作家首次成功地進軍日本的中央文壇。一九四八年，他起草「和平宣言」，觸怒了當時省主席陳誠，被判囚禁於綠島十年之久。一九八五年去世，享年八十歲。彭小妍編有《楊逵全集》（臺北：國立文化資產保存研究中心，1998）收有戲劇、翻譯、小說、詩文、謠諺等，資料最為完備，二〇〇五年位於楊逵老家新化的「楊逵文學紀念館」落成。

楊逵的筆名來自《水滸傳》中好打抱不平的黑旋風李逵。而這位文學實踐與社會實踐同步的作家，也確實以他發光發熱的生命，回應了此一筆名所蘊涵的精神。楊逵投注精力於日據時代的農民運動和文化運動，將文學中的理想落實到現實，為弱勢人民的苦難發聲、請願，是「人道的社會主義者」。

〈送報伕〉雖是楊逵第一篇小說，但其中的思想與堅持，卻為他所終生實踐。小說中的壓迫者不分種族國籍，而是階級所衍生的不均，勞動者遭受資本家和統治者的無情剝削。其所揭露的失業問題、蔗農問題、殖民統治本質、階級剝削、弱勢者團結自救等等，都是楊逵作品的重要主題。楊逵點出了命運的無常和弱勢者的卑微無奈，但是在小說結尾處，乘船返鄉的楊君滿懷希望，凝視著臺灣的春天，準備刺透那美麗表面底下的惡膿，正是作者投入社會運動的心聲顯影。

延伸閱讀

1 林載爵，〈臺灣文學的兩種精神——楊逵與鍾理和之比較〉，《中外文學》第2卷第7期（1973年12月）頁4～20。

2 林瑞明，〈人間楊逵〉，《臺灣文學的本土觀察》（臺北：允晨，1996），頁45～60。

3 陳芳明，〈楊逵的反殖民精神〉，《左翼臺灣》（臺北：麥田，1998），頁75～98。

4 彭小妍，〈楊逵作品的版本、歷史與「國家」〉，《歷史很多漏洞——從張我軍到李昂》，（臺北：中國文哲所籌備處，2000），頁27～50。

5 黃惠禎，〈楊逵與賴和的文學因緣〉，《臺灣文學學報》，第3期（2002年12月），頁143~168。

植有木瓜樹的小鎮

龍瑛宗（張良澤／譯）

午后，陳有三來到這小鎮。

雖說是九月底，但還是很熱。被製糖會社經營的五分仔車搖晃了將近兩個小時，步出小車站，便被赫赫的陽光刺得眼睛都要發痛似地暈眩。街道靜悄悄地，不見人影。

走在乾裂的馬路上，汗水熱熱地爬在臉上。

街道污穢而陰暗，亭仔腳（騎廊）的柱子熏得黑黑，被白蟻蛀蝕得即將傾倒。為了遮蔽強烈的日曬，每間房子都張著上面書寫粗大店號——老合成、金泰和——的布蓬。

走進巷裡，並排的房子更顯得髒兮兮地，因風雨而剝落的土角牆壁，狹窄地壓迫胸口；小路似乎因為曬不到太陽，濕濕地，孩子們隨處大小便的臭氣，與蒸發的熱氣，混合而昇起。

通過街道，馬上就看到M製糖會社。一片青青而高高的甘蔗園，動也不動；高聳著煙囪的工廠的巨體，閃閃映著白色。

來到事務所前的砂礫場時，洪天送露著白齒笑迎出來。戴著大帽盔的黝黑的臉，油光滿面。

「來了啊，打算住——」

「還沒有決定。想要拜託你，所以先來拜訪你。」

「哦？這兒要找個適當的地方，可不容易呀。暫時住我那兒怎樣？」

「那真是求之不得的呢。恐怕太打擾你了。」

「我現在獨個兒住著。無論如何就這麼辦。」

本來陳有三就是為這事而來的，沒想到一談即成，頓時鬆了一口氣，小聲道：

「那在我找到房子之前就麻煩你了。」說著，才開始吹氣拭汗。

從會社順著甘蔗田的小道走約半里路，有一條泥溝；馬口鐵皮葺的矮長屋擠在一起。推開貼有紅紙——上面寫著「福壽」二字的門，裡面隔成二間，前面是泥土間，放置著炭爐和水甕等廚房用具，屋頂被煤煙熏得黑漆漆，蜘蛛絲像樹鬚一般垂下來。

後面是寢室，高腳床上鋪著草蓆，角落裡除了柳條行李箱與棉被之外，散著兩三本講談雜誌。板壁上用圖釘釘著出浴的裸女畫像。

「×點下班，這段時間你請慢慢準備。」

洪天送說著，便倉皇走出去。

陳有三把籃子放在床上，脫下濕淋淋的襯衣，絞乾之後，晾在籃子上。房間裡只有一個極小的格子窗，從窗口可望見綠油油的蔗園那邊工廠像白色的城堡。但馬口鐵皮屋頂所吸收的熱量，壓縮全身似地暑熱。被曬成褐色的臉上，油汗黏黏；裎裸的身體，不斷地冒出大粒的汗珠。

他把上身投到床上仰臥。閉上眼睛，無數的星星像火花地出現、散落。

＊

翌日，陳有三來到潔淨的紅磚砌成的街役場（即今之鎮公所），從滿腮鬍渣兒、目光威嚴的小谷街長接過派令，上寫著：命雇，月給二十四圓也。

陪著高個兒而膚色皙白的黃助役巡迴向全體吏員拜會。回到助役座位的黃助役以矯作而透明的聲音說：

「你是從多數的志願者選拔出來的優秀青年，本次能入本街役場，頗值慶賀。希望你不辜負同仁的期望，以誠意、努力奮勵於事務。工作是先當會計助理，關於此，金崎會計將指導你一切。」以演講的口調說完之後，從容地起立，帶領到櫃臺的會計課，屈弓著背，笑容可掬地說：「金崎先生，陳君拜託您照顧了。」

金崎會計好像在臺灣住了很久，額骨曬得赭黑而突出，蓄著小鬍子。像木偶以地無表情，僵硬的聲音說：

「嗯，是陳有三君吧。那就開始吧，你先做做點鈔的練習。」

說著就遞給陳有三一束百張的紙幣大小的牛皮紙，並教他數法。但金崎會計好像不甚熟練於會計事務，點鈔的手法不太高明。陳有三一心不亂地用堅硬的手，一張一張翻數著。這種機械的動作，持續到近中午的時候，身心已感到相當疲憊。牛皮紙被海棉的水沾得濕濕地，腕部像要折斷似地酸痺。

「陳先生，吃午飯去吧。」

真幸運，一個長得高高的男人走過來邀約。他有挺銳的鼻樑和窪陷的眼睛，但說話聲帶著妞妞地女性溫柔。

「但大家還沒離開，可以嗎？」

「午砲已響了吧，可以自由出去了。」

陳有三向金崎弓腰：「對不起，先告退。」看看裡邊，只有黃助役支著肘，壓著桌子的樣子，吭吭地發著鼻響，一邊看報。陳有三老遠地行了一禮走過。

出到外邊，正午的太陽像要燒焦腦門那般強烈照射著。街上滿溢白光。路上只看到一個從山上來的年輕女子，扁擔壓得彎彎地挑著一擔木柴走過去。穿著短黑褲仔和藍色上衣，她的茶褐色的臉上，汗水淋漓，神色像燃燒的玫瑰色，微微的困憊停留在美麗的雙頰上。

市場大約在小鎮中央，對於這貧窮的小鎮而言，市場倒是相當大而漂亮的紅磚建築物。

踏進市場內，意外地發覺人潮殷盛。掛著豚肉的屋臺排成長列，腑臟及滴著血的頭骸骨陳列著，媠媒（婦人）們來往於其前，討價還價著。也有以粗垢的手，從腰包裡取出白硬幣，用心地數著。

過了豚肉店，便是掛著燻烤燒鳥、紫紅香腸的飲食店。那是令人目眩的食慾風景。濛濛混濁的吵雜聲中，有的蹲下來買半角錢的蕎麥，拚命扒進嘴裡；有的端一杯白酒，像煮熟而矇矓的眼睛陶然自得；有的蹲在長椅上，一邊吸著鼻涕，一邊鼓腮咬著豚肉片。——由於煤煙與油脂而發出黑光的食堂，人們一齊把脖子伸進濃味油膩的食慾中。

傴僂而豬脖子的怪模樣的男人一邊擦著滿是油脂的手，一邊裂嘴而笑地走出來。因為是嚼檳榔的關係，牙齒染得赤黑。

「請坐。戴先生，要吃些什麼？」

「雜菜湯、燒雞，再來上等飯，啊，拿一瓶啤酒來。」戴好像想起來：「今天早上，黃助役雖已介紹過，我就是這個名字……。」

他遞出名片，上面印著「戴秋湖」。

走過杉板粗糙的柵圍，坐下漆朱的桌邊。這是特別室。一個穿著古風的長中國服，看來像是儒學家的老先生，透過銅框的小眼鏡，瞅了一眼過來。他的衣服到處縫補又污垢。滿佈深皺紋的嘴邊，一邊嚼動著，一邊用乾瘦而有斑點的長指甲，笨拙地剝著烤鹹鯽魚。

不一會兒，冒著熱氣的飯菜端來了。戴秋湖老練地拔掉啤酒瓶蓋，滿滿地斟了一杯遞給陳有三。他自己的一杯也一飲而乾，邊擦掉嘴邊的泡沫，一邊暢談起來：

「那個會計的金崎先生，你看他那可怕的臉孔，其實是個很好的人。那個人長年在鄉下當過警察，為保持威嚴，自然就變成那種苦喪臉。有時講話好像很重，但內心倒很善良，你不必太掛意他。對啦，那個小谷街長也是幹過K郡警察課長的人。還有那個黃助役，他只是公學校（小學）畢業而已，為了幹上助役，好像奔波獵官不少。那傢伙對我們下級人員就驟變了，作威作福，對上級或對內地人（日本人），就畢恭畢敬，真是卑屈的家畜。總之，他對上級的逢迎，就是我們效法的範本。連日本話也講不好的公學校畢業生，擁有中等學校出身的部下，這似乎太滿足了他的自尊心。那傢伙，明明是虛榮家，卻又單純，唯唯諾諾追隨他，奉承他就可以了。」

戴秋湖凹陷的眼睛閃閃發亮，顴骨附近微微泛著血色。

「對啦，現在賃租在哪兒呢？」

「哈，還沒決定，暫時麻煩洪天送君。」

「哦，那我也得努力找找看。」

對於講話爽快的戴秋湖，陳有三不自禁地覺得他是親切而值得交遊的朋友。

「有空務必請你來我家玩一趟。我的地方洪天送很熟悉。」

戴秋湖為了付賬，拍拍手，傴僂的男人飛奔過來，像春貓的叫聲：「要回去了嗎？」呸！吐出一口赤黑的檳榔汁。

◆

那天黃昏，從馬口鐵皮屋頂昇起的薄煙，裊裊地溶進暗濁的天空；蚊蟲成群，慌亂地交飛著。

陳有三與洪天送沿著泥溝，走過滿是灰土的凸凹路，回到了住處。晚飯後，陳有三穿一件汗衫，洪天送則日人式地穿著寬敞的浴衣，搖著扇子。但洪天送的油光黑臉，穿上浴衣的姿態，顯出一種異樣風采。

走到街的入口處，右邊連翹的圍牆內，日人住宅舒暢地並排著，周圍長著很多木瓜樹，穩重的綠色大葉下，結著纍纍橢圓形的果實，被夕陽的微弱茜草色塗上異彩。

「這裡是社員的住宅。我要是再忍耐五年，便可從那豚欄小屋搬到這裡來住。但是其他的人就可憐了，對他們而言，這裡不過是『望樓興嘆』而已，因為他們沒讀中等學校。」

洪天送昂然挺胸，搖擺著身體說著。

圍牆邊兩個穿著衣連裙的日本女人，無顧忌地聳肩而笑談著。被風吹動窗簾的側廊，一個胖敦敦的中年男子穿著內褲，兩手叉腰，凝視著遠方。

「現在住在社員住宅的本島人只有兩人，一個高農，一個工業學校畢業。」洪天送補充說明。他在這世間唯一的希望是忍耐幾年之後，升任一定的位置，住日本式房子，過日本式生活。他似乎陶醉於那種快樂與得意，瞇眼含笑著。

街道愈來愈窄，小房子雜亂並處。打赤膊的男人們好像都吃過晚飯，聚集圍坐在一起。露著栗色肋骨的年輕男子，以靈巧的手法拉著胡琴。尖銳的旋律，像錐子似地鑽進黃昏。垂著乾癟乳房的五十來歲的老女，拍著棕梠扇子，誇大地嘟囔著：

「今年真特別熱呀。」

這時候，洪天送突然撞了一下陳有三的肘部，壓低聲音，啜嚅道：

「喂，看前面的女人！」

眉毛的濃描與艷妝而豐滿的女人，坐在椅子上而促起一隻膝蓋。從捲起的褲仔腳，可窺見白嫩的大腿股。無客氣的視線追趕過來。

「可能是賣淫的女人。」

洪天送邊回顧邊說道。

來到壁與壁之間只能通一個人的窄路，通過窄道，便有三間壁板腐朽的古老日本式房子。前後左右都被家屋包圍著，角落的小塊空地可能是垃圾場，令人反胃的惡臭陣陣撲鼻。

「喂，在家嗎？」洪天送發出宏亮的聲音。

「誰？」同時打開紙扉，伸出一個怪鳥似的頭，透過暗道，探究這邊。隔了一會兒，才認出來：「原來是洪君，還有客人呢。來，請上來！」

洪天送介紹之後，才知道這個人是他的前輩，叫蘇德芳，現服務於某役場。

蘇德芳的高突的顴骨，和收縮的小嘴邊，顯得乾燥而無血色，身體虛弱而多骨，顯示營養不良的情狀。陷落的瞳孔，奇妙地注滿悲悽的底光。那是青春的遺痕吧。

在隔壁的房間，剛給嬰兒吸過奶吧!?一個憔悴而蒼白的女人，一邊扣著上衣的鈕釦，一邊打開紙扉。

「歡迎來坐。」兩手伏地，深深垂了頭。

「是內人。」蘇德芳在旁邊說。

女人也是很瘦，下顎像削過似地尖細。即刻站起來，退回去，一會兒廚房傳來格格的聲音。大概是在泡茶。黃暈的裸電燈底下，三人盤腿圍坐著。搖著扇子。一點也沒有風的沉澱的空氣，好像要蒸熟身體。

趕快問這附近有沒有房子要出租。

「這附近好像沒有的樣子，但我可打聽一下。」

蘇德芳扭著頭回答，接著說：

「我也是到處找尋，最後才到這地方。六疊他他米兩間，玄關二疊寬，房租每月六圓，還算便宜，但你看四周被包圍，空氣流通不好，陰氣沉沉，害得小孩子常年生病，很想搬家。這種生活真受不了。本島人沒有房租津貼，薪水又低，每月家計可真艱苦。雖可租本島人房子，但衛生設備奇差，房租也得四、五圓，為了顧全體統，結果也就在這裡落根了。但餓鬼的病，可真吃不消。……」

話語突然中斷，俯身凝視陳有三道：

「陳先生，因為你剛從學校畢業，所以告訴你，結婚不能太早呀。殷鑑不遠，我就是最好的影子。雙親無理的強迫也有關係，也是因為我沒有堅定的信念所造成的結果。只是沒有想到那破綻會來得那麼快。家母虛榮心甚強，我剛剛中學畢業就了職，便以為這個兒子功成名就了，非趕快叫他結婚不可。於是唆使好好先生的家父，令我早日完婚。我畢竟是剛從學校出來，雖然先予拒絕了，但家母那傢伙便哭哭啼啼說什麼不孝子啦，說對方讀女校門當戶對啦，終於那年春天便決定了T市的女學校畢業現在的內人了。你也知道女學校畢業的聘金（如同內地人的結納金，本島人是買賣婚姻），比起公學校畢業的貴得不像話；還好，內人雖是女學校畢業，比起來還算便宜一千三百圓，家裡沒有那麼多資金，借了八百左右，裝飾了華麗的外觀。但婚後第二年，家父突然去世，家裡共欠了二千圓的債。大部分投注在結婚費與我的學費，而原有的一點田地全部賣光，也還留下相當龐大的債務，這些債務就落到我的肩上來。現在可慘了。結婚那年我二十，內人十九，現在才熬到三十歲就有五個餓鬼，最小的孩子現在患肺炎，這個月又要紅字了。薪水遲遲不升，現在還是低薪得不像話。家用節節升高，幾乎無法應付。債務不但不能還，還愈來愈多。被家庭拖垮的我，誰知道學生時代是出盡鋒頭的網球選手，且創了母校的黃金時代。帶病而瘦得像猴子的內人，你可知道從前她曾有過楚楚可憐的年輕女學生時代。想到時代在暗中轉變之速，真令人感慨無限！」

蘇德芳好像要笑似的，歪著嘴唇，痙攣著嘴角。

「寶寶的病情好轉了嗎？」等長話講完，洪天送急迫問道。

「啊，總算度過難關了。」

紙扉用舊報紙糊，格子扉被孩子們玩得滿是洞洞；褪色的壁上，滿是塗塗寫寫的痕跡；屋裡一片雜亂。

這時隔壁的房間傳出爆裂的哭聲。

陳有三最後再拜託一次租屋的事情，便告辭了。來到街上，洪天送露出同情的臉色說：

「蘇先生的薪水還在四十圓邊緣呢。而孩子那麼多，好像老傢伙也很頭痛。我們要是也到那個地步就完了。」

這句話在陳有三的心上，烙下沉重的陰影。

「到公園去繞一圈才回去吧。」

說著，洪天送步向沒有人走的暗寂街路去。

公園裡熱帶林亭亭高聳。坐在長凳上，恰似森林的寂靜逼迫上來。長凳後面，橡膠樹茂密地造成強韌的暗闃。腳下的小路微白地彎曲，而後被吞食於黑夜中。前面草地的邊上，有一羣木瓜樹，靜靜地吸著剛上升的上弦月光。地上投射淡淡的樹影。

「啊，好涼爽。我們那個馬口鐵皮的矮屋真叫人受不了。過十二點，還是那麼悶熱。」

「說實在的，我一個晚上就累垮了。」

「到能住進社員住宅為止，還要五年的忍耐。但鄰居們的沒有教養，令人吃驚。嬸媒們整天大聲嘵舌，餓鬼們髒得比泥鼠還髒，男人們喝了白酒就高談猥褻；跟那些人住在一起，我們都變得卑俗無味。連隔兩三間談話的聲音，也像傳聲筒似地聽得一清二楚。深夜裡鄰居睡覺翻身的聲音，也無遺漏地聽得到呢。」

洪天送的聲音漸漸沉澱下去，直到餘音消失於黑夜時，突然陰森森的寂寞淹蓋過來。溶於月光的青霞夜氣，漸漸深沉。

四周靜寂得有些恐懼感。

「走，回去吧。」說著，伸了一個腰，站起來。

他們白色的衣服被樹影浸染著，如同潛水游於樹下。

沿著公園的垣牆，慢慢走著，不意仰望夜空，月亮清爽地搖晃於高高的椰子樹葉尖。

由於洪天送的奔走，好不容易才找到住處。房子在街的東郊，屋後田園連綿，種植香蕉及落花生等作物。家屋是本島人傳統的凹型構造，賃租了側翼的一間。

當然是土角造的，可能建造未久，那穀殼與泥土混合的牆壁呈現穩重的深茶色。房間也是泥土間，濕氣很重，但本島人的家屋來說較有大窗子。房租幾經折衝的結果議定每月三圓。

伙食決定自炊。因為農家煮的飯都摻了很多地瓜，煮得稀稀爛爛，在來米少得意思意思而已；菜餚則早晚都有豆腐乳與蘿蔔乾。儘管貧寒出身如陳有三，也不得不想規避一下。自炊的話，既經濟，又可吃些想吃的東西，剛畢業的生活力充沛著。

自炊工具都準備好了，也請洪天送代買了一張臺灣竹床。這是花四圓買來的便宜貨，稍一搖動，就發出吱吱聲音。壁上貼了白紙，屋裡一下變得明亮起來。在牆壁右上角貼了幾個大字：「精神一到，何事不成」。

還掛著一幅背著手做沉思狀的拿破崙畫像。

一切都就緒了。從現在開始就要拚命用功了，陳有三內心強有力地說著。他立志在明年之內要考上普通文官考試，十年之內考上律師考試。這看來像是血氣方剛的青少年常有的夢想，但對陳有三而言，由於下列幾點原因，當看成帶有相當可能實現的要求。

的。

第一、從經濟觀點而來的對現狀之不滿。他可被計算的生涯，在這多夢的時代裡，是無法忍受

最確實的是一年昇給一圓，十年後月薪也不過三十四圓。這期間假如結婚的話，就像前輩蘇傳芳那樣地成為一個被生活追趕的殘骸。

第二、陳有三以優秀的成績畢業於T市的中學校，這事使他有充分的信心：憑自己的腦筋與努力，可以開拓自己的境遇。

陳有三既已畢業，（他之所以進中學，是因為鄉下無學的父親聽說兒子的同學都志願考中學，便讓兒子也跟人家去考試，原先並無定見；中學畢業之後，就沒有更高級的學校可進。）遊蕩了四、五年，得悉這個街役場有缺員，便趕緊報名應徵，擊敗了二十幾名報考者，通過任用考試，這還不是憑努力就可解決一切嗎？陳有三滿懷美夢。

他在中學時代讀過的書，除了教科書之外，便是修養書，偉人傳，成功立志傳之類。這些書裡所描寫的人物，都是出身貧困、卑賤，經過任何的荊棘之道，才積成巨萬之富，或成為社會的木鐸，貢獻於人類福祉。這些成功的背後，只有滲血般的努力。啊，或許窮困才是值得讚美也說不定。因為貧苦是成功的契機。

然則，陳有三並沒有成為一代風雲人物或萬人之上的荒唐想法。

在他看著美夢的眼中，罩翳著幾許時代的陰影。

第三，他對本島人的一種輕蔑。

吝嗇、無教養、低俗而骯髒的集團，不正是他的同胞嗎？僅為一分錢而破口大罵，怒目相對的纏足老媼們，平生一毛不拔而婚喪喜慶時借錢來大吃大鬧、多詐欺、好訴訟及狡猾的商人，這些人在中等學校畢業的所謂新知識階級的陳有三眼中，像不知長進而蔓延於陰暗生活面的卑屈的醜草。陳有三厭惡於被看成與他們同列的人。看下情則知其所以然：

有時候，陳有三被日本人叫「狸仔」（即「汝也」的臺語，含有對本島人侮蔑之意）時，便蹙緊眉頭，現出不愉快的臉色，表示不願意回答的樣子。

因此他也常穿和服，使用日語，力爭上游，認定自己是不同於同族的存在，感到一種自慰。但是如同倉庫的月租三圓正的泥土間，憑靠著竹製的臺灣床，看著陳有三的和服姿態，真是滑稽透頂的場面。再說那也許是無法實現的想望，運氣好的話，跟日本人的姑娘戀愛進而結婚吧。不是為此而公布了「內臺共婚法」嗎？

但要結婚的話，還是成為對方的養子較好，因為改為內地人戶籍，薪水可加六成，還有其他種種利益。不，不，把這些功利的想頭一概摒除，只要能跟那絕對順從、高度教養、如花艷麗的日本姑娘結婚，即使縮短十年、二十年壽命都無話可說。然而這份低薪的話，無論如何都成不了事。對啦，用功吧！努力吧！必能解決一切境遇。

每當陳有三快樂的空想到達極致的時候，便對自己加以現實的鞭策。於是，他仔細地計算起來：

收入　二十四圓
支出
伙食費　八圓
房租　三圓
電費及炭費　一圓五角
寄回家　五圓
書籍費　三圓
雜費　三圓五角
結餘　零

但，衣服費、臨時費等則向家裡請求。另外，作了一張讀書時間表，寫上「嚴守時間」四字。陳有三寄了一封信回家，表明了他的抱負。

父親大人鈞鑒：

不肖離開膝下，匆匆已過旬餘。家中諒必安泰無恙。不肖亦頑健至極，請勿掛念，目前任職會計助理，工作非常單調。由於洪天送兄之奔走，住宿已解決。閑雅住家，房租三圓。月薪二十四圓。經綿密開支計算結果，爾後每月匯寄五圓回家。無法再撙節多匯，敬祈察諒。

然則雖已畢業，並非閑居無為，必拮据勉勵，以期他日之大成，不肖謹慎品行，精勵公務，利用餘暇，不屈不撓，勤學向上，欲以揚家聲，而報父母鴻恩之萬一也。

敬祈垂察不肖微衷，刮目以待。

殘暑嚴熱，攝生自愛為禱。

不肖敬稟

陳有三想起滿臉塵灰與皺紋的老父。三十年來可謂縮緊脖子而儲蓄下來的血汗一千五百圓，完全投注於學費，等著兒子以優異成績完成五年間的學業，而後可以過得較安適的生活；而今，竟領如此低薪，每月寄回五圓，無助於家計，如此情況，父親非再如牛馬般勞動不可，直到手腳不能動彈為止。想到此，不禁替父親可憐萬分。

雖如此，附近鄰居大加讚美道：

「您真是找到好工作。真會賺錢。我的小犬也去都市奉仕，但薪水每月只有三圓。」

陳有三按照計劃用功讀書。常在深夜十二點或一點，還可看到他專心一意讀書的背影。

◆

有一天晚上，同事戴秋湖來訪，邀他出來散步順便去他的家。戴秋湖對陳有三經常表現很親切的態度。陳有三完全當他是可信賴的友人。

去戴秋湖家的路上，不但漆黑且崎嶇不平，陳有三幾次差點跌倒。

他的家是屋頂翹曲的老家，牆壁滲著灰色。

陳有三被引到正廳。正面掛著觀音佛祖的畫像，兩側壁上貼著各種姿態的上海美人的彩色圖片。

中間放置一張圓桌子，上鋪綄花邊的白桌巾。正當陳有三坐下籐椅子時，從入口處走進一個老人。

「是我父親。」戴秋湖向陳有三說，而後介紹道：「爸爸，這位是新來役場的陳有三君。」

陳有三深深垂下頭時，老人像要制止似地伸出僵硬的手，做了請坐的手勢。

「簡陋的地方，歡迎你來。」

露出多皺紋的和藹笑容。一坐下來，就在長竹根的菸管裡，塞進味道強烈的赤麟煙絲，而後噗嗤噗嗤地吸起來。

老人像南洋酋長似地，皮膚呈赤褐色而鬆弛。十二、三歲的少女端來一盤木瓜。美麗而黃暈的瓜肉上，圓圓小小的黑色種子發著濕濡的光。

「陳先生很年輕，幾歲啊？」

「二十歲。」

「哦，正是年輕力壯的有為青年呢。」

「…………」

「府上在哪兒？」

然後詳細地問眷屬、老家、職業等家庭的情況。

「生了像你這樣乖順的兒子，雙親一定很滿足，薪水又高，一定有存錢吧？」

「不，每月要寄錢回家。」

這下子，老人伸出下顎，顯出訝異的臉色道：

「但是家裡也不需要你的錢吧？」

「不，家裡很窮，多少要補貼一點家用。」

「真了不起。你這樣的青年太難得了。」

老人銜著菸斗，沉思了片刻，而後忍不住地驚嘆。

這時，戴秋湖從旁插嘴說：

「是呀！爸，陳先生還很用功呢，隨時手不離書呀。」

「哦？那……。怎麼樣？不要光是讀書，請常常來玩。對，這次放假，跟我兒子一起去我們的橘園，怎樣？正是蜜柑成熟的時候，景致又好。」

「啊，非常謝謝。」

戴秋湖以凹陷的眼光緊盯著陳有三，一邊把膝蓋挨近，說：

「陳先生，你一個人很寂寞吧。還要燒飯、洗衣，很不方便吧？怎樣，我的遠親有位小姐，溫柔美麗，你把她討來不錯呀。」

「謝謝關懷。但因種種關係，近期內沒有那種意思。」陳有三覺得是不該有的事，內心苦笑說。

「銀珠嗎？那女孩子我也很清楚，確是好姑娘。」老人拿菸斗邊在地上敲敲，邊像自言自語。「不，陳先生，你的生活既安定，薪水又高，結婚絕不成問題。再說，本島人十八、九歲結婚的，多的是。」

「問題就在這裡。本島人早婚的陋習，非從我本身改革不行。」

「那是很了不起的理想。但不能把所有人硬塞進那框框裡吧？姑且不管那個啦，什麼時候去看一次。非常漂亮的姑娘喲。你一定會喜歡的。」

「那還……」陳有三窘困地說不出話。

場面變得有點不對勁，老人混濁的聲音打破沉寂：

「真是新頭腦的有為青年。我們舊式的人，總以為早些娶妻生子便是盡孝道的一種哩，哈哈……」破銅鑼似地低聲笑著。

數日後，洪天送來訪，一見面就捉住他說：

「老兄，上回去戴秋湖家的時候，真的受不了。」

於是，苦笑地把那天晚上的事情一五一十地述說了，洪天送頻頻符合節拍似地聽著，好像等了很久，陳有三話剛講完，他便道出了稍令人意外的事情：

「戴秋湖君之所以對你那麼佯裝親切，是因為他別有用心。看他那帶刺的眼光就知道是精於打算的陰險人物。對你表示種種的親切，是想從你那兒得到什麼而嗅著你。但一旦知道從你那兒得不到什麼的時候，便易如反掌地對你冷淡了。你去戴家被問了很多事情，就像是對你及你家的信用調查。而勸你結婚，想推介遠親的姑娘，就表示你已失去戴家女婿的資格。因為戴君自己有兩個妹妹。大的妹妹就因為戴君的暗算陰謀，離婚回家，成了悽慘的犧牲品。大約二年前，街上富家的放蕩子死了太太時，他把妹妹的美貌當商品，也不理會她的厭惡，硬是把她嫁給豺狼色魔的放蕩子。她長得像海棠那麼美。那個浪蕩子具有瘋狂的興趣，每當街上新來一個賣春婦，必定要通情一次。而且每當醉酒回家，必然踢打太太，做盡狂暴的行為。他的太太是C市高等女學校畢業的有教養的女性，被如此狂暴的丈夫虐待，甚至被染了惡劣性病，原來嬌貴之身，無法忍受這些壓力與嘆息，終於得到了肺病。而且那個婆婆又是出名的潑婦，雖然擁有龐大財產，但對媳婦的病，幾乎無法令世人相信地一點也不施予治療。她終於兩年前去世了。想必悔恨地咬著牙齒而斷氣吧。戴家迷惑於對方地位與三千圓，硬把妹妹推到豺狼身上。結果當然又遭噩運，染上性病，忍受不了婆婆的虐待，呪咀著自己的命運，企圖縊死，幸虧沒死成；兩家大為緊張，放蕩子一時也抑制玩樂，可是最近又恢復原狀，終日耽溺花柳樓。終究戴家由於女兒的切切懇求，把她接回家來。她現在靜靜地養著受傷的身體，等著再婚的日子。但因為這，她的結婚條件就變得很壞了，所以戴君似乎打算把她儘可能地嫁給他鄉的人。也就是找個不太知道這件事的他鄉人，閃電式地決定。我講漏了一點，在戴家那個老爺形同隱居，家務全由戴秋湖君處理。戴君或許原想把這個孤寂的妹妹送給你也說不定，但現在已在銓選之外，恐怕是因為你坦陳了你家的貧困，微薄的薪俸還要寄錢回家。只要使出他那一流的策術，不難得售於他鄉相當的家庭吧。大妹妹不能送給你，小妹妹當然免談了。那個小的妹妹瞳孔浮腫，有點白痴，我先給你注意，你雖然落選，但一點也不足為恥。他把你的人格與潛力完全置之度外，單看你的富裕與否。假若你有相當的資產，那麼即使你是無能者或背德者，他也樂得把妹妹獻給你。還有，他頻頻向你推薦遠親的小姐，那是企圖從遠親得來的利益呢？還是只想從你那裡擠些媒人錢，真偽不明。總之，要是單純地相信了戴秋湖君的言行，一定要上當的。他做著許多來歷不明的事情，介紹結婚也是他的重要副業之一。就憑他三寸不爛之舌，媒人錢一次至少也有十二圓以上的收入。那個老爺好賭博，上次也被抓去關了幾天哩。」

◆

西邊一帶是橘園丘陵地，在斜坡的盡頭，這個小鎮寒傖地蹲踞著。東邊是森嚴的山岳連亙著，深處便是中央山脈，有如巨獸露出灰藍色的脊梁，頂著蔚藍的天空。

試著翻閱當地的《地理指引》，以麗句概說此地沿革如下：

「該地原為蕃族所佔，依據口碑所傳，雍正三年（距今二百餘年前）漢人始入犁萬丹之野，田疇逐日拓墾，移住者自四方蝟集，結茅舍，經久歲月，形成部落。其後住家驟增，以至今日之市街。」

其次，產業欄裡介紹如次：

「該街為郡下物質集散地，市街極為殷盛。附近土地肥沃，水利便利，多出產米、地瓜、甘蔗、蔬菜、芭蕉、鳳梨、柑橘、落花生；林產有柴薪、木炭、筍、竹林；工業生產有砂糖、酒精、鳳梨罐頭等；家畜亦盛焉。」

但這是從前的面貌，現在蕭條到叫它為生病的小鎮較為恰當。為什麼呢？那是被地勢所制扼的緣故。

這街在往年，是對蕃界實施理蕃政策的要地，且為舊行政區域的廳政所在地，所以充分被利用而繁榮；但其後，理蕃事業猛快推進，要地遷至H街，適值新州制公布，此街僅為郡的所在地，因此，蹲伏於丘陵之裾的本街，必然走向凋落之途。

著名的濁水溪支流挾著這街附近而呈泥炭色的水流。豪雨來襲，立即氾濫，流失橋樑，交通陷於中斷。直到水勢減退，竹筏可渡為止，報紙、郵件不用說，連味噌、醃蘿蔔等食品都告斷絕。三面環山，形成南北狹長的盆地，這個高地平野的中心是鄰庄的S庄，因此本街的沒落正好促成S庄的繁榮。

S庄不僅是這個平野物質集散的中心地，也是交通的要衝。從S庄到州所在地的T市，或到縱貫沿線的小都市，交通都很方便，而且也是理蕃政策要地H街的中間站。

S庄是盛產米的輸出地，因而多富裕的地主，且社會運動家等人才輩出。要之，整個S庄富於進取的氣象；相反地，本街的人們是保守退伍的，幾個有錢老爺，也不想做事，終日沉浸於鴉片菸中。

登上山丘，越過相思樹梢，俯瞰這小鎮，可以看到木瓜、香蕉、檳榔、榕樹等濃濃綠蔭覆罩著黑色的矮屋頂。稍稍離開小鎮的右方角上，製糖工廠像白色的城廓似地，被一片的甘蔗園包圍著。愈遠愈深的碧藍天空裡，積雲靜靜地屯駐著，在可望的視界裡，盡是豐饒的綠色南國風景。

進入小鎮，驛前路是街中最好的路，只有單側建紅磚的二層樓房，這便成為花柳街。可能來自北部的年輕賣春婦們，穿著花哩花俏的豔色上海裝，或向行人送露骨的秋波，或露出黃牙齒而笑。對面有一間叫鶯亭的朝鮮樓，另有一間日本人的妓院。不知何處漂來？那兔唇且出了小疙疸的女人，或用墨筆深描眉毛的圓髻瘦小的女人站著講話的姿態，依稀可見。

市場前的馬路叫「大街」，但兩側燒焦似的黑柱子、腐朽的廂房，狹窄的亭仔腳下，豆粕與雜貨類雜亂並陳，傾斜的屋頂上處處長著雜草。封滿塵埃的雜貨店裡，商人像長了青苔的無表情的臉，終日沉坐著。滿臉縱橫皺紋的老人，在亭仔腳的地上，伸出枯枝似的腳，銜著長長的竹菸管，懶懶地打盹著。

強烈日光下的十字路口，張著蝙蝠傘，賣著落花生的榕樹般蒼黑男人，好像在那兒無聊地抱著膝蓋曲捲著。

賣著一片一分錢的鳳梨等水果攤，金蠅嗡嗡地聚著。

陳有三經常穿著浴衣，笨拙地繫著寬條布帶，毫無目的地漫步街頭，看著如同石罅中的雜草那般生命力的人們，想著自己與他們之間有某種距離，一種優越感悄悄而生。

搖搖晃晃的漫步中，看到咻地用手擤鼻涕的纏足老婦女，或者毫無條理、高亢的金屬性聲音叫喚的媠媒們，便蹙起輕蔑的眉頭。

但，在這泥沼中的人物之中，有一天晚上，有人深深地震撼了陳有三的心，十三夜的月亮高高照著黝黑的街上。陳有三讀書之後，漫步到街上來透透氣。

來到街郊，那兒有並排的棕梠，陳有三坐在樹下的石頭上，得到片刻的休憩。忽然透過靜寂傳來纖細澄清的音色，絲絲地滲進心裡，擴大漣漪。青白月光和薄藹籠罩，屋頂如覆霜似地發白。正好對面的屋子裡，有一個年輕的少女在彈著臺灣琴，穿著草色衣服的豔麗少女，在燈下低著頭，露出美麗的側臉，發亮的瞳孔，端正的鼻梁，如同紅色花蕾的嘴唇，還有密厚的黑髮，這一切似乎可聞得淡淡的香味。

少女的旁邊有一個穿黑衣服的微胖女人，大概是她的母親吧，叉著兩腿，嚅嚅咀嚼著檳榔。

陳有三感到熱熱的醉意，莫可名狀的感情癢癢地搔動身體。

她奏的曲子是中國古代的悲歌吧。那幽婉的旋律微微振盪心弦。陳有三的腳跟被遙遠而分辨不出喜悅或哀愁的感情與空想之波浪沖擊著。

◆

「坦白跟你說，我被母親逼得非訂婚不可。大後天是正式的相親，一定要請你跟我一起去。」

洪天送的黑臉泛著微紅，難以啟齒地說著。

「哦？那真第一次聽到——」

「最近才決定的事情。對方是商人的第三夫人的獨生女，因為有陪嫁錢，家母便大為興奮。為了想嫁給中等學校畢業的人，便把白羽之箭射向我來。」

「好呀。」

「反正我們是沒辦法戀愛結婚的吧。那就不如結個賺錢的婚。畢竟有陪嫁錢的人不常有。」

「這就是有企圖的結婚觀。」

「不管是不是有企圖的結婚觀，我只是聰明地抉擇現實的路。現今，我們的風俗是買賣婚姻吧。女人依其美醜、教育程度、家世等條件而有價格之差異，但不管差到哪裡，男方總要拿出錢來買女人。但偶爾也有例外。即如中等家庭只有獨生女的情形下，便多少附送些陪嫁金，找個相當學歷與生活安定的男人。假如追根究底柢，對方也是有企圖地以陪嫁金釣個條件好的男人，所以不管怎麼說，我們沒有真正的選擇之自由。誠然相貌的美醜，偷看個兩三回也許就可知道，但性格等問題，非得相當期間的交往是看不出來的。要之，我們的結婚，就像抽籤，幸與不幸全由籤來決定。這麼一想，與其花錢買，還不如以送聘金為名目，其實從對方撈一筆過來較為聰明哩。」

「嗯，你的說法確有一理呢。這一來，結果能享受得到利益的只限於有一定地位的人吧。」

「嘛，可以這麼說吧。那個商人擁有三個妻子，女人們爭著存私房錢，而那個第三號夫人只有一個女兒，便把私房錢通通給她。」

當天，包括陳有三，總共六人浩浩蕩蕩地來到女方的家。女家開商店，店裡擺著各色各樣的棉布類及人絹類，一個五十出頭的肥胖而痘痕面的男人，細瞇著眼，滿面笑容，招呼大家入座。

「恭喜頭家，今天真大好吉日，沒有比今天更高興的了。」瘦得像枯柴的媒人，高聲地恭維著。

通過店面，裡面有漂亮的正廳，明窗淨几；正面有觀音佛像，神龕上供奉著祖先的牌位，線香的煙縷縷裊裊；燭臺上鍍金字的紅蠟燭吐著小小火焰。側面的牆壁上，掛著穿清朝禮服、留長指甲、戴碗帽、蓄八字鬍、瘦得像木乃伊的鴉片鬼似的男人的肖像。畫像上滿是塵灰。

紫紅的絹加了刺繡的花燈一對，垂吊於左右。

「像洪先生這麼敦厚而且前途無量的青年，可不容易找到的呢；加上美珠小姐的美貌，真是相稱的一對鴛鴦呀。這也是前世兩家的姻緣。真是可喜的日子……」

「笨拙的女兒，不知能不能合乎各位的家風，令人掛心。哈哈哈……」

「不，今天真是可喜的日子呀。」媒人不知第幾次的恭維之後，向同座的人說：「那麼，就開始吧。」

同座的人重新端正坐姿。

一會兒，正聽得鞋聲，衣服的悉索聲時，一個穿著閃爍光澤的淡桃色緞子的上衣和深藍色裙子的少女，捧著茶盤，俯首移著碎步走出來。穿著黑色衣服的老婆好像要抱住她似地領著她。少女在大家的面前恭敬地行了一禮，把茶盤端向洪天送的母親，然後依順序迴繞過去，最後來到洪天送跟前。洪天送拘謹的表情，顫著手取了一杯，少女羞澀地低頭像一朵含笑花。繞過一圈之後，少女靜靜地引退下去。

大家啜飲著茶。那是放了冰砂糖的澀澀甘味的茶。

再一次聽到鞋音、衣服的悉索聲，像前次的那樣被黑衣老婆抱住似的少女又出現了。洪天送把摺疊的六張新紙幣放進喝乾了的茶杯裡，而後放在少女端出的茶盤上。大家也各隨己意地把紙幣放進茶杯裡。陳有三也放進一圓紙幣，當少女轉來的時候，一邊把杯子放上去，一邊下定決心地偷看了少女一眼，濃施脂粉的臉上，無何表情，彷彿羸弱的深閨的小姐的蒼白。

「幾歲？」陳有三低聲地在洪天送耳邊問道。

「十六。」洪天送也像怕別人聽到似地小聲回答。

緊接著同座都騷擾起來。交易開始了。聘金一千二百六十圓之中，五百圓作為男方籌備家具的費用，其餘七百六十圓必須付給女方。而第一次支付金額二百圓正，決定現在支付，洪天送的母親從懷裡取出嶄新的鈔票，小心翼翼地排在鋪著紅紙的桌子上。

這樣聘金的收授對洪天送而言，僅止於舊習形式上的蹈襲。按照預先的約束，聘金暫且收下，扣除實際的結婚費用，其餘額便與陪嫁一齊送還男方。

「這很抱歉。」少女的父親接過去，一張一張地算著說：「沒有錯。如數收下。哈哈哈……」

一入十一月，炎炎燃燒的太陽也逐日減弱照射而成黃金色，蒼穹澄清無涯。如水清澈的冷風颯颯吹來，路樹呈暗橙色搖曳著。

高原的新秋街上，幾分變黃的樹梢或增黑的屋頂，看來像靜靜地在喘一口氣似地。

一到夜裡，街上的犬吠聲或其他，都像掉進深淵似地靜寂下來。

被大熱天蒸得像鉛的頭，完全冷澈下來，陳有三的功課也大有進步，常不知不覺讀到深夜。

當全身沒入讀書之中，莫可名狀的感激與歡喜的波浪一陣陣拍擊過來。

深夜，翻閱古書，感到古人、偉人與我近在咫尺之間，就像在貪睡的街上，一個人昂然而走，體內漲著熱情與驕傲。

到了十二月，天氣果然變得寒冷了。風捲起沙塵，粗暴地驅迴著街道。陰沉沉的天色，小鎮也變成灰黑色的基調，冷顫顫地。

雖年底已近。但小鎮這一點也沒有異樣。只因這兒使用陰曆。

元旦降臨了。

街上只有日本人家立著松竹，而本島人幾乎沒有人立它，且照常開店營業。

陳有三出席了街役場主辦的拜年會之後，本想回家一趟，突然中學時代的同學廖清炎來訪。廖清炎穿著淺灰色的西裝，外套一件風衣，腰帶束得緊緊的，何等瀟灑的都市青年風采。

「喂，真難找呀。」一跨進門檻，就發出爽朗的聲音。

「哦，是你嗎？真難得。請進請進。」

「最近好嗎?看你好像沒有什麼變的樣子。」

「老樣子啦。你變得都認不出來呀，好一個派頭的紳士哩。」

「這樣嗎?多謝誇獎。但儘管堂堂衣裝，其實只是月薪三十圓的窮小子呢。月薪三十圓只向你祕密告白，對一般人都吹噓五十圓。以三十圓分期付款，穿上這唯一的好衣服，只要裝出高級社員似的面孔，就會受到一般傢伙們的尊敬與較好的服務。」廖清炎一邊昂奮地滔滔而言，一邊從口袋裡掏出紅茉莉牌（臺灣專賣局製造的香菸）香菸，皺著眉頭，點了火。

「不抽菸嗎?」

「不抽。來得正好，差一點我就回家去了。歸省暫且擱下，慢慢聊吧。」

「不打擾你嗎?我也要乘下一班列車到K街去，這還有三個鐘頭，就請你陪我吧。」

「只聽說你畢業後在臺北，但不知你在哪裡服務。你說月薪三十圓，到底在哪兒服務呀?」

「就在S商事會社呀。因為我的一個親戚在那兒當過經理，憑那個關係進去的。待遇還比其他社員稍好些，工作也比較輕鬆。那你的待遇怎樣?」

「我嘛，我是二十四圓。」

「這麼說，是相當拮据啦?但其他的朋友也都差不多呢?總之，一切都幻滅了。我們不知為什麼而讀書呢。」

「要之，在學生時代，我們把社會看得太樂觀了。」

「當然是沒有認真去思考社會，但多少知道社會是複雜而多風浪的，只是沒想到那麼嚴重就是。社會就像巨岩似地滾壓過來，而我們是被壓碎得連木偶都不如的可憐者。」

「是呀。學生時代搞什麼數學啦，古文啦，拚命往艱深的地方鑽研，一旦出了社會，才驚訝於它的單調。我每天從早到晚，就是算鈔票而記進簡單的賬簿裡。」

「所以我五年間所得到的知識，乾乾淨淨地還給了學校。每天，我只記些借貸的數字，不要多餘的知識。頂多，會打算盤就好了。」

「也就是說生活裡面沒有創造性。但我們非努力賦與生活的創造性不可，我想。」

「你仍是個理想主義者。做學問——亦即苦學勉勵而創造自己的生活，然而突破了充滿苦鬪的難關之後，勝利的光明在等待著你嗎？不，仍然不過是拮据生活的另一種變形而已。這聽來好像是唱反調，其實我們所生存的時代，正是反調的現象。從前的人但憑獨學力行便可立身處世，現在還有人抱著那種古色蒼然的理論理想，這不能不說是難能可貴的人。我認識的一位朋友，於內地的H大學在學中，就通過了律師考試，畢業後，服務於法律事務所多年，以後在臺北獨立開業，但業務清淡毫無收入。因為同業者很多，經歷老練的律師不知有多少，所以競爭不過大家。要賺個房租與生活費就已焦頭爛額了，生活一點也不輕鬆。」

「你刺痛了我的要害。坦白說，我準備參加普通文官考試和律師考試。」

「你真是個可憐的光頭唐吉軻德。難怪排著這些參考書、偉人傳、出身成功談等書籍。這種鄉下的古老空氣，對你實在不好。」

「但假如我的第一目標是改善自己的境遇，即使由於時代的潮流無法實現，那麼由於勤學而獲得的知識與人格陶冶的第二目標也不能抹煞的吧。」

「哦哦，把那知識丟給狗吃吧。知識把你的生活搞得不幸。你無論如何提高知識，一旦碰到現實，那知識反成為你的幸福的桎梏吧。再說，在這鄉下準備律師考試什麼的，沒用的啦。」

「知識會陷吾人於不幸嗎？知識難道不是我們生活的開拓者？」

「知識要抱著華麗的幻影時，也許可以幾分緩和生活的痛苦。但幻影終究會破滅。當喪失了幻影的知識一旦與生活結合的時候，則只有更加深痛苦而已。舉個具體的例子，有一個愛好欣賞音樂的人，他具有相當高的音樂知識。他現在沒有職業，但擁有快樂的幻想：假如有了職業，一定要先買電唱機、貝多芬和舒伯特的作品。而後，他果然找到職業了，但找到的職業僅僅能保障生活的收入，畢竟沒有餘裕來買電唱機或音樂家的高價作品。藝術作品的唱片每張至少也要三圓左右，至於交響樂作品集的唱片，更是買不起。因此，把他所有具有的音樂知識連結於現實生活的時候，他非時時感到痛苦不可。要之，你忘記了你自己所據有的地位。

當然也有人隨著知識的提高，而使生活更豐富、喜悅、向上。但那僅限於被選擇的少數人而已。你是和巨大風車格鬪的唐吉軻德。我勸你與其做有知識而混迷的唐吉軻德，不如做無知而混迷的桑科。當唐吉軻德朝著風車飛奔過去的時候，桑科不是在旁邊聰明地觀望嗎？」

「但我認為唐吉軻德那種勸善懲惡的觀念或知識本身，絕非不好。」

「問題就在這裡。也許你所信念的勸善懲惡思想是沒有錯的。但是他把對象亦即客觀的存在看錯了。於是他的悲劇發生了，那可以說是正確的知識嗎？」

「我們還年輕。我希望把我的能量消耗於好的方面。我也知道我所站的現實地位是在泥沼中，是可以計算的悲慘生活。但我非從這裡往上爬不可。假如我的目標是黑暗而絕望的話，到底怎麼辦才好呢？」

「這，怎麼辦才好呢？我也不知道。我無法給你任何指針。我只是說我們的未來，除非有奇蹟出現，否則必然一片漆黑。」

「斷念了立身處世，放棄了知識的探求，拿掉我們青年的向陽性之後，我們到底剩下些什麼，豈不是成了行屍走肉的殘骸？」

「喂，不是我要強求你那樣。只因希望你不要持有徒勞無功的幻滅，才說了這些話。」

「那麼你怎麼過日子？」

「也不特別怎樣，只是令人欽佩的讀書一道，很遺憾，我現在沒有那種心意。連報紙也懶得去讀。因為讀了，徒增憂鬱而已。不過，你對女人這東西，知道多少？女人便是無知的美麗動物喲。玩弄女人便是我的興趣。只是非得要領不可。在薪水的許可範圍內，和女人調調情，看看電影，喝廉價的酒，多少便可蘊釀醉生夢死的氣氛。」

沉沉深夜，寒氣逼人。手腳都凍僵了。二月的風，咬響牙齒，跫音粗暴地跑過黑夜。

陳有三為了防止腳的麻痺，一邊搖著腳、一邊凝注著視線，但並非看著打開來的書，而是馳騁遐思於無止境的不定方向。在南國，一到這季節，腦袋變得冷靜，是讀書的好時期，但陳有三反而讀不進去，讀了一個鐘頭左右就會厭惡，茫然陷入空想。陳有三對讀書會感到倦怠，並不是完全是同學廖清炎講了那些話所帶來的影響。而是這個小鎮的怠惰性格漸漸地滲入陳有三的肉體。正如南國威猛的太陽與豐富的大自然侵蝕了土人的文明一樣，這寂寞而懶惰的小鎮的空氣，開始對陳有三的意志發生風化作用。在如同煮熟的盛夏裡，陳有三以一種沉浸於「法悅境」的情緒裡猛然用功；但一到氣候冷澈的時候，便稍看一點書就覺得疲倦不堪，說不出一種無精打采的感覺。

從同事、朋友口中聽到的，不是人家的謠言，便是關於金錢或女人的話。他們甘於現狀，張著血眼尋求掉落於現實中的些許享樂而滿足。陳有三雖然反對他們，但與他們接觸多了，那種反彈的力量愈來愈遲鈍，這使他有點焦慮但又不得不採取觀望的態度。當然，廖清炎所留下的話，成為黑暗的真理而纏捲著他。在這鄉下地方準備參加律師考試什麼的，的確是荒唐。那不正像踏出校門的年輕人所抱的海市蜃樓般的美夢嗎？何況在還沒有幾分成果之前，不是已在意志之中發生了縫隙嗎？

然而這是不行的。即使律師考試是青年一時衝動的計劃，但至少有可能性的普通文官考試或中學教員檢定，非取得不可。

在這鄉間一旦放棄勤學之後的生活，豈不像囚人似地過著無奈的生活？還是去找同事、朋友、口沫橫飛地談些無聊的愚痴的身邊瑣事與金錢的事以度日嗎？與其過那樣無聊而傻瓜呆的時間，不如一個人在家裡睡懶覺。還是去賣淫窟，抱那些又瘦又黃的女人嗎？只要想起那如同野狐狸的臉，心裡就要作嘔。不要逼得太緊，只為了把公務以外的閑散時間，以較好的方法來排遣的話，則除了讀書之外，並沒有較有意義的生活。這是現在唯一留下來的路。

即令積聚的知識將來帶給生活不幸的陰翳，但比起抱賣春婦的生活，不會更不幸的吧。所以，陳有三重新鞭策即將滑落鬆弛的心。

因此，陳有三唯有擁有新的知識才感覺一種矜持，才能夠俯瞰群聚於他周圍的同族們。要他放棄新知識，簡直就是令他還元於被某些人所卑視的同族。要把他撞落於沒有教養而生活水準低得如同泥沼的生活，對他而言，是無法忍受的。

然而，有一個人意外地拿了黑暗的言語投擲給他。那就是他的同事，服務二十年的林杏南，一個過了四十而皮膚變黃且浮腫的男人。三月暖和的午后，兩個人留到最後在辦公室，難得林杏南勸他說：

「馬馬虎虎把它結束，回去吧。」

陳有三乘此機會便把帳簿收拾進去，和他並肩走到街上來。大約五點左右吧。被污染的薔薇色的雲彩掛在天空，灰白色的光線漂在街上。林杏南以低沉而黏黏叨叨的聲音向陳有三說：

「你真是這個街上難得的青年，我很少看過像你這樣的青年呀。也不和同事講淫穢的話，也不喝酒抽菸，而且聽說很用功。——大家謠傳你是個不滿足於現狀，抱青雲之志的用功青年。但我從黃助役那兒聽到很奇妙的事。黃助役在幾天前向我說：聽說陳君拚命用功準備參加什麼考試，但僅以現在的場所為立足點，自然會疏忽了公務，對現在的工作不努力的話，對方也很麻煩的；總不如辭掉職務，專心準備，豈不更容易達成目的？我雖然一片苦口婆心對你講，在世間反正都無法照自己的想法去做的。假定你通過了普通文官考試，你也看到這是失業者眾多的時代，而且有資格的人還有很多找不到職業。這情況之下，你到底能否獲得更好的地位還大成問題呢。目前，同事雷德君也耗盡家產，好不容易畢業於內地的某大學，拿著中學教員的合格證，到處活動也找不到職業，賦閑了兩年，終於來到這兒拿三十圓的月薪。你也在這不景氣的時候，敲掉現在的地位而讀書的話，這未免太那個了。」

陳有三看到自己開始搖晃崩潰的感情，咒罵且悲傷自己不得不背負沒有支柱的生活之黑暗。陳有三憎惡地凝視著桌上並列的教人如何立身成功的書籍，心想那些不外是空空洞洞的傳說而已。具有焦點、多彩而振作的生活被切斷，曝露於灰色沙漠中的生活之路，竟如此延續到彼方的墓場，這使陳有三吐出焦躁的悲嘆而恨恨地咬牙。

有一天，陳有三想起黃助役對著金崎會計故意說得很大聲的話：

「我認為社會的不幸，在於因為知識過剩。知識經常隨伴著不滿。因為它使對社會客觀性的認識不足的血性方剛的青少年，或反抗社會，或陷於自暴自棄。所以在公所服務的人，與其要找有知識的人，還不如找個全神貫注於職務、工作正確而字體漂亮的實用性人物。」

這句話現在還清清楚楚地迴響於他的耳邊，非變成無知的機械不可。

抽出青春與知識之後的無依無靠的生活，就像漂泊於絕望而虛無之中，感到目標與意志飛散而去，經常像脫殼似地坐在竹床上。經濟上可算得出來的生活，二十四圓的薪水，除非有奇蹟出現，否則幾年後便由雙親的意志，跟不認識的鄉村的姑娘結婚吧。而後繼續生出相應於熱帶地方的餓鬼們。如牛馬般勞動，被家庭拖垮，變成卑屈的俗物。餓鬼們因為營養不良而枯萎，變成青色的小猴子似地。

嗚呼！我才不幹哩。

陳有三湧起一股莫名的憤怒，但並沒有持續多久，便漸漸淡薄，終於敗滅的暗淡心緒浸蝕腳跟，漸漸漲高，開始浸溺腦漿。如同蜘蛛網上掙扎的可憐蟲，一種莫名的巨大力量的宿命俘虜了他，隨著日子的增加，強烈地啃食他的肉體。

這段日子，陳有三像隻野狗，漫步到郊外很遠的地方。三月末的斜陽投射橘色的輕盈光華在原野上、森林上。森林多屬蒼鬱的長青樹，其中也混雜著落葉的裸木與紅葉樹。森林的上方，青磁色的天空連接遠方。走在路邊植有相思樹的路上，看到散落於田野間的富裕的白壁農家或低矮傾斜的貧農的土角厝，只有木瓜樹是一樣的，直立高聳，張著大八手狀的葉子，淡黃而滋潤的果實，纍纍地聚掛於幹上。這美麗色彩而豐盛的南國風景，溫暖了他的心；在空洞的生活裡，微弱的陽光透射進來。

林杏南來勸說：「一個人燒飯很麻煩，不如來跟我一起住，正好房間空了一間。」當陳有三接受了這建議之後，才徹底看出林杏南的劣根性。對於同事們批評林杏南的為了賺幾個錢的心情，陳有三感到莫可名狀的憐憫與侮辱。這個肥胖鬆弛肉體的四十歲男人，經常表露無動於衷的寂寞表情。他被同事輕蔑與疏遠。因為老朽而無能，謠傳他隨時會被殺頭（解聘），所以他除了拍上司的馬屁之外，就像啃住桌子似地，慢吞吞地工作。比他年輕甚多的黃助役，以指責學生的口氣稍一說他，便唯唯喏喏地現出恭順諂媚的樣子，如同家畜那樣可悲的畫面。陳有三經常想起自己也像他那樣慘不忍目睹的姿態，便增加了心中的暗淡。

林杏南的吝嗇是無人不知的有名，一雙破鞋，加上十年如一日的褪色而手肘磨損的藍嗶嘰服，一身古色蒼然的姿態，即使污垢的一分銅錢，他也愛得像生命那樣無限執著。

陳有三對自炊工作已感到厭倦，而林杏南說房租、餐費、洗衣費合計每月十二圓。那跟現在的費用相差無幾，且對他的好意無法拒絕，終於答應了。

陳有三搬家過去的那天晚上，他殺了雞、買了老紅酒款待。他浮腫的臉即刻變紅，呼呼地吐著艱苦的氣息。

「你好像不抽菸吧。我也是活到這把年紀從未抽過。而且酒我也不行，這樣喝得滿面通紅，實在很失禮。今後和你同在一個屋頂下，就像一家人同住，沒有比這更高興的事。」林杏南從未有過這樣熱情的言語。

陳有三也感到全身血管熱脹，悸動高鳴。

「陳君，你還年輕，不知金錢的可貴。金錢是這世間最重要的東西。有的人重視金錢勝過父母，有的人為了一點錢而陷害朋友。最近住在這條街底的一個人，為了想要朋友的五圓，竟把朋友撞落崖下，搶了五圓逃走，直到屍體腐爛才被發覺。——金錢是這般程度的可怕。決定人的幸與不幸，絕不在於知識與道德，而是金錢。在金錢之前，沒有道德，也沒有人情、憐憫與道理。一個飢餓的哲學家，為了獲得食物，恐怕也難辭當個街頭化妝廣告人；否則死嗎？留下來的妻與子怎麼辦？曾看到街上的老儒學先生，經常諤諤而論孔子之言行，但為了貧窮而詐欺他人，結果雙手被縛於後，悄然被帶走。陳君，背後有人說我老朽啦無能啦，我雖很遺憾，但也不得不承認。我的殺頭恐怕也不會太久。想起這，我幾乎要發瘋。養了七個子女，而況勞動的手只靠我一人，我想你也會同情我吧。到今日為止，只為了餵食這羣狼犬，就已使盡渾身解數了。一旦失業的話，怎麼辦呢？你看吧，我這樣的身體，還能受得了肉體勞動嗎？再說要第二次進會社或役場，像我這般年齡是絕對不可能的。到時候，家人就非迷失於街頭不可了。所以，我非緊緊咬住現在的位置不可，即使延長一天也好。為此，受到嘲笑與屈辱也不介意。而且不幸的是，我所寄望的長子竟長久臥病不起，醫治也不見起色，恐怕活的日子也不多。次子於今年春天好不容易才畢業公學校，現在當了S會社的工友，多少幫助了一點家計。再想到底下的幼小狼羣，要養到稍微長大為止的長久歲月，心裡就像在暗淡的地獄裡煎熬似地。尤其是長子，十四歲以優異成績畢業於公學校，馬上就到T市的某商店當學徒，晚上讀夜校，二十歲那年通過了檢定考試，但也因此而完全搞壞了身體。因為他自小身體就不很好，但腦筋很好；而且很孝順，每月從未間斷地寄錢回家。想起來，真是個可憐的孩子。」

受到黃色燈光照射的林杏南的雙頰，難得像這樣的帶著光澤，口角痙攣著，目光閃爍。

那一夜，陳有三因喝酒而無法入眠，無止境的思潮在胸中翻滾。黃色土角壁上，一隻守宮（壁虎）一動也不動地停止著。隨著夜闌人靜，漸漸聽到一陣接一陣的咳嗽聲。那是臥病的長子的咳嗽吧。

翌晨，陳有三異於平時地早起。這時候，林杏南正在照顧孩子們，看到陳有三，便笑容可掬地說：

「起得好早呀。」

「是呀，還不習慣於新環境，早就醒過來了。」

說著，想要去刷牙，便走向廚房那邊去。正當跨進門檻的時候，他突然楞住了。灶邊站著一個薄水色上衣、黑褲仔的少女。她也好像嚇了一跳似地，身體無所措置地垂下頭，故意不加理睬。陳有三甚感意外。她一定是林杏南的女兒。陳有三自然地覺得自己變熱起來，提起勇氣偷看了一眼少女端正白皙而豐滿的側臉。也有十七八吧。陳有三心想：真是淑惠美麗的牡丹似的少女。

朝陽從小矩形的窗口融化進來。看樣子很能吃的孩子們已坐在桌邊，陳有三呆然地盯視他們。

當S會社工友的第二個兒子，向他親切地點了頭。

豆腐、花生、醬菜與味噌湯——這是在餐桌上並排的菜肴。

第二個兒子在飯裡澆些醬油，不配菜就扒光。孩子們忙著動筷子，不停地吸著鼻涕。

◆

細雨濛濛的晚上，好久沒來的戴秋湖陪著同事雷德一齊來訪。

「好久不見。還在用功嗎？」戴秋湖陷落的眼睛掠過陰影。

「屁用功已經停止了。但打發餘暇也很費勁。」自暴自棄地回答。

「對的啦。鄉下地方是不適合接受新知識的單身漢呢。既無刺激，也沒有適當的娛樂。」雷德同感地說。

「因為陳先生一點也不和人交際，所以才寂寞啦。歡迎你隨時來玩呀。」戴秋湖親切地說：

「走吧，今夜到哪裡去玩吧，是嗎？雷君。」

「是的。這麼寂寞的夜晚，令人渾身不自在。到哪裡去解解悶吧。」

「陳先生，快準備。這麼沉悶的晚上，關在家裡也不是辦法，出去玩吧。」

「到底去哪裡呢？」

「不要管它。走吧，走吧！」

失去光明與希望的倦怠的心，終於無法抗拒這邀約。

年輕的身體無法虛度，總要企求某種刺激。

穿著高腳木屐，打轉著傘，三個人一齊出門去了。路黑暗，踩過積水處，就濺起泥水。

街路與商店全部濕淋淋地，一片黑漆漆，所有的雜音都消失了，沉寂寂的。

小雨已止。十字路口淡淡的路燈，滲透到視界裡來。

通過小巷，沿著曲折小路走，忽然來到一家好像人家的後門。戴秋湖推一下快要朽爛的門，吱呷一聲被推開了。裡面連著暗暗的走廊，右邊是廁所，沾滿斑點的燈泡下，金蠅飛繞著。可能因為雨後的關係，從廁所發出的臭氣特別強烈，令肺臟翻滾欲嘔。小庭院裡，橘樹的銹葉只有受到燈光部分，發出油光。

正好廁所的門開了，一個穿著深藍色長衫的女人，急急忙忙地飛奔出來。長衫開衩的裾角，露了一下白色肌膚的大腿。

「喲，明珠——」戴秋湖尖銳地叫了一聲。

「啊啦，請坐。雷先生也來了，還帶了一位新客呢。」

「對，對，這位是陳先生，生平還沒有接觸過女人的童貞呢，給他好好招待一下呀——」

戴秋湖說著，就跟那女人肩靠肩，酣醉也似地走在前頭。雷德也不住嗤嗤笑著跟在後頭。

兩側隔間的房屋長長並排著。明珠的房間在第三間。房間狹窄，從粗劣的木板的縫隙裡，可以窺見隔壁的房間。鋪著草蓆的地板的角落裡，疊著淡花紋的棉被。架上有一個籃子，所有女人的用物都放在籃裡。明珠遞香菸給大家，並點了火。兩三個女人一擁而進來。她們向第一次來的陳有三好奇地看著，且頻頻送深情的秋波。她們穿著鮮艷色彩的單色長衫，也有穿著洋裝的。都像河童似地剪了短髮，一樣地塗著令人目眩的白粉，濃濃的口紅，還有用力地描著弓形的眉毛，露出黃色的牙床。這些敗類女人把吱吱的嬌聲充滿房間。有人光把臉伸進房間，掃一下貪慾的視線，而後走開。雷德垂著眼角，和女人們無所不談地嘵舌著。戴秋湖從剛才便一直和明珠扯個不停，完全脫離了現場。只有陳有三閒得無聊，身心拘謹得一刻也想早點從這不適且厭惡的空氣中逃遁。

「對啦，我忘了介紹黃助役的愛人。這個名叫愛珠的美人，便是黃助役的第×夫人。」

被雷德所指的女人是一個身材小巧，穿著緊身綠色長衫，呈露出婀娜肢體的女人。

「啊啦，討厭。」

那個叫愛珠的女人，含羞帶笑地睨著雷德。接著將昂熱的目光投向陳有三。

看來像是初出茅蘆的十六七歲姑娘。

「黃助役這個人，一看就知道是這方面的猛將呢。」雷德揚著輕剽的聲音。

「如何？陳君，這小姐可愛吧。黃助役寵愛的女人，今夜就讓她服侍你吧。」雷德獨個兒樂陶陶地眯著眼睛。「愛珠，大膽地給他服務好啦。那個骯髒的黃助役把他拂袖而去。」

「但，這位先生看來好正經呢。」

「嗯，生平一次也沒有觸到女人的童貞先生嘛。」

「今夜痛快地鬧一陣吧！」

戴秋湖突然舉起一手，好像宣誓地叫著，並拍手高呼。不知從哪裡「嗨！」地傳來暗肉聲，一個眼光溜溜的男人猛地進來。

「燒雞一盤，八寶菜一盤，再來福祿酒兩瓶。」

「嗨！」男人鞠了一躬。

留下明珠與愛珠兩人，其餘女人依依地離去。

料理熱騰騰地端來了。

「來！首先為陳君乾一杯！」

「好呀！」

雷德應和著，三個杯子碰了一下，發出清脆的聲音。

「一杯黃酒解千愁。」雷德吟詩似地說：「陳君，要沒有女人陪酒的話，我便失去活在這世上的一切希望。至少，她們拯救了我的絕望。」

陳有三在這場合，看不到調和的自己；感覺一方面嫌惡這醜俗，一方面推向本能的蠱惑而自我分裂的自己。一刻也想早些逃遁這場所的感情，與不知什麼力量強烈吸引著的感情，這兩種感情的交錯裡，嚴重地傷害了他的矜持。

「我是口琴演奏的名手，這街上的音樂家。可惜沒帶口琴來，那就獨唱一曲吧，諸君請洗耳恭聽！」戴秋湖巡視了在座的人，說完之後，取了一個靜氣的姿態，徐徐唱出〈十九歲的青春〉。唱完之後，自己說再唱一支，就唱了〈急馳的蓬馬車〉。

「棒！棒！」雷德拍拍掌聲，揮著酒杯叫道：「為不知巴哈和舒伯特的音樂家乾杯！」

同座漸漸沉酣，忽然雷德砰地敲響桌子說：

「諸位，今夜為不幸的音樂家戴秋湖君講幾句話。吾友遭遇極為不幸的婚姻生活，他以唱歌、喝酒與女人補償婚姻的不幸。話說數年前，他母親出殯的幾天前，不知哪裡弄來一個陌生女子，悄悄坐著紅轎被迎進來，便宣告是他的妻子，強迫結了婚。因為本島人的習慣，父母死後三年內忌諱結婚。吾友戴君是本島人，且達到適婚年齡，而父親愛子心切，也為了節約經費，便由他的父親及親長們決定，一氣呵成地處理了。接受新知識的吾友大為反對，遂到友人家裡躲藏了一個禮拜。但終非成為舊習的敗北者不可。爾後迄今從未看過吾友與他太太交談過，然而去年他的太太竟生了如玉的男兒，吾友人們大為吃驚。戴君有了希望，希望存錢幾年後買個小妾。買小妾在本島人社會並不須強迫做任何道德上的反省。蓄妾的年輕人多得很。戴君是精明的守財奴。雖然他視錢如命，但用錢如割身仍非喝酒不可，可見他對婚姻不滿的程度。」

戴秋湖把手搭在女人的肩上，不住微笑地聽著。最後他說：「說對了，說對了。」並叫著「為雷的莫須有嘵舌乾杯！」

酒把理性扛起並玩弄它，把感情的外皮一層一層地脫下並露出真面目來。陳有三感覺愛珠熾熱的瞳孔像年輕的蛇，不懷好意地捲襲著他。愛珠扭著胴體，靠近他囁嚅道：

「你，以前都不來呢。為什麼不來呢？」

「啊，那……」他一時講不出話來。但突然他又想起來似地：「黃助役常來嗎？」

「常來哇，但我討厭他。」

「嘿？為什麼？」

「那個人吝嗇又好色，人家不喜歡他嘛。」

陳有三想起黃助役平時那張妄自尊大的嚴肅臉孔。一下子，某種嫌惡的感情便充滿了胸間。菜都吃光了，兩瓶酒也空了，戴秋湖與明珠橫躺著，腳與腳交疊著，時時做耳邊細語。雷德仰臥成大字，張著嘴巴像狐狸精佯睡著。

陳有三突然發覺自己坐得無聊，而且感到愛珠的視線不斷地流入自己的體內，似乎受到喘不過氣來的壓迫。

陳有三搖著雷德的膝蓋。雷德張開無神的眼，驀地起來。「走，結賬回去吧。」

戴秋湖慌慌張張地抬頭道：

「要回去了？還早嘛。」

明珠也接著說：

「啊啦，還早得很呢。哪，慢慢再坐會兒喲。」

笑笑，停了一下，又揚起銀玲般的高聲：

「結賬啦！」

「陳君，我馬上就來，你們先走。」

背後戴秋湖說著，陳有三與雷德便出去了。雷德為那句意味深長的話而頷首微笑。只有愛珠送到門口，含情地向陳有三細聲說：

「請你再來呀。」

雨已經完全停了。雷德走出馬路，即刻面向牆壁，沙沙地拉了一泡尿。從狹窄的屋頂與屋頂之間，不意仰望夜空，兩三顆星星濕濕地閃爍著。一到六月，天氣愈來愈熱，如同白銀的陽光，閃閃膨脹；蟬聲不住高鳴，滲入被綠蔭籠罩的整個閑散的小鎮。

陳有三的心為一件事情而燃燒著。那是對林杏南的女兒翠娥脈脈的思慕之情。那含著嬌羞的虔敬眼光，又像苦悶的寂寞的眼光，深情而濕濡的眼光，畏懼別人的眼光而注視著自己的翠娥，給陳有三感到無限的純淨。

陳有三描繪她為崇高的美，獨自沉溺於快樂的空想中。

這一來，生活突然變得生氣盎然，希望也復甦了，無止境的美麗聯想擴大著。

天氣好的早晨，林杏南的長子常常搬出椅子到庭前的龍眼樹下，瘦得像白蠟的身體坐在那兒休息。

銳利的眼窪與額頭，映著理智的雪白影子。

一個星期日的早上，陳有三問了他：「今天情況怎樣？」兩人便不覺地聊了起來。

「最近您好像較少看書的樣子。」

「啊，一點也沒有心情讀書。」陳有三直率地回答。

「這小鎮的空氣很可怕。好像腐爛的水果。青年們徬徨於絕望的泥沼中。」他蹙起眉頭，自言自語：「我的生命也許已迫於旦夕之間。但在我的肉體與精神將消失於永遠的虛無之瞬間為止，我要追求真實。不放棄我的追求。塞在我們眼前的黑暗的絕望時代，將如此永久下去嗎？還是如同烏托邦的和樂社會必然出現？只有不摻雜感傷與空想的嚴正的科學思索，才能帶來鮮明的答案。正當真實的知識解釋現象的時候，會把我們拉進痛苦的深淵也說不定；但任何現象都是歷史法則所顯示出來的姿態，吾人不該詛咒。幸福要沒有痛苦與努力將無法達成。我們處在這陰鬱的社會，唯有以正確的知識探究歷史的動向，切勿輕易陷入絕望與墮落，非正確的活下去不可。然而想到連買書錢都沒有的我，便感到無限寂寞與鬱悶。光是醫藥費就叫家裡吃不消。雖然我也託臺北的友人寄些舊雜誌和舊書，但僅能買一點而已，雜誌是買隔月的《××》，因為《××》雜誌不但分析日本的現象，而且也大為介紹海外的思潮。也介紹朝鮮與中國的作家，文學作品也不錯呢。我雖只做文學欣賞，但看得出中國作家們的作品在藝術水準方面稍差幾分，然而這也是因為國際戰亂影響了創作。可是佐藤春夫讀魯某的《故鄉》，卻深受感動。另外單行本方面，深受感動的是恩伽斯的《家族、私有財產、國家的起源》。我完全被折服了，原來的觀念零零落落地崩潰了。忍受再大的困苦，也只希望能讀讀書。真想讀《阿Q正傳》，高爾基的作品以及莫爾根的《古代社會之研究》等書，但臺北的友人說均買不到舊書，買新書又沒有錢，這真是沒辦法。再說我的病，我的病也只要有錢就可治好呢。」

幾乎令人不覺得是病人的年經熱情，漲於清秀的額際，以激烈的語調說著。

但這些話在陳有三聽來，不過是空空洞洞的話而已。他只沉醉於翠娥的美姿。對啦，早點去求婚。慢吞吞的話，說不定誰就捷足先登。求婚！一想到這，他就羞澀地全體燃燒起來。失去她的話，就如同再一次把他撞入絕望的黑暗深淵，僅存的一點希望也被剝奪殆盡。她就是他的求生之道與生命之光。把事情說開，去拜託較為親近的洪天送吧。

六月末的某一天，陳有三終於去拜託洪天送。拜託之後，他才為羞赧與不安而胸中滾滾，甚至覺得一刻也不敢停在林杏南和他的家人面前。

回答完全是不幸的。林杏南的傳話是：「你是一個溫和、有為的青年，一向很敬服您。但關於成家之事，很遺憾不能順從尊意。改天我將把我的苦衷直接向你陳述。」

陳有三雖然笑著，但咽喉梗塞，嘴角抽搐，不禁眼淚奪眶而出。

幾天後，林杏南叫著陳有三：「陳先生，請……」便帶他到龍眼樹下，難以啟齒似地說：

「洪先生來說的事情我知道了。像你這樣的人，能把我的女兒託付給你，是最感高興的事。你的性情我很了解，女兒當然也最高興。但很遺憾的，你也知道我的家計很不如意，還要養一個病人。再加上我的職業也保不了多久，一旦我失了業，一家人便非即刻迷失街頭不可。想到這，女兒最可憐，成為一家人的犧牲，希望能把她賣高一點價錢。所幸女兒的美貌不錯，已經有鄰村的富豪家來提親，目前已經談得差不多了。你正是年富力壯的有為青年，不難娶個更好的女人，請把這件事當一場惡夢忘掉吧。再重複說一遍，我的本意是比誰都願意把女兒託付給你，但無可奈何的環境逼得無法達成你的希望，至為遺憾。這件事，有一天你一定可以了解的。」

陳有三覺得一刻也無法待在這家裡，希望早點搬到別處去。他為了逃遁窒息的空氣，常常跑去找戴秋湖與雷德聊天。絕望、空虛與黑暗層層包圍得轉不過身來的樣子，咬緊牙關想要排除也除不掉。酒——為了喝酒，他主動去邀朋友。戴秋湖與雷德都為了陳有三的變貌而嚇得目瞪口呆。當體內的酒如火燄般擴張的時候，莫可名狀的哀怨與反抗，像蠍子似地亂翻亂滾。

「黑暗，實在黑暗。」陳有三閃著眼睛，詠嘆著。

「對本島人而言，失戀是奢侈的災難呢。」雷德總是囁嚅細語。

他決定搬家的那天下午，林杏南的長子悲傷著眼神，走進他的房間來。

「就要離別了吧。我們就這樣恐怕永遠不再見面也說不定。對於你的苦衷，我什麼也不能說；只覺得淑惠而心地善良的妹妹也很可憐，但也不能過於責備父親。一切都是無可奈何的。和你離別我會感到很寂寞喲。我沒有什麼東西贈別，只是最近我隨手寫了一點感想，算是對你的餞別吧。最後還要向你說的是，個人的力量雖然微弱，但在可能的範圍內，非改善生活、正確地活下去不可。」

遞給陳有三的是一張古舊的稿紙。

臨別的最後晚上，陳有三喝得醉醺醺地，蹣跚在深夜的歸路上。醉潰的感情深處，一脈寂寞冷澈。當他來到庭前的時候，他的心砰然被擊了一下。承受十六夜月光的龍眼樹下，翠娥一個人站在那兒。酒醉一下子清醒過來，胃變硬，感到有點痛。於是突然變得大膽，無忌憚地走向前去。

「怎麼了呢？」

「……」

翠娥默默無語，低著頭。

這場合陳有三不知怎麼辦才好，只感覺呼吸異常困難。

陳有三凝然注視著她的嫩白頸部，連搭手在她肩上的勇氣都沒有。

他無法忍受某種焦躁，不禁果斷地說：

「翠娥小姐，再見。恐怕後會無期了。」

他走開了。

翠娥驚訝的抬起頭來。同時在她圓圓的瞳孔裡，眼淚如真珠似的閃耀，沾濡了端莊美麗的臉頰。

寂寞的白花，深夜嘆息的花，在滾落感傷與起伏的激動中，陳有三像隻受傷的野獸，迷失於黑暗的山野中。

陳有三靠在床邊，注視著從小窗口洩進來的月光，全身投在無限膨脹的感情中。熱情的火炬活生生地焚燒著他的胸口——為什麼不跟她多講幾句話呢？為什麼沒觸到她就匆匆告別呢？這一想，就更敲擊著他內心痛苦的絕壁。但是，多跟她講幾句話，又能怎樣呢？太過於行動化的話，豈不加深她的痛苦？

在這理不清的感情之中，陳有三無意伸手進褲袋裡，才想起林杏南的長子給他的原稿。取出它，張開縐紋，讀著如下文章：

「一切都接近死亡。

在路上被踐踏的小蟲，咬在樹上的空蟬與落葉，走過黃昏街上的葬列，……

啊，逝者再也不回來。我的肉體，我的思想，我的一切的一切，一旦逝去再也不歸。

死——

死已經在那裡了。

青春是什麼，戀愛是什麼，那種奇怪的感覺到底何價？

而我非靜靜地橫臥在冰冷、黝黑的土地下不可。蛆蟲等著在我的橫腹、胸腔穿洞。不久，墓邊雜草叢生，群樹執拗地扎根，緊緊絡住我的臉、胸、手腳，一邊吸著養分，一邊開花。在明朗的春之天空下，可愛的花朵顫顫搖動，歡怡著行人的眼目。

那就好了。

二十三年的歲月也許很短。

我的肉體已毀滅，但我的精神卻活了五十歲、六十歲。

我以深刻的思維與真知，獲得了事物的註解。

現在雖是無限黑暗與悲哀，但不久美麗的社會將會來臨。

我願一邊描畫著人間充滿幸福的美姿，一邊走向冰冷的地下而長眠。」

又是仲夏時節。

燃燒的太陽曝曬在這個小鎮。被濃綠遮蔽的小鎮似乎懾服於猛烈的大自然，畏縮地蹲著。

陳有三已不再寄錢回家，一味地把理性與感情沉溺於酒中。在那種生活中，湧上未曾有過的陰暗的喜樂，拋棄所有的矜持、知識、向上與內省，抓住露骨的本能，徐徐下沉的頹廢之身，恍見一片黃昏的荒野。

一個猛烈仲夏日的午后——厚厚土角造的屋子裡，陰暗而潮濕，只有一扇的小窗口；高照的日光像少女雪白的肉體，堵塞了窗口。

陳有三買兩分錢的花生米，五分錢的白酒，獨自啜飲著。那時候，女主人告知他林杏南的長子之死。

「長年患了肺病，今晨終於死了。是個乖順的兒子呢。又是林杏南先生辭掉役場之後不久……。」

長長的夏天也過去了，太陽一天比一天衰弱。

南國的初秋——十一月末的一個黃昏，陳有三坐在公園的長凳上，從略帶微黃的美麗綠色的木瓜葉間，眺望著無窮深邃的青碧天空而發呆。

這豐裕的大自然不同平常地投射溫和的影子於人心中。

不久，陳有三站起來，抖抖肩膀，低頭漫步著。

剛好來到公園的入口處，一群孩子不知圍著什麼東西騷嚷著。走過時無意窺探了一下，竟是變得慘不忍目睹的林杏南。

衣服破裂，頭髮蓬亂，失神的眼睛，合著污泥的手掌，跪向天空祈禱膜拜。嘴中唸唸有詞，不知在召喚什麼。

這個戰戰兢兢的男人，終於發瘋了

街道與群樹，在淡血色的夕暉中，投射著長長的影子。

陳有三於醉眼的白色幻像中，浮起死者的遺言：有如黑暗洞窟的心中，吹來一陣寒風，突然渾身戰慄起來。

作者簡介與評析

龍瑛宗，原名劉榮宗，一九一一年生於新竹。一九三六年發表處女作〈植有木瓜樹的小鎮〉，獲得日本《改造》雜誌小說佳作獎。一九四〇年《文藝臺灣》創刊，任編輯委員。一九四二年，與西川滿、張文環、濱田隼雄到東京參加首屆大東亞文學者大會。戰後，一九四六年，擔任《中華日報》日文欄主編，直至停刊為止，一時儼然成為南部文化運動的主導者。二二八事件後淡出文壇，一九四九年重返金融界服務。一九七六年，恢復寫作，一九八〇發表第一篇中文小說〈杜甫再長安〉，此後創作不輟。一九九九年，因肺癌去世，享年八十九歲。著有文學評論集《孤獨的蠹魚》，小說集《杜甫在長安》、《濤聲》等，二〇〇六年由國家臺灣文學館出版《龍瑛宗全集──中文卷》，二〇〇八年出版《龍瑛宗全集──日文卷》。

〈植有木瓜樹的小鎮〉，在日本獲獎後，龍瑛宗曾對記者說，這篇作品想要「將本島人的現實生活面介紹給內地」，因此，小說中描繪了他熟悉的臺灣市鎮知識青年面對殖民社會時，所產生的經濟與心靈困境。主角陳有三原本懷有一番志業理想，擊敗眾多競爭者後獲得職位，但卻在逐漸看清殖民地現實、遭遇愛情的打擊後，沉淪在一股腐敗的空氣之中，終至夢想幻滅。小說中的知識青年試圖振作、掙扎，卻終於被現實所侵蝕，走向頹廢的道路，濃厚的悲觀氣息，已不復見過去臺灣文學中積極的抵抗精神。日本學者尾崎秀樹〈臺灣文學備忘錄──臺灣人作家之三作品〉便將龍瑛宗〈植有木瓜樹的小鎮〉與楊逵〈送報伕〉、呂赫若〈牛車〉加以比較，得出結論：「把這三篇作品按年代順序通讀下來，可以看到臺灣人作家的意識是由抵抗而走向認命，再由屈從而傾斜下去的歷程。」

延伸閱讀

1 林瑞明，〈不為人知的龍瑛宗——以女性角色的堅持和反抗〉，《臺灣文學的歷史考察》（臺北：允晨，1996），頁256~293。

2 羅成純，〈龍瑛宗研究〉，《龍瑛宗集》（臺北：前衛，1991），頁233~326。

3 陳建忠，〈尋找熱帶的椅子——論龍瑛宗一九四〇年的小說〉《臺灣文藝》第171期（2000年8月），頁40~59。

4 王惠珍，〈揚帆啟航——殖民地作家龍瑛宗的帝都之旅〉《臺灣文學研究學報》第2期，（2006年4月），頁29~58。

5 劉知甫，〈訪道探幽杜甫蹤跡——父親龍瑛宗先生〉《文訊》第277期（2008 年11月）頁90~92。

傾城之戀

張愛玲

上海為了「節省天光」，將所有的時鐘都撥快了一個小時，然而白公館裡說：「我們用的是老鐘。」他們的十點鐘是人家的十一點。他們唱歌唱走了板，跟不上生命的胡琴。

胡琴咿咿呀呀拉著，在萬盞燈的夜晚，拉過來又拉過去，說不盡的蒼涼的故事——不問也罷……！胡琴上的故事是應當由光豔的伶人來搬演的，長長的兩片紅胭脂夾住瓊瑤鼻，唱了、笑了，袖子擋住了嘴……然而這裡只有白四爺單身坐在黑沉沉的破洋臺上，拉著胡琴。

正拉著，樓底下門鈴響了。這在白公館是一件稀罕事。按照從前的規矩，晚上絕對不作興出去拜客。晚上來了客，或是平空裡接到一個電報，那除非是天字第一號的緊急大事，多半是死了人。

四爺凝神聽著，果然三爺三奶奶四奶奶一路嚷上樓來，急切間不知他們說些什麼。洋臺後面的堂屋裡，坐著六小姐、七小姐、八小姐，和三房四房的孩子們，這時都有些皇皇然。四爺在洋臺上，暗處看亮處，分外眼明，只見門一開，三爺穿著汗衫短褲，揸開兩腿站在門檻上，背過手去，啪啦啪啦撲打股際的蚊子，遠遠的向四爺叫道：「老四你猜怎麼看？六妹離掉的那一位，說是得了肺炎，死了！」四爺放下胡琴往房裡走，問道：「是誰來給的信？」三爺道：「徐太太。」說著，回過頭用扇子去攆三奶奶道：「你別跟上來湊熱鬧呀！徐太太還在樓底下呢，她胖，怕爬樓。你還不去陪陪她！」三奶奶去了，四爺若有所思道：「死的那個不是徐太太的親戚麼？」三爺道：「可不是。看這樣子，是他們家特為託了徐太太來遞信給我們的，當然是有用意的。」四爺道：「他們莫非是要六妹去奔喪？」三爺用扇子柄刮了刮頭皮道：「照說呢，倒也是應該……」他們同時看了六小姐一眼。白流蘇坐在屋子的一角，慢條斯理繡著一雙拖鞋，方才三爺四爺一遞一聲說話，彷彿是沒有她發言的餘地，這時她便淡淡地道：「離過婚了，又去做他的寡婦，讓人家笑掉了牙齒！」她若無其事地繼續做她的鞋子，可是手指頭上直冒冷汗，針澀了，再也拔不過去。

三爺道：「六妹，話不是這樣說。他當初有許多對不起你的地方，我們全知道。現在人已經死了，難道你還記在心裡？他丟下的那兩個姨奶奶，自然是守不住的。你這會子堂堂正正的回去替他戴孝主喪，誰敢笑你？你雖然沒生下一男半女，他的姪子多著呢？隨你挑一個，過繼過來，家私雖然不剩什麼了，他家是個大族，就是撥你看守祠堂，也餓不死你母子。」白流蘇冷笑道：「三哥替我想得真周到！就可惜晚了一步，婚已經離了這麼七八年了。依你說，當初那些法律手續都是糊鬼不成？我們可不能拿著法律鬧著玩哪！」三爺道：「你別動不動就拿法律來嚇人！法律呀，今天改，明天改，我這天理人情，三綱五常，可是改不了的！你生是他家的人，死是他家的鬼，樹高千丈，葉落歸根——」流蘇站起身來道：「你這話，七八年前為什麼不說？」三爺道：「我只怕你多了心，只當我們下肯收容你。」流蘇道：「哦？現在你就不怕我多心了？你把我的錢用光了，你不怕我多心了？」三爺直問到她臉上道：「我用了你的錢？我用了你幾個大錢？你住在我們家，吃我們的，喝我們的，從前還罷了，添個人不過添雙筷子，現在你去打聽打聽看，米是什麼價錢？我不提錢，你倒提起錢來了！」

四奶奶站在三爺背後，笑了一聲道：「自己骨肉，照說不該提錢的話。提起錢來，這話可就長了！我早就跟我們老四說過——我說：老四，你去勸勸三爺，你們做金子，做股票，不能用六姑奶奶的錢哪，沒的沾上了晦氣！她一嫁到了婆家，丈夫就變成了敗家子。回到娘家來，眼見得娘家就要敗光了——天生的掃帚星！」三爺道：「四奶奶這話有理。我們那時候，如果沒讓她入股子，絕不至於弄得一敗塗地！」

流蘇氣得渾身亂顫，把一隻繡了一半的拖鞋面子抵住了下頷，下頷抖得彷彿要落下來。三爺又道：「想當初你哭哭啼啼回家來，鬧著要離婚，怪只怪我是個血性漢子，眼見你給他打成那個樣子，心有不忍，一拍胸脯子站出來說：『好！我白老三窮雖窮，我家裡短不了我妹子這一碗飯！』我只道你們少年夫妻，誰沒有個脾氣？大不了回娘家來個三年五載的，兩下裡也就回心轉意了。我若知道你們認真是一刀兩斷，我會幫著你辦離婚麼！拆散人家夫妻，這是絕子絕孫的事。我白老三是有兒子的人，我還指望著他們養老呢！」流蘇氣到了極點，反倒放聲笑了起來道：「好，好，都是我的不是！你們窮了，是我把你們吃窮了。你們虧了本，是我帶累了你們。你們死了兒子，也是我害了你們傷了陰騭！」四奶奶一把揪住了她兒子的衣領，把她兒子的頭去撞流蘇，叫道：「赤口白舌的咒起孩子來了！就憑你這句話，我兒子死了，我就得找著你！」流蘇連忙一閃身躲過了，抓住四爺道：「四哥你瞧，你瞧──你──你倒是評評理看！」四爺道：「你別著急呀，有話好說，我們從長計議。三哥這都是為你打算──」流蘇賭氣撒開了手，一逕進裡屋去了。

屋裡沒點燈，影影綽綽的只看見珠羅紗帳子裡，她母親躺在紅木大床上，緩緩揮動白團扇。流蘇走到床跟前，雙膝一軟，就跪了下來，伏在床沿上，哽咽道：「媽。」白老太太耳朵還好，外間屋裡說的話，她全聽見了。她咳嗽了一聲，伸手在枕邊摸索到了小痰罐子，吐了一口痰，方才說道：「你四嫂就是這樣碎嘴子！你可不能跟她一樣的見識。你知道，各人有各人的難處。你四嫂天生的要強性兒，一向管著家，偏生你四哥不爭氣，狂嫖濫賭，玩出一身病來不算，不該挪了公帳上的錢，害得你四嫂面上無光，只好讓你三嫂當家，心裡嚥不下這口氣，著實不舒坦。你三嫂精神又不濟，支持這份家，可不容易！種種地方，你得體諒他們一點。」流蘇聽她母親這話風，一味的避重就輕，自己覺得沒意思，只得一言不發。白老太太翻身朝裡睡了，又道：「先兩年，東拼西湊的，賣一次田，還夠兩年吃的。現在可不行了。我年紀大了，說聲走，一撒手就走了，可顧不得你們。天下沒有不散的筵席，你跟著我，總不是長久之計。倒是回去是正經。領個孩子過活，熬個十幾年，總有你出頭之日。」

正說著，門簾一動，白老太太道：「是誰？」四奶奶探頭進來道：「媽，徐太太還在樓下呢，等著跟您說七妹的婚事。」白老太太道：「我這就起來。你把燈捻開。」屋裡點上了燈，四奶奶扶著老太太坐起身來，伺候她穿衣下床。白老太太問道：「徐太太那邊找到了合適的人？」四奶奶道：「聽她說得怪好的，就是年紀大了幾歲。」白老太太咳了一聲道：「寶絡這孩子，今年也二十四了，真是我心上一個疙瘩。白替她操了心，還讓人家說我：她不是我親生的，我存心耽擱了她！」四奶奶把老太太攙到外房去，老太太道：「你把我那兒的新茶葉拿出來，給徐太太泡一碗，綠洋鐵筒子裡的是大姑奶奶去年帶來的龍井，高罐兒裡的是碧螺春，別弄錯了。」四奶奶答應著，一面叫喊道：「來人哪！開燈！」只聽見一陣腳步響，來了些粗手大腳的孩子們，幫著老媽子把老太太搬運下樓去了。

四奶奶一個人在外間屋裡翻箱倒櫃找尋老太太的私房茶葉，忽然笑道：「咦！七妹，你打哪兒鑽出來了，嚇我一跳！我說怎麼的，剛才你一晃就不見影兒了！」寶絡細聲道：「我在洋臺上乘涼。」四奶奶格格笑道：「害臊呢！我說，七妹，趕明兒你有了婆家，凡事可得小心一點，別那麼由著性兒鬧。離婚豈是容易的事？要離就離了，稀鬆平常！果真那麼容易，你四哥不成材，我幹嗎不離婚哪！我也有娘家呀，我不是沒處可投奔的，可是這年頭兒，我不能不給他們划算划算，我是有點人心的，就得顧著這一點，不能靠定了人家，把人家拖窮了。我還有三分廉恥呢！」

白流蘇在她母親床前淒淒涼涼跪著，聽見了這話，把手裡的繡花鞋幫子緊緊按在心口上，戳在鞋上的一枚針，扎了手也不覺得疼，小聲道：「這屋子裡可住不得了！……住不得了！」她的聲音灰暗而輕飄，像斷斷續續的塵灰吊子。她彷彿做夢似的，滿頭滿臉都掛著塵灰吊子，迷迷糊糊向前一撲，自己以為是枕住了她母親的膝蓋，嗚嗚咽咽哭了起來道：「媽，媽，你老人家給我做主！」她母親呆著臉，笑嘻嘻的不作聲。她摟住她母親的腿，使勁搖撼著，哭道：「媽！媽！」恍惚又是多年前，她還只十來歲的時候，看了戲出來，在傾盆大雨中和家裡人擠散了。她獨自站在人行道上，瞪著眼看人，人也瞪著眼看她，隔著雨淋淋的車窗，隔著一層層無形的玻璃罩——無數的陌生人。人人都關在他們自己的小世界裡，她撞破了頭也撞不進去。她似乎是魘住了。忽然聽見背後有腳步聲，猜著是她母親來了，便竭力定了一定神，不言語。她所祈求的母親與她真正的母親根本是兩個人。

那人走到床前坐下了，一開口，卻是徐太太的聲音。徐太太勸道：「六小姐，別傷心了，起來，起來，大熱的天……」流蘇撐著床勉強站了起來，道：「嬸子，我……我在這兒再也待不下去了。早就知道人家多嫌著我，就只差明說。今兒當面鑼，對面鼓，發過話了，我可沒有臉再住下去了！」徐太太扯她在床沿上一同坐下，悄悄的道：「你也太老實了，不怪人家欺負你，你哥哥們把你的錢盤來盤去盤光了。就養活你一輩子也是應該的。」流蘇難得聽見這幾句公道話，且不問她是真心還是假意，先就從心裡熱起來，淚如雨下，道：「誰叫我自己糊塗呢！就為了這幾個錢，害得我要走也走不開。」徐太太道：「年紀輕輕的人，不怕沒有活路。」流蘇道：「有活路，我早走了！我又沒念過兩句書，肩不能挑，手不能提，我能做什麼事？」徐太太道：「找事，都是假的，還是找個人是真的。」流蘇道：「那怕不行，我這一輩子早完了。」徐太太道：「這句話，只有有錢的人，不愁吃，不愁穿，才有資格說。沒錢的人，要完也完不了哇！你就剃了頭髮當姑子去，化個緣罷，也還是塵緣——離不了人！」流蘇低頭不語。徐太太道：「你這件事，早兩年託了我，又要好些。」流蘇微微一笑道：「可不是，我已經二十八了。」徐太大道：「放著你這樣好的人才，二十八也不算什麼。我替你留心著。說著我又要怪你了，離了婚七八年了，你早點兒拿定了主意，遠走高飛，少受多少氣！」流蘇道：「嬸子你又不是不知道，像我們這樣的家庭，哪兒肯放我們出去交際？倚仗著家裡人罷，別說他們根本不贊成，就是贊成了，我底下還有兩個妹妹沒出閣，三哥四哥的幾個女孩子也漸漸的長大了，張羅她們還來不及呢，還顧得到我？」

徐太太笑道：「提起你妹妹，我還等著他們的回話呢。」流蘇道：「七妹的事，有希望麼？」徐太太道：「說得有幾分眉目了。剛才我有意的讓娘兒們自己商議商議，我說我上去瞧瞧六小姐就來；現在可該下去了。你送我下去，成不成？」流蘇只得扶著徐太太下樓，樓梯又舊，徐太太又胖，走得吱吱格格一片響。到了堂屋裡，流蘇欲待開燈，徐太太道：「不用了，看得見。他們就在東廂房裡。你跟我來，大家說說笑笑，事情也就過去了，不然，明兒吃飯的時候免不了要見面的，反而僵得慌。」流蘇聽不得「吃飯」這兩個字，心裡一陣刺痛，硬著嗓子，強笑道：「多謝嬸子——可是我這會子身子有點不舒服，實在不能夠見人，只怕失魂落魄的，說話闖了禍，反而辜負了您待我的一片心。」徐太太見流蘇一定不肯，也就罷了，自己推門進去。

門掩上了，堂屋裡暗著，門的上端的玻璃格子裡透進兩方黃色的燈光，落在青磚地上。朦朧中可以看見堂屋裡順著牆高高下下堆著一排書箱，紫檀匣子，刻著綠泥款識。正中天然几上，玻璃罩子裡，擱著琺藍自鳴鐘，機括早壞了，停了多年。兩旁垂著硃紅對聯，閃著金色壽字團花，一朵花托住一個墨汁淋漓的大字。在微光裡，一個個的字都像浮在半空中，離著紙老遠。流蘇覺得自己就是對聯上的一個字，虛飄飄的，不落實地。白公館有這麼一點像神仙的洞府：這裡悠悠忽忽過了一天，世上已經過了一千年。可是這裡過了一千年，也同一天差不多，因為每天都是一樣的單調與無聊。流蘇交叉著胳膊，抱住她自己的頸項。七八年一霎眼就過去了。你年輕麼？不要緊，過兩年就老了，這裡，青春是不希罕的。他們有的是青春──孩子一個個的被生出來，新的明亮的眼睛，新的紅嫩的嘴，新的智慧。一年又一年的磨下來，眼睛鈍了，人鈍了，下一代又生出來了。這一代便被吸到硃紅灑金的輝煌的背景裡去，一點一點的淡金便是從前的人的怯怯的眼睛。

流蘇突然叫了一聲，掩住自己的眼睛，跌跌衝衝往樓上爬，往樓上爬……上了樓，到了她自己的屋子裡，她開了燈，撲在穿衣鏡上，端詳她自己。還好，她還不怎麼老。她那一類的嬌小的身軀是最不顯老的一種，永遠是纖瘦的腰，孩子似的萌芽的乳。她的臉，從前是白得像磁，現在由磁變為玉──半透明的輕青的玉。下頷起初是圓的，近年來漸漸的尖了，越顯得那小小的臉，小得可愛。臉龐原是相當的窄，可是眉心很寬。一雙嬌滴滴，滴滴嬌的清水眼。洋臺上，四爺又拉起胡琴來了。依著那抑揚頓挫的調子，流蘇不由得偏著頭，微微飛了個眼風，做了個手勢。她對著鏡子這一表演，那胡琴聽上去便不是胡琴，而是笙簫琴瑟奏著幽沉的廟堂舞曲。她向左走了幾步，又向右走了幾步，她走一步路都彷彿是合著失了傳的古代音樂的節拍。她忽然笑了──陰陰的，不懷好意的一笑，那音樂便戛然而止。外面的胡琴繼續拉下去，可是胡琴訴說的是一些遼遠的忠孝節義的故事，不與她相關了。

這時候，四爺一個人躲在那裡拉胡琴，卻是因為他自己知道樓下的家庭會議沒有他置喙的餘地。徐太太走了之後，白公館裡少不得將她的建議加以研究和分析。徐太太打算替寶絡做媒說給一個姓范的，那人最近和徐先生在礦務上有相當密切的聯絡，徐太太對於他的家世一向就很熟悉，認為絕對可靠。那范柳原的父親是一個著名的華僑，有不少的產業分布在錫蘭馬來亞等處。范柳原今年三十二歲，父母雙亡。白家眾人質問徐太太，何以這樣的一個標準夫婿到現在還是獨身的，徐太太告訴他們范柳原從英國回來的時候，無數的太太們緊扯白臉的把女兒送上門來，硬要推給他，勾心鬥角，各顯神通，大大熱鬧過一番。這一捧卻把他捧壞了。從此他把女人看成他腳底下的泥。由於幼年時代的特殊環境，他的脾氣本來就有點怪僻。他父母的結合是非正式的。他父親一次出洋考察，在倫敦結識了一個華僑交際花，兩人祕密地結了婚。原籍的太太也有點風聞。因為懼怕太太的報復，那二夫人始終不敢回國。范柳原就是在英國長大的。他父親故世以後，雖然大太太只有兩個女兒，范柳原要在法律上確定他的身分，卻有種種棘手之處。他孤身流落在英倫，很吃過一些苦，然後方才獲得了繼承權。至今范家的族人還對他抱著仇視的態度，因此他總是住在上海的時候多，輕易不回廣州老宅裡去。他年紀輕的時候受了些刺激，漸漸的就往放浪的一條路上走，嫖賭吃著，樣樣都來，獨獨無意於家庭幸福。白四奶奶就說：「這樣的人，想必是喜歡存心挑剔。我們七妹是庶出的，只怕人家看不上眼。放著這麼一門好親戚，怪可惜了兒的！」三爺道：「他自己也是庶出。」四奶奶道：「可是人家多厲害呀，就憑我們七丫頭那股子傻勁兒，還指望拿得住他？倒是我那個大女孩機靈些，別瞧她，人小心不小，真識大體！」三奶奶道：「那似乎年歲差得太多了。」四奶奶道：「喲！你不知道，越是那種人，越是喜歡年紀輕的。我那個大的若是不成，還有二的呢。」三奶奶笑道：「你那個二的比姓范的小二十歲，」四奶奶悄悄扯了她一把，正顏厲色的道：

「三嫂，你別那麼糊塗！你護著七丫頭，她是白家什麼人？隔了一層娘肚皮，就差遠了。嫁了過去，誰也別想在她身上得點什麼好處！我這都是為了大家的好。」然而白老太太一心一意只怕親戚議論她虧待了沒娘的七小姐，決定照原來的計畫，由徐太太擇日請客，把寶絡介紹給范柳原。

徐太太雙管齊下，同時又替流蘇物色到一個姓姜的，在海關裡做事，新故了太太，丟下了五個孩子，急等著續弦。徐太太主張先忙完了寶絡，再替流蘇撮合，因為范柳原不久就要上新加坡去了。白公館裡對於流蘇的再嫁，根本就拿它當一個笑話，只是為了要打發她出門，沒奈何，只索不聞不問，由著徐太太鬧去。為了寶絡這頭親，卻忙得鴉飛雀亂，人仰馬翻。一樣是兩個女兒，一方面如火如荼，一方面冷冷清清，相形之下，委實讓人難堪。白老太太將全家的金珠細軟，盡情搜刮出來，能夠放在寶絡身上的都放在寶絡身上。三房裡的女孩子過生日的時候，乾娘給的一件巢絲衣料，也被老太太逼著三奶奶拿了出來，替寶絡製了旗袍。老太太自己歷年攢下的私房，以皮貨居多，暑天裡又不能穿著皮子，只得典質了一件貂皮大襖，用那筆款子去把幾件首飾改鑲了時新款式。珍珠耳墜子，翠玉手鐲，綠寶戒指，自不必說，務必把寶絡打扮得花團錦簇。

到了那天，老太太、三爺、三奶奶、四爺、四奶奶自然都是要去的。寶絡輾轉聽到四奶奶的陰謀，心裡著實惱著她，執意不肯和四奶奶的兩個女兒同時出場，又不好意思說不要她們，便下死勁拖流蘇一同去。一部出差汽車黑壓壓坐了七個人，委實再擠不下了，四奶奶的女兒金枝金蟬便慘遭淘汰。他們是下午五點鐘出發的，到晚上十一點方才回家。金枝金蟬那裡放得下心，睡得著覺？眼睜睜盼著他們回來了，卻又是大夥兒啞口無言。寶絡沉著臉走到老太太房裡，一陣風把所有的插戴全剝了下來，還了老太太，一言不發回房去了。金枝金蟬把四奶奶拖到洋臺上，一疊連聲追問怎麼了。四奶奶怒道：「也沒有看見像你們這樣的女孩子家，又不是你自己相親，要你這樣熱辣辣的！」三奶奶跟了出來，柔聲緩氣說道：「你這話，別讓人家多了心去！」四奶奶索性衝著流蘇的房間嚷道：「我就是指桑罵槐，罵了她了，又怎麼著？又不是千年萬代沒見過男子漢，怎麼一聞見生人氣，就痰迷心竅，發了瘋了？」金枝金蟬被她罵得摸不著頭腦，三奶奶做好做歹穩住了她們的娘，又告訴她們道：「我們先去看電影的。」金枝詫異道：「看電影？」三奶奶道：「可不是透著奇怪，專為看人去的，倒去坐在黑影子裡，什麼也瞧不見，後來徐太太告訴我說都是那范先生的主張，他在那裡掏壞呢。他要把人家擱個兩三個鐘頭，臉上出了油，胭脂花粉褪了色，他可以看得親切些。那是徐太太的猜想。據我看來，那姓范的始終就沒有誠意。他要看電影，就為著懶得跟我們應酬。看完了戲，他不是就想溜麼？」四奶奶忍不住插嘴道：「哪兒的話，今兒的事，一上來挺好的，要不是我們自己窩兒裡的人在裡頭搗亂，準有個七八成！」金枝金蟬齊聲道：「三媽，後來呢？後來呢？」三奶奶道：「後來徐太太拉住了他，要大家一塊兒去吃飯。他就說他請客。」四奶奶拍手道：「吃飯就吃飯，明知我們七小姐不會跳舞，上跳舞場去乾坐著，算什麼？不是我說，這就要怪三哥了，他也是外面跑跑的人，聽見姓范的吩咐汽車夫上舞場去，也不攔一聲！」三奶奶忙道：「上海這麼多的飯店，他怎麼知道哪一個飯店有跳舞，哪一個飯店沒有跳舞？他可比不得四爺是個閒人哪，他沒那麼多的工夫去調查這個！」金枝金蟬還要打聽此後的發展，三奶奶給四奶奶幾次一打岔，興致索然。只道：「後來就吃飯，吃了飯，就回來了。」

金蟬道：「那范柳原是怎樣的一個人？」三奶奶道：「我哪兒知道？統共沒聽見他說過三句話。」又尋思了一會，道：「跳舞跳得不錯罷！」金枝咦了一聲道：「他跟誰跳來看？」四奶奶搶先答道：「還有誰，還不是你那六姑！我們詩禮人家，不准學跳舞的，就只她結婚之後跟她那不成材的姑爺學會了這一手！好不害臊，人家問你，說不會跳不就結了？不會也不是丟臉的事。像你三媽，像我，都是大戶人家的小姐，活過這半輩子了，什麼世面沒見過？我們就不會跳！」三奶奶嘆了口氣道：「跳了一次，說是敷衍人家的面子，還跳第二次，第三次！」金枝金蟬聽到這裡，不禁張口結舌。四奶奶又向那邊喃喃罵道：「豬油蒙了心！你若以為你破壞了你妹子的事，你就有指望了，我叫你早早的歇了這個念頭！人家連多少小姐都看不上眼呢，他會要你這敗柳殘花？」

流蘇和寶絡住著一間屋子，寶絡已經上床睡了，流蘇蹲在地下摸著黑點蚊煙香，洋臺上的話聽得清清楚楚，可是她這一次卻非常的鎮靜，擦亮了洋火，眼看著它燒過去，火紅的小小三角旗，在它自己的風中搖擺著，移，移到她手指邊，她噗的一聲吹滅了它，只剩下一截紅豔的小旗杆，旗杆也枯萎了，垂下灰白蜷曲的鬼影子。她把燒焦的火柴丟在菸盤子裡。今天的事，她不是有意的，但無論如何，她給了她們一點顏色看看。她們以為她這一輩子已經完了麼？早哩！她微笑著。寶絡心裡一定也在罵她，罵得比四奶奶的話還要難聽。可是她知道寶絡恨雖恨她，同時也對她刮目相看，肅然起敬。一個女人，再好些，得不著異性的愛，也就得不著同性的尊重。女人們就是這點賤。

范柳原真心喜歡她麼？那倒也不見得。他對她說的那些話，她一句也不相信。她看得出他是對女人說慣了謊的。她不能不當心——她是個六親無靠的人。她只有她自己了。床架子上掛著她脫下來的月白蟬翼紗旗袍。她一歪身坐在地上，摟住了長袍的膝部，鄭重地把臉偎在上面。蚊香的綠煙一蓬一蓬浮上來，直薰到腦子裡去。她的眼睛裡，眼淚閃著光。

隔了幾天，徐太太又來到白公館。四奶奶早就預言過：「我們六姑奶奶這樣的胡鬧，眼見得七丫頭的事是吹了。徐太太豈有不惱的？徐太太怪了六姑奶奶，還肯替她介紹人麼？這就叫偷雞不著蝕把米。」徐太太果然不像先前那麼一盆火似的了，遠兜遠轉先解釋她這兩天為什麼沒上門。家裡老爺有要事上香港去接洽，如果一切順利，就打算在香港租下房子，住個一年半載的，所以她這兩天忙著打點行李，預備陪他一同去。至於寶絡的那件事，姓范的已經不在上海了，暫時只得擱一擱，流蘇的可能的對象姓姜的，徐太太打聽了出來，原來他在外面有了人，若要拆開，還有點麻煩。據徐太太看來，這種人不甚可靠，還是算了罷。三奶奶四奶奶聽了這話，彼此使了個眼色，撇著嘴笑了一笑。

徐太太接下去皺眉說道：「我們的那一位，在香港倒有不少的朋友，就可惜遠水救不著近火……六小姐若是能夠到那邊去走一趟，倒許有很多的機會。這兩年，上海人在香港的，真可以說是人才濟濟。上海人自然是喜歡上海人，所以同鄉的小姐們在那邊聽說很受人歡迎。六小姐去了，還愁沒有相當的人？真可以抓起一把來揀揀！」眾人覺得徐太太真是善於辭令。前兩天轟轟烈烈鬧著做媒，忽然煙消火滅了，自己不得下場，便故作遁辭，說兩句風涼話。白老太太便嘆了口氣道：「到香港去一趟，談何容易！單講——」不料徐太太很爽快的一口剪斷了她的話道：「六小姐若是願意去，我請她，我答應幫她忙，就得幫到底。」大家不禁面面相覷，連流蘇都怔住了。她估計著徐太太當初自告奮勇替她做媒，想必倒是一時仗義，真心同情她的境遇。為了她跑跑腿尋尋門路，治一桌酒席請請那姓姜的，這點交情是有的。但是出盤纏帶她到香港去，那可是所費不貲。為什麼徐太太平空的要在她身上花這些錢？世上的好人雖多，可沒有多少傻子願意在銀錢上做好人。徐太太一定是有背景的。難不成是那范柳原的鬼計？徐太太曾經說過她丈夫與范柳原在營業上有密切接觸，夫婦兩個大約是很熱心地捧著范柳原。犧牲一個不相干的孤苦的親戚來巴結他，也是可能的事。流蘇在這裡胡思亂想著，白老太太便道：「那可不成呀，總不能讓您——」徐太太打了個哈哈道：「沒關係，這點小東，我還做得起！再說，我還指望六小姐幫我的忙呢。我拖著兩個孩子，血壓又高，累不得，路上有了她，凡事也有個照應。我是不拿她當外人的，以後還要她多多的費神呢！」白老太太忙代流蘇客氣了一番。徐太太掉過頭來，單刀直入的問道：「那麼六小姐，你一準跟我們跑一趟罷！就算是逛逛，也值得。」流蘇低下頭去，微笑道：「您待我太好了。」她迅速地盤算了一下。姓姜的那件事是無望了，以後即使有人替她做媒，也不過是和那姓姜的不相上下，也許還不如他。流蘇的父親是一個有名的賭徒，為了賭而傾家蕩產，第一個領著他們住破落戶的路上走。流蘇的手沒有沾過骨牌和骰子，然而她也是喜歡賭的。她決定用她的前途來下注。如果她輸了，她聲名掃地，沒有資格做五個孩子的後母。如果賭贏了，她可以得到眾人虎視眈眈的目的物范柳原，出淨她胸中的這一口惡氣。

她答應了徐太太。徐太太在一星期內就要動身。流蘇便忙著整理行裝。雖說家無長物，根本沒有什麼可整理的，卻也忙亂了幾天。變賣了幾件零碎東西，添製了幾套衣服。徐太太在百忙之中還騰出時間來替她做顧問。徐太太這樣的籠絡流蘇，被白公館裡的人看在眼裡，漸漸的也就對流蘇發生了新的興趣。除了懷疑她之外，又存了三分顧忌，背後嘰嘰咕咕議論著，當面卻不那麼指著臉子罵了，偶然也還叫聲「六妹」、「六姑」、「六小姐」，只怕她當真嫁到香港的闊人，衣錦榮歸，大家總得留個見面的餘地，不犯著得罪她。

徐太太徐先生帶著孩子一同乘車來接了她上船，坐的是一隻荷蘭船的頭等艙。船小，顛簸得厲害，徐先生徐太太一上船便雙雙睡倒，吐個不休，旁邊兒啼女哭，流蘇倒著實服侍了他們好幾天。好容易船靠了岸，她方才有機會到甲板上看看海景。那是個火辣辣的下午，望過去最觸目的便是碼頭上圍列著的巨型廣告牌，紅的、橘紅的、粉紅的，倒映在綠油油的海水裡，一條條，一抹抹刺激性的犯沖的色素，竄上落下，在水底下廝殺得異常熱鬧。流蘇想著，在這誇張的城裡，就是栽個跟斗，只怕也比別處痛些，心裡不由得七上八下起來。忽然覺得有人奔過來抱住她的腿，差一點把她推了一跤，倒吃了一驚，再看原來是徐太太的孩子，連忙定了定神，過去助著徐太太照料一切。誰知那十來件行李與兩個孩子，竟不肯被歸著在一堆，行李齊了，一轉眼又少了個孩子。流蘇疲於奔命，也就不去看野眼了。

上了岸，叫了兩部汽車到淺水灣飯店。那車馳出了鬧市，翻山越嶺，走了多時，一路只見黃土崖，紅土崖，土崖缺口處露出森森綠樹，露出藍綠色的海。近了淺水灣，一樣是土崖與叢林，卻漸漸的明媚起來。許多遊了山回來的人，乘車掠過他們的車，一汽車一汽車載滿了花，風裡吹落了零亂的笑聲。

到了旅館門前，卻看不見旅館在哪裡。他們下了車，走上極寬的石級，到了花木蕭疏的高臺上，乃見再高的地方有兩幢黃色房子。徐先生早定下了房間，僕歐們領著他們沿著碎石小徑走去，進了昏黃的飯廳，經過昏黃的穿堂，往二層樓上走。一轉彎，有一扇門通著一個小洋臺，搭著紫藤花架，曬著半壁斜陽。洋臺上有兩個人站著說話，只見一個女的，背向著他們，披著一頭漆黑的長髮直垂到腳踝上，腳踝上套著赤金扭麻花鐲子，光著腿，底下看不仔細是否趿著拖鞋，上面微微露出一截印度式桃紅皺襇窄腳褲。被那女人擋住的一個男子，卻叫了一聲：「咦！徐太太！」便走了過來，向徐先生徐太太打招呼，又向流蘇含笑點頭。流蘇見是范柳原，雖然早就料到這一著，一顆心依舊不免跳得厲害。洋臺上的女人一閃就不見了。柳原伴著他們上樓，，路上大家彷彿他鄉遇故知似的，不斷的表示驚訝與愉快。那范柳原雖然夠不上稱作美男子，粗枝大葉的，也有他的一種風神。徐先生夫婦指揮著僕歐們搬行李，柳原與流蘇走在前面，流蘇含笑問道：「范先生，你沒有上新加坡去？」柳原輕輕的答道：「我在這兒等著你呢。」流蘇想不到他這樣直爽，倒不便深究，只怕說穿了，不是徐太太請她上香港而是他請的，自己反而下不落臺，因此只當他說玩話，向他笑了一笑。

柳原問知她的房間是一百三十號，便站住了腳道：「到了。」僕歐拿鑰匙開了門，流蘇一進門便不由得向窗口筆直走過去。那整個的房間像暗黃的畫框，鑲著窗子裡一幅大畫。那釅釅的，灩灩的海濤，直濺到窗簾上，把簾子的邊緣都染藍了。柳原向僕歐道：「箱子就放在櫥跟前。」流蘇聽他說話的聲音就在耳根子底下，不覺震了一震，回過臉來，只見僕歐已經出去了，房門卻沒有關嚴。柳原倚著窗臺，伸出一隻手來撐在窗格子上，擋住了她的視線，只管望著她微笑。流蘇低下頭去。柳原笑道：「你知道麼？你的特長是低頭。」流蘇抬頭笑道：「什麼？我不懂。」柳原道：「有的人善於說話，有的人善於笑，有的人善於管家，你是善於低頭的。」流蘇道：「我什麼都不會，我是頂無用的人。」柳原笑道：「無用的女人是最最厲害的女人。」流蘇笑著走開了道：「不跟你說了，到隔壁去看看罷。」柳原道：「隔壁？我的房還是徐太太的房？」流蘇又震了一震道：「你就住在隔壁？」柳原已經替她開了門道：「我屋裡亂七八糟的，不能見人。」

他敲了一敲一百三十一號的門，徐太太開門放他們進來道：「在我們這邊吃茶罷，我們有個起坐間。」便撳鈴叫了幾客茶點。徐先生從臥室裡走了出來道：「我打了個電話給老朱，他鬧著要接風，請我們大夥兒上香港飯店。就是今天。」又向柳原道：「連你在內。」徐太太道：「你真有興致，暈了幾天船，還不趁早歇歇？今兒晚上，算了吧！」柳原笑道：「香港飯店，是我所見過的頂古板的舞場。建築、燈光、佈置、樂隊，都是英國式，四五十年前頂時髦的玩藝兒，現在可不夠刺激了。實在沒有什麼可看的，除非是那些怪模怪樣的西崽，大熱的天，仿著北方人穿著紮腳褲——」流蘇道：「為什麼？」柳原道：「中國情調呀！」徐先生笑道：「既然來到此地，總得去看看。就委屈你做做陪客罷！」柳原笑道：「我可不能說準。別等我。」流蘇見他不像要去的神氣，徐先生並不是常跑舞場的人，難得這麼高興，似乎是認真要替她介紹朋友似的，心裡倒又疑惑起來。

然而那天晚上，香港飯店裡為他們接風一班人，都是成雙捉對的老爺太太，幾個單身男子都是二十歲左右的年輕人。流蘇正跳著舞，范柳原忽然出現了，把她從另一個男子手裡接了過來，在那荔枝紅的燈光裡，她看不清他的黝暗的臉，只覺得他異常的沉默。流蘇笑道：「怎麼不說話呀？」柳原笑道：「可以當著人說的話，我全說完了。」流蘇噗嗤一笑道：「鬼鬼祟祟的，有什麼背人的話？」柳原道：「有些傻話，不但是要背著人說，還得背著自己。讓自己聽見了也怪難為情的。譬如說，我愛你，我一輩子都愛你。」流蘇別過頭去，輕輕啐了一聲道：「偏有這些廢話！」柳原道：「不說話又怪我不說話了，說話，又嫌嘮叨！」流蘇笑道：「我問你，你為什麼不願意我上跳舞場去？」柳原道：「一般的男人，喜歡把好女人教壞了，又喜歡去感化壞的女人，使她變為好女人。我可不像那麼沒事找事做。我認為好女人還是老實些的好，」流蘇瞟了他一眼道：「你以為你跟別人不同麼？我看你也是一樣的自私。」柳原笑道：「怎樣自私？」流蘇心裡想著：你最高的理想是一個冰清玉潔而又富於挑逗性的女人。冰清玉潔，是對於他人。挑逗，是對於你自己。如果我是一個徹底的好女人，你根本就不會注意到我。她向他偏著頭笑道：「你要我在旁人面前做一個好女人，在你面前做一個壞女人。」柳原想了一想道：「不懂。」流蘇又解釋道：「你要我對別人壞，獨獨對你好。」柳原笑道：「怎麼又顛倒過來了？越發把人家搞糊塗了！」他又沉吟了一會道：「你這話不對。」流蘇笑道：「哦，你懂了。」柳原道：「你好也罷，壞也罷，我不要你改變。難得碰見像你這樣的一個真正的中國女人。」流蘇微微嘆了口氣道：「我不過是一個過了時的人罷了。」柳原道：「真正的中國女人是世界上最美的，永遠不會過了時。」流蘇笑道：「像你這樣的一個新派人——」柳原道：「你說新派，大約就是指的洋派。我的確不能算一個真正的中國人，直到最近幾年才漸漸的中國化起來。可是你知道，中國化的外國人，頑固起來，比任何老秀才都要頑固。」流蘇笑道：「你也頑固，我也頑固，你說過的，香港飯店又是最頑固的跳舞場……」他們同聲笑了起來。音樂恰巧停了。柳原扶著她回到座上，向眾人笑道：「白小姐有點頭痛，我先送她回去罷。」流蘇沒提防他有這一著，一時想不起怎樣對付，又不願意得罪了他，因為交情還不夠深，沒有到吵嘴的程度，只得由他替她披了外衣，向眾人道了歉，一同走了出來。

迎面遇見一群西洋紳士，眾星捧月一般簇擁著一個女人。流蘇先就注意到那人的漆黑的頭髮，結成雙股大辮，高高盤在頭上。那印度女人，這一次雖然是西式裝束，依舊帶著濃厚的東方色彩。玄色輕紗氅底下，她穿著金魚黃緊身長衣，蓋住了手，只露出晶亮的指甲，領口挖成極狹的V形，直開到腰際，那時巴黎最新的款式，有個名式，喚作「一線天」，她的臉色黃而油潤，像飛了金的觀音菩薩，然而她的影沉沉的大眼睛裡躲著妖魔。古典型的直鼻子，只是太尖，太薄一點。粉紅的厚重的小嘴唇，彷彿腫著似的。柳原站住了腳，向她微微鞠了一躬，流蘇在那裡看她，她也昂然望著流蘇，那一雙驕矜的眼睛，如同隔著幾千里地，遠遠的向人望過來。柳原便介紹道：「這是白小姐。這是薩黑荑妮公主。」流蘇不覺肅然起敬。薩黑荑妮伸出一雙手來，用指尖碰了一碰流蘇的手，問柳原道：「這位白小姐，也是上海來的？」柳原點點頭。薩黑荑妮微笑道：「她倒不像上海人。」柳原笑道：「像哪兒的人呢？」薩黑荑妮把一隻食指按在腮幫子上，想了一想，翹著十指尖尖，彷彿是要形容而又形容不出的樣子，聳肩笑了一笑，往裡走去。柳原扶著流蘇繼續住外走，流蘇雖然聽不大懂英文，鑒貌辨色，也就明白了，便笑道：「我原是個鄉下人。」柳原道：「我剛才對你說過了，你是個道地的中國人，那自然跟她所謂的上海人有點不同。」

他們上了車，柳原又道：「你別看她架子搭得十足。她在外面招搖，說是克力希納．柯蘭姆帕王公的親生女，只因王妃失寵，賜了死，她也就被放逐了，一直流浪著，不能回國。其實，不能回國倒是真的，其餘的，可沒有人能夠證實。」流蘇道：「她到上海去過麼？」柳原道：「人家在上海也是很有名的。後來她跟著一個英國人上香港來。你看見她背後那個老頭子麼？現在就是他養活著她。」流蘇笑道：「你們男人就是這樣，當面何嘗不奉承著她，背後就說得她一個錢不值。像我這樣一個窮遺老的女兒，身分還不及她高的人，不知道你對別人怎樣的說我呢！」柳原笑道：「誰敢一口氣把你們兩人的名字說在一起？」流蘇撇了撇嘴道：「也許因為她的名字太長了，一口氣念不完。」柳原道：「你放心。你是什麼樣的人，我就拿你當什麼樣的人看待，準沒錯。」流蘇做出安心的樣子，向車窗上一靠，低聲道：「真的？」他這句話，似乎並不是挖苦她，因為她漸漸發覺了，他們單獨在一起的時候，他總是斯斯文文的，君子人模樣。不知道為什麼，他背著人這樣穩重，當眾卻喜歡放肆。她一時摸不清那到底是他的怪脾氣，還是他另有作用。

到了淺水灣，他攙著她下車，指著汽車道旁鬱鬱的叢林道：「你看那種樹，是南邊的特產。英國人叫它『野火花』。」流蘇道：「是紅的麼？」柳原道：「紅！」黑夜裡，她看不出那紅色，然而她直覺地知道它是紅得不能再紅了，紅得不可收拾，一蓬蓬一蓬蓬的小花，窩在參天大樹上，壁栗剝落燃燒著，一路燒過去，把那紫藍的天也薰紅了。她仰著臉望上去。柳原道：「廣東人叫它『影樹』。你看這葉子。」葉子像鳳尾草，一陣風過，那輕纖的黑色剪影零零落落顫動著，耳邊恍惚聽見一串小小的音符，不成腔，像簷前鐵馬的叮噹。

柳原道：「我們到那邊去走走。」流蘇不作聲。他走，她就緩緩的跟了過去。時間橫豎還早，路上散步的人多著呢——沒關係。從淺水灣飯店過去一截子路，空中飛跨著一座橋樑，橋那邊是山，橋這邊是一堵灰磚砌成的牆壁，攔住了這邊的山。柳原靠在牆上，流蘇也就靠在牆上，一眼看上去，那堵牆極高極高，望不見邊。牆是冷而粗糙，死的顏色。她的臉，托在牆上，反襯著，也變了樣——紅嘴唇、水眼睛、有血、有肉、有思想的一張臉。柳原看著她道：「這堵牆，不知為什麼使我想起地老天荒那一類的話。……有一天，我們的文明整個的毀掉了，什麼都完了——燒完了、炸完了、坍完了，也許還剩下這堵牆。流蘇，如果我們那時候在這牆根底下遇見了……流蘇，也許你會對我有一點真心，也許我會對你有一點真心。」

流蘇嗔道：「你自己承認你愛裝假，可別拉扯上我。你幾時捉出我說謊來著？」柳原嗤的一笑道：「不錯，你是再天真也沒有的一個人。」流蘇道：「得了，別哄我了！」

柳原靜了半晌，嘆了口氣。流蘇道：「你有什麼不稱心的事？」柳原道：「多著呢。」流蘇嘆道：「若是像你這樣自由自在的人，也要怨命，像我這樣的，早就該上吊了。」柳原道：「我知道你是不快樂的。我們四周的那些壞事、壞人，你一定是看夠了。可是，如果你這是第一次看見他們，你一定更看不慣，更難受。我就是這樣。我回中國來的時候，已經二十四了。關於我的家鄉，我做了好些夢。你可以想像到我是多麼的失望。我受不了這個打擊，不由自主的就往下溜。你……你如果認識從前的我，也許你會原諒現在的我。」流蘇試著想像她是第一次看見她四嫂。她猛然叫道：「還是那樣的好，初次瞧見，再壞些，再髒些，是你外面的人，你外面的東西。你若是混在那裡頭長大了，你怎麼分得清，哪一部分是他們，哪一部分是你自己？」柳原默然，隔了一會方道：「也許你是對的。也許我這些話無非是藉口，自己糊弄自己。」他突然笑了起來道：「其實我用不著什麼藉口呀！我愛玩——我有這個錢，有這個時間，還得去找別的理由？」他思索了一會兒，又煩躁起來，向她說道：「我自己也不懂得我自己——可是我要你懂得我！我要你懂得我！」他嘴裡這麼說著，心裡早已絕望了，然而他還是固執地，哀懇似地說著：「我要你懂得我！」

流蘇願意試試看。在某種範圍內，她什麼都願意。她側過臉去向看他，小聲答應著：「我懂得，我懂得。」她安慰著他，然而她不由得想到了她自己的月光中的臉，那嬌脆的輪廓，眉與眼，美得不近情理，美得渺茫。她緩緩垂下頭去。柳原格格的笑了起來。他換了一副聲調，笑道：「是的，別忘了，你的特長是低頭。可是也有人說，只有十來歲的女孩子們適宜於低頭。適宜於低頭的人往往一來就喜歡低頭。低了多年的頭，頸子上也許要起皺紋的。」流蘇變了臉，不禁抬起手來撫摸她的脖子。柳原笑道：「別著急，你絕不會有的。待會兒回到房裡去，沒有人的時候，你再解開衣領上的鈕子，看個明白。」流蘇不答，掉轉身就走。柳原追了上去，笑道：「我告訴你為什麼你保得住你的美。薩黑荑妮上次說：她不敢結婚，因為印度女人一閒下來，待在家裡，整天坐著，就發胖了。我就說：中國女人呢，光是坐著，連發胖都不肯發胖——因為發胖至少還需要一點精力。懶倒也有懶的好處！」

流蘇只是不理他。他一路陪著小心，低聲下氣，說說笑笑，她到了旅館裡，面色方才和緩下來，兩人也就各自歸房安置。流蘇自己忖量著，原來范柳原是講究精神戀愛的。她倒也贊成，因為精神戀愛的結果永遠是結婚，而肉體之愛往往就停頓存在一階段，很少結婚的希望。精神戀愛只有一個毛病：在戀愛過程中，女人往往聽不懂男人的話。然而那倒也沒有多大關係。後來總還是結婚、找房子、置家具、僱傭人——那些事上，女人可比男人在行得多。她這麼一想，今天這點小誤會，也就不放在心上。

第二天早晨，她聽徐太太屋裡鴉雀無聲，知道她一定起來得很晚。徐太太彷彿說過的，這裡的規矩，早餐叫到屋裡來吃，另外要付費，還要給小賬，因此流蘇決定替人家節省一點，到食堂裡去吃。她梳洗完了，剛跨出房門，一個守候在外面的僕歐，看見了她，便去敲范柳原的門。柳原立刻走了出來，笑道：「一塊兒吃早飯去。」一面走，他一面問道：「徐先生徐太太還沒升帳？」流蘇笑道：「昨兒他們玩得太累了罷！我沒聽見他們回來，想必一定是近天亮。」他們在餐室外面的走廊上揀了個桌子坐下。石欄杆外坐著高大的棕櫚樹，那絲絲縷縷披散著的葉子在太陽光裡微微發抖，像光亮的噴泉。樹底下也有噴水池子，可沒有那麼偉麗。柳原問道：「徐太太他們今天打算怎麼玩？」流蘇道：「聽說是要找房子去。」柳原道：「他們找他們的房子，我們玩我們的。你喜歡到海灘上去還是到城裡去看看？」流蘇前一天下午已經用望遠鏡看了看附近的海灘，紅男綠女，果然熱鬧非凡，只是行動太自由了一點，她不免略具戒心，因此便提議進城去。他們趕上了一輛旅館裡特備的公共汽車，到了中心區。

柳原帶她到大中華去吃飯。流蘇一聽，僕歐們是說上海話的，四座也是鄉音盈耳，不覺詫異道：「這是上海館子？」柳原笑道：「你不想家麼？」流蘇笑道：「可是……專程到香港來吃上海菜，總似乎有點傻。」柳原道：「跟你在一起，我就喜歡做各種的傻事，甚至於乘著電車兜圈子，看一場看過了兩次的電影……」流蘇道：「因為你被我傳染上了傻氣，是不是？」柳原笑道：「你愛怎麼解釋，就怎麼解釋。」

吃完了飯，柳原舉起玻璃杯來將裡面剩下的茶一飲而盡，高高地擎著那玻璃杯，只管向裡看著。流蘇道：「有什麼可看的，也讓我看看。」柳原道：「你迎著亮瞧瞧，裡頭的景致使我想起馬來的森林。」杯裡的殘茶向一邊傾過來，綠色的茶葉黏在玻璃上，橫斜有致，迎看光，看上去像一棵翠生生的芭蕉。底下堆積著的茶葉，蟠結錯雜，就像沒膝的蔓草與蓬蒿。流蘇湊在上面看，柳原就探過身來指點著。隔著那綠陰陰的玻璃杯，流蘇忽然覺得他的一雙眼睛似笑非笑的瞅著她。她放下了杯子，笑了。柳原道：「我陪你到馬來亞去。」流蘇道：「做什麼？」柳原道：「回到自然。」他轉念一想，又道：「只是一件，我不能想像你穿著旗袍在森林裡跑。……不過我也不能想像你不穿著旗袍。」流蘇連忙沉下臉來道：「少胡說。」柳原道：「我這是正經話。我第一次看見你，就覺得你不應當光著膀子穿這種時髦的長背心，不過你也不應當穿西裝。滿洲的旗裝，也許倒合適一點，可是線條又太硬。」流蘇道：「總之，人長得難看，怎麼打扮著也不順眼！」柳原笑道：「別又誤會了，我的意思是：你看上去不像這世界上的人，你有許多小動作，有一種羅曼蒂克的氣氛，很像唱京戲。」流蘇抬起了眉毛，冷笑道：「唱戲，我一個人也唱不成呀！我何嘗愛做作——這也是逼上梁山。人家跟我耍心眼兒，我不跟人家耍心眼兒，人家還拿我當傻子呢，準得找著我欺侮！」柳原聽了這話，倒有些黯然。他舉起了空杯，試著喝了一口，又放下了，嘆道：「是的，都怪我。我裝慣了假，也是因為人人都對我裝假，只有對你，我說過句把真話，你聽不出來。」流蘇道：「我又不是你肚裡的蛔蟲。」柳原道：「是的，都怪我。可是我的確為你費了不少的心機。在上海第一次遇見你，我想著，離開了你家裡那些人，你也許會自然一點。好容易盼著你到了香港……現在，我又想把你帶到馬來亞，到原始人的森林裡去……」他笑他自己，聲音又啞又澀，不等笑完他就喊僕歐拿賬單來。他們付了賬出來，他已經恢復原狀，又開始他的上等的調情——頂文雅的一種。

他每天伴著她到處跑，什麼都玩到了，電影、廣東戲、賭場、格羅士打飯店、思豪酒店、青鳥咖啡館、印度綢緞莊、九龍的四川菜……晚上，他們常常出去散步，直到夜深。她自己都不能夠相信他連她的手都難得碰一碰，她總是提心吊膽，怕他突然摘下假面具，對她做冷不防的襲擊，然而一天又一天的過去了，他維持著他的君子風度。她如臨大敵，結果毫無動靜。她起初倒覺得不安，彷彿下樓梯的時候踏空了一級似的，心裡異常怔忡，後來也就慣了。

只有一次，在海灘上。這時候流蘇對柳原多了一層認識，覺得到海邊上去去也無妨，因此他們到那裡去消磨了一個上午。他們並排坐在沙上，可是一個面朝東，一個面朝西。流蘇嚷有蚊子。柳原道：「不是蚊子，是一種小蟲，叫沙蠅。咬一口，就是個小紅點，像硃砂痣。」流蘇又道：「這太陽真受不了。」柳原道：「稍微曬一會兒，我們可以到涼棚底下去。我在那邊租了一個棚。」那口渴的太陽汩汩地吸著海水，漱著，吐著，嘩嘩的響。人身上的水分全給它喝乾了，人成了金色的枯葉子，輕飄飄的。流蘇漸漸感到那奇異的眩暈與愉快，但是她忍不住又叫了起來：「蚊子咬！」她扭過頭去，一巴掌打在她裸露的背脊上。柳原笑道：「這樣好吃力。我來替你打罷，你來替我打。」流蘇果然留心著，照準他臂上打去，叫道：「哎呀，讓它跑了！」柳原也替她留心著。兩人劈劈啪啪打著，笑成一片。流蘇突然被得罪了，站起身來往旅館裡走，柳原這一次並沒有跟上來，流蘇走到樹蔭裡，兩座蘆席棚之間的石徑上，停了下來，抖一抖短裙子上的沙，回頭一看，柳原還在原處，仰天躺著，兩手墊在頸項底下，顯然是又在那裡做著太陽裡的夢了，人曬成了金葉子。流蘇回到旅館裡，又從窗戶裡用望遠鏡望出來，這一次，他的身邊躺著一個女人，辮子盤在頭上。就把那薩黑荑妮燒了灰，流蘇也認識她。

從這天起，柳原整日價的和薩黑荑妮廝混著。他大約是下了決心把流蘇冷一冷。流蘇本來天天出去慣了，忽然閒了下來，在徐太太面前交代不出理由，只得傷了風，在屋裡坐了兩天。幸喜天公識趣，又下起纏綿雨來，越發有了藉口，用不著出門。有一天下午，她打著傘在旅舍的花園裡兜了個圈子回來，天漸漸黑了，約莫徐太太他們看房子也該回來了，她便坐在廊簷下等他們，將那把鮮明的油紙傘撐開了橫擱在欄杆上，遮住了臉。那傘是粉紅地子，石綠的荷葉圖案，水珠一滴滴從筋紋上滑了下來。那雨下得大了，雨中有汽車潑喇潑喇航行的聲音，一群男女嘻嘻哈哈推著挽著上階來，打頭的便是范柳原。薩黑荑妮被他攙著，卻是夠狼狽的，裸腿上濺了一點點的泥漿。她脫去了大草帽，便灑了一地的水。柳原瞥見流蘇的傘，便在扶梯口上和薩黑荑妮說了幾句話，薩黑荑妮單獨上樓去了，柳原走了過來，掏出手絹子來不住的擦他身上臉上的水漬子，流蘇和他不免寒暄了幾句。柳原坐了下來道：「前兩天聽說有點不舒服？」流蘇道：「不過是熱傷風。」柳原道：「這天氣真悶得慌。剛才我們到那個英國人的遊艇上去野餐的，把船開到了青衣島。」流蘇順口問問他青衣島的景致。正說著，薩黑荑妮又下樓來了，已經換了印度裝，兜著鵝黃披肩，長垂及地。披肩上是二寸來闊的銀絲堆花鑲滾，她也靠著欄杆，遠遠的揀了個桌子坐下，一隻手閒閒擱在椅背上，指甲上塗著銀色蔻丹。流蘇笑向柳原道：「你還不過去？」柳原笑道：「人家是有了主兒的人。」流蘇道：「那老英國人，哪兒管得住她？」柳原笑道：「他管不住她，你卻管得住我呢。」流蘇抿著嘴笑道：「喲，我就是香港總督，香港的城隍爺，管這一方的百姓，我也管不到你頭上呀！」柳原搖搖頭道：「一個不吃醋的女人，多少有點病態。」流蘇噗嗤一笑。隔了一會，流蘇問道：「你看著我做什麼？」柳原笑道：「我看你從今以後是不是預備待我好一點。」流蘇道：「我待你好一點，壞一點，你又何嘗放在心上？」柳原拍手道：「這還像句話！話音裡彷彿有三分酸意。」流蘇掌不住放聲笑了起來道：「也沒有看見你這樣的人，死七白咧的要人吃醋！」

兩人當下言歸於好，一同吃了晚飯。流蘇表面上雖然和他熱了些，心裡卻怙惙著：他使她吃醋，無非是用的激將法，逼著她自動的投到他的懷裡去。她早不同他好，晚不同他好，偏揀這個當口和他和好了，白犧牲了她自己，他一定不承情，只道她中了他的計。她做夢也休想他娶她。……很明顯的，他要她，可是他不願意娶她。然而她家裡窮雖窮，也還是個望族，大家都是場面上的人，他擔當不起這誘姦的罪名。因此他採取了那極光明正大的態度。她現在知道了，那完全是假撇清。他處處地方希圖脫卸責任。以後她若是被拋棄了，她絕對沒有誰可抱怨。

流蘇一念及此，不覺咬了咬牙，恨了一聲。面子上仍舊照常跟他敷衍著。徐太太已經在跑馬地租下了房子，就要搬過去了。流蘇欲待跟過去，又覺得白擾了人家一個多月，再要長住下去，實在不好意思。這樣僵持下去，也不是事。進退兩難，倒煞費躊躇。這一天，在深夜裡，她已經上了床多時，只是翻來覆去。好容易朦朧了一會兒，床頭的電話鈴突然朗朗響了起來，她一聽，卻是柳原的聲音，道：「我愛你。」就掛斷了。流蘇心跳得撲通撲通，握住了耳機，發了一回楞，方才輕輕的把它放回原處。誰知才擱上去，又是鈴聲大作。她再度拿起聽筒，柳原在那邊問道：「我忘了問你一聲，你愛我麼？」流蘇咳嗽了一聲再開口，喉嚨還是沙啞的。她低聲道：「你早該知道了，我為什麼上香港來？」柳原嘆道：「我早知道了，可是明擺著的事實，我就是不肯相信。流蘇，你不愛我。」流蘇忙道：「怎見得我不？」柳原不語，良久方道：「詩經上有一首詩——」流蘇忙道：「我不懂這些。」柳原不耐煩道：「知道你不懂，你若懂，也用不著我講了！我念給你聽：『死生契闊——與子相悅，執子之手，與子偕老。』我的中文根本不行，可不知道解釋得對不對。我看那是最悲哀的一首詩，生與死與離別，都是大事，不由我們支配的，比起外界的力量，我們人是多麼小，多麼小！可是我們偏要說：『我永遠和你在一起；我們一生一世都別離開。』——好像我們自己做得了主似的！」

流蘇沉思了半晌，不由得惱了起來道：「你乾脆說不結婚，不就完了！還得繞著大彎子！什麼做不了主？連我這樣守舊的人家，也還說『初嫁從親，再嫁從身』哩！你這樣無拘無束的人，你自己不能做主，誰替你做主？」柳原冷冷地道：「你不愛我，你有什麼辦法，你做得了主麼？」流蘇道：「你若真愛我的話，你還顧得了這些？」柳原道：「我不至於那麼糊塗，我犯不著花了錢娶一個對我毫無感情的人來管束我。那太不公平了。對於你那也不公平，噢，也許你不在乎，根本你以為婚姻就是長期的賣淫──」流蘇不等他說完，啪的一聲把耳機摜下了，臉氣得通紅，他敢這樣侮辱她！他敢！她坐在床上，炎熱的黑暗包著她像葡萄紫的絨毯子。一身的汗，癢癢的，頸上與背脊上的頭髮梢也刺惱得難受。她把兩雙手按在腮頰上，手心卻是冰冷的。

鈴又響了起來，她不去接電話，讓它響去。「的玲玲……的玲玲……」一聲浪分外的震耳，在寂靜的房間裡，在寂靜的旅舍裡，在寂靜的淺水灣。流蘇突然覺悟了，她不能吵醒整個的淺水灣飯店。第一，徐太太就在隔壁。她戰戰兢兢拿起聽筒來，擱在褥單上。可是四周太靜了，雖是離了這麼遠，她也聽得見柳原的聲音在那裡心平氣和地說：「流蘇，你的窗子裡看得見月亮麼？」流蘇不知道為什麼，忽然哽咽起來。淚眼中的月亮大而模糊，銀色的，有著綠的光稜。柳原道：「我這邊，窗子上面吊下一枝藤花，擋住了一半。也許是玫瑰，也許不是。」他不再說話了，可是電話始終沒掛上。許久許久，流蘇疑心他可是盹著了，然而那邊終於撲禿一聲，輕輕掛斷了，流蘇用顫抖的手從褥單上拿起她的聽筒，放回架子上。她怕他第四次再打來，但是他沒有。這都是一個夢──越想越像夢。

第二天早上她也不敢問他，因為他準會嘲笑她──「夢是心頭想」，她這麼迫切的想念他，連睡夢裡他都會打電話來說「我愛你」？他的態度也和平時沒有什麼不同。他們照常出去玩了一天。流蘇忽然發覺拿他們當作夫婦的人很多很多──僕歐們，旅館裡和她搭訕的幾個太太老太太。原不怪他們誤會。柳原跟她住在隔壁，出入總是肩並肩，深夜還到海岸上去散步，一點都不避嫌疑。一個保母推著孩子的車走過，向流蘇點點頭，喚了一聲：「范太太」。流蘇臉上一僵，笑也不是，不笑也不是，只得皺著眉向柳原睃了一眼，低聲道：「他們不知道怎麼想著呢！」柳原笑道：「喚你范太太的人，且不去管他們；倒是喚你作白小姐的人，才不知道他們怎麼想呢！」流蘇變色。柳原用手撫摸著下巴，微笑道：「你別枉擔了這個虛名！」

流蘇吃驚地朝他望望，驀地裡悟到他這人多麼惡毒。他有意的當著人做出親狎的神氣，使她沒法可證明他們沒有發生關係。她勢成騎虎，回不得家鄉，見不得爺娘，除了做她的情婦之外沒有第二條路。然而她如果遷就了他，不但前功盡棄，以後更是萬劫不復了。她偏不！就算她枉擔了虛名，他不過口頭上佔了她一個便宜。歸根究柢，他還是沒有得到她。既然他沒有得到她，或許他有一天還會回到她這裡來，帶了較優的議和條件。

她打定了主意，便告訴柳原她打算回上海去。柳原卻也不堅留，自告奮勇要送她回去。流蘇道：「那倒不必了。你不是要到新加坡去麼？」柳原道：「反正已經耽擱了，再耽擱些時也不妨事，上海也有事等著料理呢。」流蘇知道他還是一貫政策，唯恐眾人不議論他們倆。眾人越是說得鑿鑿有據，流蘇越是百喙莫辯，自然在上海不能安身。流蘇盤算著，即使他不送她回去，一切也瞞不了她家裡的人。她是豁出去了，也就讓他送她一程。徐太太見他們倆正打得火一般的熱，忽然要拆開了，詫異非凡，問流蘇，問柳原，兩人雖然異口同聲的為彼此洗刷，徐太太哪裡肯信。

在船上，他們接近的機會很多，可是柳原既能抗拒淺水灣的月色，就能抗拒甲板上的月色，對她始終沒有一句紮實的話。她的態度有點淡淡的，可是流蘇看得出他那閒適是一種自滿的閒適——他拿穩了她跳不出他的手掌心去。

到了上海，他送她到家，自己沒有下車。白公館裡早有了耳報神，探知六小姐在香港和范柳原實行同居了。如今她陪人家玩了一個多月，又若無其事的回來了，分明是存心要丟白家的臉。

流蘇勾搭上了范柳原，無非是圖他的錢。真弄到了錢，也不會無聲無臭的回家來了，顯然是沒得到他什麼好處。本來，一個女人上了男人的當，就該死；女人給當給男人上，那更是淫婦；如果一個女人想給當給男人上而失敗了，反而上了人家的當，那是雙料的淫惡，殺了她也還污了刀。平時白公館裡，誰有了一點芝麻大的過失，大家便炸了起來。逢到了真正聳人聽聞的大逆不道，爺奶奶們興奮過度，反而吃吃艾艾，一時發不出話來。大家先議定了：「家醜不可外揚」，然後分頭去告訴親戚朋友，迫他們宣誓保守祕密，然後再向親友們一個個的探口氣，打聽他們知道了沒有，知道了多少，最後大家覺得到底是瞞不住，爽性開誠佈公，打開天窗說亮話，拍著腿感慨一番。他們忙著這種種手續，也忙了一秋天，因此遲遲的沒向流蘇採取斷然行動。流蘇何嘗不知道，她這一次回來，更不比往日。她和這家庭早是恩斷義絕了。她未嘗不想出去找個小事，胡亂混一碗飯吃。再苦些，也強如在家裡受氣。但是尋了個低三下四的職業，就失去了淑女的身分。那身分，食之無味，棄之可惜。尤其是現在，她對范柳原還沒有絕望，她不能先自貶身價，否則他更有了藉口，拒絕和她結婚了。因此她無論如何得忍些時。

熬到了十一月底，范柳原果然從香港來了電報。那電報，整個的白公館裡的人都傳觀過了，老大太方才把流蘇叫去，遞到她手裡。只有寥寥幾個字：「乞來港。船票已由通濟隆辦妥。」白老太太長嘆了一聲道：「既然是叫你去，你就去罷！」她就這樣的下賤麼？她眼裡掉下淚來。這一哭！她突然失去了自制力，她發現她已經是忍無可忍了。一個秋天，她已經老了兩年——她可禁不起老！於是她第二次離開了家上香港來。這一趟，她早失去了上一次的愉快的冒險的感覺。她失敗了。固然，女人是喜歡被屈服的，但是那只限於某種範圍內。如果她是純粹為范柳原的風儀與魅力所征服，那又是一說了，可是內中還攙雜著家庭的壓力——最痛苦的成分。

范柳原在細雨迷濛的碼頭上迎接她。他說她的綠色玻璃雨衣像一隻瓶，又注了一句：「藥瓶。」她以為他在那裡諷嘲她的孱弱，然而他又附耳加了一句：「你就是醫我的藥。」她紅了臉，白了他一眼。

他替她定下了原先的房間。這天晚上，她回到房裡來的時候，已經兩點鐘了。在浴室裡晚妝既畢，熄了燈出來，方才記起了，她房裡的電燈開關裝置在床頭，只得摸著黑過來，一腳踩在地板上的一雙皮鞋上，差一點栽了一跤，正怪自己疏忽，沒把鞋子收好，床上忽然有人笑道：「別嚇著了！是我的鞋。」流蘇停了一會，問道：「你來做什麼？」柳原道：「我一直想從你的窗戶裡看月亮。這邊屋裡比那邊看得清楚些。」……那晚上的電話的確是他打來的——不是夢！他愛她。這毒辣的人，他愛她，然而他待她也不過如此！她不由得寒心，撥轉身走到梳妝臺前。十一月尾的纖月，僅僅是一鉤白色，像玻璃窗上的霜花。然而海上畢竟有點月意，映到窗子裡來，那薄薄的光就照亮了鏡子。流蘇慢騰騰摘下了髮網，把頭髮一攪，攪亂了，夾叉叮鈴噹啷掉下地來。她又戴上網子，把那髮網的梢頭狠狠地啣在嘴裡，擰著眉毛，蹲下身去把夾叉一隻一隻揀了起來，柳原已經光著腳走到她後面，一隻手擱在她頭上，把她的臉倒扳了過來，吻她的嘴。髮網滑下地去了。這是他第一次吻她，然而他們兩人都疑惑不是第一次，因為在幻想中已經發生過無數次了。從前他們有過許多機會——適當的環境，適當的情調；他也想到過，她也顧慮到那可能性。然而兩方面都是精刮的人，算盤打得太仔細了，始終不肯冒失。現在這忽然成了真的，兩人都糊塗了。流蘇覺得她的溜溜轉了個圈子，倒在鏡子上，背心緊緊抵住著冰冷的鏡子。他的嘴始終沒有離開過她的嘴。他還把她往鏡子上推，他們似乎是跌到鏡子裡面，另一個昏昏的世界裡去了，涼的涼，燙的燙，野火花直燒上身來。

第二天，他告訴她，他一禮拜後就要上英國去。她要求他帶她一同去，但是他回說那是不可能的。他提議替她在香港租下一幢房子住下，等個一年半載，他也就回來了。她如果願意在上海住家，也聽她的便。她當然不肯回上海。家裡那些人——離他們越遠越好。獨自留在香港，孤單些就孤單些。問題卻在他回來的時候，局勢是否有了改變。那全在他了。一個禮拜的愛吊得住他的心麼？可是從另一方面看來，柳原是一個沒長性的人，這樣匆匆的聚了又散了，他沒有機會厭倦她，未始不是於她有利的。一個禮拜往往比一年值得懷念……他果真帶著熱情的回憶重新來找她，她也許倒變了呢！近三十的女人，往往有著反常的嬌嫩，一轉眼就憔悴了。總之，沒有婚姻的保障而要長期的抓住一個男人，是一件艱難的、痛苦的事，幾乎是不可能的。啊，管它呢！她承認柳原是可愛的，他給她美妙的刺激，但是她跟他的目的究竟是經濟上的安全。這一點，她知道她可以放心。

他們一同在巴丙頓道看了一所房子，座落在山坡上，屋子粉刷完了，僱定了一個廣東女傭，名喚阿栗，家具只置辦了幾件最重要的，柳原就該走了。其餘的都丟給流蘇慢慢的去收拾。家裡還沒有開火倉，在那冬天的傍晚，流蘇送他上船時，便在船上的大餐間裡胡亂的吃了些三明治。流蘇因為滿心的不得意，多喝了幾杯酒，被海風一吹，回來的時候，便帶著三分醉。到了家，阿栗在廚房裡燒水替她隨身帶著的那孩子洗腳。流蘇到處瞧了一遍，到一處開一處的燈。客室裡的門窗上的綠漆還沒乾，她用食指摸著試了一試，然後把那黏黏的指尖貼在牆上，一貼一個綠跡子。為什麼不？這又不犯法！這是她的家！她笑了，索性在那蒲公英黃的粉牆上打了一個鮮明的綠手印。

她搖搖晃晃走到隔壁屋裡去。空房，一間又一間——清空的世界。她覺得她可以飛到天花板上去。她在空盪盪的地板上行走，就像是在潔無纖塵的天花板上。房間太空了，她不能不用燈光來裝滿它，光還是不夠，明天她得記著換上幾隻較強的燈泡。

她走上樓梯去。空得好！她急需著絕對的靜寂。她累得很，取悅於柳原是太吃力的事，他脾氣向來就古怪；對於她，因為是動了真感情，他更古怪了，一來就不高興。他走了，倒好，讓她鬆下這口氣。現在她什麼人都不要——可憎的人，可愛的人，她一概都不要。從小時候起，她的世界就嫌過於擁擠，推著、擠著、踩著、抱著、馱著、老的小的、全是人。一家二十來口，合住一幢房子，你在屋子裡剪個指甲也有人在窗戶眼裡看著。好容易遠走高飛，到了這無人之境。如果她正式做了范太太，她就有種種的責任，她離不了人。現在她不過是范柳原的情婦，不露面的，她份該躲著人，人也份該躲著她。清靜是清靜了，可惜除了人之外，她沒有旁的興趣。她所僅有的一點學識，全是應付人的學識。憑著這點本領，她能夠做一個賢慧的媳婦，一個細心的母親。在這裡她可是英雄無用武之地。「持家」罷，根本無家可持，看管孩子罷，柳原根本不要孩子。省儉著過日子罷，她根本用不著為了錢操心。她怎樣消磨這以後的歲月？找徐太太打牌去，看戲？然後漸漸的姘戲子，抽鴉片，往姨太太們的路上走？她突然站住了，挺著胸，兩雙手在背後緊緊互扭著。那倒不至於！她不是那種下流人。她管得住自己。但是……她管得住她自己不發瘋麼？樓上品字式的三間屋，樓下品字式的三間屋，全是堂堂地點著燈。新打了蠟的地板，照得雪亮，沒有人影兒。一間又一間，呼喊著的空虛……流蘇躺到床上去，又想下去關燈，又動彈不得。後來她聽見阿栗趿著木屐上樓來，一路撲托撲托關著燈，她緊張的神經方才漸歸鬆弛。

那天是十二月七日，一九四一年。十二月八日，砲聲響了。一砲一砲之間，冬晨的銀霧漸漸散開，山巔，山窪子裡，全島的居民都向海向上望去，說「開仗了，開仗了。」誰都不能夠相信，然而畢竟是開仗了。流蘇孤身留在巴丙頓道，哪裡知道什麼。等到阿栗從左鄰右舍探到了消息，倉皇喚醒了她，外面已經進入酣戰階段。巴丙頓道的附近有一座科學試驗館，屋頂上架著高射砲，流彈不停的飛過來，尖溜溜一聲長叫，「吱呦呃呃呃呃……」，然後「砰」，落下地去。那一聲聲的「吱呦呃呃呃呃……」撕裂了空氣，撕毀了神經。淡藍的天幕被扯成一條一條，在寒風中簌簌飄動。風裡同時飄著無數剪斷了的神經尖端。

流蘇的屋子是空的，心裡是空的，家裡沒有置辦米糧，因此肚子裡也是空的。空穴來風，所以她感受恐怖的襲擊分外強烈。打電話到跑馬地徐家，久久打不通，因為全城裝有電話的人沒有一個不在打電話，詢問哪一區較為安全，做避難的計畫。流蘇到下午方才接通了，可是那邊鈴儘管響著，老是沒有人來聽電話，想必徐先生徐太太已經匆匆出走，遷到平靖一些的地帶。流蘇沒了主意。砲火都逐漸猛烈了。鄰近的高射砲成為飛機注意的焦點。飛機蠅蠅地在頂上盤旋，「孜孜孜……」繞了一圈又繞回來，「孜孜……」痛楚地，像牙醫的螺旋電器，直挫進靈魂的深處。阿栗抱著她的哭泣著的孩子坐在客室的門檻上，人彷彿入了昏迷狀態，左右搖擺著，喃喃唱著囈語似的歌唱，哄著拍著孩子。窗外又是「吱呦呃呃呃呃……」一聲，「砰！」削去屋簷的一角，沙石嘩啦啦落下來。阿栗怪叫了一聲，跳起身來，抱著孩子就往外跑。流蘇在大門口追上了她，一把揪住她問道：「你上哪兒去？」阿栗道：「這兒登不得了！我——我帶她到陰溝裡去躲一躲。」流蘇道：「你瘋了！你去送死！」阿栗連聲道：「你放我走！我這孩子——就只這麼一個——死不得的……陰溝裡躲一躲……」流蘇拚命扯住了她，阿栗將她一推，她跌倒了，阿栗便闖了出門去。正在這當口，轟天震地一聲響，整個的世界黑了下來，像一隻碩大無朋的箱子，啪地關上了蓋。數不情的羅愁綺恨，全關在裡面了。

流蘇只道是沒有命了，誰知還活著。一睜眼，只見滿地的玻璃屑，滿地的太陽影子，她掙扎著爬起身來，去找阿栗，阿栗緊緊摟著孩子，垂著頭，把額角抵在門洞子裡的水泥牆上，人是震糊塗了。流蘇拉了她進來，就聽見外面喧嚷著隔壁落了個炸彈，花園裡炸出一個大坑，這一次巨響，箱子蓋關上了，依舊不得安靜。繼續的砰砰砰，彷彿在箱子蓋上用錘子敲釘，搥不完地搥。從天明搥到天黑，又從天黑搥到天明。

流蘇也想到了柳原，不知道他的船有沒有駛出港口，有沒有被擊沉。可是她想起他便覺得有些渺茫，如同隔世。現在的這一段，與她的過去毫不相干，像無線電的歌，唱了一半，忽然受了惡劣的天氣影響，劈劈啪啪炸了起來，炸完了，歌是仍舊要唱下去的，就只怕炸完了，歌已經唱完了，那就沒得聽了。

第二天，流蘇和阿栗母子分著吃完了罐子裡的幾片餅乾，精神漸漸衰弱下來，每一個呼嘯著的子彈的碎片便像打在她臉上的耳刮子。街上轟隆轟隆馳來一輛軍用卡車，意外地在門前停下了。鈴一響，流蘇自己去開門，見是柳原，她捉住他的手，緊緊的摟住他的手臂，像阿栗摟住孩子似的，人向前一撲，把頭磕在門洞子裡的水泥牆上。柳原用另外的一隻手托住她的頭，急促地道：「受了驚嚇罷？別著急，別著急。你去收拾點得用的東西，我們到淺水灣去。快點，快點！」流蘇跌跌衝衝奔了進去，一面問道：「淺水灣那邊不要緊麼？」柳原道：「都說不會在那邊上岸的。而且旅館裡吃的方面總不成問題，他們收藏得很豐富。」流蘇道：「你的船……」柳原道：「船沒開出去。他們把頭等艙的乘客送到了淺水灣飯店。本來昨天就要來接你的，叫不到汽車，公共汽車又擠不上。好容易今天設法弄到了這部卡車。」流蘇哪裡還定得下心整理行裝，胡亂紮了個小包裹。柳原給了阿栗兩個月的工錢，囑咐她看家，兩個人上了車，面朝下並排躺在運貨的車廂裡，上面蒙著黃綠色油布篷，一路顛簸著，把肘彎與膝蓋上的皮都磨破了。

柳原嘆道：「這一炸，炸斷了多少故事的尾巴！」流蘇也愴然，半晌方道：「炸死了你，我的故事就該完了。炸死了我，你的故事還長著呢！」柳原笑道：「你打算替我守節麼？」他們兩人都有點神經失常，無緣無故，齊聲大笑。而且一笑便止不住，笑完了，渾身只打顫。

卡車在「吱呦呃呃……」的流彈網裡到了淺水灣。淺水灣飯店樓下駐紮著軍隊，他們仍舊住到樓上的老房間裡。住定了，方才發現，飯店裡儲藏雖富，都是留著給兵吃的。除了罐頭裝的牛乳、牛羊肉、水果之外，還有一麻袋一麻袋的白麵包，麩皮麵包。分配給客人的，每餐只有兩塊蘇打餅乾，或是兩塊方糖，餓得大家奄奄一息。

先兩日淺水灣還算平靜，後來突然情勢一變，漸漸火熾起來。樓上沒有掩蔽物，眾人容身不得，都下樓來，守在食堂裡，食堂裡大開著玻璃門，門前堆著沙袋，英國兵就在那裡架起了大炮往外打。海灣裡的軍艦摸準了炮彈的來源，少不得也一一還敬。隔著棕櫚樹與噴水池子，子彈穿梭來往。柳原與流蘇跟著大家一同把背貼在大廳的牆上。那幽暗的背景便像古老的波斯地毯，織出各色的人物，爵爺、公主、才子、佳人。毯子被掛在竹竿上，迎著風撲打上面的灰塵，拍拍打著，下勁打，打得上面的人走投無路。砲子兒朝這邊射來，他們便奔到那邊；朝那邊射來，便奔到這邊。到後來一間敞廳打得千瘡百孔，牆也坍了一面，逃無可逃了，只得坐下地來，聽天由命。

流蘇到了這個地步，反而懊悔她有柳原在身旁，一個人彷彿有了兩個身體，也就蒙了雙重危險。一顆子彈打不中她，還許打中他。他若是死了，若是殘廢了，她的處境更是不堪設想。她若是受了傷，為了怕拖累他，也只有橫了心求死。就是死了，也沒有孤身一個人死得乾淨爽利。她料著柳原也是這般想。別的她不知道，在這一剎那，她只有他，他也只有她。

停戰了。困在淺水灣飯店的男女們緩緩向城中走去。過了黃土崖、紅土崖，又是紅土崖、黃上崖，幾乎疑心是走錯了道，繞回去了，然而不，先前的路上沒有這炸裂的坑，滿坑的石子。柳原與流蘇很少說話。從前他們坐一截子汽車，也有一席話，現在走上幾十里的路，反而無話可說了。偶然有一句話，說了一半，對方每每就知道了下文，沒有往下說的必要。柳原道：「你瞧，海灘上。」流蘇道：「是的。」海灘上佈滿了橫七豎八割裂的鐵絲網，鐵絲網外面，淡白的海水汩汩吞吐淡黃的沙。冬季的晴天也是淡漠的藍色。野火花的季節已經過去了。流蘇道：「那堵牆……」柳原道：「也沒有去看看。」流蘇嘆了口氣道：「算了罷。」柳原走得熱了起來，把大衣脫了下來擱在臂上，臂上也出了汗。流蘇道：「你怕熱，讓我給你拿著。」若在往日，柳原絕對不肯，可是他現在不那麼紳士風了，竟交了給她。再走了一程子，山漸漸高了起來。不知道是風吹著了樹呢，還是雲影的飄移，青黃的山麓緩緩地暗了下來。細看時，不是風也不是雲，是太陽悠悠地移過山頭，半邊山麓埋在巨大的藍影子裡。山上有幾座房屋在燃燒，冒著煙——山陰的煙是白的，山陽的煙是黑煙——然而太陽只是悠悠地移過山頭。

到了家，推開了虛掩著的門，拍著翅膀飛出一群鴿子來。穿堂裡滿積著塵灰與鴿糞。流蘇走到樓梯口，不禁叫了一聲「哎呀。」二層樓上歪歪斜斜大張口躺著她新置的箱籠，也有兩隻順著樓梯滾了下來，梯腳便淹沒在綾羅綢緞的洪流裡。流蘇彎下腰來，撿起一件蜜合色襯絨旗袍，卻不是她自己的東西，滿是汗垢，香菸洞與賤價的香水氣味。她又發現了許多陌生的女人的用品，破雜誌，開了蓋的罐頭荔枝，淋淋漓漓流著殘汁，混在她的衣服一堆。這屋子裡駐過兵麼？——帶有女人的英國兵？去得彷彿很倉促。挨戶洗劫的本地的貧民，多半沒有光顧過，不然，也不會留下這一切。

柳原幫著她大聲喚阿栗。末一隻灰背鴿，斜刺裡穿出來，掠過門洞子裡的黃色的陽光，飛了出去。

阿栗是不知去向了，然而屋子裡的主人們，少了她也還得活下去。他們來不及整頓房屋，先去張羅吃的，費了許多事，用高價買進一袋米。煤氣的供給幸而沒有斷，自來水卻沒有。柳原提了鉛桶到山裡去汲了一桶泉水，煮起飯來。以後他們每天只顧忙著吃喝與打掃房間。柳原各樣粗活都來得，掃地、拖地板、幫著流蘇擰絞沉重的褥單。流蘇初次上灶做菜，居然帶點家鄉風味。因為柳原忘不了馬來菜，她又學會了做油炸「沙袋」、咖哩魚。他們對於飯食上雖然感到空前的興趣，還是極力的撙節著。柳原身邊的港幣帶得不多，一有了船，他們還得設法回上海。

在劫後的香港住下去究竟不是長久之計。白天這麼忙忙碌碌也就混了過去。一到了晚上，在那死的城市裡，沒有燈，沒有人聲，只有那莽莽的寒風，三個不同的音階，「喔……呵……嗚……」無窮無盡地叫喚著，這個歇了，那個又漸漸響了，三條駢行的灰色的龍，一直線地往前飛，龍身無限制地延長下去，看不見尾。「喔……呵……嗚……」叫喚到後來，索性連蒼龍也沒有了，只是三條虛無的氣，真空的橋樑，通入黑暗，通入虛空的虛空。這裡是什麼都完了。剩下點斷堵頹垣，失去記憶力的文明人在黃昏中跌跌絆絆摸來摸去，像是找著點什麼，其實是什麼都完了。

流蘇擁被坐著，聽著那悲涼的風。她確實知道淺水灣附近，灰磚砌的那一面牆，一定還屹然站在那裡。風停了下來，像三條灰色的龍，蟠在牆頭，月光中閃著銀鱗。她彷彿做夢似的，又來到牆根下，迎面來了柳原。她終於遇見了柳原。……在這動盪的世界裡，錢財、地產、天長地久的一切，全不可靠了。靠得住的只有她腔子裡的這口氣，還有睡在她身邊的這個人，她突然爬到柳原身邊，隔著他的棉被，擁抱著他。他從被窩裡伸出手來握住她的手。他們把彼此看得透明透亮，僅僅是一剎那的徹底的諒解，然而這一剎那夠他們在一起和諧地活個十年八年。

他不過是一個自私的男子，她不過是一個自私的女人。在這兵荒馬亂的時代，個人主義者是無處容身的，可是總有地方容得下一對平凡的夫妻。

有一天，他們在街上買菜，碰著薩黑荑妮公主。薩黑荑妮黃著臉，把蓬鬆的辮子胡亂編了個麻花髻，身上不知從哪裡借來一件青布棉袍穿著，腳下卻依舊趿著印度式七寶嵌花紋皮拖鞋。她同他們熱烈地握手，問他們現在住在哪裡，急欲看看他們的新屋子。又注意到流蘇的籃子裡有去了殼的小蠔，願意跟流蘇學習燒製清蒸蠔湯。柳原順口邀了她來吃便飯，她很高興地跟了他們一同回去。她的英國人進了集中營，她現在住在一個熟識的，常常為她當點小差的印度巡捕家裡。她有許久沒有吃飽過。她喚流蘇「白小姐」。柳原笑道：「這是我太太。你該向我道喜呢！」薩黑荑妮道：「真的麼？你們幾時結婚的？」柳原聳聳肩道：「就在中國報上登了個啟事。你知道，戰爭期間的婚姻，總是潦草的……」流蘇沒聽懂他們的話。薩黑荑妮吻了他又吻了她。然而他們的飯菜畢竟是很寒苦，而且柳原聲明他們也難得吃一次蠔湯。薩黑荑妮從此沒有再上門過。

當天他們送她出去，流蘇站在門檻上，柳原立在她身後，把手掌合在她的手掌上，笑道：「我說，我們幾時結婚呢？」流蘇聽了，一句話也沒有，只低下了頭，落下淚來。柳原拉住她的手道：「來來，我們今天就到報館裡去登啟事。不過你也許願意候些時，等我們回到上海，大張旗鼓的排場一下，請請親戚們。」流蘇道：「呸！他們也配！」說著，嗤的笑了出來，往後順勢一倒，靠在他身上。柳原伸手到前面去羞她的臉道：「又是哭，又是笑！」

兩人一同走進城去，走到一個峰迴路轉的地方，馬路突然下瀉，眼見只是一片空靈——淡墨色的，潮濕的天。小鐵門口挑出一塊洋磁招牌，寫的是：「趙梓慶牙醫」。風吹得招牌上的鐵鉤子吱吱響，招牌背後只是那空靈的天。

柳原歇下腳來望了半晌，感到那平淡中的恐怖，突然打起寒戰來，向流蘇道：「現在你可該相信了：『死生契闊』，我們自己哪兒做得了主？轟炸的時候，一個不巧——」流蘇嗔道：「到了這個時候，你還說做不了主的話！」柳原笑道：「我並不是打退堂鼓，我的意思是——」他看了看她的臉色，笑道：「不說了，不說了。」他們繼續走路，柳原又道：「鬼使神差地，我們倒真的戀愛起來了！」流蘇道：「你早就說過你愛我。」柳原笑道：「那不算，我們那時候太忙著談戀愛了，哪裡還有工夫戀愛？」

結婚啟事在報上刊出了，徐先生徐太太趕了來道喜。流蘇因為他們在圍城中自顧自搬到安全地帶去，不管她的死活，心中有三分不快，然而也只得笑臉相迎。柳原辦了酒菜，補請了一次客。不久，港滬之間恢復了交通，他們便回上海來了。

白公館裡流蘇只回去過一次，只怕人多嘴多，惹出是非來，然而麻煩是免不了的，四奶奶決定和四爺進行離婚，眾人背後都派流蘇的不是。流蘇離了婚再嫁，竟有這樣驚人的成就，難怪旁人要學她的榜樣。流蘇蹲在燈影裡點蚊煙香。想到四奶奶，她微笑了。

柳原現在從來不跟她鬧著玩了。他把他的俏皮話省下來說給旁的女人聽。那是值得慶幸的好現象，表示他完全把她當做自家人看待——名正言順的妻。然而流蘇還是有點悵惘。

香港的陷落成全了她。但是在這不可理喻的世界裡，誰知道什麼是因，什麼是果？誰知道呢，也許就因為要成全她，一個大都市傾覆了。成千上萬的人死去，成千上萬的人痛苦著，跟著是驚天動地的大改革……流蘇並不覺得她在歷史上的地位有什麼微妙之點。她只是笑吟吟的站起身來，將蚊煙香盤踢到桌子底下去。

傳奇裡的傾國傾城的人大抵如此。

到處都是傳奇，可不見得有這麼圓滿的收場。胡琴咿咿啞啞拉著，在萬盞燈的夜晚，拉過來又拉過去，說不盡的蒼涼的故事——不問也罷！

——選自張愛玲《傾城之戀》（臺北：皇冠，一九九一）

作者簡介與評析

張愛玲，一九二一年生，一九九五年在美國洛杉磯去世。著有《傾城之戀》、《第一爐香》、《怨女》、《半生緣》、《秧歌》、《赤地之戀》、《張看》、《流言》、《餘韻》、《對照記》、《紅樓夢魘》、《小團圓》、《雷峰塔》、《易經》等作品，並翻譯有《海上花列傳》、《愛默森選集》。她以上海、香港等城市作為故事的舞台，華麗的文字刻鏤出精緻頹靡的氛圍，透過圓熟的現代小說技巧，表現男女情愛的進退迴旋、人生的戲劇性與不徹底性，塑造出獨樹一格的張氏「參差對照」的蒼涼美學。對臺港大陸三地華文文壇的影響甚鉅，儼然形成現代文學史上最醒目的流派，也為城市文化、女性主義等提供一意義豐富的研究文本。

張愛玲曾就〈傾城之戀〉宣示自己「參差對照」的美學理念，以為「喜歡參差對照的寫法，因為它是較近事實的。」故相對於大時代的戰亂、大城市的傾覆，流蘇與柳原的情愛與婚姻，便有了另一層面的參差對照——表面上，將小人物的戀情冠以「傾城」之名，以乎是具有「升格嘲諷」（high burlesque）之意：但在張愛玲自己看來，這些不徹底的人物，雖不過是軟弱的凡人，不及英雄的有力，但正是這些凡人比英雄更能代表這時代的總量。因此，即使是男女間的小事情，也因為時代因素的牽纏，反更能流衍出生命中的蒼涼啟示。而結尾以「傳奇裡的傾國傾城的人大抵如此」收束，既強化其「說故事」的敘事姿態，又隱涵古老記憶／現實生活間的參差對映，其間反覆低迴，益發耐人尋味。全篇流露出文明底層的惘惘威脅，末日即將來臨，繁華終成廢墟，這一卡珊得拉（Cassandra）似的預言者姿態，更被不少張派女作家所承繼。

延伸閱讀

1 王德威，〈從「海派」到「張派」——張愛玲小說的淵源與傳承〉，《如何現代，怎樣文學》（臺北：麥田，1998），頁319~335。

2 王德威，〈張愛玲成了祖師奶奶〉，《小說中國——晚清到當代的中文小說》（臺北：麥田，1996），頁337~341。

3 李歐梵，〈張愛玲：淪陷都會的傳奇〉，《上海摩登》（香港：牛津，2000），頁253~284。

4 周蕾，〈技巧、美學時空、女性作家〉，收入楊澤編：《閱讀張愛玲——國際研討會論文集》（臺北：麥田，1999），頁161~176。

5 陳芳明，〈張愛玲與臺灣文學史的撰寫〉，《後殖民臺灣——文學史論及其周邊》（臺北：麥田，2002），頁69~90。

6 梅家玲，〈烽火家人的出走與回歸——「傾城之戀」中參差對照的蒼涼美學〉，收入楊澤編：《閱讀張愛玲——國際研討會論文集》（臺北：麥田，1999），頁257~275。

鐵漿

朱西甯

人們的臉上都映著雪光，這場少見的大雪足足飛落了兩夜零一天。打前一天的下午起，三點二十分的那班慢車就因雪阻沒有開過來。

雪住了，天沒有放晴，小鎮的街道被封死。店門打開，門外的雪牆有一人高，總算還能看到白冷冷的天，沒有把人悶死在裡頭。人們跟鄰居打招呼，聽見聲音，看不見人，可是都很高興，覺得老天爺跟他們開了一個大玩笑，溫溫和和的大玩笑，挺新鮮有意思。

所以孟憲貴那個鴉片菸鬼子死在東嶽廟裡，直到這天過了晌午才被發覺，不知什麼時候就死了。

這個死信很快傳開來。小鎮的街道中間，從深雪裡開出一條窄路，人們就像走在地道裡，兩邊的雪牆高過頭頂，多少年都沒有過這樣的大雪。人們見面之下，似乎老想拱拱手，道一聲喜。雪壕裡傳報著孟憲貴的死信，熱痰吐在雪壁上，就打探進去一個淡綠淡綠的小洞。深深的嘆口氣吧，對於死者總該表示一點厚道，可是心裡卻都覺得這跟這場大雪差不多一樣的新鮮。

火車停駛了，灰煙和鐵輪的響聲，不再攪亂這個小鎮，忽然這又回到二十年前的那樣安靜。幾條狗圍坐在屍體的四周，耐心的不知道已經等上多久了。人們趕來以後，這幾條狗遠遠的坐開，還不甘心就走掉。屍首蜷曲在一堆凌亂的麥穰底下，好像死時有些害羞；要躲藏也不曾躲藏好，露出一條光腿留在外邊。麥穰清除完了，站上的鐵路工人平時很少來到東嶽廟，也趕來幫忙給死者安排後事。

僵硬的軀體扳不直，就那樣蜷曲著，被翻過來，懶惰的由著人們扯他，抬他。帶著故意裝睡的神情，取笑誰似的。人睡熟的時候也會那樣半張著口，半闔著眼睛。而凍死的人臉上總是笑著。

孟家已經斷了後代，也沒有親族來認屍。地方上給湊合起一口薄薄的棺木。雪壕太窄了，棺材抬不到東嶽廟這邊來。屍首老停放在廟裡，怕給狗類啃了，要讓外鎮的人說話。一定得在天黑以前成殮才行。

屍體也抬不進狹窄的雪壕，人們只有用死者遺下的那張磨光了毛的狗皮給繫上兩根繩索，屍體放在上面，一路拖往鎮北鐵路旁的華聾子木匠舖西邊的大塘邊兒上。那兒靠近火車站，過鐵道不遠就是亂葬崗。

屍體在雪地上沙沙的被拖著走，蜷曲成一團兒。一隻僵直的手臂伸在狗皮外邊，劃在踏硬的雪路上，被起伏的雪塊擋住，又彈回來，不斷的那樣划動，屬於什麼手藝上的一種單調的動作。他一輩子可並沒有動手做過什麼手藝，人們只能想到這人在世的最後這幾年，總是這樣歪在廟堂的廊簷下燒泡子的情景，直到這場大雪之前還是那樣，腦袋枕著一塊黑磚，不怕墊得痛。

鎮上的更夫跟在後面，拎一隻小包袱，包袱裡露出半截兒菸槍。孟憲貴身後只遺下這個。更夫一路撒著紙錢。

圓圓的一張又一張黃裱紙，飄在深深的雪壕裡。

薄薄的棺材沒有上漆。大約上一層漆的價錢，又可以打一口同樣的棺材。柳木材的原色是白的，放在雪地上，卻襯成屍肉的顏色。

行車號誌的揚旗桿，有半面都包鑲上雪箍，幾個路工在那邊清除雙軌閘口的積雪。棺材停在大塘岸邊的一遍空地上。僵曲的屍體很難裝進那樣狹窄的木匣裡，似乎死者不很樂意這樣草率的成殮，執拗的在做最後的請求。有人提議給他多燒點錫箔，那隻最擋事的胳膊或許就能收攏進去。

「你把他菸槍先放進去吧，不放進去，他不死心哪！」

有人這麼提醒更夫，老太太們也忍不住要生氣，把手裡的一疊火紙摔到死者的臉上。「對得起你啦，菸鬼子！臨了還現什麼世！」

人們只有硬把那隻豎直的胳膊捲彎過來——也許折斷了，這才勉強蓋上棺蓋。拎著斧頭等候許久的華聾子於是趕緊釘棺釘。六寸的大鐵釘，三斧兩斧就釘進去，可是就不顯得他的木匠手藝好，倒有點慌慌張張的神色，深恐死者當真又掙扎了出來。

決定棺材就停放在這兒，等化雪才能入土。除非他孟憲貴死後犯上天狗星，那麼薄的棺材真經不住狗們撞上幾腦袋，準就撞散了板兒。結果還是讓更夫調一罐石灰水，澆澆棺。

已經傍晚了，人們零星散去，雪地上留下一口孤零的新棺，四周是零亂的足跡。焚化錫箔的輕灰，在融化的雪坑裡打著旋，那些紙錢隨著寒風飄散到結著厚冰的大塘裡，一張追逐著一張，一張追逐著一張。

有隻黑狗遠遠坐在道外雪堆上，尖尖的鼻子不時向空中劃動。孩子們用雪團去扔，趕不走牠。

鐵道那一邊也有市面，叫作道外，二十年前沒有什麼道裡道外的。

人們替死者算算，看是多少年的工夫，那樣一份家業敗落到這般地步。算算沒有多少年，三十歲的人就還記得爭包官鹽槽的那些光景。那個年月裡，鐵路剛開始鋪築到這兒，小鎮上沒有現在這些生意和行商，只有一座官廳放包的鹽槽，給小鎮招來一些外鄉人，還到山西爪仔，口外來的回回。

築鐵路那幾年，小鎮上人心惶惶亂亂的。人們絕望的準備迎受一項不能想像的大災難。對於這些半農半商的鎮民，似乎除了那些旱災、澇災、蝗災和瘟疫，屬於初民的原始恐懼以外，他們的生活是平和安詳的。

一個巨大的怪物要闖來了，哪吒的風火輪只在唱本裡唱唱，閒書裡說說，火車就要住這裡開來，沒有誰見過。傳說裡，多高多大多長呀，一條大黑龍，冒煙又冒火，吼著滾著，拉直線不轉彎的，專攝小孩子的小魂魄，房屋要震塌，墳裡的祖宗也得翻個身。傳說是朝廷讓洋人打敗仗，就得聽任洋人用這個來收拾老百姓。

量路線的時節就鬧過人命案，縣太老爺下鄉來調處也不作用；朝廷縱人挖老百姓的祖塋嗎？死也要護的呀！督辦大人𠍐老爺帶了綠旗營的兵勇，一路挑著聖旨下來，朝廷也得講理呀。鐵路鋪成功，到北京城只要一天的工夫。這是鬼話，快馬也得五天，起早步躂兒半個月還到不了。誰又去北京城去幹嗎？千代萬世沒去過北京城，田裡的莊稼一樣結籽粒，生意買賣一樣的將本求利呀！誰又要一天之內趕到北京去幹嗎啦？趕命嗎？三百六十個太陽才夠一個年，月份都懶得去記。要記生日，只說收麥那個時節，大豆開花的那個時節。古人把一個晝夜分作十二個時辰，已經嫌囉嗦。再分成八萬六千四百秒，就該更加沒意思。

鐵路量過兩年整，一直沒有火車的影兒。人們以為吹了，估猜朝廷又把洋人抗住了。不管人們怎樣的仇視、惶懼、胡亂的猜疑，鐵路只管一天天向這裡伸展，從南向北鋪，從北向南鋪。人們像是傳報什麼凶信，謠傳著鐵路鋪到什麼集，什麼堡。發大水的年頭，就是這樣傳報著水頭到了哪裡，到了哪裡，人們的心情也就是這樣。在那麼多惶亂拿不出主意的人們當中，大約只有老太太們沉住氣些；上廟去求神，香煙繚繞裡，笑咪咪的菩薩沒有拍胸脯給人保什麼，總讓老太太們比誰都多點兒指望。

督辦大人唐老爺再度下來時，鎮上有頭有臉的都去攔道長跪了。督辦大人也是跟菩薩一樣咪咪笑，怎樣笑也不當用，詹大老爺不著朝服，面孔曬得黧黑黧黑的，袖子捲起兩三道，手腕上綁一隻小時鐘。在鎮上住了一宿，可並不是宿在鎮董的府上，縣大老爺也跟著一起委屈了。第二天，大人們趕一個絕早，循著路基南巡去了，除去那家客棧老闆捧著詹大人親題的店招到處去亮相，百姓們仍然沒有一個不咒罵，什麼指望也沒了，等著火車這個洋妖精帶來劫難吧！

「在劫在數呀！」

人們咒罵著，也就這樣的知命了。

鋪鐵路的同時，鎮上另一樁大事在鼓動，官鹽又到轉包的年頭。鎮上只有六百多戶的人家，連同近鄉近村的居戶，投包的總有三十多家。開標的時候，孟憲貴的老子孟昭有，一萬一千一百九十九兩銀子上了標。可是上標的不是他一個，沈長發跟他一兩銀子也不差。

官家的底標呆定就是那麼些，重標時，官廳就著派老爺下來當面來捻鬮。

孟沈這兩家上一代就有宿仇；上一代就曾為了爭包鹽槽弄得一敗兩傷。為那個，孟昭有一輩子瞧不起他老子。如今一對冤家偏巧碰上頭，官衙洪老爺兩番下來排解，扭不開這兩家一定非血拚不可。

孟家兩代都是耍人兒的，又不完全是不務正業，多半因為有那麼一些恆產。

孟昭有比他老子更有那一身流氣，那一身義氣。平時要強鬥勝耍慣了，遇上這樣爭到嘴邊就要發定五年大財運的肥肉，藉勢要洗掉上一代的冤氣，誰用什麼能逼他讓開？

「我姓孟的熬了兩代，我孟昭有熬到了，別妄想我再跟我們老頭一樣的窩囊。」

守著縣衙門著派下來的洪老爺，孟昭有拔出裹腿裡的一柄小鑲子，鮫皮鞘上綴著大紅穗。

「姓沈的，有種咱們硬碰硬吧！」

沈長發是個說他什麼樣的人、就是什麼樣的人的那種人；硬的讓著，軟的壓著。唯獨這一回是例外，五年的大財運，可以把張王李趙全都捏成一個模樣兒。

「誰含糊，誰是孫子！」沈長發捲著皮襖袖子，露出手脖上一大塊長長的硃砂痣。

洪老爺坐在太師椅上抽他的水菸，想起鬥鵪鶉。手抄到背後，扯一下壓在身底下太緊的辮子梢。

沈長發心裡撥著自家的算盤珠兒；鐵路佔去他九畝六分地，正要包下鹽槽補這個虧損。不過戳兩刀的滋味要比虧損九畝六分地大約要痛些。

「去！」衝著他跟前的三小子喝一聲：「回家去拿你爺爺那把刀子來——姓沈的沒弱過給誰。三十年前沈家爺爺就憑那把寶刀得天下，財星這又落到沈家瓦屋頂，一點不含糊！」

這話真使孟昭有掉進醋缸裡，渾身螫著痛。只見他嗤的一聲，把套褲筒割開大半邊，一腳踏上長條凳。這是在鎮董府上的大客廳裡。

「洪老爺明鑑，各位兄臺也請做個憑證。」

孟昭有握著短刀給四周拱拱手，連連三刀刺進自己的小腿肚。小鑲子戳進肉裡透亮過，擰一個轉兒拔出來，做得又誇張，又乾淨，似乎不是他的腿，他的肉。腿子舉起來，擔在太師椅的後背上頭，數給大家看，三刀六個眼兒，血作六行往下流，地上六遍血窩子。

「小意思！」

孟昭有一隻腿挺立在地上，靜等著黑黑紫紫黏黏的血滴往下滴，落在大客廳的羅底磚上，那張生就的赤紅臉膛子，真的一點也沒有變色。在場的人聽得見鮮血嗒嗒的滴落，遠處有鐵榔頭敲擊枕木的道釘，空氣裡震盪著金石聲。鐵路已經築過小鎮，快和鄰縣那邊接上軌。

孟昭有的女人送了一包頭髮灰來給他止血，被他扔掉了。羅底磚上六遍血窩子就快合成了一遍。

沈家的三小子這才取來那柄刀。原是一柄宰羊刀，沈長發的上一代靠它從孟家手裡贏來包鹽槽的標。事後才配上烏木料嵌蚌雕梅花又鑲了銀的刀柄和鞘子。刀子拔出來，顯得多不襯，粗工細工配不到一起，儘管刀具磨得明晃晃，不生一點點的鏽斑。

沈長發一雙眼睛被地上的血跡染紅了，外表看不太出，膽子已經有點兒寒。不臨到自己動刀，總不知道上人創那番家業有多英豪。一咬牙，頭一刀刺下去用過了勁兒，小腿肚的另一邊露出半個刀身，許久不見血，刀子焊住了。上來兩個人幫忙才拔出來。

客廳裡兩灘血，這場沒誰贏，沒誰輸，洪老爺打道回衙，這份排解的差事交給錢董替他照顧了。

什麼樣的糾紛都好調處，唯有這樣的事誰也插不上嘴，由著兩家拚，眼看著這兩個對手各拿自己的皮肉耍。

過不兩天，一副托盤捧到鎮董府上去。托盤裡鋪著一塊大紅洋標布，三隻連根剁掉的手指頭橫放在上面。

孟昭有手上裹著布，露出大拇指和二拇指。家邦親鄰勸著不聽，外面世路上的朋友們跑來勸說，也不生作用。

「難道沈長發那麼個冤種，我姓孟的還輸給他？」

彷彿誰若不鼓動他拚下去，誰就犯嫌疑，替沈家做了說客。

「我們那位老爺子業已讓我馱上三十年的石碑了；瞧著吧，鹽槽我是拿穩了。」

托盤原樣捧回來，上面多出三隻血淋淋的手指頭。一看就認出是沈長發的，隻隻都是木雕似的厚厚的灰指甲。

孟昭有沒有料想到姓沈的也有他這一手。一氣之下踢翻玻璃絲鑲嵌的屏風，飛濺著唾沫，暴雷似的吼叫起來：

「誰敢再攔著我？誰再攔著我，誰是我兒！」

他兒子可只有一個。那個二十歲的孟憲貴，快就要帶媳婦，該算是成年的人；白白瘦瘦的細高䠷兒，身上總像少長兩根骨頭，站在哪兒非找個靠首不可。走道兒三掉彎，小旦出臺走的是什麼身段，他就是那個樣子，創業守業都不是那塊料。他老子拚成這樣血慘慘的，早就把他嚇得躲到十里外的姥姥家。

鐵路已經鋪到了那邊，孟憲貴就整天趕著看熱鬧似的跟前跟後，總也看不厭。多冷的天氣多寒的風，也礙不著他。鐵路接通的日子，第一列火車掛著龍旗和彩紅。一節節的車廂，人們沒見過這樣裝著鐵轂轆的漂亮小房屋，一幢連一幢，飛快的奔來，又飛快的奔去。天上正落著雪，火車雪裡來，雪裡去，留下一股低低的灰煙，留下神奇和威風，人們的恐懼和憤恨似乎有些兒被驅散，留給孟憲貴一種說不出的悵惘，指不住他這一生有否坐火車的命。

正當他立下誓願，這輩子非要坐一趟火車不可的當兒，家裡卻來了人、冒著風雪來報喪，他爹爹到底把一條性命拚上了。

趕回來奔喪，一路上坐在東倒西歪的騾車裡，哭一陣，想一陣。過過年，官鹽槽就是他繼承，坐火車的誓願真的就該如願了。可是一見他爹死得那樣慘，他可把魂魄兒嚇掉了。

飄雪的天，鎮董門前聚上不少的人。

鎮董是個有過功名的人家，門前豎著大旗桿，旗桿斗歪斜著，長年不曾上過漆，斗沿兒上盡是雀子糞，彷彿原本就漆過一道白鑲邊。

沒有人像孟昭有這樣子的死。

遊鄉串鎮的生鐵匠來在小鎮上，支起鼓風爐做手藝。沒有什麼行業會比他們更得到歡迎，在許久沒有看到猴兒戲和野臺子戲的時候，幾乎這就是一種頂有趣兒的娛樂。

鼓風爐的四周擺滿沙模子，有犁頭、有燠子、火銃子槍筒和鐵鍋。人們提著糧食、漏鍋、破犁頭，來換現鑄的新傢什。

鼓風爐噴著藍火焰，紅火焰。兩個大漢踏著大風箱，不停的踏，把紅藍火焰鼓動直發抖，抖著住上衝。爐口朝著天，吞下整簍整簍的焦煤，又吞下生鐵塊。人們呼嚷著。這個要幾寸的鍋，那個要幾號的犁，爭著要頭一爐出的貨。

鼓風爐的底口扭開來，鮮紅鮮紅的生鐵漿流進耐火的端臼裡。

煉生鐵的老師傅握著長鐵杖，撥去鐵漿表層的浮渣，打一個手勢就退開了。踏風箱的兩個漢子腿上綁著水牛皮，笨笨的趕過來，抬起沉沉的端臼，跟著老師傅鐵杖的指點，濃稠的紅鐵漿，挨個挨個灌進那些沙模子。

這是頭一爐，一周遭澆灌下來，兩個大漢掛著滿臉的大汗珠。鐵漿把周圍五尺以內都給烤熱了。

看熱鬧的人們忘記了雪，忘記了冷，臉讓鐵漿的高熱烤紅了，想起紅瓤西瓜擠出的甜汁子。

「西瓜湯，真像西瓜湯。」

「好一個西瓜湯，才真是大補品。」

「可不是大補的！誰喝罷，喝下去這輩子不用吃饃啦。」

就這麼當作笑話說，人們打鬧著逗樂兒。只怪那兩個冤家不該在這兒碰了頭。

孟昭有尋思出不少難倒人的鬼主意，總覺得不是絕招兒，這可給他抓住了。

「姓沈的，聽見沒？大補的西瓜湯！」

這兩個都失去三個指頭，都捱上三刀的對頭，隔著一座鼓風爐瞪眼睛。

「有種嗎，姓孟的？有種的話，我沈長發一定奉陪。」

爭鬧時，又有人跑來報信，火車真的要來了。不知這是多少趟，老是傳說著要來，要來，跑來的人呼呼喘，說這一次真的要來了，火車已經早就開到貓兒窩。

人們不知受過多少回的騙，仍是沉不住氣，一撥一撥趕往鎮北去。

鎮董門前剩下不幾個人，雪花有的沒的在飄飛。

「鎮董爺，你老可是咱們的憑證！」

孟昭有把長辮子纏到脖頸上。「我那個不爭氣的老爺子，捱我咒上一輩子了，我還再落到我兒子嘴巴裡嚼咕一輩子？」

鎮董正跟老師博計算這行手藝能有多大的出息；問他出一爐生鐵要多少焦煤，兩個夥計多少工錢，一天多少的開銷。

「我姓孟的不能上輩子不如人，這輩子又捱人踩在腳底下！」

「我勸你們兩家還是和解吧！」鎮董正經的規勸著，還沒完全聽懂孟昭有跟他叫喊些什麼。

「昭有，聽我的，兩家對半交包銀，對半分子利。你要是拚上性命，可帶不去一顆鹽粒子進到棺材裡。你多去想想我家老三給你說的那些新學理。」

鎮董有個三兒子在北京城的京師大學堂，鎮上的人們喊他洋狀元，他勸過孟昭有：「要是你鬧意氣，就沒說的了。要是你還迷戀著五年的大財運，只怕很難。」

洋狀元除掉剪去了辮子，帶半口京腔，一點也不洋氣。「我說了你不會信，鐵路一通你甭想還能把鹽槽辦下去，有你傾家蕩產的一天，說了你不信……」

這話不光是孟昭有聽不入耳，誰聽了也不相信的。包下官鹽槽而不走財運，真該沒天理，千古以來沒有這例子。

遠遠傳來轟轟隆隆怪異的聲音，人們從沒有聽過這聲音，除了那位回家過年的洋狀元。

立刻場上的人們又跑去了一批。

鼓風爐的火力旺到了頂點，藍色的火焰，紅色和黃色的火焰，抖動著，抖出刺鼻的硫磺臭。老師傅的鐵杖探進爐裡去攪動，雪花和噴出的火星廝混成一團兒。

鼓風爐的底口扭開來，第二爐的鐵漿緩緩的流出，端臼裡鮮紅濃稠的岩液一點點的增多。

落雪的天氣，孟昭有忽然把上身脫光了，雖然少掉三個指頭，紮裹的布帶上血跡似還很新鮮，脫起衣服卻非常溜活。脫掉的袍子往地上一扔。雪落了許久，地上還不曾留住一片雪花。孟大娘正在家裡忙年，帶著一手的麵粉趕了來，可惜已經來不及，在場的人也沒有防備他這一手。

「各位，我孟昭有包定了；是我兒子的了！」

這人赤著膊，長辮子盤在脖頸上扣一個結子，一個縱身跳上去，托起已經流進半下子的端臼。

「我包定了！」

他衝著對手沈長發吼出最後一聲，擎起雙手，托起了鐵漿臼，擎得高高的，高高的，人們沒有誰敢搶上去攔阻，那樣高熱的岩漿有誰敢不顧死活去沾惹？鑄鐵的老師傅也愣愣的不敢近前一步。

大家眼睜睜，眼睜睜的看著他把鮮紅的鐵漿像是灌進沙模子一樣的灌進張大的嘴巴裡。

那只算是很短促很短促的一瞥，又哪裡是灌進嘴巴裡？鐵漿劈頭蓋臉澆下來，一陣子黃煙裹著乳白的蒸氣衝上天際去，發出生菜投進滾油裡的炸裂聲，那股子肉類焦燎的惡臭隨即飄散開來。人們似乎都被這高熱的岩漿澆到了，驚懼的狂叫著，人們似乎聽見孟昭有最後一聲的尖叫，幾乎像耳鳴一樣的貼住耳朵的鼓膜上，許久許久不散失。

然而那是火車的汽笛在長鳴，響亮的，長長的一聲。

孟昭有在那一陣沖天的煙氣裡倒下去，仰面挺倒在地上。

鐵漿迅速就變做一條條脈絡似的黑色的固體，覆蓋著他那赤黑的上身。凝固的生鐵如同一隻黑色的大爪，緊緊抓住這一堆燒焦的肉。

一雙彎曲的腿，失去主人的還在微弱的顫抖。

整個腦袋完全焦黑透了，無法辨認那上面哪兒是鼻子，哪兒是嘴巴——剛剛還在叫嚷著「我包定了！」的那張嘴巴。

頭髮的黑灰隨著一小股旋風，習習盤旋著，然後就飄散了。煙氣兀自裊裊的從屍身的裡面升上來，棉褲兀自燃燒著，只是沒有火焰再跳動。

一陣震懾人心的鐵輪聲從鎮北傳過來，急驟的擊打著什麼鐵器似的，又彷彿無數的鐵騎奔馳在結冰的大地上。烏黑烏黑的灰煙遮去半邊天，天色越發陰黯了。

在場的不多幾個人，臉上都失去了人色，惶惶的彼此怔視著，不知是為孟昭有的慘死，還是為那個隱含著妖氣和災殃的火車真的來到，而驚懼成這份神色。

風雪一陣緊似一陣，天黑的時辰，地卻白了。大雪要把小鎮埋進去，埋得這樣子沉寂。只有婦人哀哀的啼哭，哀哀的數落，劃破這片寂靜。

不受諒解和歡迎的火車，就此不分晝夜的騷擾這個小鎮，它自管來了，自管去了，吼呀，叫呀，強制著人們認命的習慣它。

火車帶給人們不需要也不重要的新東西；傳信局在鎮上蓋房屋，外鄉人到來推銷洋油、報紙和洋鹼。火車強要人們知道一天幾點鐘，一個鐘點多少分。

通車有半年，鎮上只有兩個人膽敢走進這條大黑龍的肚腹裡，洋狀元和官鹽槽的少主人孟憲貴。

鹽槽抓在孟家的手裡，半年下來落進三千兩的銀子，這算是頂頂忠厚的辦官鹽。頭一年年底一結賬，淨賺七千六百兩。孟憲貴置地又蓋樓，討進媳婦又納了丫環，鴉片菸跟著也抽上癮。

火車不曾給小鎮帶來什麼災難，除掉孟昭有凶死得那樣慘。大家說，孟昭有是神差鬼使的派他破了凶煞氣。然而洋狀元的預言沒落空；到第二年，鹽商的鹽包裝上火車了，經過小鎮不落站。這一年淨賠一頓多田。鎮上開始使用煤油燈，洋胰子。人們要得算定了幾點幾分趕火車，要說人們對它還有多麼大的不快意，那該是只興人等它，不興它等人——無情無意的洋玩意！

五年過去了，十年二十年也過去了，鐵道旁深深的雪地裡停放著一口澆上石灰水的白棺材。這夜月亮從雲層裡透出來，照著刺眼的宅地，照著雪封的鐵道，也照在這口孤零的棺材上，周圍的狗群守候著。

有一隻白狗很不安，走來走去的，只可看見雪地上牠的影子移動著。

雲層往南方移動，卻像月亮在向北面匆匆的飛馳。

狗群裡不知哪一隻肯去撞上第一頭。

那隻白狗望著揚旗號誌上的半月，齜出雪白的牙齒，低微的吼叫。然後牠憤恨的刨劃著蹄爪，揚起一遍又一遍的雪煙，雪地上刨出一個深坑，於是牠臥進去，牠的影子消失了，仍在低沉的吼哮。

那一盞半月又被浮雲暫時的遮去。夜有多深呢？人們都在沉睡了，深深的沉睡了。

作者簡介與評析

朱西甯，本名朱青海，山東臨朐人，一九二七年生，出身篤信基督教的書香世家。十一歲時即因對日抗戰而離家，於蘇北、皖東一帶的游擊區繼續求學。抗戰勝利後入杭州藝專。一九四九年乃投筆從戎，隨國軍撤退遷居臺灣，許多小說作品都完成於行伍時期，至一九七二年才以上校退伍，專事寫作，為軍中作家的代表人物。結集出版的作品有：長篇小說《貓》、《畫夢記》、《旱魃》、《八二三注》等，短篇小說集《狼》、《鐵漿》、《破曉時分》及《春城無處不飛花》等；散文集《微言篇》。一九九八年逝世，帶有自傳性質的未完成遺作《華太平家傳》則於二〇〇二年問世。二〇〇三年文建會主辦「紀念朱西甯先生研討會」，會後出版《紀念朱西甯先生文學研討會論文集》。

朱西甯擅長鋪設北方村里風土人情、生命與土地在時代劇變時刻的掙扎與照映，以及對鄉土中國的探究與批判。〈鐵漿〉以孟沈兩家為了爭取包鹽槽而結下世仇夙怨為主線，輻輳出的，既是血氣英雄人物與命定環境的抗衡，也是傳統農村在面臨「現代性」鋪天蓋地而來時的無力與無奈。小說的高潮在孟昭有將滾燙的鐵漿灌進自己口中，圍觀者們彷彿聽見他的尖叫，但事實上「那是火車的汽笛在長鳴，響亮的，長長的一聲」。蒙昧的傳統、英雄的血氣與現代文明於此渾融疊映，對照於孟憲貴之死的荒蕪與不堪，正所以呈現歷史進化中，生命情境的悲涼。

延伸閱讀

1 王德威，〈鄉愁的困境與超越——朱西甯與司馬中原的鄉土小說〉，《小說中國》（臺北：麥田，1993），頁279~298。

2 柯慶明，〈論朱西甯的一本短篇小說集：鐵漿〉，《境界的再生》（臺北：幼獅，1977），頁403~450。

3 張大春，〈從講古、聊天到祈禱——追思朱西甯先生的一篇小說報告〉，《聯合文學》第14卷第7期（1998年5月），頁80~83。

4 張大春，〈被忘卻的記憶者——朱西甯的小說語言與知識企圖〉，《中國時報》（1998年3月26日），第43版。

5 侯如綺，〈《狼》、《鐵漿》、《破曉時分》中的人物與朱西甯之離散情節探析〉，《臺灣文學研究集刊》第3期（2007年5月），頁85~108。

6 王德威等，《紀念朱西甯先生文學研討會論文集》，（臺北：聯合文學，2003）。

水上組曲

鄭清文

1

他站在船尾，用力撐著竹竿，船划開了平靜的水面。他是舊鎮最好的船夫。對岸是沙灘，他用沙築成了一條長長的沙岬，伸出水裡，用以停靠渡船。一個人站在沙岬上。他用力再撐了一下，肩膀上的肌肉在顫動，船已在河中央了。這麼寬的河面，也只有他能夠撐十下就把船渡過。

這幾年來舊鎮的龍船隊靠了他把舵，才能一連得了三次冠軍，把那大銀杯永遠據有了。

他把竹竿抽了起來，水沿著竹竿流下，滴下晶亮的水珠。竹竿的末端還夾著些黑沙，在水裡劃了一道黑帶，漸漸沉下。他肩胛上、手臂上的肌肉都在律動著。他可以感覺到。

天還沒大亮，船劃破平靜的河面滑進。前面是沙灘，背後是堤岸。

舊鎮是一個古老的城鎮，長長的，有人把它形容為女人的纏腳布，既臭又長。長是事實，但一點也不臭，只是老，老得像一塊長滿綠苔的巨岩。在這裡，要找一幢兩層樓都不容易。這裡，有的是古老的廟，全鎮最魁偉，最堂皇的建築物，也就是那些廟，那些古老的廟。

舊鎮是一個長長的城鎮，沿著大水河延伸。聽說，古時候，有一條街，後來被水沖坍了，一條街，完整地，被割進水裡，慢慢地你可以感覺到，但卻不能避免。

很久很久以前了，從福州、汕頭、廈門來的帆船，可以直駛到舊鎮媽祖廟直對下去的河邊，那些龐大的，裝滿著奇貨的帆船可直駛到舊鎮的河邊，在那裡裝卸貨物。舊鎮就自然地變成了一個市集。當時，聽說舊鎮是全臺灣屈指可數的商埠。

那一條古老的大街，已一大半被刮進河裡了。所剩下來的只有較不重要的一半。那一半還是那麼地舊，還是那麼地老，好像不願意改變一下，也好像不可能。

他用力再撐了一下。整個河面淡淡地罩著水煙，輕輕地挪動著。水並不深，只是河底高低不平。船向沙岬撞了過去，微側著船身擦過，船頭微微抬起。那個人上了船。他把船住後撐了一下，掉轉了船頭。

他習慣地望著河堤上的石階。半個小時以前，那煙囪已冒過煙了。那古老的，微微彎曲的煙囪。他沒有戴錶，但他知道那個煙囪已在半個鐘頭之前冒過了煙，他在這河上，望著河堤上那煙囪，已有五年以上的經驗了。半個鐘頭，他是不會錯的。

他望著那石階，那古老的花崗石的石階，有幾級已被水沖走了，用水泥補過。四周長滿著蔓草。

她今天會穿什麼衣服，和昨天的一樣，還是和前天的一樣呢？他還記得清楚，前天是穿白的，昨天是穿淡藍色的。今天大概還不會換吧。

她果然又穿著那淡藍色的布衣，白色的布裙，沒有錯，那是她，他只需用眼角一瞟，就知道那是她，他總是用眼角輕瞟著她的。

他用力撐著，船猛撞近去，那人往前踉蹌了一下。他只覺得太近了，無法多用一點力，他是全鎮最好的船夫。

他俯身把錢撿了起來。就是在他俯身撿錢的時候，他也知道她在下著石階，一手挽著籃子，一手提著木屐。是的，她下石階的時候，總是把木屐脫下，拿在手裡。他覺得她的裙子在輕盪著。他沒看錯。他明明知道她不會看他，像他偷看她一般。但在他背著她的時候，他總覺得她的視線就在注視著他。

她已到河邊了，把裙子輕輕撩起，輕輕盈盈的蹲下。水輕輕地漾起，水聲輕輕地響著。肥皂的泡沫慢慢流了過來。然後，她揮起擣杆，那聲音響徹了河面，然後，又是一聲輕輕的水聲。

他還記得，有一次，她在洗衣服的時候，忽然，有一件給水流走了，她嬌叫一聲，站了起來。她就站在現在蹲著的地方，他坐在靠岸的地方。他拿起竹竿，把那件衣服撈起來給她。他還記得，她低著頭，紅著臉，笑了一下，只是微微地笑了一下，沒有一聲謝謝，只是紅著臉，伸手過來接了。

另外，還有一次，她自己下了水，把衣服撈起，那時，他也在這個地方，她沒有叫，但也是紅著臉，等她上岸，裙子已濕了一半。以後，她再也沒有失過手。

她是不是討厭他老是把船靠在這邊？

「渡船！」

對岸又有人在喊他。他蹬著腳尖，用力往後一撐，向後退了一步，再蹲下去。船像箭一般向河心射出，他的肌肉在抽動，那寬闊的肩膀，那結實的「腳後肚」。

水霧已漸漸消散，東方已染成淡淡的橙黃色。他覺得她在往後退，漸漸地。她快洗好了吧！不知有多少次了，就在他背向著她之間，她悄悄地走了。

他把船轉過來，她的身影漸漸地迫近他。她蹲在水邊，兩手急速地動著。水以她為中心，不停地盪出同心圓，一直追著過來。船輕經地滑進。他瞟了她一下，用力一撐，一站一蹲。他的視線從她頭上望過，沿著石階慢慢地望上去，那是一幢古老的房子。曾有一天，在那古老的門檻上，掛起過紅色的綵布，但下一天，她又在那石階出現了。他還記得那件事，他一直記著，好像在昨天發生過一般。

2

在舊鎮國校的禮堂上，臺下已擠滿著學生、老師和家長。臺上，依序排著那些鎮上的顯要。有省議員，有分局長，有鎮長，也有幾位富紳。鎮上任何集會總少不了這些人。

他也坐在上座。他揀了一件最好的衣服，為了這個日子，他還特地買了一雙白膠鞋。但和旁人比較起來，總是自覺得寒酸，不免有點畏縮起來。

自從他撐了渡船以後，他就很少到鎮上來，有時候出來看場戲，他也只坐在後面。但，今天，他是主角，在左邊胸前，還有人替他別了個圓圓的，帶有尾巴的，紅框的花籤。上面寫著他的姓名。

小學生們坐在下面，伸出長頸在望著他。老師們在旁邊維持著秩序，看學生一動，就趕快過去，使手勢，要他們把脖子縮短。

一個很熱的下午，他坐在船尾打盹。幾個小學生在河裡涉水。

「不要下水！」

他曾經警告過他們，因為有人在河裡採沙，河底高低不平，鬆實不一。

「不要下去！」

但孩子們只是不理他。他揮了竹竿趕了他們，他們跑開了。天氣只是熱，太陽照在他那寬闊的黑褐色的肩膀，在發亮。河水慢慢的流著，他把竹笠拉低，在船尾打起盹來。

不知經過多久了，他聽到有人喊著：「喂，渡船的！」

他睜眼望著對岸，乾熱的沙灘上熱氣在嬝嬝上升。沙灘上並沒有人，河邊也沒有人。是他聽錯了，不會的，因為職業上的關係，他什麼時候都可以睡，什麼時候都可以醒。他的耳朵是不會錯的。

「喂！快來呀！」這時候，他才注意到聲音是從這邊岸上傳過來的。也往上游一看，有一個人在堤上向他招手。

「快！有人快沉下去了，快！」

往岸上一躍，向上游奔了過去。水並不很深，兩個小孩子在水裡沉沉浮浮，離岸很近，他涉水過去。把他們一個一個拉了上來。

「還有一個！」

一個小孩躲在樹後喊著，其他的大概都跑了，只剩這一個。

「什麼地方！」

「那邊，就在那邊。」

他向小孩指著的方向游了過去。

「這裡！」

「過去了。」

他停下來，想轉身回來，突然有什麼東西抱著他，把他雙腳緊緊地抱住。他用力把腳抽回來，但是他的雙腳還是給緊緊抱住，不能掙脫。他心一慌，也跟著沉了下去。

「那是什麼？」當他沒入水裡，立即又鎮靜起來。他立刻屏住呼吸，那東西一直在拉著他，水並不很深，他的腳好像已觸到河底的沙，那沙只是鬆鬆的。他用手划了兩下，用力想把腳抽回來。但他的腳一動，那東西就要緊緊的抱住他。他靜靜的停在水中，吸了一口氣，連水一起吸進，然後再把水吐了出來。那東西還是緊緊的抱著他，往下拉。他的腳又好像觸到河底，他慢慢伸開雙手，再用力划了一下，人就浮了上來。他仰著頭。在河面吸了一口氣，那東西又用力把他拉了下去，用力地拉，他感到腳上的血液停止了循環，那東西在痙攣。然後，有一點，只有一點點，鬆了起來，他連忙把腳抽開。

他望著坐在他對面的那三個小學生。他已認不出是哪一個曾經抱住過他的腳，他怎樣也不會相信那三個臉色蒼黃，四肢細瘦的小孩，無論哪一個，會有那麼大的力氣，抱住了他的腳，叫他無法掙開。

現在回想起來，他心裡還有點悸動。水如果深一點，他如果抱的不是他的腳，而是他脖子，如果他是剛剛沉下去的話，那……實在不敢再想下去了。

鎮長站了起來，就了位，典禮開始了。

他遞給他一張獎狀，和他握手。小學生在底下拍手。

省議員、分局長一一和他握手。校長代表學生向他道謝，說他是舊鎮最勇敢的人。家長會會長代表家長贈送禮物給他，也和他握手。

他們和他一一握手，這是他從沒有過的經驗，他好像都不認得他們，就是兩個人的手握在一起的時候。他望望那三個學生，他覺得他們也很陌生。

每一個人站起來和他握手，一連串的握手使他的手微微濕了。小學生在下面不停地拍手，他一生就沒有到臺上來過。他往臺下掃了一眼，千百對小眼睛都在注意著他，他有點害怕，但他還是把全場掃視一遍，好像在尋求什麼，一個影子在他的腦際徘徊起來。

光榮，勇敢，他聽得很多，他們都說那是屬於他的，但他只覺得惘惘然，他沒有辦法在這些重疊的字眼裡找到自己的影子。

3

風很大，霏霏的細雨不停地飄著。

他坐在船尾，船不停地盪著。天已黑了，颱風已經迫近了，船在盪，對岸的樹在搖著。他把煤油燈點燃，掛到插在沙灘上的樹枝，燈在搖曳著，猛撞著樹枝。他用破布裹樹枝，怕燈罩撞破了。

對岸，沿著河邊的是後街，中央有個小公園，沿著後街差不多等距離有一盞一盞的路燈。船對岸是通往媽祖廟的馬路，他還可以看到媽祖廟的飛簷。

那馬路的左邊，後街上，那一幢古老的房子，那門、那門檻上曾掛過紅綵。就在掛過紅綵的次日，她又在河邊出現了。他放心了。但那，他想，又能說些什麼呢。

他望著那古老的門，樹在搖曳著，那門在捉迷藏似的一隱一顯，有時給遮住，有時又露了出來。

不知有過多少晚上了，他曾望著那扇門，那扇一天到晚緊緊關閉著的門。他又想起了那天到學校參加頒獎的事，他記起了不屬於自己的話——光榮，勇敢，典範。

他也想起了那些碩大的，汗濕的巴掌，當那些手掌和他的相碰的時候，所發生的那種異樣的感覺。那時，他曾希望過，應該有一張臉孔對他比較熟悉的，他曾經把整個會場掃射過一番，他只看到無數的臉孔，但他根本就沒有看清楚過一張。

那種場面並不會使他聯想到自己所碰到過的任何一種場面。只有在這河邊，無論是白天，無論是黑夜，只有面對著那扇門，只有背向著那扇門的時候，那古老得像傳說的門的時候，他才不會感到陌生，他心裡才覺得安寧。

風在颳著，越來越大，雨還是細細密密的下著，好像撒下粗一點的水煙。大概不會再有渡客了，但他必須再等一下，萬一有人冒著風雨跑到這裡，發現沒有了擺渡，那個人是不是有勇氣再折回去？

以前，大戰快要結束的時候，有個日本傳令兵，在一個暴風雨的晚上，帶了一個密令到舊鎮來，河流已漲了，渡船也已收了擺，那個傳令兵把衣服綑在頭上，想在暴風雨之夜泅過大水河，結果是把衣服和刺刀都丟了，人又折了回去，後來那個傳令兵給關了「重營倉」，每天，還派了三、四十個日本兵在河裡打撈，想撈起那把刺刀。

那時候，他還小，他的老祖父還在。老祖父時常對他說，一個日本兵怎能在暴風雨之中泅過大水河。全舊鎮，找遍了全舊鎮，才只有他一個人，曾游到一半，把一隻被水沖走的活豬拉了回來，但那已是很久以前的事了，祖父還很年輕，他還沒有生下來，就是他的父親也還沒生下來，也許在祖父所能記憶到的，所能聽到的，就沒有一個人敢在暴風雨裡下水，那個日本人還算有種，但還是不夠，他折了回去，還把東西丟了。

他望著那扇門，路燈遠遠地照著，整個門有一半以上已沒入門框的陰影裡，只是一片漆黑，但他還是可以認得它的輪廓，就是閉著眼睛，也可以指出正確的方位，畫出正確的形狀，五年來，他好像就是為了要認它而存在的。

老祖父也是個船夫，在他的時代，他也是舊鎮最好的船夫，但這一點並不足使他也成為船夫，也成為舊鎮最好的船夫的理由。他的父母早已死了，祖父時常講著船夫的故事給他聽，但他並不一定要他也成為船夫。

那煤油燈還是不停搖曳著，燈罩不停地叩著樹枝。這時候，大概不會再有人了。他望望那扇在樹後隱隱藏藏的門。再等一會兒看看，他想著。

天是漆黑的，靠了對岸的燈光，還可以隱約看到煙霧在急速地移動著。暗黃色的煙霧，稀稀疏疏地移動著。老祖父是個好人，他泅到河裡，拉了一隻活豬回來，鄰居們都吃到了豬肉，卻沒得過獎狀。如果他老人家還在，也許會對他說，救了三個人算什麼，水是那麼淺。那的確沒有什麼。他覺得實在太偶然了，一停下來就碰到那小孩的手，自己差一點把老命送掉了，他也曾經救過大人，但卻沒有過這種經驗。

他望著那扇門，樹後那扇古老的門。他很想有一次能看到那扇門裡面一下。很早，他就有這種願望，只是一直沒有機會。那裡頭是不是也有一口古井，雖然他沒有使用過家裡那口古井。

那個時候，突然地，所有的電燈都熄滅了。颱風還沒來，怎麼電燈一下子統統熄滅了。他的眼前立刻變成黑暗，但他的眼睛還是注視那個方位，現在一切都變成漆黑了，但他好像還可以感到那樹在搖動，船在盪著，他的視線一直注視著虛空中的一定點。

4

好久沒在家裡睡過了，回到家裡反而睡不好。昨夜，風越來越大，雨也開始下了，他叫人幫他把船推到岸上。

整個舊鎮在黑暗中，在暴風雨中靜靜地躺著。祖父曾經告訴過他，半邊的街曾被洪水沖走了。

他自己燒了些水，洗好了澡，好久沒有用熱水洗過澡了，想躺在床上好好地睡一下，但卻一直睡不著。在學校那烘熱的場面，那消失在黝暗中的古老的柴門，又交互在他的腦海中出現，還有那結在門檻上的紅綵，那是代表著什麼呢？生日吧，好像不是，結婚吧，也不像，訂婚吧，那是比較可能的。但他也沒有發現可靠的證據，如果在那柴門背後，有人訂婚了，那會不會是她呢？

他在床上翻來覆去地想著，但一直想不通。不去想它吧，但那怎麼可能。整天，他不是對著那柴門，至少也背著它，對著它和背著它不是一樣嗎？他每次都想把她看個清楚，但他不能夠。只有一次，他曾面對著面看她，她的臉紅了，他自己的臉是不是也紅了，他已記不起來了。

早上，一睜開眼睛，天已亮了，風吹著，電線不停地呼嘯著，雨一陣急一陣緩地打著屋頂，天是昏昏黃黃的不知已幾點鐘了。他還不覺得餓，還是再睡一下吧。

「來去看大水呀！」有人從窗外小巷走過。

「看大水呀，水真大呀！」

昨天晚上，他們幫他把船推上岸，繫在河邊的榕樹是不是繫牢了，不知水淹到沒有。那隻船是他的生命，還是出去看一下。

他戴了竹笠，穿了棕簑，把木屐踢到一邊，拉開門出去。風雨打在他身上，他把竹笠戴好，沿著小巷出去。

船位已淹到水了，船在水裡盪著。他看看繩纜，還繫得很牢，暫時大概沒有關係。

他沿著河邊往上游走著。灰色的雲低罩著灰黃色的水。風在颼颼地颳著，雨在下著，一下子斜著掃，一下子直壓著、一下子好像有人用大篩子篩著，緊緊密密地，畫出無數柔和的曲線，一直打到河面。河面是一片煙霧，把河上密密地罩著。風颳過偶爾可以看到隔岸，沙灘低窪處，模糊的竹影，已有半截沒入水中了。

在呼嘯，任怒吼，那隻無羈無絆的，無限大的野獸，在打翻，在掀動，那條狂怒的無限長的巨蟒。

他走到小公園，河邊用紅磚砌成的堤防，已快全部被淹沒了，十多年來，他沒有見過這樣大的洪水。

水一直在拍打著磚堤，把那些紅磚沖洗得乾乾淨淨，混濁的水沖了過來，立刻又退了回去，另一個浪頭又用力打了過來。

水在翻滾，水在打旋，混濁的水，把許多土塊溶化在一起，那飛濺的是土塊，那洶湧的，湍急奔流著的是土塊的溶液，把整個土山溶化在那裡，用力攪過，然後，從那高處，往下瀉著，把所經過的，把所能觸到的一切，順手攫走，那力量無法抗拒。

草木連根拔起，花木、樹枝、竹子拼盤在一起，冬瓜在水裡漂浮、滾動，是魚雷，也是艦隊，不停地向前衝。

祖父就在這種情形下過了水，把一隻活豬拉了上來？他想著，如果祖父還在，他也該再問問他。

他走到公園的圍牆邊，圍牆那邊，就是媽祖廟口的馬路。許多人聚集在牆邊，牆邊有一幢小房子，以前是鎮上的圖書館，就在河堤上，有一棵大榕樹，榕樹下排著五、六根大石柱。鎮長穿著雨衣，也站在牆邊望著。他向他輕輕點頭，鎮長可能沒有看到，並沒回他。也許他戴著竹笠，沒看清楚他的臉。

水位還在慢慢地上漲，已快淹到堤頂了，舊鎮還是屹立在堤上，水在擊拍著堤岸。

「水真大，這是我看到的最大的一次大水了，已比十年前那一次還大！」一個三、四十歲的人興奮地說。

「不，」一個五、六十歲的老頭，立刻打斷了他的話。

「這算什麼，大概在四十多年前，你大概還沒生下來，那一次可大多了，水曾淹到這裡呢。」說著，走到糾結的大榕樹幹旁邊，在半腰劃了一線。「那時，這棵樹還只一半大呢。四十多年了，那是很早以前的事啦！」雨水一直從樹上滴流下來，打在那光禿的頭頂上。

祖父也曾向他提過那次大水，但那以前，還有一次更大的，可惜祖父已不在了。他總是說，他曾在街上划過船呢。

水從河堤較低處慢慢地淹了上來。孩子們跑著過去，用腳在水裡踩著，踩著，笑著，叫著。

「小鬼，要送死嗎！」大人躲在屋簷下大聲地喊著。孩子們聽了聲音就退了回來。水不停地沖擊著堤岸，把雜草，把泡沫一齊推了過來，然後又把一部分捲了回去。

「青蛙！青蛙！」小孩子們喊著，又向前湊了過去。青蛙好像已被水沖昏了頭，輕動著四肢，懶懶地游了過來。孩子們俯身下去，一把抓住了。

「蛇！」蛇也被打了過來，微抬著頭在水上，也是懶洋洋的。小孩子們看了蛇都退了回來。那時，一個較大的孩子走過去，腰身一蹲，迅速地捉住蛇尾，把手伸得遠遠，輕輕地，卻很快地，抖了好幾下，把背脊骨椎抖直了，就不會翻上頭來咬人。

他繞出圍牆，牆下也躲著許多人。馬路下去的石階已統統沒入水裡了。他想再沿著河邊走上去，但一下子又猶豫起來了。

河上還是罩著一片煙霧，同逆著水猛颳著，掀起高大的浪濤，一稜一稜，泡沫一掀到波頂就被水濺個粉碎，但一到波底，就又攏了過來。

還是走過去。

又一次，他看到了那古老的門，門框上，門板上所貼的春聯，都已褪了色，大半已剝落了。

他沿著河邊再過去。那裡是「大轉彎」，從大轉彎望過去，一片白茫茫，混濁濁的河水，浩浩地望這邊衝了過來，經過大轉彎，劃了一鉤強有力的曲線，又向河心衝了過去，那氣勢，使整個河面都傾斜起來。

以前，碰了大水，這個地方就時常給沖坍的，整個堤岸被沖掉。有個人站在碩大約合歡樹邊，用繩子繫住腰，手裡握住一根很長的竹竿，在那裡打鉤。

大轉彎過去，是一片較低的菜圃，大半都已被水蓋過了，不能走過去。他停了一下，也就轉身回來。風迎面打著，雨水一直掃了過來，水珠不停地從棕簑摘下。他用手擎住竹笠，微微低著頭，頂著風走回去。

當他走到那熟悉的門口，忽然看見那門開著，他向裡頭瞟了一下，只是瞟了一下，一個女人彎著腰在刷洗著屋簷下的地。她赤著腳，捲起衣袖，旁邊放著一個鐵桶。他沒看到她的臉。他又向她瞟了一眼，她的皮膚是那麼地白，沒有給太陽曬過的地方更加白皙。自從那一天他替她撈起衣服之後，他就沒這麼近地看過她。

忽然，她提起水桶，把地沖了一下。她也看見了他，嘴角微微動了一下，好像在笑，也好像不是，立即把頭轉了回去。這時，他才發現自己站在那門口，五年來第一次站在那裡，但除了她，他什麼也沒看到。

當他走到馬路，忽然有個孩子大聲喊了起來。

「水牛，水牛！」

他回頭，順著孩子所指的方向一看，就在大轉彎過去的河面上，有一條水牛，不，只有一對犄角，偶爾在波浪之間露現，順著水勢，向這邊堤岸直衝過來。那是水牛嗎，一對犄角在水面載沉載浮地漂盪著，顯得那麼輕渺。

牠流過了大轉彎，又順著水勢，漸漸被沖到河心。牠好像還活著，好像想掙扎著過來，但整個身子，像陀螺，在水裡打轉了一下，又在浪濤裡沉沉浮浮，一會兒就消失在煙霧中了。

他又想起了祖父的話，祖父曾經在暴風雨裡下過水，把一隻活豬拉了上來。灰色的雲低罩著，蓋壓著，煙霧急迅地飛馳著，好像整個天都在移動著。

他回頭一看，她正提著鐵桶出來堤邊勺水。他看見她一腳輕輕伸進水裡，探探深淺，踏實了，正想伸手勺水。她如果失了足，這種奇妙的念頭突然衝上了他的腦殼。到底是希望她掉進水裡，還是希望她不要掉進水裡，他不知道。只是，在那三個小學生掉進水裡之後，曾有過一次，他夢見她掉進水裡。

有一株刺竹連根拔了起來，像水車滾動，一高一低，從她身邊流過。

「救命呀……救命呀！」

隱隱約約從大轉彎那邊傳來了兩聲呼救。

他抬頭一看，有個人在河裡，半蹲著，舉起一隻手拚命地揮著。水迅速進撞著過來，快速地切過大轉彎。那個把身子綁在合歡樹幹的打鉤的人，曾把手裡的竹竿遞了過去，但還不夠一半長。

「救命呀！」他的聲音已嘶啞了，水流是那麼湍急，一下子就通過了大轉彎，他已可以看清那個人蹲在竹筏上，一手緊緊地抓住竹子，另一手不停地揮著。

「救命呀！」那人好像在對他喊著。有人在他肩上拍了一下，他回頭一看，鎮長就站在他的背後微笑著，他在鎮長臉上又看到了頒獎給他時的表情，他一直注意著他，微笑著，他回頭一看，水在急速地流著，她站在堤邊，手裡提著水桶，望著他。他還記得，第一次她的衣服被水流走，她也是這麼站著，這麼望著他。

水流得那麼快，那個人就快流到面前來了，他根本沒有思慮的時間，把竹笠拿掉，脫下了棕簑。水是那麼地冷，但已下了水，游到竹筏和泅回堤岸是差不多遠。那竹筏在大轉彎劃過強有力的弧線，在他眼前十幾公尺的地方，顛顛簸簸，漸漸給沖到河心。他用力划著，水是那麼地冷，他曾在冬天下過水，冬天的河水也沒這麼冷。波浪像山峰一般不停地蓋壓下來。只要抓住那竹筏，他想著，突然了一股水沖了過來，嗆了鼻孔，他搖搖頭，嗆著他的並不是水，而是沙，是土。他的鼻腔好像被什麼東西塞住，只是感到快要窒息。他必須游到那竹筏，它就在眼前沉沉浮浮顛顛簸簸，他覺得有一股力量在抗拒著他，把他拉左拉右，垃上拉下。那股力和他以前所經驗過的完全不同。它雖然不那麼明顯，不那麼尖銳，但卻一直圈罩著他整個身子，無法擺脫。他又划了幾下，波浪向他頭頂不停地蓋壓下來，然後又把他高高抬起。只有十幾公尺，但那距離卻是無限的。當他浮上浪頭，隱約看到那個人向他伸著手，好像他不是救人，而是要被救。但他猛向浪底一頓，一個巨浪立即又往頭頂上壓過來，浪水又猛嗆了他的鼻孔，他覺得有什麼東西在猛拉著他。不能沉下去，一沉下去就無法再浮上來。他用力划只要使身子浮上來。

竹筏一共有三節，好像三個車廂，那一定是已經結好，準備水一漲就放下來賣的。風浪不停地把它掀起掀落，竹筏一定要直著走，一橫過來很可能被風浪打翻。他還感到喉嚨很不舒服，那個人蹲著身子，在另一端，他們互相對望著，沒有說話，風在怒吼著。水急速地奔流著，水煙密罩著河上，一陣風吹過，只看到眼前的景色迅速地後退著，河堤已過去了，過了河堤，地勢就漸漸平緩，河面也漸漸寬闊起來。水流有點緩慢，也有點向河邊流漲。這是他沒有預料的。

他做個手勢，要那個人過來，那個人只是望著他，沒有動，他半蹲半爬，移到前面一節。風還是不停地猛颳著，他抽出一根竹子，想探探深度，竹筏不停地掀動著，一根竹子沒入水裡，但還不夠底。他必須把另外兩節竹筏放開。他把鐵絲扭開。風浪一直打過來，有房子那麼高，從河堤上看，一點也不像那麼高。他用竹竿用力把其他兩節竹筏撐開。一點點也好，他必須想法子使竹筏靠近岸邊一點。那兩節望河心盪過去，已流到前面了。他用竹竿划了幾下，竹筏好像在移動，也好像不在移動。水流好像放緩了一點，但還是那麼快。

不能讓它一直流下去，他再用力划了一下。一根竹子不夠寬度，他再抽出一根，用兩根竹子划著。風浪把竹筏抬起抬下，他還沒有辦法站穩。他又用力划了幾下。竹筏必須保持和流水平行，才不會被浪打翻。

他再划了幾下，太慢。他放下一根竹子，用手裡的一根插進河裡，想再探探深度，竹子一碰河底，猛然一拗，差一點把他整個人摔到水裡。他手一鬆，「冽裂！」竹子在竹筏底下劃過，歪歪斜斜地插入水裡，搖晃了幾下，風浪蓋過，又慢慢地浮上來，倒在水面。

他再拿起另外一根竹子，再往水裡一插，這一次卻不夠底，河底是不平的，水面也是不平的。他又划了幾下，又把竹子插進水裡，竹子又是一拗，他用力撐了一下，他覺得手掌發麻，就把手鬆開，他看看那根竹子，竹筏又靠岸一點了。

他再抽出一根竹子，水流還是很急。他用力一撐，竹筏就橫著起來，浪頭一直蓋壓下來，竹筏左右猛烈擺動了幾下。他向前向後撐著，要使竹筏和水流保持平行。每次，當他把竹竿插進水裡，就感到手掌發麻，現在又感到手臂發痠，但他必須早點把竹筏撐開河心。

他不停地撐著，他覺得只用手是不夠的，他必須用腳和手，必須用全身的力把它撐起來。

「你也來一下，」風在呼嘯著，他大聲地喊著，那個人只是怔怔地望著他，好像什麼也沒有聽到。

「你也來一下！」他指著竹子，大聲喊著。那個人想站起來，但身子跟著竹筏擺了一下，又蹲下去，緊緊地抓住筏上的竹子。

他又用力撐著，現在，他只有一個念頭，他必須用力撐著，他的手臂在發痠，在痙攣，但他一點也不害怕，他好像已不懂得害怕。他必須繼續不斷的撐，他必須用力地撐，水還是在漲著，他已可以清楚地看到岸上的東西了，他也可以看到公路上的油加里樹了，風在颳著，所有的樹都傾斜到一邊，樹葉在飛揚著，有的連小枝一起折下來，一起飛著，一起橫飄著。

水已漸漸淺了，水流也緩慢了許多。岸上是菜圃，番薯稜一直伸入水中，有的只有葉蔓露在水上漂著，有的已全部沒入水中了。他還是用力撐著，站起來不停地撐著，竹筏輕盪著前進，然後向河岸撞過去。那個人還緊緊抓著竹筏蹲著。本來，他們是為了要上岸的，但一到岸邊，兩個人都怔怔不動。一個蹲著，一個站著，默默望著陸地，也不想說話，也不想上去。

兩個人都在船上，風還在猛烈地颳著，船沿著水緣慢慢地駛著。船底下都是菜圃。他用手背在臉上揩了一下，臉好像用剃刀修過，刮去了一片泥濘。雨打在頭上，污水又流了下來，把那塊乾淨的臉頰又沾污了。他記得那只是三、五分鐘的事，也許長一點點，但回來時，卻整整花了一個多鐘頭，還沒看到鎮上的堤防。

他只覺得冷。兩個人在撐著船，一個站在船頭一個站在船尾，他們都是他的夥伴。船逆著水慢慢地划回去。以前，他是鎮上最好的船夫，但現在卻坐在船上讓別人替他搖著。他一直在發抖，他的手指，他的腳背都已被水浸皺了，呈淡紫色，一點血色也沒有。污水從他臉上滴下，滴在身上，再由身上滴到船板上。船板上也一片污水，隨著船身盪來盪去。河的對岸仍是一片白茫。

四個人都默默地，一句話也沒有交談過。忽然，他看到前面又有一艘船沿著河邊駛了過來。再望過去，河岸上好像有許多人在等著，他們一定是跟著他下來的。那船上，在兩個划槳的中間，站著一人，穿著雨衣。那是鎮長，鎮長望著他笑著，伸手給他，但他只是怔怔地望著。

岸上有許多人，船一靠近，才知道竟有那麼多人。有的穿著雨衣，有的穿著棕簑，大家都在望著他，自從他注意到他們，他們就一直在望著他。忽然，他看到有一個人，站在前面，那就是她，她沒戴著笠子，也沒有穿著雨衣。全身已被雨水淋濕了。她的手還提著那個水桶，好像它是她身體一部分。她也一直望著他，她的腳半截也沒入泥水中了。

祖父曾經告訴過他，在這樣暴風雨中下過大水河的，全舊鎮裡只有他一個人。現在他也下過了，如果祖父還在，他一定會說，在全舊鎮下過大水河的只有他們祖孫兩個，一個拖上了一隻豬，一個救上了一個人。但，現在曾在暴風雨中下過大水河的祖父，那一次，卻只淋了一點小雨就一病不起了。他們都說是年紀大了。不然，他一定會說，在全舊鎮在暴風雨中下過大水河的只有他們祖孫兩個。

5

他坐在船尾，把竹笠拉得低低的。他想睡一下，但卻不能夠。河水已經澄清了許多，已可以洗衣服了。三天前就已可以洗衣服了。他一直在等著她出來。

早上，他看著白色的濃煙開始從煙囪冒出，就開始計算時間了。那白色的濃煙漸漸發黃，再變成了黑色。水在流著，不停地流著。他望著那緊閉著的門，那古老的門，心臟不停地跳盪起來，他自己可以聽到，他們又要給他一個獎，他們說縣長也要派人參加。他要把這個消息告訴她。他不知道應該不應該去，但如果她高興，他就應該去。她是不是會高興，他不知道，但他必要和她說話。五年來，他們就沒有交談過一句話。水在流著。三十分鐘過去了，他的感覺是不會錯的。但那門依然緊緊地關閉著。水已澄清了，她沒有出來。五年來，第一次，她在該出來的時候沒有出來。

她是怎麼了。他的眼睛緊盯著那門，那古老的門楣上曾掛起過紅綵。三天來，他就一直緊盯著那。他看到她站在眼前。雨在下著，急促地，緊密地，斜打在她身上，打在她臉上。她的頭髮直直地垂下，緊貼著面頰，尾端微微捲起。她的衣服也緊緊地貼在身上，風在猛颳著，她手裡還提著水桶。好像那是她身體的一部分。站在水裡，混濁的水一直沖洗著她的腳，腳上沾著些草屑。水在沖洗著她的腳，草屑在動著。

她木然站著，嘴微微張開。水從她的頭髮流下，從她的面頰，從她的眉毛，從她的下巴流下，注下。風在颳著，她的頭髮貼在面頰，她的衣服緊貼著身軀。她木然望著他，微微張著嘴，嘴唇發紫，不停地輕抖著。她就站在水裡發抖著，水從她的腳邊流過。

水從他的腳邊流過，已澄清了許多。他望著河面，水面上還漂浮著泡沫，稀薄的泡沫。他坐得很低，河面顯得更寬更遠。水從遠處流著過來，好像有一股力不斷地吸引著它，越來越快，載著泡沫望船舷直衝過來，粉碎了，濺起細細的浪花。

水從船底流過，從另一邊湧了上來，輕輕地翻滾著，向那遠處流著過去。他把腳伸到水裡，好像要阻止水的流逝，但也像不是。水很冷，他把腳縮了一下，又把它們伸進去。水從他的腳邊流過，他把笠子輕輕托起，那門還是緊緊地閉著，好像自從他看到了它，它就這樣緊緊地關閉著。

他望著，等著。天邊還沒大亮，那熟悉的煙囪又冒出炊煙了。他想著，她會穿些什麼衣服。他的心臟又開始跳盪起來。他曾經等了一整天，不安和焦慮的一天，她終於沒有出來。第一次，在該出來的時候，她沒有出來。但，今天，她一定會出來的。他望著那煙囪，那炊煙，她一出來，他就要把那個消息告訴她。為了這，他已整整等了二十四個小時哩。在這二十四個小時裡，他一直想著如何啟口，一直想著要說的話。他在腦子裡不停地修正，不停地補充。

三十分鐘就要過去了。他望著那門，幾乎感到窒息。現在，她就要出來了。那門屹立在那裡，竟顯得那麼高。她出來了，他該對她說些什麼？時間一秒一秒地過去，他的心臟跳動得更加急促，更加猛激。三十分鐘，也許還沒有到，自己的估測也許不很正確。五年來，他第一次對自己的估測失卻了自信。

她到底怎麼啦？他又看到了她木楞楞地站在風雨中望著他，手裡提著水桶。她的手是那麼白皙，有點顯得細瘦。他又記起曾經夢見過她掉到水裡，她掉在水裡也不過是那種樣子。但自從那次以後，他能看到的，她就是那個樣子，他又望著那門，他該對她說些什麼？他應該把那消息告訴她？昨天準備了一天的話，就在他望著那門的時候，全部忘光了，但那有什麼關係，只要她出來就行了。現在，他所希望的，也只有這些了，只要她出來，我就去領獎，不，不僅是領獎，只要她出來，只要她高興，我什麼都可以做。

但這一次，她仍然沒有出來。

明天就要領獎了。昨天，有人向他道喜，還說報上登了許多關於他的事。他記起了上次領獎的事，他也記起了許多他無法了解的話，許多陌生的臉孔，還有那些汗濕的巨大的巴掌。如果她高興，他就去領獎，但她一定不會很高興，他不願意再去想那些領獎的事。他只覺得她才是最重要的。他只希望她出來，只希望能再看到她。現在，他連對她說話的企求都沒有了。他只希望能再看到她，在下水以前的她。

那門終於靜靜地啟開了。在那漫長的四十八小時之後。她出來了，她是應該出來了。他一直相信她是會再出來的。

他望著她慢慢走到石階，忽然聽到木屐踏在石階上的聲音。那不是她！他猛想起，她下石階的時候，總是把木屐提在手裡。他望著她，那的確不是她。自從她開門閃出了半個身子，他就知道那不是她，只是他沒有想起出來的會不是她。

木屐踏在石級上，輕揚起灰白的土灰。忽然，她停了下來，把木屐脫下，拿在手裡。她一手挽著籃子，一手提著木屐，但那不是她。

她把衣服擱下，蹲下身子。但那不是她。她在洗衣服，她抬起頭來看他，他也看著她，那頭髮，那身段，那膚色都有些像她，但那不是她。她在洗著、擣著、把衣服在水面揚著，然後把手一放，衣服慢慢地沉下去。她看著他，他也看著她，也看著沉下去的衣件。它原來是白色的，沉到水裡，慢慢地變成昏黃，流了過來，沉了下去。她站起來，望著他。他也望著她，也望著沉下去的衣件。他手裡正握著撐竿，但他沒有動。

他的手握著撐竿，他的腳還是垂在船舷。到底出了些什麼事。前兩天，她沒有出來，他並沒有擔心。但早上，當他看到了另外一個女人，他就不安起來了。到底發生了什麼事？他整天整夜把守在河邊，也看不出有什麼變化。但自從另外一個女人代替了她，他就相信她再也不會出來了。水在腳邊流著，突然，他覺得水很冷。自從剛才把腳放進河裡以後，他第一次感到水冷，他望著沙灘上，太陽斜斜地照著，剛才在沙灘上蒸發的水蒸氣現在已看不到了。他沿著沙灘望到盡頭，水從遠處直流過來。擁著泡沫，擁著草屑，從他腳邊流過，從她腳邊流過。她的腳是那麼地白皙，草屑貼在腿上，好像水蛭。他猛然把腳縮了上來，一片草屑從他腳邊流過。

他抬頭，看一個人開了門進去，手裡提著黑色的皮包，好像醫生，也好像收買舊鐘錶的，他沒有辦法分辨清楚。不久，他又出來了，那門又緊緊地關了起來，好像這水，一點也沒有痕跡。他望著那人的背影，他的頭在輕輕地搖晃著。他望著媽祖廟那邊走著，從腳慢慢地沒入堤後，慢慢地沉下去，好像沉到水裡。從河堤再望過去，他只看到媽祖廟的飛簷和兩隻用青瓷瓦嵌成的龍。

作者簡介與評析

鄭清文，一九三二年生於桃園，臺灣光復後才開始學習國語文。臺大商學系畢業，服務於銀行業。一九五八年發表第一篇小說〈寂寞的心〉於林海音主編的聯合報副刊，此後創作不輟迄今。曾獲臺灣文學獎、吳三連文藝獎、時報文學推薦獎、美國桐山環太平洋書卷獎、臺灣新文學貢獻獎、世界華文文學終身成就獎、國家文藝獎等。著有小說集《簸箕谷》、《故事》、《峽地》、《校園裡的椰子樹》、《現代英雄》、《最後的紳士》、《局外人》、《大火》、《報馬仔》、《相思子花》、《春雨》、《五彩神仙》、《舊金山·1972》、《樹梅集》、《玉蘭花》、《丘蟻一族》等，以及童話集《燕心果》、《採桃記》等，評論集《多情與嚴法》。一九九八年，由麥田出版短篇小說精選集，二〇〇七年麥田出版社將「鄭清文國際學術研討會」論文彙編為《樹的見證：鄭清文文學集》。小說多次入選國內外選集。同時從事翻譯工作，曾譯過川端康成、夏目漱石、普希金、赫曼·赫塞等名家作品。

曾在訪談中多次提及喜歡海明威的鄭清文，筆下世界也如同海明威一般，強調簡明、清朗，以及富於象徵性的含蓄手法，以素樸的文字、細膩的技巧敘述故事、蘊藏思想。〈水上組曲〉以一名舊鎮船夫的心理變化為主軸，多方運用「水」流動、搖盪、深邃等特性作為意義豐富的隱喻，將主角內心對情慾的渴求、對自我定位與社會目光的不由自主和恐懼感，非常內斂地表現出來。鄭清文運用聯綴形式，呈現水上一個又一個的斷片風景，藉著水的意象使其脈絡相貫，那有時清澄有時混濁的河水，正如同船夫的心靈充滿了不確定的因素。

延伸閱讀

1 李喬、葉石濤、彭瑞金等，〈鄭清文作品討論會〉，《文學界》第2期（1982年4月）頁1~28。

2 林瑞明，〈悲憫與同情——鄧清文的小說主題〉收入《臺灣文學的本土觀察》（臺北：允晨，1996），頁153~170。

3 林瑞明，〈描繪人性的觀察家——鄭清文的文字與風格〉收錄於《鄭清文集》（臺北：前衛，1993），頁337~353。

4 陳垣三，〈追尋——論鄭清文的文體〉收錄於《鄭清文集》（臺北：前衛，1993），頁313~335。

5 蔡源煌，〈鄭清文的第一人稱小說〉，《中外文學》第8卷第12期（1980年5月），頁64~75。

6 松崎寬子訪問整理，〈鄭清文與他的時代、他的作品——作家鄭清文先生採訪錄〉，《文學臺灣》第69期（2009年1月），頁76~99。

欠缺

王文興

那年我大概十一歲，因為我剛剛考進了師院附中的初中部。那時節我們的家還住在同安街；那是我們在臺北的最早居處；還不曾搬到後來的通化街，通化街以後又曾搬到過連雲街，但似乎在我的印象中還是每一先住的地方較以後的為好，每遷移一次便降差一等。也許是對愈遠童年的偏愛造成的這個錯覺。

同安街是一條安靜的小街，住著不滿一百戶人家，街的中腰微微的收進一點彎曲，盡頭通到灰灰的大河那裡。其實若從河堤上看下來，同安街上沒有幾個行人，白的街身，彎彎的走向，其實也是一條小河。這是我十一歲那年的安靜相貌，以後小型的汽車允許開到這一條街中來了，便失去這份寂寞了。我現在回憶的還是通行汽車以前的時代。

總之，在那個時候的同安街，可以看到花貓猶在短墻頭孄孄的散著步。從一家步到另一家。街中是滿眼的綠翠，清芬的花氣撲鼻，因為在人家的短墻背後植滿了花木，其中包含百里香、杜鵑、木芙蓉、夾竹桃、金雀花等等。花是最愛同安街的「居民」了，春天時開花，秋天也開花。而尤教人無從忘懷的還是那小街的夜晚，當黑暗的街衖點上靜穆的路燈的時候。夜晚似乎更靜了一些。賣雜貨的小舖子，不一樣鬧市裡的商店，九點半鐘便打烊了。子夜從九點半鐘便開始了，夜在這一條街上有著極安穩的睡眠；且有著最長久的睡眠。風搖動著蕭蕭的夾竹桃尖葉，天空裡的細小星辰眏眨著眼睛，幾個時辰以後，黑夜過去，黎明到來。在早霧中，仍不同於鬧市裡的商店，小雜貨舖子的頭家便卸下門板了。

一個少婦，在那一年的春天，在靠近大河的衖尾的地段，開出一家裁縫店來。那時正是樸素淡雅的臺北市開始步向經濟繁榮的初期，一些三層樓臺的洋樓可以在這裡那裡看到疊落起來。從前一個冬季開始，我們小孩子便有趣的看著我們家對面的空地上築疊起一座洋樓了。我們那時覺得心中又興奮又悲哀，興奮是孩童的我們對一切新奇的經驗，新的聲音，新的顏色，新的物體，新的遭遇，均感到是對無任大的胃納的一種滿足，悲哀的是一塊可以踢球的蔓艸空地從此失落掉了。樓房在春天蓋成，婦人便搬遷進來。這是一座橫三間，高三層的房子，婦人和她的家佔右邊的一組，上中下都歸他們，樓下便是開店，二樓和三樓住家。據說這一個少婦是這幢高樓的房主，整幢的房屋都屬於她的，我們小孩子都以為房主便要將整個的樓上下都拏來自己住，但她只住它的一部分，泰半租出去給別人。租出去後不滿一個星期，她又將那泰半轉售給別人。我們心中難免不覺地為她只住到一部分感到惋惜。

我那時候是一個早熟的孩子，雖然我的個子看起來較我的年齡還低兩歲。但正如一般普通發育不全的孩子樣，心智在另方面做著脫鏃的補償，比年齡還高兩歲。有一天，我發現我愛上這一個婦人了。發現的時節是在春假裡，綿延不息的春雨過後，百花競開的四月。

我是一個敏感而又內向的孩子，對於冶艷妖嬈的女人，心中存著懼怕的心念，只喜歡那容貌善良的女人（唉，到今天還是這樣），裁縫店的這位女主人便是我最易傾心的那類。

她大約三十五六模樣，不大愛打扮（這點很重要），臉上不抹胭脂也不擦粉，只在嘴唇上塗一層唇膏。那一張唇又是經常咧開露出雪白和懇切笑容的。還有她的一對眼睛，不僅美麗，露出的善良更重要。我對於她的愛不僅出於對她風姿的讚歎，也誠出於對她美德的一份景慕之忱。

愛在一個早熟的孩子身上，髣髴一朵過重的花開在一枝太纖細的梗莖下，不勝其負荷。我才體味到愛原來是一種燃燒，光亮的火光如果是愛的快樂，造成這火光的卻是燃料牠自己的燒灼。我實在不能相信這種用燒均自己來換取快樂的自虐狀的倒錯是種快樂。我雖則那時的人生體驗還不足短短的十一年，但我已經從若許過往的微細痛苦裡得出一條躲避苦痛的方法，便是你若歡喜上某件東西，或某個人，你即刻尋出他的缺點來，這樣你便能不再愛他，減卻你的負重。我在往後的幾天，便時常潛伏在她的店舖的對面，極為冷酷地，想要看出她的醜貌來。然而我察看的愈久，愈覺得她的容貌美麗。因是我知道愛已陷進體內得更深，已經無能起出它，只有聽任它留在身體內了。

春假已經是最後一天，我預備著要盡這一天在外邊把假期玩滿。一早我便到新的踢球場那裡（改在雜貨店旁邊的垃圾堆前面），去等候其他孩子的聚集。我們這一天玩得比平時提早得多，那時大概總八點鐘不到，我們吵鬧的尖亮嗓音吵醒了一座木樓上的一個公務員，他打開小窗子，身穿睡衣，探出頭來大聲的罵，我們的皮球又不時打到垃圾堆旁邊擺著菸攤的窮老太婆頭上，她提著一柄掃把想打走我們，但因為她老得實在沒有追上我們的氣力，只有像個衛兵一樣橫著掃把站在菸攤的前面，誰要跑那裡過的就吃她的一槍，但大家都小心的不跑那裡過。阿久的小狗也跟瘋了似的跟著我們亂跑，牠不知為甚麼更是要跟定了我，不斷的跳到我身上，害我絆倒了好幾跤。直玩到阿久的媽媽出來將他們五個兄弟喊回家去吃燒餅，我們纔把遊戲結束，悻悻然的散了開去。那時好太陽已經照了一街，人家墻頭的樹叢綠蔭蔭的，買菜去的媽媽們已打著接近夏天的遮陽傘，因為幾天以來陽光已經增加了好一些熱度，熱得已經把打蕾的金雀花和夾竹桃都提早熱開了。我覺得口乾，便鑽到劉小冬家的院子裡，到他們的水龍頭上去喝水。水流得我一臉一脖子都是，我就讓陽光去自行的曬乾它。我走那裁縫店經過，看見那婦人在店門口和一位太太在聊天，並在逗弄那太太手中的孩子玩。我爬上同安街尾的斜坡，下了臺階，到大河去。

這河在陽光下閃出粼粼的波光，像有千萬個圖釘在一上一落。河的對岸，兩輛牛車在沙灘上緩緩的爬著。站在一棵新纔吐芽的小樹底下，我聞到岸上烘乾了的泥土的香味，吹到還涼冷著的河風。從小樹下走開時，我不禁拉開了喉嚨，高聲的唱起：「夏天裡過海洋」。我邊唱著歌，手裡邊打著拍子，向河的上游走去。我走到一片竹林子裡，我到了一塊較平坦的地方，躺了下去。

前面是竹葉間閃閃發光的河流，後面是織錦得像波斯地毯的河邊農地，上面大塊大塊的翠綠是稻秧；大塊的黳褐是新翻未種的春土；小長條的淺綠，像那醫生用的玻璃試片的，是豆苗；金黃的方塊是油菜花。這一切都在春風裡跛動。農夫的短小黑影，可以看見到在遠處工作中。田中不時傳來一陣陣輕糞的薄味。

我靜靜的躺著，想著各式不著實際的事情，但都是快樂的事情，讓幻想跟著天上被輕風吹送的白雲跑，我翻過一個身，把下頦枕在交疊的雙肘上，凝望著竹葉隙縫外頭的河。我想到那裁縫店中的婦人身上。我的愛情找不到任何的人可以告訴，只有向河訴說。後來這條河又成為我後一年學習游泳的痛苦所在，現在想起來，我的童年是可以說是在這一條河的旁邊長大的。我後來瞞著我的母親，一人到暑日下的河水中，懷著對溺斃的恐懼，獨自去尋求浮在水面的技術，但終未成功。從此我未有再學，因為失去了去掙扎的勇氣。

河流似也不懂回答我的細訴，我翻回原來仰臥的姿勢，用一面手帕蓋起了臉。直到日頭行到當午的時候，我才揭開手帕坐起來。我想起我的母親在家中等我吃飯，便離身站起，走回家去。這時田中的農夫都已不在，大概也都回家吃飯去了。

我在家裡遇到那個臺灣的莪芭尚，她還沒有走，仍在替我們熨燙衣服。莪芭尚看到我便問：

「少爺，你看到我的春雄了沒有？」

我說沒有。

「你不是在外面和他一同玩的麼？」

我說不是。

「不曉得死那裡去了，我叫他快點來幫我拖地板的，可一直就沒看到他的影。我的春雄遠比不上你們的少爺呵，太太，你們少爺又聰明，又用功，小小的年紀就唸初中了，以後就唸高中了，唸完高中就做大官了，」她抖著一件父親的白襯衫說。

莪芭尚時常這樣的讚譽我，說我唸完了初中便唸高中。高中唸完了後她不知道尚有大學，所以唸完高中，就做大官了。

母親打著生硬的臺灣話回答她道：

「你還不也是一樣，春雄將來也唸書，也掙錢給你用，孝順著你。」

「多謝，多謝。可是我苦命人啊，太太，春雄的爹早早死了，剩下我一個人來帶著春雄，是，我別的都不希望了，只希望春雄也跟你們的少爺一樣，好好唸書，以後考進初中，進完初中、高中——我可是怎麼的苦，洗衣服洗到了老，也要掙轂讓他讀書。」

「他會好好的唸書的，」母親說。

莪芭尚喟然嘆了一口氣。

啊，這善良的老婦人，我還能記得她那深褐寬大的臉龐，像一塊黑麵包，溫輭而又光澤，那一種單純的苦和純正的愛的糅合。後來她不知到哪裡去了，沒有人曉得。像這一種類型的溫良人物，隨著我年齡的逐漸長大，愈見愈減少了。我想他們是不易生存在日趨工業化的社會裡的。關於她我記得清楚的還有另一件細事，那是出於童年時的怪異的觀察力：我常常注意到她的一雙光腳板，那是踏在我們家的亮油油的地板上的，十個肥腳趾踧踖開來。我注意到這件事大概是因為家裡的人都穿拖鞋，我們放在玄關的門口也有許多雙請別人穿的拖鞋。莪芭尚大約還不習慣我們這種外省人的習慣，所以總是不穿。那時我在小小腦筋裡想，就是我們的莪芭尚肯穿上拖鞋了，我們又上哪裡去找那樣大的一雙送給她穿呢？

那春假的最後一天，我記得的另一件事是，下午我去買回一本日記。某種對周圍的新奇，對自身內心生活的興趣，對於新萌芽的愛，以及未始不對春天，使我想到要模仿劉小冬的大哥的模樣，存一本日記。以上所回憶的當日舊事，便記在我當夜的頭篇日記裡。

春假過後，愛情痛苦著我，似乎在催促著我要去做一件甚麼事，一件能使我，至少感覺上，更接近她一步的事。我便想到要拿一件衣服到她的店裡去補（一種可悲的求愛方式，我承認），但她的店又是只收女裝的。我想不出其他的辦法，一天（當一切都無辦法時，唯一想就的辦法便成為可行的辦法），我終於拿了一件童軍的上裝，脫了隻鈕子的，到她的店裡。

她的店內擺設得十分雅致，四面的牆上貼著日本女裝雜誌上的婦人照片，墻角的几上加設著鮮紅的玫瑰花，店中坐著四個少女，低著頭踏車，並說笑著，彩色炫麗的衣料鋪在機車上。

「你要做甚麼，小弟弟？」一個圓臉孔，掛著假珠項圈的少女抬起頭問我。

「我要縫鈕子，」我說，轉向那一個婦人，她正站在一張長桌邊尺量衣服，「妳會縫麼？」

這婦人便過來接過了我的衣服，然後她說：

「阿秀，你現在給他縫一下。」說畢她就將衣服交給了那圓臉的少女，然後轉回身繼續尺量她的衣服。

我覺得被冷待的悲傷。

「哪一個鈕子？」那圓臉的少女問我。

我告訴了她，眼睛望著那婦人。

「多少錢？」我問那婦人。

「一塊。」那少女說。

婦人似乎沒有聽見我問她的話，因為她連頭都沒有抬。我的悲傷遂種到心的根柢裡去。但過了一會，我看到這個婦人戴起了一副眼鏡，於是我的悲哀便逐漸被我漸高的好奇心代替了。我奇怪她居然也戴眼鏡，彷彿這是一件最不可能的事。我不喜歡她戴了眼鏡的模樣。那似乎不再像她，她的眼鏡戴得太低，看起來太老，而且有一種貓頭鷹的表情。

然後我驀然覺得自己在店裡獃望得太久，於是便問那圓臉的少女：

「我等一下來拿好嚒？」

「不，就好了，你再等一會兒。」

我便不安地站在店中等她縫好。我又看了看掛在四壁的日本婦女，他們都很美麗，露著皓齒巧笑著，但奇怪為何她們的眼皮都是單眼皮。我又看了看那瓶放在墻角的玫瑰花，牠們仍是那樣的鮮紅，我覺得似乎比普通的玫瑰花還要鮮紅些，於是仔細的再看一下，發現原來是一瓶假花。

不久，一個男孩子從店後的樓梯上下來，一邊走，一邊的咬嚼一隻楊桃。他的個子比我高，也穿著童子軍制服，鼻梁上還架一副眼鏡。我突然領悟，這是她的孩子。我見過她有兩個纔學步的小孩，但直未見到過這一個；平時又不見他出來和我們玩的；新搬來的孩子都如此。萬分驚愕中，我，私戀他母親的人，目送他提著一隻水瓶上樓。

縫好了鈕釦後我便不多逗留的挾了衣服走出門。在門口我遇見莪芭尚正也跨步進來，我因為怕她告母親知道，我是瞞著母親出來縫鈕釦的，便一溜煙從她的身邊溜掉。

雖然我覺得在她的店裡受冷待了，雖然我看見她的遠比我還大的兒子，我的愛情仍舊沒有蛻變，一個孩子的愛是不易變更的。我仍舊把我十一歲時心中的少年全部的愛情熱烈獻送給她。

於是我便忠心的繼續這件無希望，無發展，也無人知道的愛情。這種絕望，反而替我的愛情染上了一層憂鬱的美。實在的說，我分不清楚當初這絕望到底是給了我苦惱，還是快樂。然而我能確定一件事情，便是在這樣的愛情裡，有一件我比成年人的快樂，我可以不必做無謂的擔憂，不必像成年人一樣無時地杞憂它一日會突時告結；我勀免了這層憂慮，只要一日我的思慕存在，愛也便存在。現在看起來，那時候應當算作為十分快樂。

那一次到她的店舖裡去，我記得，是我唯一去她店舖中的一次。此後我尋不到其他的機會，而且，我不知道甚麼原因，我變得十分膽小起來，我並且為那一次的到她店中感覺無比的羞赧。想到只是藉著縫一顆鈕釦的藉口去她店中，我的羞赧愈回想愈增多，終而那一次的事情變成為一件恐怖一般呈現在眼前，使我出汗。勇氣是一件奇怪的東西：第一次不應當算作勇氣，第二次以後方纔能算。

我雖然未去她的店中，但我時常去她的店前。她的正對面是一家雜貨店，那裡賣孩子們吃的零食的。我時常到那裡去眺望她了。每每是我啣著半塊餅乾，望著她在她的店裡走動。有時我也看到她的丈夫，一個卅多歲的男人，騎著機器腳踏車，據說是在一家商業銀行裡做事。奇怪的一件事是，我竟然對這個男人了無妒意。從這點大約便可以知道我離成長還差得甚遠。我似乎不大明瞭丈夫的意義，以為他只是她的家中的一份子，定義就跟她的哥哥、她的叔叔，她的姐夫等一樣。但是假如她和一個別人談話，譬如她和隔壁的理髮匠閑聊一會，我的妒嫉會使我看到這個理髮匠倒在地上，胸口插一把刀。

於是日子便一天又一天的這樣過下去，像我的一頁翻過一頁的日記簿一樣。不久盛夏蒞至，學期的結束眼看就在前面了。我開始為我的功課擔心，因為我的代數唸得非常之糟，我非常憂慮我能不能在大考考得及格。代數的老師已經向我幽默的威脅過，說下學期他還要和我碰頭。我受驚得發抖，因為我讀書以來還沒有留過級，但這一年似乎留級的常數很大。然而即便是憂慮，也含著無限的期望，期望那自由並快樂，海闊天空的暑假的解脫。大考的烏雲便如是籠陰著我。我鎮日的手中捧拿代數，但我並沒有去看牠，只是端著牠憂慮著。我變得蒼白復消瘦了。

終於那沉重的，壓迫人的大考過去了。所有的學生都像小鳥一樣逃出了囚籠，奔向自由的暑假的天空。快樂的我只是他們之中的一個，多少的孩子受到考試的折磨，多少的孩子等待他們的暑假，等待之中他們都以為暑假不會實現，或者所受的磨難將那期望時的快樂都銷盡了——噢，考試，噢，暑假。

那頭一天的假期的早上，我睜開了十一歲的眼睛，聽著好鳥的亂唱，看這個陽光燦爛的世界。考試已經丟在背後了，不管考得多麼壞，我已經完全忘記；也許孩子都沒有替過去擔憂的能力。坐在小床上，我能夠感覺到「這」是暑假，不是日曆上得來的指示，是一陣聲音，一道氣味，一片陽光，與以前不同的，提出來的暗示。我聽到蟬的知了知了，我發見天花板上印著洗臉盆的水影，聞到昨夜母親新打開冬衣皮箱準備拿出來「過」日的樟腦丸的香味——我知道這是暑假。快樂是那一個孩子，他從床上跳下來。

年年到覺醒暑假的時候，也就是提醒我們該整理釣魚竿的時候。這時矮小的我便到廚房的舊炭簍裡，把那會被母親扔擲在裡面的一根細竹竿找出（那是我們自己做的），將牠拿到洗澡間裡，費了很大的一番工夫洗乾淨牠，以為今年又可以用牠釣到大魚了，雖則以後多半都是用牠釣田雞。

這一天我同樣的尋出了「釣竿」，洗好了牠，但拿在手上時，我突然覺得牠太不中看了。這曾是我矜傲過的，金色過的手藝，今年我看出牠的粗陋來。我覺得我需要一枝新的釣竿，而且須是一枝真的釣竿，不能再是這樣自個兒手削的蹩腳一枝。我要一枝裝輪子的，有鈴鐺的，細軟得像鞭子的，揮出去時呼的一聲的——要問父親去買。我有希望得到這樣的一枝，因為我可以告訴他那最充足的理由，我十一歲了。

我依舊把這枝「釣竿」丟進舊炭簍裡。

我便去垃圾場尋找我的夥伴，我們都已經隔了兩週，為因大考，未出來踢球過了。我們的媽媽禁止我們。

我走裁縫店經過，希望看到她的臉，但今天她的店鋪沒有開門。想是她和一家出去玩了。我有些悵然若失，雖然每一天我都看到她，只一天未看也令我悵惘。

我的夥伴們早已經玩起來了，我急忙加入了進去，捲進了吵聲動天的戰團。我們快樂地直玩到日近旁午時方散。我的那一邊輸了，他們怪我不好，我怪加錯了這邊。但我們都驍勇十足的決定明天再來，一定要打敗他們。走回家去時，裁縫店依舊關著門，我又覺得了一次惘悵。

我回家時我的母親正在抱怨著說為甚莪芭尚今天不來洗衣服，有事情也應該叫春雄過來通知一聲。然後她便說看我一上午像撒放出了的鴿子一樣，玩得沒有了影子，本想叫我去找莪芭尚的，但找我先就找不到了；說我這樣會把心玩野掉的，不要以為是暑假便貪玩哩。這些當然是我最不愛聽的。

午日過後，我十分的瞌睡，外邊的太陽白亮得睜不開眼，屋子裡幾隻蒼蠅在沒有抹淨的餐桌面上停停歇歇地飛。我約莫盹了十分鐘，自己還不知道。醒覺來時，望著窗外的烈陽和屋內桌上的蒼蠅，一種很熟悉的感覺回到我的心臆。我為甚麼早先忘記了她呢？原來暑假原都是煩悶的。

這時隔壁的劉伯母又慣例的來找媽媽聊天來了。她頂著滿頭像蛋捲似的髮捲子跨進門來，問我說：

「你媽媽在家嚒，小弟？」

「我在廚房裡啊，劉太太，」媽媽應道，「你坐就來。」

劉伯母已經循著聲音到廚房裡去了。

不一忽兒她們從廚房裡出來，媽媽的手上披滿了胰子的泡沫，找了一塊布來揩拭著。

「要死，妳怎麼自己洗衣服了呢？」劉伯母坐了下來說。

「不是啊，今天那個莪芭尚不曉得為甚麼沒有來，只好先自個兒洗一下囉。」

「就是嚒，我就要告訴妳的，」劉伯母說，搖著她一頭花枝亂顫的髮捲，「你知道莪芭尚怎麼了罷？她的錢全部倒光了。一共兩萬塊錢的積蓄，全部倒的光光的。這回子她病了哩。」

「哦？是嚒？我都不知道她有積蓄，」母親說，覺得很詫異。

「是她辛辛苦苦洗衣服積起來的呵，她都說是積了給她的孩子以後唸書用的。真做孽哦，倒了她的。不過，這一回我們街上吃虧的人也多著哩。葉太太就倒了一萬，聽說還是大前天剛剛放進去的，且還是葉先生辦公廳裡的煤球代金哩。吳太太也埋了三千下去。哼，那個害人的妖怪女人呵，現在一家都逃了。」

「誰啊？」

「那個開裁縫店的女人啊！妳不知道她好厲害，一倒就是十五萬。誰也沒有想到她會來上這樣一手。人家都是看她店業好，信用她，也貪她的利息不弱，哪知她噗突倒了。」

「真沒有想到，」母親說，「看她平時人滿好的嘛，哎，那莪芭尚這回也怪可憐的……」

我已經沒有聽清楚母親下面說的甚麼。我轉過身跑出了屋子，向著那一家裁縫店跑。

裁縫店仍然關閉著門，門口多了幾個抱臂站在那閑聊天的婦人。我望著那店舖，發獃了半晌。那幾個婦人的談話我能彀聽得到。

「昨天晚上溜走的啊，不曉得現在哪裡。」

「可以去告訴警察嚒，捉她回來。」

「沒有用處的，捉到了後她只需宣告一聲破產，便甚麼責任也沒有了。況且她有了錢，官司就吃不到頭上。」

「是早就有計劃的啊，」一個說，「你看她來這裡不到一個月就急著把大半個樓先賣出去。」

「聽說留下的這片店面子上一個星期也變賣掉了。」

有幾個下女站在店的右邊向內中張望，我也過去張望了一下，從一塊小玻璃窗望進去，裡邊已經空無一物了，縫紉機和桌椅都已經搬走了。

「真是的，連那幾個女工的工錢都不發就溜走了，真是好意思！」

聽到這一句話，我的耳朵也突然忿怒的發熱起來。

我回到家裡，劉伯母已經走掉了。母親看見我進來便喃聲說道：

「真是沒有想到，真是沒有想到。人心一年不如一年。市上發財的人多了，詐財欺騙的事也多了。市面的景象固鬧熱，但要人心壞了，要這樣的鬧熱做甚麼？這回幸虧得我們是沒有錢的人家，否則也放了進去，不也吃了她的虧！」

我們是沒有錢的人家，我的父親那時在一所中學裡教書，教書在臺灣，是應當歸為清貧的一類的。但莪芭尚又是有錢的人家嚒？我這麼想。為何也倒她錢？還有那幾個未領到工資的女工，為甚麼吞她們的？

那一天的傍晚，我拿了一本書登到屋頂的晒衣服陽臺上，我預備聽從我母親的話溫一點功課了。天空是寧謐的柔藍色，我頭倚著陽臺的欄杆，坐在灰格子的磚地上。

樓底下街的斜對面，我能彀瞥得見那家裁縫店。仍掩閉著門，但門口聊天的婦人已經離散了。

想起這一個婦人，想起她那一張美麗而慈善的臉，我一時還不能相信這一個婦人是一個騙子。但她委確是一個騙子。每想到這裡，我的心便忍受一遍陣痛的痙攣。

我還眷戀著我對她的愛情，我期望保存住牠。我閉攏上眼瞼，想像她的那張如白蘭花一般的面貌——然而每次我都會想起她的這一件缺憾；我便在那一張臉上看出醜惡來；花便枯萎的勾下了頭。

暮靄已漸漸的合上了同安街，人家的煙囪頂已繚起了淡白的炊煙，我發覺眼前的景致漸漸地模糊了，原來我的眼中盛滿了盈盈的淚水。

呵，少年，也許那時我悲傷的不純是一個女人的失望我，而是因為感悲於發現生命中有一種甚麼存在欺騙了我，而且長久的欺騙我，發現的悲傷和忿怒使我不能自已。

自那一天以後，彷彿我多懂了一些甚麼，我新曉得了生活中攙雜有「欠缺」這回事，同時曉得以後還需面對更多「欠缺」的來臨。自那一天以後，我忘卻了那一個女人的美麗，雖然我直未能忘卻這一件事故的前後和始末。難怪的，那是我最初一次的戀情。

作者簡介與評析

王文興，福建人，一九三九年生。臺灣大學外文系畢業，赴美國愛荷華大學小說創作班，獲藝術碩士學位，為臺灣大學外文系教授，二〇〇五年退休，二〇〇九年獲頒國家文藝獎，二〇一一年林靖傑導演執導之王紀錄片《尋找背海的人》上映。一九六〇年，王文興與白先勇、歐陽子等人創辦《現代文學》，為臺灣引進現代主義的重要媒介。著有《十五篇小說》、《家變》、《背海的人》等，隨筆《星雨樓隨想》，評論集《書與影》、《小說墨餘》等，課堂教授實錄《家變六講：寫作過程回顧》、《玩具屋九講》，以及手稿《王文興手稿集》等。其中《家變》耗時七年才完成，《背海的人》則歷時二十四年。王文興是臺灣現代文學的代表作家，著力於文學形式的實驗，認為「文字是作品的一切」，而「一個作家的成功與失敗盡在文字」。他的小說語言，不僅創造出新的感性，更透過變形的語法隱喻顛倒的人倫秩序，以及現代人傾斜扭曲的心靈。

〈欠缺〉描寫一個十一歲的少年愛慕鄰居婦人，而情愛幻想終究破滅的成長故事。作者細膩描摹少年的心理變化，一顆早熟而嚮往優美事物的心靈，純真潔白，不帶有絲毫慾望，但完美的樂園卻被現實所摧毀，婦人虛偽欺詐的行徑，推翻了少年所信仰的「美」與「善」，因此使少年感知到生命中確實存在著某種必然的「欠缺」。小說的地名「同安街」，遂成為對現實的嘲諷，牽引出一股悠緩的失落與感傷，貫穿全篇首尾。這是一則啟蒙的寓言，宣告人類成長必經的失樂園。

延伸閱讀

1 單得與訪問，〈偶開天眼覷紅塵——再訪王文興〉，《中外文學》第28卷12期（2000年5月），頁182~199。

2 張誦聖，〈現代主義與臺灣現代派小說〉，《文學場域的變遷》（臺北：聯合文學，2001），頁7~30。

3 張誦聖，〈王文與小說中的藝術和宗教追尋〉，《文學場域的變遷》（臺北：聯合文學，2001），頁37~53。

4 楊照，〈啟蒙的驚怵與傷痕——當代臺灣成長小說中的悲劇傾向〉，《夢與灰燼》（臺北：聯合文學，1998），頁198~211。

5《中外文學．王文興專號》，第30卷6期（2001年11月）。

遊園驚夢

白先勇

錢夫人到達臺北近郊天母竇公館的時候，竇公館門前兩旁的汽車已經排滿了，大多是官家的黑色小轎車。錢夫人坐的計程車開到門口她便命令司機停了下來。竇公館的兩扇鐵門大敞，門燈高燒，大門兩側一邊站了一個衛士，門口有個隨從打扮的人正在那兒忙著招呼賓客的司機。錢夫人一下車，那個隨從便趕緊迎了上來，他穿了一身藏青嗶嘰的中山裝，兩鬢花白。錢夫人從皮包裡掏出了一張名片遞給他，那個隨從接過名片，即忙向錢夫人深深地行了一個禮，操了蘇北口音，滿面堆著笑容說道：

「錢夫人，我是劉副官，夫人大概不記得了？」

「是劉副官嗎？」錢夫人打量了他一下，微帶驚愕的說道，「對了，那時在南京到你們公館見過你的。你好，劉副官。」

「託夫人的福，」劉副官又深深地行了一禮，趕忙把錢夫人讓了進去，然後搶在前面用手電筒照路，引著錢夫人走上一條水泥砌的汽車過道，繞著花園直往正屋裡行去。

「夫人這向好？」劉副官一行引著路，回頭笑著向錢夫人說道。

「還好，謝謝你，」錢夫人答道，「你們長官夫人都好呀？我有好幾年沒見看他們了。」

「我們夫人好，長官最近為了公事忙一些，」劉副官應道。

竇公館的花園十分深闊，錢夫人打量了一下，滿園子裡影影綽綽，都是些樹木花草，圍過周遭，卻密密的栽了一圈椰子樹，一片秋後的清月，已經昇過高大的椰子樹幹子來了。錢夫人跟著劉副官繞過了幾叢棕櫚樹，竇公館那座兩層樓的房子便赫然出現在眼前，整座大樓，上上下下燈火通明，亮得好像燒著了一般。一條寬敞的石級引上了樓前一個弧形的大露臺，露臺的石欄邊沿上卻整整齊齊的置了十來盆一排齊胸的桂花，錢夫人一踏上露臺，一陣桂花的濃香便侵襲過來了。樓前正門大開，裡面有幾個僕人穿梭一般來往著。劉副官停在門口，哈著身子，做了個手勢，畢恭畢敬地說了聲：

「夫人請。」

錢夫人一走入門內前廳，劉副官便對一個女僕說道：

「快去報告夫人，錢將軍夫人到了。」

前廳只擺了一堂精巧的紅木几椅，几案上擱著一套景泰藍的瓶罇，一隻魚簍瓶裡斜插了幾枝萬年青；右側壁上，嵌了一面鵝卵形的大穿衣鏡。錢夫人走到鏡前，把身上那件玄色秋大衣卸下，一個女僕趕忙上前把大衣接了過去。錢夫人往鏡裡瞟了一眼，很快地用手把右鬢一綹鬆弛的頭髮抿了一下。下午六點鐘才去西門町紅玫瑰做的頭髮，剛才穿過花園，吃風一撩，就亂了。錢夫人往鏡子又湊近了一步，身上那件墨綠杭綢的旗袍，她也覺得顏色有點不對勁兒。她記得這種絲綢，在燈光底下照起來，綠汪汪翡翠似的，大概這間前廳不夠亮，鏡子裡看起來，竟有點發烏。難道真的是料子舊了？這份杭綢還是從南京帶出來的呢。這些年都沒捨得穿，為了赴這場宴才從箱子底拿出來裁了的。早知如此，還不如到鴻翔綢莊買份新的。可是她總覺得臺灣的衣料粗糙，光澤扎眼，尤其是絲綢，那裡及得上大陸貨那麼細緻，那麼柔熟？

「五妹妹到底來了。」一陣腳步聲，竇夫人走了出來，一把便攙住了錢夫人的雙手笑道。

「三阿姊，」錢夫人也笑著叫道，「來晚了，累你們好等。」

「那裡的話，恰是時候，我們正要入席呢。」

竇夫人說著便挽了錢夫人往正廳走去。在走廊上，錢夫人用眼角掃了竇夫人兩下，她心中不禁覘敲起來；桂枝香果然還沒有老。臨離開南京那年，自己明明還在梅園新村的公館替桂枝香請過三十歲的生日酒，得月臺的幾個姊妹淘都差不多到齊了——桂枝香的妹子後來嫁給任主席任子久做小的十三天辣椒，還有她自己的親妹妹十七月月紅——幾個人還學洋派湊份子替桂枝香定製了一個三十寸兩層樓的大壽糕，上面足足插了三十根紅蠟燭。現在她總該有四十大幾了吧？錢夫人又朝竇夫人瞄了一下。竇夫人穿了一身銀灰灑朱砂的薄紗旗袍。足上也配了一雙銀灰閃光的高跟鞋，右手的無名指上戴了一隻蓮子大的鑽戒，左腕也籠了一副白金鑲碎鑽的手串，髮上卻插了一把珊瑚缺月釵，一對寸把長的紫瑛墜子直吊下髮腳外來，襯得她豐白的面龐愈加雍容矜貴起來。在南京那時，桂枝香可沒有這般風光，她記得她那時還做小，竇瑞生也不過是個次長，現在竇瑞生的官大了，桂枝香也扶了正，難為她熬了這些年，到底給她熬出了頭了。

「瑞生到南部開會去了，他聽說五妹妹今晚要來，還特地著我向你問好呢。」竇夫人笑著側過頭來向錢夫人說道。

「哦，難為竇大哥還那麼有心，」錢夫人答道。一走近正廳，裡面一陣人語喧笑便傳了出來，竇夫人在正廳門口停了下來，又握住錢夫人的雙手笑道：

「五妹妹，你早就該搬來臺北了，我一直都掛著，你一個人住在南部那種地方有多冷清呢？今夜你是無論如何缺不得席的——十三也來了。」

「她也在這兒嗎？」錢夫人問道。

「你知道呀，任子久一死，她便搬出了任家。」竇夫人說著又湊到錢夫人耳邊笑道，「任子久是有幾分家當的，十三一個人也算過得舒服了。今晚就是她起的鬨，來到臺灣還是頭一遭呢。她把天香票房裡的幾位朋友搬了來，鑼鼓笙簫都是全的，他們還巴望著你上去顯兩手呢。」

「罷了，罷了，那裡還能來這個玩意兒！」錢夫人急忙掙脫了竇夫人，擺著手笑道。

「客氣話不必說了，五妹妹，連你藍田玉都說不能，別人還敢開腔嗎？」竇夫人笑道，也不等錢夫人分辯便挽了她往正廳裡走去。

正廳裡東一堆西一堆，錦簇繡叢一般，早坐滿了衣裙明艷的客人。廳堂異常寬大，呈凸字形，是個中西合璧的款式。左半邊置著一堂軟墊沙發，右半邊置著一堂紫檀硬木桌椅，中間地板上卻隔著一張兩寸厚刷著二龍搶珠的大地毯。沙發兩長四短，對開圍著，黑絨底子洒滿了醉紅的海棠葉兒，中間一張長方矮几上擺了一隻兩尺高天青細磁膽瓶，瓶裡冒著一大蓬金骨紅肉的龍鬚菊。右半邊八張紫檀椅子團團圍著一張嵌紋石桌面的八仙桌。桌子上早佈滿了各式的糖盒茶具。廳堂凸字尖端，也擺著六張一式的紅木靠椅，椅子三三分開，圈了個半圓，中間缺口處卻高高豎了一檔烏木架流雲蝙蝠鑲雲母片的屏風。錢夫人看見那些椅子上擱滿了鐃鈸琴弦，椅子前端有兩個木架，一個架著一隻小鼓，另一個卻齊齊的插了一排笙簫管笛。廳堂裡燈光輝煌，兩旁的座燈從地面斜射上來，照得一面大銅鑼金光閃爍。

竇夫人把錢夫人先引到廳堂左半邊，然後走到一張沙發跟前對一位五十多歲穿了珠灰旗袍，帶了一身玉器的女客說道：

「賴夫人，這是錢夫人，你們大概見過面的吧？」

錢夫人認得那位女客是賴祥雲的太太，以前在南京時，社交場合裡見過幾面，那時賴祥雲大概是個司令官，來到臺灣，報紙上倒常見到他的名字。

「這位大概就是錢鵬公的夫人了？」賴夫人本來正和身旁一位男客在說話，這下才轉過身來，打量了錢夫人半晌，款款地立了起來笑著說道。一面和錢夫人握手，一面又扶了頭。說道：

「我是說面熟得很！」

然後轉向身邊一位黑紅臉身材碩肥頭頂光禿穿了寶藍絲葛長袍的男客說：

「剛才我還和余參軍長聊天，梅蘭芳第三次南下到上海在丹桂第一臺唱的是甚麼戲，再也想不起來了，你們瞧，我的記性！」

余參軍長老早立了起來，朝著錢夫人笑嘻嘻地行了一個禮說道：

「夫人久違了。那年在南京勵志社大會串瞻仰過夫人的風采的。我還記得夫人票的是『遊園驚夢』呢！」

「是呀。」賴夫人接嘴道，「我一直聽說錢夫人的盛名，今天晚上總算有耳福要領教了。」

錢夫人趕忙向余參軍長謙謝了一番，她記得余參軍長在南京時來過她公館一次，可是她又彷彿記得他後來好像犯了甚麼大案子被革了職退休了。接著竇夫人又引著她過去把在座的幾位客人都一一介紹一輪。幾位夫人太太她一個也不認識，她們的年紀都相當輕，大概來到臺灣才興起來的。

「我們到那邊去吧，十三和幾位票友都在那兒。」

竇夫人說著又把錢夫人領到廳堂的右手邊去。她們兩人一過去，一位穿紅旗袍的女客便踏著碎步迎了上來，一把便將錢夫人的手臂勾了過去，笑得全身亂顫說道：

「五阿姊，剛才三阿姊告訴我你也要來，我就喜得叫道：『好哇，今晚可真把名角給抬了出來了！』」

錢夫人方才聽竇夫人說天辣椒蔣碧月也在這裡，她心中就躊躇了一番，不知天辣椒嫁了人這些年，可收斂了一些沒有。那時大夥兒在南京夫子廟得月臺清唱的時候，有風頭總是她佔先，扭著她們師傅專揀討好的戲唱。一出臺，也不管清唱的規矩，就臉朝了那些捧角的，一雙眼睛鉤子一般，直伸到臺下去。同是一個娘生的，性格兒卻差得那麼遠。論到懂世故，有擔待，除了她姊姊桂枝香再也找不出第二個人來。桂枝香那兒的便宜，天辣椒也算揀盡了。任子久連她姊姊的聘禮都下定了，天辣椒卻有本事攔腰一把給奪了過去，也虧桂枝香有涵養，等了多少年才委委屈屈做了竇瑞生的三房。難怪桂枝香老歎息說：是親妹子才專揀自己的姊姊往腳下踹呢！錢夫人又打量了一下天辣椒蔣碧月，蔣碧月穿了一身火紅的緞子旗袍，兩隻手腕上，錚錚鏘鏘，直戴了八隻扭花金絲鐲，臉上勾得十分入時，眼皮上抹了眼圈膏，眼角兒也著了墨，一頭蓬得像鳥窩似的頭髮，兩鬢上卻刷出幾隻俏皮的月牙鉤來。任子久一死，這個天辣椒比從前反而愈更標勁，愈更佻㑳了，這些年的動亂，在這個女人身上，竟找不出半絲痕跡來。

「哪，你們見識見識吧，這位錢夫人才是真正的女梅蘭芳呢！」

蔣碧月挽了錢夫人向座上幾個男女票友客人介紹道。幾位男客都慌忙不迭站了起來朝了錢夫人含笑施禮。

「碧月，不要胡說，給這幾位內行聽了笑話。」

錢夫人一行還禮，一行輕輕責怪蔣碧月道。

「碧月的話倒沒有說差。」竇夫人也插嘴笑道，「你的崑曲也算是得了梅派的真傳了。」

「三阿姊——」

錢夫人含糊的叫了一聲，想分辯幾句。可是若論到崑曲，連錢鵬志也對她說過：

「老五，南北名角我都聽過，你的『崑腔』也算是個好的了。」

錢鵬志說，就是為著在南京得月臺聽了她的「遊園驚夢」，回到上海去，日思夜想，心裡怎麼也丟不下，才又轉了回來娶她的。錢鵬志一逕對她講，能得她在身邊，唱幾句「崑腔」作娛，他的下半輩子也就無所求了。那時她剛在得月臺冒紅，一句「崑腔」，台下一聲滿堂采，得月臺的師傅說：一個夫子廟算起來，就數藍田玉唱得最正派。

「就是說呀，五阿姊。你來見見。這位徐太太也是個崑曲大王呢！」蔣碧月把錢夫人引到一位著黑旗袍，十分淨扮的年輕女客跟前說道，然後又笑著向竇夫人說：「三阿姊，回頭我們讓徐太太唱『遊園』，五阿姊唱『驚夢』，把這齣崑腔的戲祖宗搬出來，讓兩位名角上去較量較量，也好給我們飽飽耳福。」

那位徐太太連忙立了起來，道了不敢，錢夫人也趕忙謙讓了幾句，心中卻著實嗔怪天辣椒太過冒失，今天晚上這些人，大概沒有一個不懂戲的，恐怕這位徐太太就現放著是個好角色，回頭要真給抬了上去，倒不可以大意呢。運腔轉調，這些人都不足畏，倒是在南部這麼久，嗓子一直沒有認真吊過，卻不知如何了。而且裁縫師傅的話果然說中：臺北不興長旗袍嘍。在座的——連那個老得臉上起了雞皮皺的賴夫人在內，個個的旗袍下襬都縮到差不多到膝蓋上去了，露出大半截腿子來。在南京那時，哪個夫人的旗袍不是長得快拖到腳面上來了的？後悔沒有聽從裁縫師傅，回頭穿了這身長旗袍站出去，不曉得還登不登樣。一上臺，一亮相，最要緊了。那時在南京梅園新村請客唱戲，每次一站上去，還沒開腔就先把那臺下壓住了。

「程參謀，我把錢夫人交給你了。你不替我好好伺候著，明天罰你做東。」

竇夫人把錢夫人引到一個三十多歲的軍官面前笑著說道，然後轉身悄聲對錢夫人說：「五妹妹，你在這裡聊聊，程參謀最懂戲的，我得進去招呼著上席了。」

「錢夫人久仰了。」

程參謀朝著錢夫人，立了正，俐落的一鞠躬，行了一個軍禮。他穿了一身淺色凡立丁的軍禮服，外套的翻領上別了一副金亮的兩朵梅花中校領章，一雙短統皮鞋靠在一起，烏光水滑的。錢夫人看見他笑起來時，咧著一口齊垛垛淨白的牙齒，容長的面孔，下巴剃得青亮，眼睛細長上挑，隨一雙飛揚的眉毛，往兩鬢插去，一桿蔥的鼻梁，鼻尖卻微微下佝，一頭墨濃的頭髮，處處都抿得妥妥貼貼的。他的身段頎長，著了軍服分外英發，可是錢夫人覺得他這一聲招呼裡卻又透著幾分溫柔，半點也沒帶武人的粗糙。

「夫人請坐。」

程參謀把自己的椅子讓了出來，將椅子上那張海綿椅墊挪挪正，請錢夫人就了坐，然後立即走到那張八仙桌端了一盅茉莉香片及一個四色糖盒來，錢夫人正要伸手去接過那盅石榴紅的磁杯，程參謀卻低聲笑道：

「小心燙了手，夫人。」

然後打開了那個描金烏漆糖盒，佝下身去，雙手捧到錢夫人面前，笑吟吟地望著錢夫人，等她挑選。錢夫人隨手抓了一把松瓤，程參謀忙勸止道：

「夫人，這個東西頂傷嗓子。我看夫人還是嚐顆蜜棗，潤潤喉吧。」

隨著便拈起一根牙籤挑了一枚蜜棗，遞給錢夫人。錢夫人道了謝，將那枚蜜棗接了過來，塞到嘴裡，一陣沁甜的蜜味，果然十分甘芳。程參謀另外搬了一張椅子，在錢夫人右側坐了下來。

「夫人最近看戲沒有？」程參謀坐定後笑著問道。他說話時，身子總是微微傾斜過來，十分專注似的，錢夫人看見他又露了一口白淨的牙齒來，燈光下，照得瑩亮。

「好久沒看了，」錢夫人答道，她低下頭去，細細地啜了一口手裡那盅香片，「住在南部，難得有好戲。」

「張愛雲這幾天正在國光戲院演『洛神』呢，夫人。」

「是嗎？」錢夫人應道，一直俯著首在飲茶，沉吟了半晌才說道，「我還是在上海天蟾舞臺看她演過這齣戲——那是好久以前了。」

「她的做工還是在的，到底不愧是『青衣祭酒』，把個宓妃和曹子建兩個人那段情意，演得細膩到了十分。」

錢夫人抬起頭來，觸到了程參謀的目光，她即刻側過了頭去。程參謀那雙細長的眼睛，好像把人都罩住了似的。

「誰演得這般細膩呀？」天辣椒蔣碧月插了進來笑道，程參謀趕忙立起來，讓了坐。蔣碧月抓了一把朝陽瓜子，蹺起腿嗑著瓜子笑道：「程參課，人人說你懂戲，錢夫人可是戲裡的通天教主，我看你趁早別在這兒班門弄斧了。」

「我正在和錢夫人講究張愛雲的『洛神』，向錢夫人討教呢。」程參謀對蔣碧月說著，眼睛卻瞟向了錢夫人。

「哦，原來是說張愛雲嗎？」蔣碧月噗哧笑了一下，「她在臺灣教教戲也就罷了，偏偏又要去唱『洛神』，扮起宓妃來也不像呀！上禮拜六我才去國光看來，買到了後排，只見她嘴巴動，聲音也聽不到，半齣戲還沒唱完，她嗓子先就啞掉了——噯唷，三阿姊來請上席了。」

一個僕人拉開了客廳通到飯廳的一扇鏤空卍字的桃花心木推門，竇夫人已經從飯廳裡走了出來。整座飯廳銀素裝飾，明亮得像雪洞一般，兩桌席上，卻是猩紅的細布桌面，盆盌羹筯一律都是銀的。客人們進去後都你推我讓，不肯上坐。

「還是我占先吧，這樣讓法，這餐飯也吃不成了，倒是辜負了主人這番心意！」

賴夫人走到第一桌的主位坐了下來，然後又招呼著余參軍長說道：

「參軍長，你也來我旁邊坐下吧。剛才梅蘭芳的戲，我們還沒有論出頭緒來呢。」

余參軍長把手一拱，笑嘻嘻地道了一聲：「遵命。」客人們哄然一笑便都相隨入了席。到了第二桌，人家又推讓起來了，賴夫人隔著桌子向錢夫人笑著叫道：

「錢夫人，我看你也學學我吧。」

竇夫人便過來擁著錢夫人走到第二桌主位上，低聲在她耳邊說道：

「五妹妹，你就坐下吧。你不占先，別人不好入座的。」

錢夫人環視了一下，第二桌的客人都站在那兒帶笑瞅著她。錢夫人趕忙含糊地推辭了兩句，坐了下去，一陣心跳，連她的臉都有點發熱了。倒不是她沒經過這種場面，好久沒有應酬，竟有點不慣了。從前錢鵬志在的時候，筵席之間，十有八九的主位，倒是她占先的。錢鵬志的夫人當然上坐，她從來也不必推讓。南京那起夫人太太們，能僭過她輩分的，還數不出幾個來，她可不能跟那些官兒的姨太太們去比，她可是錢鵬志明公正道迎回去做填房夫人的。可憐桂枝香那時出面請客都沒份兒，連生日酒還是她替桂枝香做的呢。到了臺灣，桂枝香才敢這麼出頭擺場面，而她那時才冒二十歲，一個清唱的姑娘，一夜間便成了將軍夫人了。賣唱的嫁給小戶人家還遭多少議論，又何況是入了侯門？連她親妹子十七月月紅還刻薄過她兩句：姊姊，你的辮子也該鉸了，明日你和錢將軍走在一起，人家還以為你是她的孫女兒呢！錢鵬志娶她那年已經六十靠邊了，然而怎麼說她也是他正正經經的填房夫人啊。她明白她的身分，她也珍惜她的身分。跟了錢鵬志那十幾年，筵前酒後，哪次她不是揑著一把冷汗，任是多大的場面，總是應付得妥妥貼貼的？走在人前，一樣風華躚躚，誰又敢議論她是秦淮河得月臺的藍田玉了？

「難為你了，老五。」

錢鵬志常常撫著她的腮對她這樣說道。她聽了總是心裡一酸，許多的委屈卻是沒法訴的。難道她還能怨錢鵬志嗎？是她自己心甘情願的。錢鵬志娶她的時候就分明和她說清楚了，他是為著聽了她的「遊園驚夢」才想把她接回去伴他的晚年的。可是她妹子月月紅說的呢，錢鵬志好當她的爺爺了，她還要希冀什麼？到底應了得月臺瞎子師娘那把鐵嘴：五姑娘，你們這種人只有嫁給年紀大的，當女兒一般疼惜算了，年輕的，那裡靠得住？可是瞎子師娘偏偏又揑著她的手，眨巴著一雙青光眼嘆息道：榮華富貴你是享定了，藍田玉，只可惜你長錯了一根骨頭，也是你前世的冤孽！不是冤孽還是什麼？除卻天上的月亮摘不到，世上的金銀財寶，錢鵬志怕不都設法捧了來討她的歡心。

她體驗得出錢鵬志那番苦心。錢鵬志怕她念著出身低微，在達官貴人面前氣餒膽怯，總是百般慫恿著她，講排場，耍派頭。梅園新村錢夫人宴客的款式怕不噪反了整個南京城，錢公館裡的酒席錢，「袁大頭」就用得罪過花啦的。單就替桂枝香請生日酒那天吧，梅園新村的公館裡一擺就是十檯，擫笛是仙霓社裡的第一把笛子吳聲豪，大廚師卻是花了十塊大洋特別從桃葉渡的綠柳居接來的。

「竇夫人，你們大師傅是哪兒請來的呀？來到臺灣我還是頭一次吃到這麼講究的魚翅呢。」賴夫人說道。

「他原是黃欽之黃部長家在上海時候的廚子，來臺灣才到我們這兒的。」竇夫人答道。

「那就難怪了，」余參軍長接口道：「黃欽公是有名的吃家呢。」

「哪天要能借到府上的大師傅去燒個翅，請起客來就風光了。」賴夫人說道。

「那還不容易？我也樂得去白吃一餐呢！」竇夫人說道，客人們都笑了起來。

「錢夫人，請用碗翅吧，」程參謀盛了一碗紅燒魚翅，加了一匙羹鎮江醋，擱在錢夫人面前，然後又低聲笑道：

「這道菜，是我們公館裡出了名的。」

錢夫人還沒來得及嚐魚翅，竇夫人卻從隔壁桌子走了過來，敬了一輪酒，特別又叫程參謀替她斟滿了，走到錢夫人身邊，按著她的肩膀笑道：

「五妹妹，我們倆兒好久沒對過杯了。」

說完便和錢夫人碰了一下杯，一口喝盡，錢夫人也細細的乾掉了。竇夫人離開時又對程參謀說道：

「程參謀，好好替我勸酒啊！你長官不在，你就在那一桌替他做主人吧、」

程參謀立起來，執了一把銀酒壺，彎了身，笑吟吟便往錢夫人杯裡篩酒，錢夫人忙阻止道：

「程參謀，你替別人斟吧，我的酒量有限得很。」

程參謀卻站著不動，望著錢夫人笑道：

「夫人，花雕不比別的酒，最易發散。我知道夫人回頭還要用嗓子，這個酒暖過了，少喝點兒，不會傷喉嚨的。」

「錢夫人是海量，不要饒過她！」

坐在錢夫人對面的蔣碧月卻走了過來，也不用人讓，自己先斟滿了一杯，舉到錢夫人面前笑道：

「五阿姊，我也好久沒有和你喝過雙盅兒了。」

錢夫人推開了蔣碧月的手，輕輕咳了一下說道：

「碧月，這樣喝法要醉了。」

「到底是不賞妹子的臉，我喝雙份兒好啦，回頭醉了，最多讓他們抬回去就是啦。」

蔣碧月一仰頭便乾了一杯，程參謀連忙捧上另一杯，她也接過去一氣乾了，然後把個銀酒杯倒過來，在錢夫人臉上一晃。客人們都鼓起掌來喝道：

「到底是蔣小姐豪興！」

錢夫人只得舉起了杯子，緩緩地將一杯花雕飲盡。酒倒是燙得暖暖的，一下喉，就像一股熱流般，周身遊蕩起來了。可是臺灣的花雕到底不及大陸的那麼醇厚，飲下去終究有點割喉。雖說花雕容易發散，飲急了，後勁才兇呢。沒想到真正從紹興辦來的那些陳年花雕也那麼傷人。那晚到底中了她們的道兒！她們大夥兒都說，幾杯花雕那裡就能把嗓子喝啞了？難得是桂枝香的好日子，姊妹們不知何日才能聚得齊，主人尚且不開懷，客人哪能恣意呢？連月月紅十七也夾在裡面起哄：姊姊，我們姊妹倆兒也來乾一杯，親熱親熱一下。月月紅穿了一身大金大紅的緞子旗袍，艷得像隻鸚哥兒，一雙眼睛，鶻伶伶地盡是水光。姊姊不賞臉，她說，姊姊到底不賞妹子的臉，她說道。逞夠了強，揀夠了便宜，還要趕著說風涼話。難怪桂枝香嘆息：是親妹子才專揀自己的姊姊往腳下踹呢。月月紅——就算她年輕不懂事，可是他鄭彥青就不該也跟了來胡鬧了。他也捧了滿滿的一杯酒，咧著一口雪白的牙齒說道：夫人，我也來敬夫人一杯。他喝得兩顴鮮紅，眼睛燒得像兩團黑水，一雙帶刺的馬靴啪噠一聲併在一起，彎著身腰柔柔的叫道：夫人——

「這下該輪到我了，夫人，」程參謀立起身，雙手舉起了酒杯，笑吟吟地說道。

「真的不行了，程參謀，」錢夫人微俯著首，喃喃說道。

「我先乾三杯，表示敬意，夫人請隨意好了。」

程參謀一連便喝了三杯，一片酒暈把他整張臉都蓋了過去了。他的額頭發出了亮光，鼻尖上也冒出幾顆汗珠子來。錢夫人端起了酒杯，在唇邊略略沾了一下。程參謀替錢夫人拈了一隻貴妃雞的肉翅，自己也挾了一個雞頭來過酒。

「噯唷，你敬的是什麼酒呀？」

對面蔣碧月站起來，伸頭前去嗅了一下余參軍長手裡那杯酒，尖著嗓門叫了起來，余參軍長正捧著一隻與眾不同的金色雞缸杯在敬蔣碧月的酒。

「小姐，這杯是『通宵酒』哪，」余參軍長笑嘻嘻的說道，他那張黑紅臉早已喝得像豬肝似的了。

「『呀呀啐，何人與你們通宵哪！』」蔣碧月把手一揮，打起京白說道。

「蔣小姐，百花亭裡還沒擺起來，你先就『醉酒』了。」賴夫人隔著桌子笑著叫道，客人們又一聲鬨笑起來。竇夫人也站了起來對客人們說道：

「我們也該上場了，請各位到客廳那邊去吧。」

客人們都立了起來，賴夫人帶頭，魚貫而入進到客廳裡，分別坐下。幾位男票友卻走到那檔屏風面前幾張紅木椅子就了座，一邊調弄起管弦來。六個人，除了胡琴外，一個拉二胡，一個彈月琴，一個管小鼓拍板，另外兩個人立著，一個擎了一對鐃鈸，一個手裡卻呆了一面大銅鑼。

「夫人，那位楊先生真是把好胡琴，他的笛子，臺灣還找不出第二個人呢，回頭你聽他一吹，就知道了。」

程參謀指著那位拉胡琴姓楊的票友，在錢夫人耳根下說道。錢夫人微微斜靠在一張單人沙發上，程參謀在她身旁一張皮墊矮圓凳上坐了下來。他又替錢夫人砌了一盅茉莉香片，錢夫人一面品著茶，一面順著程參謀的手，朝那位姓楊的票友望去。那位姓楊的票友約莫五十上下，穿了一件古銅色起暗團花的熟羅長衫，面貌十分清癯，一雙手指修長，潔白得像十管白玉一般，他將一柄胡琴從布袋子裡抽了出來，腿上墊一塊青搭布，將胡琴擱在上面，架上了弦弓，隨便咿呀的調了一下，微微將頭一垂，一揚手，猛地一聲胡琴，便像抛線一般竄了起來，一段「夜深沉」，奏得十分清脆滑溜，一奏畢，余參軍長頭一個便跳了起來叫了聲：「好胡琴！」客人們便也都鼓起掌來。接著鑼鼓齊鳴，奏出了一隻「將軍令」的上場牌子來。竇夫人也跟著滿客廳一一去延請客人們上場演唱，正當客人們互相推讓間，余參軍長已經擁著蔣碧月走到胡琴那邊，然後打起丑腔叫道：

「啟娘娘，這便是百花亭了。」

蔣碧月雙手摀著嘴，笑得前俯後仰，兩隻腕上幾個扭花金鐲子，錚錚鏘鏘的抖響著。客人們都跟著喝采，胡琴便奏出了「貴妃醉酒」裡的四平調。蔣碧月身也不轉，面朝了客人便唱了起來。唱到過門的時候，余參軍長跑出去托了一個朱紅茶盤進來，上面擱了那隻金色的雞缸杯，一手撩了袍子，在蔣碧月跟前做了個半跪的姿勢，效那高力士叫道：

「啟娘娘，奴婢敬酒。」

蔣碧月果然裝了醉態，東歪西倒的做出了種種身段，一個臥魚彎下身去，用嘴將那隻酒杯啣了起來，然後又把杯子噹啷一聲擲到地上，唱出了兩句：

人生在世如春夢
且自開懷飲幾盅

客人們早笑得滾作了一團，竇夫人笑得岔了氣，沙著喉嚨對賴夫人喊道：

「我看我們碧月今晚真的醉了！」

賴夫人笑得直用絹子揩眼淚，一面大聲叫道：

「蔣小姐醉了倒不要緊，只是莫學那楊玉環又去喝一缸醋就行了。」

客人們正在鬧著要蔣碧月唱下去，蔣碧月卻搖搖擺擺的走了下來，把那位徐太太給抬了上去，然後對客人們宣佈道：

「崑曲大王來給我們唱『遊園』了，回頭再請另一位崑曲泰斗——錢夫人來接唱『驚夢』。」

錢夫人趕忙抬起了頭來，將手裡的茶杯擱到左邊的矮几上，她看見徐太太已經站到了那檔屏風前面，半背著身子，一隻手卻扶在插笙簫的那隻烏木架上。她穿了一身淨黑的絲絨旗袍，腦後鬆鬆的挽了一個貴婦髻，半面臉微微向外，瑩白的耳垂露在髮外，上面吊著一丸翠綠的墜子。客廳裡幾隻喇叭形的座燈像數道注光，把徐太太那細挑的身影，嫋嫋娜娜地推到那檔雲母屏風上去。

「五阿姊，你仔細聽聽，看看徐太太的『遊園』跟你唱的可有個高下。」

蔣碧月走了過來，一下子便坐到了程參謀的身邊，伸過頭來，一隻手拍著錢夫人的肩，悄聲笑著說道。

「夫人，今晚總算我有緣，能領教夫人的『崑腔』了。」

程參謀也轉過頭來，望著錢夫人笑道。錢夫人睇著蔣碧月手腕上那幾隻金光亂竄的扭花鐲子，她忽然感到一陣微微的暈眩。一股酒意湧上了她的腦門似的，剛才灌下去的那幾杯花雕好像漸漸著力了，她覺得兩眼發熱，視線都有點朦朧起來。蔣碧月身上那襲紅旗袍如同一團火焰，一下子明晃晃地燒到了程參謀的身上，程參謀衣領上那幾枚金梅花，便像火星子般，跳躍了起來，蔣碧月的一對眼睛像兩丸黑水銀在她醉紅的臉上溜轉著，程參謀那雙細長的眼睛卻瞇成了一條縫，射出了逼人的銳光，兩張臉都向著她，一齊咧著整齊的白牙，朝她微笑著，兩張紅得發油光的臉龐漸漸的靠攏起來，湊在一塊兒，咧著白牙，朝她笑著。笛子和洞簫都嗚了起來，笛音如同流水，把靡靡下沉的簫聲又托了起來，送進「遊園」的「皂羅袍」中去——

原來姹紫嫣紅開遍
似這般都付與斷井頹垣
良辰美景奈何天
便賞心樂事誰家院——

杜麗娘唱的這段「崑腔」便算是崑曲裡的警句了。連吳聲豪也說：錢夫人，您這段「皂羅袍」便是梅蘭芳也不能過的。可是吳聲豪的笛子卻偏偏吹得那麼高（吳師傅，今晚讓她們灌多了，嗓子靠不住，吹低些吧。）吳聲豪說，練嗓子的人，第一要忌酒；然而月月紅十七卻端著那杯花雕過來說道：姊姊，我們姊妹倆兒也來乾一杯。她穿得大金大紅的，還要說，姊姊，你不賞臉。不是這樣說，妹子，不是姊姊不賞臉，實在為著他是姊姊命中的冤孽。瞎子師娘不是說過：榮華富貴——

藍田玉，可惜你長錯了一根骨頭。冤孽呵。他可不就是姊姊命中招的冤孽了？懂嗎，妹子，冤孽。然而他也捧著酒杯來叫道：夫人。他籠著斜皮帶，戴著金亮的領章，腰幹子紮得挺細，一雙帶白銅刺的長統馬靴烏光水滑的啪噠一聲靠在一起，眼皮都喝得泛了桃花，卻叫道：夫人。誰不知道南京梅園新村的錢夫人呢？錢鵬公，錢將軍的大人啊。錢鵬志的夫人。錢鵬志的隨從參謀。錢將軍的夫人，錢將軍的參謀。錢將軍。難為你了，老五，錢鵬志說道，可憐你還那麼年輕。然而年輕的人那裡會有良心呢？瞎子師娘說，你們這種人，只有年紀大的才懂得疼惜啊。榮華富貴——只可惜長錯了一根骨頭。懂嗎？妹子，他就是姊姊命中招的冤孽了。錢將軍的夫人。錢將軍的隨從參謀。將軍大人。隨從參謀。冤孽，我說。冤孽，我說（吳師傅，吹得低一些，我的嗓子有點不行了。哎，這段「山坡羊」。）

沒亂裡春情難遣
驀地裡懷人幽怨
則為俺生小嬋娟
揀名門一例一例裡神仙眷
甚良緣把青春拋的遠
俺的睡情誰見——

那團紅火焰又熊熊的冒了起來了，燒得那兩道飛揚的眉毛，發出了青濕的汗光。兩張醉紅的臉又漸漸的靠攏在一處，一齊咧著白牙，笑了起來。笛子上那幾根玉管子似的手指，上下飛躍著。那嫋嫋娜娜的身影兒，在那檔雪青的雲母屏風上，隨著燈光，髣髣髴髴的搖曳起來。笛聲愈來愈低沉，愈來愈淒咽，好像把杜麗娘滿腔的怨情都吹了出來似的。杜麗娘快要入夢了，柳夢梅也該上場了。可是吳聲豪卻說，「驚夢」裡幽會那一段，最是露骨不過的。（吳師傅吹低一點，今晚我喝多了酒。）然而他卻偏捧著酒杯過來叫道：夫人。他那雙烏光水滑的馬靴啪嗒一聲靠在一處，一雙白銅馬刺扎得人的眼睛都發疼了。他喝得眼皮泛了桃花，還要那麼叫道：夫人，我來扶你上馬，夫人，他說道，他的馬褲把兩條修長的腿子繃得滾圓，夾在馬肚子上，像一雙鉗子。他的馬是白的，路也是白的，樹幹子也是白的，他那匹白馬在猛烈的太陽底下照得發了亮。他們說：到中山陵的那條路上兩旁種滿了白樺樹。他那匹白馬在樺樹林子裡奔跑起來，活像一頭麥稈叢中亂竄的兔兒。太陽照在馬背上，蒸出一縷縷的白煙來。一匹白的，一匹黑的——兩匹馬都在流汗了。而他身上卻沾滿了觸鼻的馬汗。他的眉毛變得碧青，眼睛像兩團燒著了的黑火，汗珠子一行行從他額上流到他鮮紅的顴上來。太陽，我叫道。太陽照得人的眼睛都睜不開了。那些樹幹子，又白淨，又細滑，一層層的樹枝都卸掉了，露出裡面赤裸裸的嫩肉來，他們說：那條路上種滿了白樺樹。太陽，我叫道，太陽直射到人的眼睛上來了。於是他便放柔了聲音喚道：夫人。錢將軍的夫人。錢將軍的隨從參謀。錢將軍的——老五，錢鵬志叫道，他的喉嚨已經咽住了，老五，他瘖啞的喊道，你要珍重吓。他的頭髮亂得像一叢枯白的茅草，他的眼睛坑出了兩隻黑窟窿，他從白床單下伸出他那雙瘦黑的手來，說道，珍重吓，老五。他抖索索的打開了那隻描金的百寶匣兒，這是祖母綠，他取出了第一層抽屜。這是貓兒眼。這是翡翠葉子。珍重吓，老五，他那烏青的嘴皮顫抖著，可憐你還這麼年輕。榮華富貴——只可惜你長錯了一根骨頭。冤孽，妹子，他就是姊姊命中招的冤孽了。你聽我說，妹子，冤孽呵。榮華富貴——可是我只活過那麼一次。懂嗎？妹子，他就是我的冤孽了。榮華富貴——只有那一次。榮華富貴——我只活過一次。懂嗎？妹子，你聽我說，妹子。姊姊不賞臉，月月紅卻端著酒過來說道，她的眼睛亮得剩了兩泡水。姊姊到底不賞妹子的臉，她穿得一身大金大紅的，像一團火一般，坐到了他的身邊去。（吳師傅，我喝多了花雕。）

遷延，這衷懷那處言

淹煎，潑殘生除問天——

就是那一刻，潑殘生——就是那一刻，她坐到他身邊，一身大金大紅的，就是那一刻，那兩張醉紅的面孔漸漸的湊攏在一起，就在那一刻，我看到了他們的眼睛：她的眼睛，他的眼睛。完了，我知道，就在那一刻，除問天——（吳師博，我的嗓子。）完了，我的喉嚨，摸摸我的喉嚨，在發抖嗎？完了，在發抖嗎？天——（吳師傅，我唱不出來了。）天——完了，榮華富貴——可是我只活過一次，——冤孽、冤孽、冤孽——天——（吳師傅，我的嗓子。）——就在那一刻，就在那一刻，啞掉了——天——天——天——

「五阿姊，該是你『驚夢』的時候了，」蔣碧月站了起來，走到錢夫人面前，伸出了她那一雙戴滿了扭花金絲鐲的手臂，笑吟吟的說道。

「夫人——」程參謀也立了起來，站在錢夫人跟前，微微傾著身子，輕輕的叫道。

「五妹妹，請你上場吧，」竇夫人走了過來，一面向錢夫人伸出手說道。

鑼鼓笙簫一齊鳴了起來，奏出了一隻「萬年歡」的牌子來。客人們都倏地離了座，錢夫人看見滿客廳裡都是些手臂交揮怕擊，把徐太太團團圍在客廳中央。笙簫管笛愈吹愈急切，那面銅鑼高高的舉了起來，敲得金光亂閃。

「我不能唱了，」錢夫人望著蔣碧月，微微搖了搖兩下頭，喃喃說道。

「那可不行，」蔣碧月一把捉住了錢夫人的雙手：「五阿姊，你這位名角兒今晚無論如何逃不掉的。」

「我的嗓子啞了，」錢夫人突然用力摔開了蔣碧用的雙手，嘎聲說道，她覺得全身的血液一下子都湧到頭上來了似的，兩腮滾熱，喉頭好像讓刀片猛割了一下，一陣陣的刺痛起來，她聽見竇夫人插進來說：

「五妹妹不唱算了——余參軍長，我看今晚還是你這位名黑頭來壓軸吧。」

「好呀，好呀，」那邊賴夫人馬上響應道，「我有好久沒有領教余參軍長的『霸王別姬』了。」

說著賴夫人便把余參軍長推到了鑼鼓那邊。余參軍長一站上去，便拱了手朝下面道了聲「獻醜」，客人們一陣鬨笑，他便開始唱起「霸王別姬」中的幾句詩來：「力拔山兮氣蓋世，時不利兮騅不逝——」；一面唱著，一面又撩起袍子，做了個上馬的姿勢，踏著馬步便在客廳中央環走起來。他那張寬肥的醉臉脹得紫紅，雙眼圓睜，兩道粗眉一齊豎起，幾聲吶喊，暗嗚叱咤，把伴奏都壓了下去。賴夫人笑得彎了腰，跑上去，跟在余參軍長後頭直拍著手，蔣碧月即刻上去加入了他們的行列，不停的尖起嗓子叫著「好黑頭！好黑頭！」另外幾位女客也上去跟了她們喝采，團團圍走，於是客廳裡的笑聲便一陣比一陣暴漲了起來。余參軍長一唱畢，幾個著白衣黑褲的女傭已經端了一碗碗的紅棗桂圓湯進來讓客人們潤喉了。

竇夫人引了客人們走出到屋外的露臺上的時候，外面的空氣裡早充滿了風露，客人們都穿上了大衣，竇夫人卻圍了一張白絲的大披肩，走到了臺階的下端去。錢夫人立在露臺的石欄旁邊，往天上望去，她看見那片秋月恰恰的昇到中天，把竇公館花園裡的樹木路階都照得鍍了一層白霜，露臺上那十幾盆桂花，香氣卻比先前濃了許多，像一陣濕霧似的，一下子罩到了她的面上來。

「賴將軍夫人的車子來了，」劉副官站在臺階下面，往上大聲通報各家的汽車。頭一輛開進來的，便是賴大人那架黑色嶄新的林肯，一個穿著制服的司機趕忙跳了下來，打開車門，彎了腰畢恭畢敬的候著。賴夫人走下臺階，和阿竇夫人道了別，把余參軍長也帶上了車，坐進去後，卻伸出頭來向竇夫人笑道：

「竇夫人，府上這一夜戲，就是當年梅蘭芳和金少山也不能過的。」

「可是呢，」竇夫人笑著答道，「余參軍長的黑頭真是賽過金霸王了。」

立在臺階上的客人都笑了起來，一齊向賴夫人揮手作別。第二輛開進來的，卻是竇夫人自己的小轎車，把幾位票友客人都送走了。接著程參謀自己開了一輛軍用吉普進來，蔣碧月馬上走了下去，撈起旗袍，跨上車子去，程參謀趕著過來，把她扶上了司機旁邊的座位上，蔣碧月卻歪出半個身子來笑道：

「這架吉普車連門都沒有，回頭怕不把我摔出馬路上去呢！」

「小心點開啊，程參謀，」竇夫人說道，又把程參謀叫了過去，附耳囑咐了幾句，程參謀直點著頭笑應道：

「夫人請放心。」

然後他朝了錢夫人，立了正，深深的行了一個禮，抬起頭來笑道：

「錢夫人，我先告辭了。」

說完便俐落的跳上了車子，發了火，開動起來。

「三阿姊再見！五阿姊再見！」

蔣碧月從車門伸出手來，不停的招揮著，錢夫人看見她臂上那一串扭花鐲子，在空中劃了幾個金圈圈。

「錢夫人的車子呢？」客人快走盡的時候，竇夫人站在臺階下問劉副官道。

「報告夫人，錢將軍夫人是坐計程車來的，」劉副官立了正答道。

「三阿姊——」錢夫人站在露臺上叫了一聲，她老早就想跟竇夫人說替她叫一輛計程車來了，可是剛才客人多，她總覺得有點堵口。

「那麼我的汽車回來，立刻傳進來送錢夫人吧，」竇夫人馬上接口道。

「是，夫人。」劉副官接了命令便退走了。

竇夫人回轉身，便向著露臺走了上來，錢夫人看見她身上那塊白披肩，在月光下，像朵雲似的簇擁著她。一陣風掠過去，周遭的椰樹都沙沙地鳴了起來，把竇夫人身上那塊大披肩吹得姍姍揚起，錢夫人趕忙用手把大衣領子鎖了起來，連連打了兩個寒噤。剛才滾熱的面腮，吃這陣涼風一逼，汗毛都張開了。

「我們進去吧，五妹妹。」竇夫人伸出手來，摟著錢夫人的肩膀往屋內走去，「我去叫人沏壺茶來，我們倆兒正好談談心——你這麼久沒來，可發覺臺北變了些沒有？」

錢夫人沉吟了半晌，側過頭來答道：

「變多嘍。」

走到房子門口的時候，她又輕輕的加了一句：

「變得我都快不認識了——起了好多新的高樓大廈。」

【此段文字據白先勇〈遊園驚夢〉的最新修訂訂版更改，故與第一版略有出入。見《臺北人》典藏版（爾雅，2002年2月），頁270。】

作者簡介與評析

白先勇，一九三七年生於廣西桂林，一九四八年舉家遷徙香港，一九五二年定居臺灣。就讀臺灣大學外文系期間，在夏濟安教授的指導下，與同學歐陽子、王文興、陳若曦等人創辦《現代文學》，引領臺灣小說邁向現代化，締造了戰後文學的第一波高潮。大學畢業後，赴美國愛荷華大學小說創作班進修，一九六五年獲碩士學位，在加州大學聖塔芭芭拉分校任教中國語文，二〇〇三年獲頒國家文藝獎。著有小說集《臺北人》、《寂寞的十七歲》、《孽子》，散文集《驀然回首》、《第六隻手指》、《樹猶如此》，以及《白先勇作品集》十二冊等。近年更投入崑曲的改編與製作，作品包括青春版《牡丹亭》、《玉簪記》，相關著作包括《白先勇說崑曲》、《色膽包天玉簪記——琴曲書畫崑曲新美學》等。並為父親白崇禧將軍編撰畫傳，出版《父親與民國：白先勇將軍身影集》。他的作品被翻譯成英、韓、法、日等多國語言，風行海內外。

〈遊園驚夢〉是白先勇技巧最為成熟的作品之一，至此他已擺脫了形式主義創作的實驗期，並且有效地吸收轉化中國古典文學與戲劇，熔現代與傳統於一爐。他曾表示，這篇小說前後共寫了五次，因為一開始時找不到最適切的形式與技巧來表達；最後，他採用意識流手法，搭配崑曲的美感和節奏，並以《牡丹亭》中的「遊園驚夢」一節作為情欲和記憶的隱喻。小說中所描述的上流社會，從南京到臺北，從風月塵俗到公館筵席，這些流亡的貴族們，與臺北的現實界疏離，多半只能靠著緬懷過去來依托自己的生命。經由記憶，他們穿梭在過去與現在、真與幻、夢境與現實、南京與臺北、靈與肉、青春與衰老這兩相對立的世界之中。正如歐陽子所言，《臺北人》中的許多人物，不但「不能」擺脫過去，更令人憐憫的是，他們「不肯」放棄過去，企圖在「抓回了過去」的自欺中，尋得生活的意義。

延伸閱讀

1 林幸謙，〈流亡的悲愴——白先勇小說中的放逐主題〉（《國文天地》第9卷第5期，1993年10月），頁27~30。

2 葉維廉，〈激流怎能為倒影造像？——論白先勇的小說〉，收入鄭明娳編《小說批評》（臺北：正中書局，1993），頁311~334。

3 歐陽子，〈白先勇的小說世界〉，收入《臺北人》（臺北：爾雅，1983），頁1~29。

4 歐陽子，〈《遊園驚夢》的寫作技巧和引申含義〉，收入《王謝堂前的燕子》（臺北：爾雅），頁21~47。

5 李奭學，〈括號的詩學——從吳爾芙的《戴洛維夫人》看白先勇〈遊園驚夢〉〉，《中國文哲研究集刊》第28期（2006年3月），頁149~170。

6《中外文學．永遠的白先勇專號》，第30卷2期（2001年7月）。

嫁粧一牛車

王禎和

There are moments in our
Life when even Schubert has
Nothing to say to us...

Henry James "The Portait of Lady"

……生命裡總也有甚至修伯特
都會無聲以對底時候……

村上底人都在背後譏笑著萬發：當他的面也是一樣，就不畏他惱忿，也或許就因他底耳朵的失聰吧！

萬發並沒有聾得完全：刃銳的、有腐蝕性的一語半言仍還能夠穿進他堅防固禦的耳膜裡去，這實在是件遺憾得非常底事。

定到料理店呷頓嶄底①，每次萬發拉了牛車回來。今日他總算是個有牛有車底啦！用自己底牛車趕運趟別人底貨件，三十塊錢的樣子。生意算過得去。同以前比量起，他現在過著舒鬆得相當的日子哩！盡賺來，盡花去，家裡再不需要他供米給油，一點也沒有這個必須。詎料出獄後他反倒閒適起來，想都想不到底。有錢便當歸鴨去，一生莫曾口福得這等！村上無人不笑底，譏他入骨了。實實在在沒有辦法一個字都不聽進去。雙耳果然慷慨給全聵了，萬發也或許會比較的心安理得，尤其現在手裡拎著那姓簡底敬慰他底酒。

坐定下來，料理店的頭家②火忙趨近他，禮多招呼著，一句話都貼不到他底耳膜上，看無聲電影的樣子，只睹頭家焦乾的兩片脣反覆著開闔底活動，一會兒促急得同餓狗啃咬剛搶來的骨頭，一會兒又慢徐得似在打睡欠，不識呱啦個什麼！看來頂滑稽。萬發幾微地哂樂起來，算找到了一個可以讓他睫笑底人。這是難得非常。嘴巴近上萬發底耳，要密告著什麼什麼的樣子，店主人將適才底話複了一遍，使用力壯待至極的嗓音，聽著頗不類他這骸瘦底人底。

「炒盤露螺肉！一碗意麵。」萬發看看頭家亮禿底頭。

「來酒吧？有貯了十年的紅露。」

將姓簡底贈賄他底啤酒墩在桌上，萬發底頭上了發條的樣子窮搖不已苦，極像個聾子在拒絕什麼的時候底形容了。

兩張桌子隔遠的地方，有四、五個村人在那裡打桌圍③，吆天喝地地猜著拳。其中一個人斜視萬發。不知他張口說了什麼，其餘底人立時不叫拳了，軍訓動作那樣子齊一地掉頭注目禮著萬發，臉上神采都鄙夷得很過底，便沒有那一味軍訓嚴穆。又有一個開口說話，講畢大笑得整個人要折成兩段。染患了怪異底傳染病一般，其他底人跟著也哄笑得脫了人形。一位看起來很像頭比他鼓飽了氣底胸還大底，霍然手一伸警示大家聲小點，眼睛緊張地瞟到萬發這邊來。首先睭眼萬發底直順上來，一隻手搗自己底耳，誇張地歪嘴巴，歪得邪而狠。

「是這臭耳郎④咧！不怕他。他要能聽見，也許就不會有這種事啦！」

一個字一響銅鑼，轟進萬發森森門禁底耳裡去，餘音裊長得何等哪！剛出獄那幾天裡，他會爾然紅通整臉，遇著有人指笑他。現在他底臉赭都不赭一會兒底，對這些人的狎笑，很受之無愧的模樣。

這些是非他底，將頭各就各位了後，仍復窮兇惡極地飲喝起來。

桌上這瓶姓簡底敬送他底酒給撬開了蓋，滿斟一杯，剛要啜飲的當口，萬發胸口突然緊迫得要嘔。幾乎都有這種感覺，每一次他飲啜姓簡底酒。

事情落到這個樣子，都是姓簡底一手作祟成底。

也或許前世倒人家太多底賬，懂事以來，萬發就一直地給錢困住；娶阿好後，日子過得尤其沒見到好處來。阿爹死後，分了三四分園地，什麼菜什麼草他們都種過了，什麼菜什麼草都不肯長出土來。一年栽植肺炎草，很順風底，一日莖高一日，瞧著要挖一筆了。那年爆發了一次狂瀾得非常的雨水，園地給沖走。肺炎草水葬到那裡去，也不知識底。不久便忙著逃空襲。就在此時他患上耳病。洗身底時候耳朵進了污水，據他自己說。空襲中覓尋不到大夫，他也不以為有關緊要。後來痛得實在不堪，乃去找一位醫生幫忙，那大夫學婦科底，便運用醫婦女即地方底方法大醫特醫起他的耳，算技術有一點底，只把他治得八分聾而已。每回找到職位，不久就讓人辭退去。大家嫌他重聽得太厲害，同他講話得要吵架似地吼。後來便來到這村莊鄰公墓的所在落戶居下，白天裡替人拉牛車，和牛車主平分一點稀粥的酬金，生活可以勉強過得去。只是這個老婆阿好好賭，輸負多底時候就變賣女兒。三個女孩早已全部傾銷盡了；只兩個男底沒發售，也或許準備留他們做種蓄息吧！他們的生活越過越回到原始，也是難怪底。

往墳場的小路的右手邊立著底這間他們底草寮，彷彿站在寒極了的空氣裡的老人家，縮矮得多麼！也並非獨門戶，隔遠一丈些的地方還有一間茅房歪在那裡。那茅房住著的一家人，心擔不起晚間墳場特有底異駭，一年前就遷地為良到村裡人氣滃榮的地帶去。就這樣那房子寂空得異樣極了，彷彿是鬼們歇腳底處所。

現在僅就剩下萬發他們在這四荒裡與鬼們為伍了。怪不得注意到有人東西搬進那空騰著底寮，阿好竟興狂得那麼地搶著報給萬發這重要性得一等底新聞。

「有人住進去了！有伴了！莫再怕三更半暝⑤鬼來鬧啦！」

這訊息不能心動萬發底。一分毫都辦不到底。半生來在無聲底天地間慣習了——少一個人，多一位伴，都無所謂。

拖下張披在竿上風乾了底汗衫，罩起裸赤底上身。也只這麼一件汗衫。晚間脫下洗，隔天中午就水乾得差不多可以穿出門。本有兩件替換。新近老大上城裡打工去，多帶了他底一件，家貧不是貧，路貧貧死人，做爹底只得委屈了！也不去探訪乍到底鄰居，他便戴了斗笠趕牛車去。阿好追到門口，又在腰上底雙手，算術裡底小括弧，括在弧內底只是竿瘦底I字，就沒有加快心跳底曲折數字。

「做人厝邊⑥不去看看人家去。也許人家正缺個手腳佈置呢！」阿好底嘴咧到耳根邊來啦！裝著聽不見，萬發大步伐走遠去。

比及黃昏的時候，萬發便回來。坐在門首的地上吸著很粗辣底菸，他仍復沒有過去訪看新街坊的意思，雖只有這麼兩步腳底路程。阿好底口氣忽然變得很抱怨起來，談起剛來的厝邊隔壁時。「幹——沒家沒眷，羅漢腳⑦一個。鹿港仔，說話咿咿哦哦，簡直在講俄羅！伊娘的，我還以為會有個女人伴來！」

他不語地吞吐著菸。認定他沒聽到適才精確底報告，身體磕近他，阿好準備再做一番呈報底工作。

「莫再嚕囌啦！我又不是聾子，聽不見。」

「呵！還不是聾子呢？」阿好又把嘴咧到耳朵邊，彷彿一口就可以把萬發囫吞下肚底樣子。

「烏鴉笑豬黑，哼！」

以後的幾星期裡，萬發仍復靡有訪問那鹿港人底意念。實在怕自己的耳病醜了生分人對自己底印象。不知識什麼原因，也不見這生分人過來混熟一下，例如到這邊借支鎚子，剛近移遷來，少不了釘釘錘錘底。晚間看他早早把門闔密死，是不是悚懼女鬼來黏纏他？雖然一面也莫識見過，萬發對這鹿港仔倒有達至入門階段那一類底稔熟。差不多天天阿好都有著關於這鹿港仔底情報供他研判。那新鄰居，三十五、六年歲——比他輕少十稔的樣子，單姓簡，成衣販子，行商到村裡租用這墓埔邊空寮，不知究看透出了什麼善益來？漸漸地，萬發竟自分和姓簡底已朋友得非常了，雖然仍舊一面都未謀面過地。

「他吃飯呢？」他問的聲口滲有不少分量底關切。

「沒注意到這事，」阿好偏頭向姓簡底住著的草房眺過去。「也許自己煮。伊娘，又要做生意，又要煮吃，單身人一雙手，本領哪！」

終於他和姓簡晤面了，頗一見如故地。

他看到姓簡底趨前來，嘴巴一張一蓋地，像在嚼著東西，也或許是在說話著。姓簡底鶴躍到跟前，腳不必落地的樣子。嗯——狐臭得異常，掩鼻怕失禮，手又不住攏進肢窩深處，彷彿有癬租居他那裡，長年不付租。下手攆趕吧！實也忍無可忍。只聽他咿咿哦哦聲發著，大饅頭給塞住口裡，一個字也叫人耳猜不出。萬發把朴重底笑意很費力地在口角最當眼的地方高掛上，一久兩唇僵麻，合不攏的樣子啦！有時也回兩句話底，瞥見姓簡瘦臉上楞楞底形容，又所答非所問啦！幹——這耳朵，這耳朵！突然萬發對這位他耳熟能詳得多麼底鹿港人有了幾微底憎厭。

阿好走出來，同那衣販子招招手。衣販子移近她，接去她手中的針線。阿好轉近著萬發：

「這就是簡先生！他借針線來的。他說早應該過來和你話一番，只是生意忙不開，大黑早就得出門。」聲音高揚，向千百人講演一般。

旋過去向簡底道了一些話，很聲輕地，她手指到自己底耳朵，頻頻搖著頭，很誇張地。說明他底耳底失聽吧？必然是這般底？姓簡底臉上彰亮著像發現了什麼轟天驚地的情事時底神色；眼光又瞟過來審視，有如萬發臉上少了樣器官。要在過去，這一時刻——身分給釐定底當口，最是甚恨得牙顫骨慄，現在倒又很習常。

「你生意好吧！」找出了一句話來。

「算可以過啦！」阿好將姓簡底話轉誦給萬發，依字不依聲。「簡先生問你做什麼事？」

「哦！」捧上手，萬發投給衣販子一味笑，自嘲底那類。「替人拉牛車。」

「好吧？」觸到電的樣子，姓簡底身子猛驚一抽，手捷迅地探入肢窩裡，毛髮給刮爪得響沙沙，癢入骨裡去吧！嘴牽成斜線一槓。這簡單底兩個字，萬發到底聽審出來，頭一遭不用阿好這部擴音器。

「掙三頓稀飯喝喝罷了。自己要有一臺牛車，倒可以賺得實在一點。」阿好說姓簡底在問一部牛車多少錢？「頂臺舊的，大概三、四千元的樣子。什麼？去頂一臺？呵！那裡找錢款去？再說我快上五十了，怎麼也掙不來這樣多的錢。你沒聽過四十不積財，終生窮磨死。」

以後差不多天天晚上都有著這樣底團契，阿好坐在兩位男子底中間，擔當起萬發的助聽器來，姓簡底依舊腋味濃辣；手老伸入腋下扒癢，有癮一般。有時姓簡底單祇與阿好談閒天；她總問詢城中底華盛，聲氣低低地，近於呢喃。在這情形下，萬發便陪著老五先睡去，未審他們倆談到什麼時更才散？

三不五時地⑧，阿好也造訪姓簡底寮，同他短談長說，也幫他縫補洗滌底，姓簡底自己說自小就爹娘見背了，半生都在外頭流，向沒人像阿好關心他到這等。常時地，他很堅執地要阿好攜家了去那些沾染油漬，賣出頗有問題的衣服。萬發再不必憂忡晚上脫下洗底汗衫第二日可否乾一個完全了！

後來萬發也常過去坐坐，為了答謝底吧？對姓簡底異味，萬發也已功夫練到嗅而無聞的化境。這實在很難得底。

姓簡底生意似乎欣發得很，老感到缺個手腳。後來他就把心中盤劃底說與阿好明白。聆了這樣動她心底打算。她喜不勝地轉家來報告：

「報給你一個好消息！」覷到萬發躺睡在蓆上，她就手搭在他底肩上。「一個好訊息告知你！簡底生意忙不過來，要我們阿五幫他，兩百塊底月給⑨，還管吃呢！伊娘！這模樣快意事，那裡去找？幹——你一個月掙的也不比這個多多少。你看怎麼樣？阿五，十一歲了，也該出去混混！」

一個月多上貳百元底進項，生活自會寬鬆一些底，有什麼不當的呢？「就央煩簡先生提攜我們這阿五吧！」地說了，萬發復又躺下來，一種悄悄底懽悰閃在嘴角邊。

阿好屈腿坐到席上。「領到阿五底月給，我打算抓幾雙小豬養。幹——自己種有番薯菜，可省儉多少飼料。伊娘，豬肉行情一直看好，不怕不賺。」

次日阿五便上工了，幫忙姓簡底鹿港人推運一車底衣貨到村裡擺地攤賣。平常時阿好到村裡走動得很稀，現在倒是常跟著他們去，也照料一點生意底。有時她還採一大束底姑婆葉帶著，兜售給宰豬鴨底。泰半是這樣，她一賣獲了錢，就和人君仕相輪贏著，不過很保密防諜底，萬發就不知曉。姓簡底倒瞭如指掌她底行藏。阿好不避諱他。即使他向萬發舉發，亦是徒然。萬發怎麼樣也永遠不清楚他在咿哦著什麼！何況他自己也有一點喜歡這道藝能著。後來便常有人看見姓簡底和阿好一起去車馬炮，玩十副。

彷彿不過很久底以後，村上底人開始交口傳流這則笑話啦！說王哥柳哥映畫裡便看不到這般好笑透頂底。姓簡底衣販子和阿好凹凸上了啦！就有人遠視著他們倆在塋地附近，在人家養豬底地方底後邊，很不大好看起來。下雨時，滿天底水，滿地底泥濘，據說他們倆照舊泥裡倒，泥裡起得很精湛哩！有句俗話，鬥氣的不顧命，貪愛的不顧病。

「不講假的，阿好至少比那衣販仔多上十根指頭的歲數，都可以做他的娘啦！要有個人模樣倒也罷了。偏——哼！阿好豬八嫂一位，瘦得沒四兩重，嘴巴有屎哈坑⑩大，呵！胸坎一塊洗衣板的，壓著不會嫌辛苦嗎！就不知那個鹿港憨中意她那一地處？」村裡頭底人都這等樣地狎論得紛紛。

等到萬發聽清楚了，一個多半月底工夫早溜了去。他雙耳底防禦工事做得也不簡單。消息攻進耳城來底當初，他惑慌得了不得，也難怪，以前就沒有機緣碰上這樣——這樣——底事！之後，心中有一種奇異的驚喜氾濫著，總嘆嗟阿好醜得不便再醜底醜，垮陋了他一生底命；居然現在還有人與她暗暗偷偷地交好——而且是比她年少底，到底阿好還是醜得不簡單咧！復之後。微妙地恨憎著姓簡底來了，且也同時醒記上那股他得天獨厚底腋狐味：姓簡底太挫傷了他素已無力了底雄心啊！再之後，臉上騰閃殺氣來，拿賊見贓，捉姦成雙，簡底你等著吧！復再之後，錯聽了吧！也或許根本沒有這樣底一宗情事！也許真是錯聽了；阿好和姓簡底一些忌嫌都不避，談笑自若，在他跟前。也或許他們作假著確不知道有流言如是，驟然間兩地隔斷，停有關係，更會引人心疑到必定有尾莫有乾淨底。心內山起山落得此等，萬發對簡姓鹿港人並無什麼火爆的抗議，乃至革命發起。僅是再不臻往簡底宿寮內雜閒天、雅天著。

鹿港人下半午近六點就收起生意，同老五在麵攤點叫吃底。轉家來，老五就在鹿港人底住所睡夜。晚間鹿港人習慣移樽到萬發他們這兒舌卷入喉地咿咿哦哦開講，洋鬼子說話一般，藉著耳聵的便當，萬發不與鹿港人談開，記怨著什麼底模樣，讓簡底也醒眼醒眼他不至於傻到什麼都不知道。……身上這汗衣，這粗布工人褲，又憶記他好處著自己底種種。有時還問短著他，畏懼他道句「過河拆橋」那類底斥責話。再未曾讓阿好和簡底單觸一處，強熬到簡底打道回寮，才入室睡去！手很壓重地橫住阿好胸上，不是要愛，設防著呢！亡羊補牢，還來得及底吧！下午他都早早地歸來。總少拉一趟牛車底。也或許他聽過潘金蓮底故事，學效武大少做買賣，多看住老婆！

每天夜裡他都這般戒嚴著，除去那一晚——月很亮圓底那一晚。

身邊袋著老五底兩百元月給，阿好一直沒去抓小豬仔養飼，忘記提過這件事樣地。

她底忘性是很有意底，萬發也不去強迫她努力憶回有這麼樣這麼樣底事一宗。除扣午飯和香菸底掛欠，萬發往家裡帶底每月不過貳佰肆拾餘幾個零角子罷了。一個月三十天，早晚要吃頓可以底，不能說容易。水通通稀飯佐配蘿蔔乾——一年吃到頭。因此阿好拿著老五底薪資攞下幾餐嶄底，他便怡顏悅色了好些晝夜，也不忙稽查錢給怎樣地支用。那一晚阿好準備下米飯，鯽魚湯，炒白筍。萬發一連虎食五大碗飯菜。瞧他狠吞得這般，阿好愣嚇得「哦——哦——哦」喉裡響怪聲，彷彿在打飽嗝。

「哦！」把小鍋內最後一匙底鯽魚湯倒入將空底湯碗裡，阿好肩一聳落。「現世哪！沒有吃過飯一樣啊你！哦！還要裝飯哇？哦——」

萬發吃得兩頓烘燒，像酒後底情形。真地飯飽能醉人底，不到七點半底時辰，他就暈醉欲睡得厲害。不能睡呀！簡底又過來啦！不能睡呵！簡底兩腿齊蹲著，彷彿在排洩底樣子。無聲地在一旁抽菸，萬發瞌睌屢屢起來，有幾次香菸脫掉下去，也無覺感出。

「睡去吧！怎麼乏成這形樣來！」阿好差不多要吮乳著他底耳，話講上兩遍。

驚睜開眼，姓簡底還沒有走！查審不出他有倦歸底意思，「你們聊吧！不必管我！」他講看，一面俯身下去拾起菸，早火熄了。點上菸，他徐徐噴著，煙霧裡有簡姓底衣販子和阿好語來言去，很投合得多麼底。

月很圓亮，像初一、十五底晚夕。沒有椅子，他們不是蹲著，便坐在石塊上，似在賞著中秋月，煙裡霧裡，阿好和簡姓底鹿港人比手兼畫腳，嘴開復嘴合，不知情道什麼說什麼來？彷若覷聽著一對鬼男女心毗鄰著心交談，用著另一天地底語法和詞彙，一個字也不懂，萬發走不進他們底世界！

一定又一次盹著了。

阿好站起來。「睡去吧！」仍復講兩次，沿著慣例吧！阿好套了一件龐寬得異常底洋裝，奶黃色底，亮在月影裡，變鼠灰底顏色。外國質料底，這是她去年上一次教堂聽高鼻子藍海色眼睛底講道理底斬獲；為什麼會去，她也不記得。毫無更改過，只將衣服下襬太長的地方翻捲一道縫線過去。胸口有似鎖底裝飾品當中懸起，串在一條白鐵鍊上；小腹底部位也有這樣底裝飾，彷彿是要把祕密得何等底那些要地封鎖起來！

「睡去吧！」阿好坐回石塊上，仍復和姓簡底話新話舊著，在門口底月亮地裡。哈呵著睡欠，萬發回房睡歇去。他底寬容若是也或許與阿好洋裝上鎖鍊式底裝飾有著深不能臆測的關係吧！

他醒來底時候，外而底月更圓胖些，有若月在開顏地暢笑。伸手搜到草蓆底一方，盪空空，給百步蛇嚙到底情形，萬發駭驚得冷汗忘記出地跳高起來，火急中踢翻一隻木箱子，響聲抖震心，在這死寂底墳野裡。拍打著頭顱，萬發恨責自己做事不敏慧，一定他們聞著聲音了，還有什麼能做底？

果然他們聽見他掀翻東西。近靠門口處，一張蓆頭都脫落了底草蓆展鋪在地裡。沒有上栓，門大敞開著讓進月光來。坐在蓆上，阿好浮亮在月色裡底臉，水中淹泡久了底樣子，蒼白得可懼。也坐直上來，簡姓底鹿港人面著聲音來底方向，頭額上有很細粒底汗光在那兒閃灼。

萬發一句很刃利底「你們在做什麼？」地走近上來，手作打拳狀地。新兵聽到口令底樣子，阿好和姓簡底在二分之一秒內同時挺站起來，搶著應話，誰都不謙讓一點點底，小學生比賽背書，看誰默唸先完，哇啦哇啦，聽不真切一個字。鹿港人汗出得盛，背心濕貼看身肉，乳頭明顯出來，結成顆粒狀了。見到他全身這麼樣地總動員著，也或許於心忍不下吧，阿好搡他到屋角落去，不要他再多一嘴。高聲地，咬文嚼字地，阿好自己一個人單獨講，眼睛不時瞟向姓簡底，似乎說著：「我們只是這樣這樣……而已，是不是？是不是？」──「是不是？」

不能信賴她！二、三十年夫婦不底細她底脾性？一口大嘴裡容有兩根長舌頭，一根講乏了，另外還有一根替班。不知識什麼時間洋裝上底兩把鎖給撬掉了去，阿好滔聲地說著辯著，手牢抓著衣服當胸底所在，彷彿防它脫落的樣子。充耳不聞她！繼續唱唸得口咧到耳邊，阿好底字句開始不斯文了，很穢底，心必然急慌著。

「伊娘，你到底聽著了沒有？講這半天。伊娘，你說話，怎一句不講？幹──難不成又患啞巴！」

姓簡底插身過來，狐味激刺鼻，臉上有至極喜悅底容形，尋著生路一般。拍著阿好底肩，他指手到月亮覷不到底屋內角落。有人蜷睏在那裡的樣子。眼珠霍然光亮起來，阿好向簡底不知吩咐了什麼，就一步兩步向那暗角落踅去，兩手搖醒著眠在那裡底人，推搖得很力。

「阿五起來！起來！給你簡阿叔做個證！起來呀！伊娘，睡死到第十殿啦！」

「你這個人這樣禮數不知。簡底一番好心，莫謝他，還要跳人⑪！阿五晚夕起床放尿，見著墳地有黑影，嚇哭起來，」一萬發再睡臥底時候，阿好便不已絮聒著，嘴不情願離開他底耳地，愛著他底耳根深的樣子。「簡底抱他過來。事情就這麼樣簡單，幹——你住那裡去想啦！阿五你可是問他清楚了，還兇臉著，不肯相信……」幾句話翻來覆去，語勢一回堅硬一回，彷彿火大地。

實在厭聽極了——真希望能夠聾得無一點瑕疵。「誰說不相信？」

「那你怎麼一句話都不說？對簡底就不會不好意思？你這無囊的，也會吃醋，哼！」

一陣子黯寂。外面傳來一聲兩聲底怪響。有人半夜哭墳來了嗎？鬼打架著吧？也或許。

突然，「你衣服上的鍊子怎麼一回事？」聲音裝著很自然。

她無言以對了吧？！也或許自己聽不見回覆？一頭底倦昏，不問也罷！

「什麼啊！」阿好嚼細了聲音。「簡底講莫好看，拔了去。」

「啊？」這耳朵——這耳朵——這耳朵——應該聽進去，避不聽聞，臨陣脫逃底兵。

「丟掉啦。」她張放嗓子。「伊娘，臭耳孔得這等樣！」

身子貼挨過來，阿好逗要著他，向無近他若是，自他雄兇再不起底後來。

從窗口外脫去，月亮仍復哈嘻得一臉胖圓。他霍然憶記有人唸過「月娘笑我憨大呆」底曲歌。

他就是這樣一個憨大呆吧！

剛要眠下，適才姓簡底比常刺鼻底腋味又浮飄到鼻前來，眼兒裡是給解了禁底阿好衣上底地方；阿好和簡底在蓆上做一處坐底情狀，也或許他們誆欺了他，也或許他猜疑過量。這樣思想著，他通一夜不曾睡入熟深裡。

再無閒工夫推論這個是非了。幾日後底樣子，牛車主諭告他準備牛租出去犁田，要他歇一段時日。有意要給難處似地，在這緊要關裡，姓簡底突然宣布回趟鹿港，順著方便到臺北採辦衣色來，前後就遲要一整閱月的樣子。也許姓簡底從此遠走高飛——趁現在走吧！免去將來泥陷深。當然老五得往回吃自家。

起初挖賣地瓜勉力三分之二弱地飽了個時期。到地瓜掘空一了，翻山穿野尋採姑婆葉底時刻，二分一飽而已了。還給平日專採姑婆葉存私房底村姑村婆娘們作踐得人都成扁底，葉子都給萬聾子採光啦！今年她們要少縫一套新裝。什麼都採擷不著，咽喉深似海——俗話說是填不完的無底洞，該怎麼辦？怎麼辦呢？沒法可處，萬發便幫忙掘墓坑去，掙點零底。並非天天有工作，有時熬等三兩天就不見得有人仙逝。唉！這年頭人們死得沒有從前慷慨呀！人身不古呢！即或等著了，早有耳靈底人將工作搶去吃。等不是方法，日夜他都在村裡刺探那家有人重病著，便去應一個掘墳抑或是抬棺底職位，雖然病人尚未死得很圓滿完全。後來有病人底人家瞥見他底瘦弱底影子現出，趕緊闔戶閉門起，他是拘人的鬼判一般。現在他們拖挨著長如年底日子，十分之一飽地。

記起在城裡打工底兒子，阿好餓顫顫走四個鐘頭底沙石路往城裡去；來家底時候，只帶著一斤肥豬肉，一尾草魚，再也沒有什麼！城裡掙生也一樣不易呵！

有人薦介她給一家林姓底醫院做燒飯清潔底工作，一月一百圓，管吃兼住宿。面試那日適巧家裡莫有米粒一顆剩著；往別人菜園偷挖了番薯，她用火灰烘熱便午飯下去了，這——這——這作祟作惡底番薯！林醫師口試她到有子女幾位底當時，五聲很大響底屁竟事前不通報她地搶在她話應先頭作答啦！

「有五位嗎？」村醫師掬著嘴笑，想給這空氣一點幽默的樣子。

羞上來，阿好肚內底二氧化碳越是平平仄仄，仄平平得不可收拾，詩興大發相似。工作自然也給屁丟了。

在外頭摧眉折腰怨氣受太多了些吧！萬發和阿好在家裡經常常吵鬧著，嘴頂嘴地。給乞縮得這等形狀底生活壓得這麼地氣息奄奄，吵罵也是好底，至少日子過得還有一點生氣！打架倒莫曾發生。大家都瘦骸骸，拳過去，碰著盡是鐵硬硬骨頭，反疼了手，犯不著哪！

兩月另十日底後來，姓簡底鹿港人終究來歸了。

「簡底回來啦！」自自然然底模樣沒有裝妥底樣子，阿好底語勢打四結起來，口吃得非常一樣。「採辦了許——許——多多的貨色。人也——也——胖實多了——」不究詳為什麼話及此地，她要歇口一頓。

「他要阿五明早幫他擺攤去，看你意思怎麼樣？」她眼瞄忽然一亮。「天！我還以為他不回來啦！」到底掩不住心中底激喜。

一個月多二百元進入，也或許不至於讓肚皮餓叫得這麼慌人，簡直無時無準，有了故障底鬧鐘。不能底——不能讓她知悉也在欣跳簡底家來，萬萬不能夠給簡底有上與了人家好處底以為！萬發自己也奇怪著，怎麼忽然之間會計斤較兩得這般。人窮志不窮吧？看他緘耳無聞的樣子，阿好又將話再語一道，聲音起尖得怪異。

他指頭爪入髮心裡癢起癢落一片片底頭垢皮。「你要他去就叫他去吧！」很叵耐底聲口，縮緊人底心。

「你不懂喜他去？」或許拖在句後底問號勾得太過長了，變成了驚嘆號的形狀，不知不答好，還是答才好？

「去就去啦！我懂不懂喜什麼！」疏冷多麼底回口，自己都意想不到！

阿好什麼都不說，臨出門時轉頭譎他一句似是很辣烈底，便人影遠跑了。聽不出她譎謾著什麼！

晚夕她準備嗄飯等萬發給人抬棺回來用。

「簡底拿米過來？」盯住飯食，萬發登時很不堪殍餓起來。

提到姓簡底，阿好就必須「嗯」——「嗯」——地打通喉嚨，彷彿剛吃下多量底甜底。「嗯——嗯——先向簡底撥點應急。也好久沒吃著米飯。嗯——嗯——」

口水趁張嘴要言語，趕著嘰咕嘰咕吞落下去，萬發狠眼著阿好，不可讓她看料出他底餓，「你怎麼啦！以後少去嚕嚇人，莫老纏他麻煩，該有個分寸！」

果然阿好又緘口不語啦！很為之氣結底樣子。

以後在萬發底耳根前，阿好一話點到簡姓底鹿港人，像說起神明底名一般，突然口氣萬萬分謹慎起來。鹿港人回轉後上萬發這邊問訪得鮮稀，想還醒記著那一夕底尷尬；也或許生意忙，排不出空檔。

自老五去幫扶簡底衣販子，每月薪金往家帶，萬發他們日子始過得有人樣一些。番薯也擠著生長。姑婆葉又肥綠起來。不必天天到村上尋金求寶樣地找死人去；萬發自能多時間地守住家裡，罣牢看住阿好和簡底，不予他一點好合的方便。

後來情況移變了，急轉直下地。人家準備收回鹿港人現租居著底寮厝。

「簡先生這個打算不知你意思怎麼樣？」坐在兩男子中間，阿好傳簡底話到萬發耳裡，每個字都用心秤稱過，一兩不少，一錢不多，外交官發表公報時相仿。「你若不依，他就在村裡看間單門住戶底，日暝起落都要便當一些。你的意思到底怎麼樣？」

不眼萬發地，姓簡底菸不離脣地抽噴著。天候有著涼轉底意思。空氣裡嗅不到那股鼻熟得多麼底狐味來，萬發忽然感到陳在前面底眼生得應付不過來。彷彿人家第一天上班底情形，尤其是洋機關。

「我考慮考慮看。」

「還考慮？伊娘！什麼張致嗎？你這個人，幹，就是三刁九怪要一輩子窮！」阿好瞪眼他，齜齒地。

莫駁斥她好，火裡火發氣著，什麼齷齪底都會命拚著往外吐；萬發一大聲地「啊」起，示意聽不清楚，多少遮蓋過去了。能夠恰當地運用聾耳，也是殘而不廢底。

「他準備貼多少錢？」姓簡底剛起身走，萬發就近嘴到阿好底頰邊。

阿好站起來。「你想要多少啊？每月房錢米錢貼你肆百捌，少嗎？這地帶住慣了，才看上你這破草厝。伊娘，村上找房磚的，左不過一月兩斗米。錢少哇？你一個月掙過肆百元沒有。伊娘，生雞蛋無，放雞屎有！什麼事都叫你碰砸稀粹！幹！臭耳郎一個！」聲音吭奮，晨甲雞喔，四野裡都聽分明了。

到底姓簡底還是擇吉搬進萬發底寮裡住，萬發和阿好睡在後面；姓簡底和老五在門口底地方鋪草蓆宿夜；衣貨堆放在後面底間房。

村裡村外，又滿天飛揚起：「阿娘喂！萬發和姓簡底和阿好同鋪歇臥了啦！阿娘喂……」

萬非得已，萬發極不願意到村上去底。村人底狎笑，尷尬他難過！家有姓簡底四百八，很有可吃底。老五應底工錢由萬發袋著——這也是讓鹿港人入室來底一項先決條件。萬發再不必到外而苦作去。白日在番薯園裡做活，阿好幫著他，晚間就精力集中地防著姓簡底入侵他底妻，彷如她底影子，阿好行方到那裡，萬發就尾到那裡。阿好到屋外方便，他也遠遠落在——算懂一點規矩——後頭看望。有這麼一回，阿好給影隨得火惱上來：

「跟什麼的！伊娘，沒見這麼不三不四，看人家放尿。再跟著，你爸⑫就撒一泡燒尿到你臉上。」

餐聚底時候，冷戰得最熱。萬發一面食物著，一面冷厲地瞪瞪阿好和姓簡底，愔愔不語地，連菜飯都不嚼的樣子。不論風雨，他一定是最後一個用完膳底，貫徹始終著他底督察底大責大任。有幾次阿好和姓簡底攀談開來，聲音比常較低，兩張臉有興奮底笑施展在那裡，萬發耳力拚盡了，還是聽不詳。他乾咳了幾咳很嚴重性底警告，他們依舊笑春風地輕談著。

聵耳了一模樣，簡直目無本夫。斯能忍，孰不能忍？萬發豁瑯丟下碗筷，氣盛氣勃地走出來——摐金伐鼓，要廝鬥一場。二十四小時不到，兩漢子就不戰而和啦！幾乎都如此地，每當萬發氣忿走出來，在人覷不到底地方，便解下緊纏在腰際上底長布袋，翻出紙票正倒著數，才——！離頂臺牛車還距遠一大截，多少容縱姓簡底一點！這樣底財神，何處找去！以後底幾天萬發就稍微眼糊一些。

原先鹿港人賃居底寮屋一家賣醬菜底住進來。像是這寮底主人底親友。成天夜看他們曬曝蘿蔔，高麗菜，引著蒼蠅移民到這地帶。賣醬菜底有閒也常詣往萬發這邊聊天時。他來時，總領隊過來一群紅頭蠅，嚕嚕趕驅不開。蹲在地下說談時，他一縫細底眼，老向寮內睇瞭著，想鼠探點什麼可以傳笑出去。一臉刃鑽刻薄底形樣，身上老有散不完地醬缸味，很酸人耳目底。來者不善，善者不來。萬發倚重著弱聽不甚搭理他。他倒和姓簡底有說談，或許同氣相投吧！

一夕他統帥著一旅髒蠅來底時候，很巧姓簡底趨至附近小溪裡淨身臭去了。聽出是賣醬菜底聲音——他鼻音重得這等樣，彷彿嘴巴探入醬缸底，一字一個嗡——萬發便不出來招呼他。阿好在後面洗著碗。只老五在門外的地裡手心捧著石子耍。萬發聆不出賣醬菜底和老五嗡語著什麼，漸漸地，賣醬菜底聲音提得很高，高得不必要，頗有用意的樣子。

「奸⑬你母底上那裡去？」

「……」不詳細老五怎麼對口。

「簡底，簡底，那個奸你母底上那裡去……？」

「騙肖⑭。」萬發衝刺出來，一身上下氣抖著，揪上賣醬菜底胸就掄拳踢腿下去，像敲著空醬缸的樣子，賣醬菜底膺膛嗡嗡痛叫著。髒蠅飛散了，或許也驚嚇吃到了幾分。

姓簡底淨身回來，門口四處有他食底，衣底，行底，賣底，亂擲在那裡，彷彿有過火警，東西給搶著移出來。簡姓底鹿港人有著給洗空一盡的感覺。

萬發擋在門前，一眺目到姓簡底捧著臉盆走近前，就喧拳拂袖得要趕盡殺絕他底形狀。

「幹伊娘，給你爸滾出去，幹伊祖公，我飼老鼠咬布袋，幹！還欺我聾耳不知情裡！幹伊祖啊！向天公伯借膽了啦！欺我聾耳，呵！我奸你母——奸你母！眼睛沒有瞎，我觀看不出？幹——以為我不知情裡？幹——飼老鼠，咬布袋……」每句底句首差不多都押了雄渾渾底頭韻，聽起來頗能提神醒腦，像萬金油塗進眼睛裡一樣。

當晚姓簡底借了輛牛車便星夜趕搬到村上去，莫敢話別阿好，連瞅她一眼底膽量也給萬發一聲聲「幹」掉了。

村婦村夫們又有話啦。道什麼萬發向姓簡底討索銀錢使用，給姓簡底回拒了，就把姓簡底爛打出去。有人帶著有目的底善意去看萬發，想挖點新聞來，都給萬發裝著聾耳得至極地打發走了。

日子又乞縮起來啦！番薯園地給他人向村公所租下準備種瓊麻。未長熟底地瓜全給翻出土來，萬發僅祇拿了壹百元底賠償。也真不識趣地，老五在這時候患起嚴重的腹瀉底症候；拴緊在腰際的錢袋內準備頂牛車底錢便傾袋一空了，在須臾之間。錢給大夫底當時，萬發突然淚眼起，不知究為著什麼?心疼著錢?抑或是嘆悲他自家底命運?

終於以前底牛車主又來找他拉車去。一週不滿就有那事故發生了。他拉底牛車，因為牛底發野性，撞碎了一個三歲底男孩底小頭。牛是怎麼撒野起來底?他概不知識。但他仍復給判了很有一段時間底獄刑。牛車主雖然不用賠命，但也賠錢得連叫著「天——天——天!」

在獄中每惦記著阿好和老五底日子如何打發，到很晚夕他還沒有入眠。不詳知為什麼有一次突然反悔起自己攻訐驅撵姓簡那樁事，以後他總要花一點時間指責自己在這事件上底太魯粗了一點的表現。有時又想像著簡底乘著機會又回來和阿好一寮同居。聽獄友說起做妻底可以休掉丈夫底，如若丈夫犯了監。男女平等得很真正底。也許阿好和簡底早聯合一氣將他離緣掉了!這該怎辦?照獄友們提供底，應該可以向他們索要些錢底。妻讓手出去，應該是要點錢。當初娶她，也花不少聘禮。要點錢，不為過分底。可笑?養不起老婆，還怕丟了老婆，哼!

阿好愈來愈少去探他底這事實，使他堅信著阿好和姓簡又凹在一起。有一次阿好來了，他問起她生活狀況。起始阿好用別底話支去。最後經不起他堅執地追問，她才俯下首:

「簡底回來了。」她抬上臉，眼望到很遠的角落去。「多虧了簡底照應著一家。」萬發沒有說什麼，實在是無話以對。只記得阿好講這話，臉很酡紅底。有人照應著家:總該是好底。

出獄那日阿好和老五來接。老五還穿上新衣。到家來他也見不到姓簡底。晚上姓簡底回來，帶著兩瓶啤酒要給他壓驚。姓簡向他說著話，咿咿哦哦，實在聽不分明。

阿好插身過來。「簡先生給你頂了一臺牛車。明天起你可以賺實在的啦！」

「頂給我。」萬發有些錯愣了，一生盼望看擁有底牛車竟在眼前實現！興高了很有一會兒，就很生氣起自己來——可卑的啊！真正可卑的啊！竟是用妻換來的！

不過他還是接下了牛車，盛情難卻地。

幾乎是一定地，每禮拜姓簡底都給他一瓶啤酒著他晚間到料理店去享用一頓。頗能知趣地，他總盤桓到很夜才家來。有時回得太早了些，在門外張探，挨延到姓簡底行事完畢出來到門口鋪蓆底地方和睡熟了底老五一同歇臥，萬發方才進家去，臉上漠冷，似乎沒有看到姓簡底，也沒有嗅聞到那濃烈得非常底腋臭一般。

總是七天裡送一次酒，從不多一回，姓簡氏保健知識也相當有一些底哩！

村裡有一句話流行著：「在室女⑮一盒餅，二嫁底老娘一牛車！」流行了很廣很久底一句話。

打桌圍底那起爭著起來付鈔。他們離去底時候，那個頭比鼓飽了氣底胸還大底，朝萬發底方向唾一口痰，差點穢在他臉上。

萬發咕嚕咕嚕喝盡了酒，估量時間尚早，就拍著桌。「頭家，來一碗當歸鴨！」

不知悉為什麼剛才打桌圍底那些人又繞到料理店門口幾雙眼睛朝他瞪望，有說有笑，彷彿在講他底臀倒長在他底頭上。

註：

①呷頓嶄底：吃頓好的。
②頭家：老闆。
③打桌圍：聚餐。
④臭耳郎：聾子。
⑤半暝；半夜。
⑥厝邊：鄰居。
⑦羅漢腳：單身漢。
⑧三不五時：時常。
⑨月給：一個月的工資或薪水。
⑩屎哈坑：茅坑。
⑪跳人：責人不是。
⑫你爸：生氣語如「老子我」。
⑬奸姦簡字臺語同音。
⑭騙肖：混帳。
⑮在室女：處女。

作者簡介與評析

王禎和，一九四〇年出生於花蓮。臺大外文系畢業。大二那年寫下處女作〈鬼．北風．人〉，由白先勇發表於《現代文學》，從此展開創作的生涯。一九七九年罹患鼻咽癌後，與病魔奮戰，一九八〇年逝世，享年五十歲。著有小說集《嫁粧一牛車》、《人生歌王》、《香格里拉》、《美人圖》、《玫瑰玫瑰我愛你》、《兩地相思》等。臺大外文系的學院訓練，使得王禎和勇於進行語言的創新實驗，將西方的文學技巧，注入花蓮的鄉土生活內容，進而揉雜出一獨特的文風，亦莊亦諧，交織人性中的高貴與卑鄙。他也擅長營造喜劇的荒謬情境，表現小人物的瑣屑卑微，從中折射出深沉的悲劇感與同情心。

王禎和與黃春明為鄉土文學的代表作家，他們的小說均以小人物為主角。然而不同的是，黃春明筆下的形象，通常對生命懷抱著某種堅實而良善的信仰，但王禎和所勾勒出來的，卻是一張又一張瑣屑的面孔，或順應著時代的浪潮而得意忘形，或受制於生活的困境，不得已和命運妥協。〈嫁粧一牛車〉的萬發便是這類小人物的典型，他為了換取生活必需，任由妻子與他人偷情，忍受街坊鄰居的訕笑。正如小說前頭引亨利．詹姆斯所言：「生命裡總也有甚至修伯特都會無聲以對底時候……」，現實界的荒謬與無奈，生活的重壓，遂使得扭曲變形的生命，顯現出了一種醜怪的悲劇的美。除了人物的造型之外。王禎和運用俚俗的語言，製造一場小說敘事的嘉年華會，更能凸顯出臺灣庶民社會文化的多元活力。

延伸閱讀

1 姚一葦，〈論王禎和的「嫁粧一牛車」〉，《文學季刊》，（1968年2月），頁12~17。

2 高全之，〈道德詭辯的營建及其超越（上）（下）——〈嫁粧一牛車〉的另一種讀法〉。《幼獅文藝》（1996年4、5月），頁92~97、95~99。

3 張大春，〈人人愛讀喜劇——王禎和怎樣和小人物「呼吸著同樣的空氣」〉，《張大春的文學意見》（臺北：遠流，1992），頁143~166。

4 楊照，〈現代化的多重邊緣經驗——論王禎和的小說〉，《夢與灰燼》（臺北：聯合文學，1998），頁115~132。

5 廖淑芳，〈王禎和與林宜澐小說比較閱讀——以語言運用為主的考察〉《東華漢學》第7期（2008年6月），頁217-258。

兒子的大玩偶

黃春明

在外國有一種活兒，他們把它叫做「Sandwich-man」。小鎮上，有一天突然地出現了這種活兒，但是在此地卻找不到一個專有的名詞，也沒有人知道這活兒應該叫什麼。經過一段時日，不知道那一個人先叫起的，叫這活兒作「廣告的」。等到有人發覺這活兒已經有了名字的時候，小鎮裡大大小小的都管它叫「廣告的」了。甚至於，連手抱的小孩，一聽到母親的哄騙說：「看哪！廣告的來了！」馬上就停止吵鬧，而舉頭東張西望。

一團火球在頭頂上滾動著緊隨每一個人，逼得叫人不住發汗。一身從頭到腳都很怪異的，仿十九世紀歐洲軍官模樣打扮的坤樹，實在難熬這種熱天。除了他的打扮令人注意之外，在這種大熱天，那樣厚厚的穿著也是特別引人的；反正這活兒就是要吸引人注意。

臉上的粉墨，叫汗水給沖得像一尊逐漸熔化的蠟像，塞在鼻孔的小鬍子，吸滿了汗水，逼得他不得不張著嘴巴呼吸，頭頂上圓筒高帽的羽毛，倒是顯得涼快地飄顫著。他何嘗不想走進走廊避避熱？但是舉在肩上的電影廣告牌，叫他走進不得。新近，身前身後又多掛了兩張廣告牌；前面的是百草茶，後面的是蛔蟲藥。這樣子他走路的姿態就得像木偶般地受拘束了。累倒是累多了，能多要到幾個錢，總比不累的好。他一直安慰著自己。

從幹這活兒開始的那一天，他就後悔得急著想另找一樣活兒幹。對這種活兒他愈想愈覺得可笑，如果別人不笑話他，他自己也要笑的；這種精神上的自虐，時時縈繞在腦際，尤其在他覺得受累的時候倒逞強的很。想另換一樣活兒吧。單單這般地想，也有一年多了。

近前光晃晃的柏油路面，熱得實在看不到什麼了。稍遠一點的地方的景象，都給蒙在一層黃膽色的空氣的背後，他再也不敢望穿那一層帶有顏色的空氣看遠處。萬一真的如腦子裡那樣幌動著倒下去，那不是都完了嗎？他用意志去和眼前的那一層將置他於死地的色彩掙扎著：他媽的！這簡直就不是人幹的。但是這該怪誰？

「老闆，你的電影院是新開的，不妨試試看，試一個月如果沒有效果，不用給錢算了。海報的廣告總不會比我把上演的消息帶到每一個人的面前好吧？」

「那麼你說的服裝呢？」

（與其說我的話打動了他，倒不如說是我那幅可憐像令人同情吧。）

「只要你答應，別的都包在我身上。」

（為這件活兒他媽的！我把生平最興奮的情緒都付給了它。）

「你總算找到工作了。」

（他媽的，阿珠還為這活兒喜極而泣呢。）

「阿珠，小孩子不要打掉了。」

（為這事情哭泣倒是很應該的。阿珠不能不算是一個很堅強的女人吧，我第一次看到她那麼軟弱而嚎啕的大哭起來。我知道她太高興了。）

想到這裡，坤樹禁不住也掉下淚來。一方面他沒有多餘的手擦拭，一方面他這樣想：管他媽的蛋！誰知道我是流汗或是流淚。經這麼一想，淚似乎受到慫恿，而不斷的演出來。在這大熱天底下，他的臉肌還可以感到兩行熱熱的淚水簌簌地滑落，不抑制淚水湧出的感受，竟然是這般痛快；他還是頭一次發覺的哪。

「坤樹！你看你！你這像什麼鬼樣子！人不像人，鬼不像鬼，你！你怎麼會變成這個模樣來呢？」

（幹這活兒的第二天晚上；阿珠說他白天就來了好幾趟了。那時正在卸裝，他一進門就嚷了起來。）

「大伯仔……」

（早就不該叫他大伯仔了。大伯仔，屁大伯仔哩！）

「你這樣的打扮誰是你的大伯仔！」

「大伯仔聽我說……」

「還有什麼可說的！難道沒有別的活兒幹啦？我就不相信，敢做牛還怕沒有犁拖？我話給你說在前面，你要現世給我滾到別地方去！不要在這裡污穢人家的地頭。你不聽話到時候不要說這個大伯仔反臉不認人！」

「我一直到處找工作……」

「怎麼？到處找就找到這沒出息的鳥活幹了！」

「實在沒有辦法，向你借米也借不到……」

「怎麼？那是我應該的？我應該的？我，我也沒有多餘的米，我的米都是零星買的，怎麼？這和你的鳥活何干？你少廢話！你！」

（廢話？誰廢話？真氣人。大伯仔，大伯仔又怎麼樣？娘哩！）

「那你就不要管！不要管不要管不要管……」

（呵呵，逼得我差點發瘋。）

「畜生！好好！你這個畜生！你竟敢忤逆我，你敢忤逆我。從今以後我不是你坤樹的大伯！切斷！」

「切斷就切斷。我有你這樣的大伯仔反而會餓死。」

（應得好，怎麼去想出這樣的話來？他離開時還暴跳地罵了一大堆話。隔日，真不想去幹活兒了。倒不是怕得罪大伯仔，就不知道為什麼地灰心的提不起精神來。要不是看到阿珠的眼淚，使我想到我答應地說：「阿珠，小孩子不要打掉了。」的話；還有那兩帖原先準備打胎用的柴頭仔也都扔掉了；我真不會再有勇氣走出門。）

想是坤樹唯一能打發時間的辦法，不然，從天亮到夜晚，小鎮裡所有的大街小巷，那得走上幾十趟，每天同樣的繞圈子，如此的時間，真是漫長得怕人。寂寞與孤獨自然而然地叫他去做腦子裡的活動；對於未來的很少去想像，縱使有的話，也是幾天以後的現實問題，除此之外，大半都是過去的回憶，以及以現在的想法去批判。

頭頂上的一團火球緊跟著他離開柏油路，稍前面一點的那一層黃膽色的空氣並沒有消失。他慵懶地感到被裹在裡面令他著急。而這種被迫的焦灼的情緒，有一點類似每天天亮時給他的感覺；躺在床上，看到曙光從壁縫漏進來，整個屋裡四周的昏闇與寂靜，還有那家裡特有的潮濕的氣味，他的情緒驟然地即從寧靜中躍出恐懼，雖然是一種習慣的現象，但是，每天都像一個新的事件發生。真的，每月的收入並不好，不過和其他工作比起來，還算是不差的啦。工作的枯燥和可笑，激人欲狂。可是現在家裡沒有這些錢，起碼的生活就馬上成問題，怎麼樣？最後，他說服了自己，不安的還帶著某種的慚愧爬了起來，坐在阿珠的小梳妝臺前，從抽屜裡拿出粉塊，望著鏡子，塗抹他的臉望著鏡子，淒然的留半邊臉苦笑，白茫茫的波濤在腦子裡翻騰。

他想他身體裡面一定一滴水都沒有了，向來就沒有這般的渴過。育英國校旁的那條花街，妓女們穿著睡衣，拖著木板屐在零食攤吃零食，有的坐在門口施粉，有的就茫然的依在門邊，也有埋首在連環圖畫裡面，看那樣子倒是很逍遙。其中夾在花街的幾戶人家，緊緊地閉著門戶，不然即是用欄柵橫在門口，並且這些人家的門邊的牆壁上，很醒眼的用紅漆大大的寫著「平家」兩個字。

「呀！廣告的來了！」圍在零食攤裡面的一個妓女叫了出來。其餘的人紛紛轉過臉來，看著坤樹頭頂上的那一塊廣告牌子。

他機械的走近零食攤。

「喂！樂宮演什麼啊？」有一位妓女等廣告的走過他們的身邊時問。

他機械的走過去。

「你發了什麼神經病，這個人向來都不講話的。」有人對著向坤樹問話的那個妓女這樣地笑她。

「他是不是啞巴？」妓女們談著。

「誰知道他？」

「也沒看他笑過，那幅臉永遠都是那麼死死的。」

他才離開他們沒有幾步，他們的話他都聽在心裡。

「喂！廣告的？來呀！我等你。」有一個妓女吆喝的向他追過來，在笑聲中有人說：

「如果他真的來了不把你嚇死才怪。」

他走遠了，還聽到那一個妓女又一句挑撥的吆喝，在巷尾，他笑了。

要的，要是我有了錢我一定要。我要找仙樂那一家剛才依在門旁發呆的那一個，他這樣想著。

走過這條花街，倒一時令他忘了許多勞累。

看看人家的鐘，也快三點十五分了。他得趕到火車站和那一班從北來的旅客衝個照面；這都是和老闆事先訂的約，例如在工廠下班，中學放學等等都得去和人潮衝個照面。

時間也控制的很好，不必放快腳步，也不必故意繞近路，當他走出東明里向轉站前路，那一班下車的旅客正好紛紛地從柵口走出來，靠著馬路的左邊迎前走去；這是他幹這活的原則。陽光仍然熱得可以烤番薯，下車的旅客匆忙的穿過空地，一下子就鑽進貨運公司這邊的走廊。除了少數幾個外來的旅客，再也沒有人對他感到興趣，要不是那幾張生疏而好奇的面孔，對他有所鼓勵的話，他真不知怎麼辦才好；他是有把握的，隨便捉一個人，他都可以辨認是外地的或是鎮上的，甚至於可以說出那個人大部分在什麼時間，什麼地方出現。

無論怎麼，單靠幾張生疏的面孔，這個飯碗是保不住。老闆遲早也會發現。他為了目前反應，心都頹了。

（我得另做打算吧。）

此刻，他心裡極端的矛盾著。

「看哪！看哪！」

（開始那一段日子，路上人群的那種驚奇，真像見了鬼似的。）

「他是誰呀？」

「那兒來的？」

「咱們鎮裡的人嗎？」

「不是吧！」

「唷！是樂宮戲院的廣告。」

「到底是那裡的人呢？」

（真莫名奇妙，注意我幹什麼？怎麼不多看看廣告牌？那一陣子，人們對我的興趣真大，我是他們的謎。他媽的，現在他們知道我是坤樹仔，謎底一揭穿就不理了。這干我什麼？廣告不是經常在變換嗎？那些冷酷和好奇的眼睛，還亮著哪！）

反正幹這種活，引起人注意和被疏落，對坤樹同樣是一片苦惱。

他在車站打了一回轉，被游離般的走回站前路。心裡和體外的那種無法調合的冷熱，向他挑戰。坤樹的反抗只止於內心裡面的咒詛而已，五六公尺外的那一層黃膽色的空氣又隱約的顯現，他口渴得喉嚨就要裂開。這時候，家，強有力的吸引著他回去。

（不會為昨晚的事惰，今天就不為我泡茶吧？唉！中午沒回去吃飯就太不應該了，上午也應該回去喝茶。阿珠一定更深一層的誤會，他媽的該死！）

「你到底生什麼氣，氣到我身上來。小聲一點怎麼樣，阿龍在睡覺。」

（我不應該遷怒於她。都是那吝嗇鬼不好，建議他給我換一套服裝他不幹，他說：「那是你自己的事！」我的事？真是他媽的狗屎！這件消防衣改的，已經引不起別人的興趣了，同時也不是這種大熱天能穿的啊！）

「我就這麼大聲！」

（嘖！太過分了。但是一肚子氣怎麼辦？我又累得很，阿珠真笨，怎麼不替我想想，還向我頂嘴。）

「你真的要這樣逼人嗎？」

「逼人就逼人！」

（該死，阿珠？我是無心的。）

「真的？」

「不要說了！」撕著喉嚨叫：「住嘴？我！我打人啦啊！」當時把拳頭握得很緊，然後猛力的往桌子搥擊。

（總算生效了，她住嘴了，我真怕她逞強。我想我會無法壓制地打阿珠。但是我絕對是無心的。把阿龍嚇醒過來真不應該。阿珠那麼緊緊地抱著阿龍哭的樣子，真叫人可憐。我的喉嚨受不了，我看今天喝不到茶了吧？活該！不，我真渴著哪。）

坤樹一路想著昨晚的事情，不覺中已經到了家門口，一股悸動把他引回現實，門是掩著，他先用腳去碰它，板門輕輕的開了。他放下廣告牌子，把帽子抱在一邊走了進去。飯桌上罩著竹筐，大茶壺擱在旁邊，嘴上還套著那個綠色的大塑膠杯子。她泡了！一陣溫暖流過坤樹的心頭，覺得寬舒了起來。他倒滿了一大杯茶，駛直喉嚨灌。這是阿珠從今年夏天開始，每天為他準備的薑母茶，裡頭還下了赤糖，等坤樹每次路過家門進來喝的。阿珠曾聽別人說，薑母茶對勞累的人很有裨益。他渴得倒滿了第二杯，同時心裡的驚疑也滿了起來。平時回來喝茶不見阿珠倒不怎麼，但為了昨晚無理的發了一陣子牛脾氣的聯想，使他焦灼而不安。他放下茶，打開桌罩和鍋蓋，發覺菜飯都沒動，床上不見阿龍睡覺阿珠替人洗的衣服疊得好好的。那裡去了？阿珠從坤樹不吃早飯就出門後，心也跟著懸得高高的放不下來，本來想叫他吃飯的，但是她猶豫了一下，坤樹已經過了馬路了。他們一句話都沒說。阿珠揹著阿龍和平時一樣地去替人家洗衣服。她不安得真不知怎做才好，用力在水裡搓著衣服，身體的擺動，使阿龍沒有辦法將握在手裡的肥皂盒，放在口裡滿足他的吸吮。小孩把肥皂盒丟開，氣得放聲哭了。阿珠還是用力的搓衣服。小孩愈哭愈大聲，她似乎沒聽見；過去她沒讓阿龍這般可憐的哭著而不理。

「阿珠，」就在水龍頭上頭的廁所窗口，女主人喊她。

她仍然埋首搓衣服。

「阿珠。」這位一向和氣的女主人，不能不更大聲地叫她。

阿珠驚慌的停手，站起來想聽清楚女主人的話時，同時也意識到阿龍的哭鬧，她一邊用濕濕的手溫和的拍著阿龍的屁股，一邊側頭望著女主人。

「小孩子在你的背上哭得死去活來，你都不知道嗎？」雖然帶有點責備，但是口氣還是十分溫和。

「這小孩子。」她實在也沒什麼話可說。「給了他肥皂盒玩他還哭！」她放斜左邊的肩膀，回過頭向小孩：「你的盒子呢？」她很快的發現掉在地上的肥皂盒，馬上俯身拾過來在水盆裡一沾，然後摔了一下水，又往後拿給阿龍了。她蹲下來，拿起衣服還沒搓的時候，女主人又說話了。

「你手上拿著的這一件紗是新買的，洗的時候輕一點搓。」

她實在記不起來她是怎麼搓衣服，不過她覺得女主人的話是多餘的。

好容易才把洗好的衣服晾起來，她匆匆忙忙地揹著阿龍往街上跑。她穿過市場，她沿著鬧區的街道奔走，兩雙焦灼的眼，一直索尋到盡頭，她什麼都沒發現。她腦子裡忙亂的判斷著可能尋找到他的路。最後終於在往鎮公所的民權路上，遠遠地看到坤樹高高地舉在頭頂上的廣告牌，她高興的再往前跑了一段，坤樹的整個背影都收入她的眼裡了。她斜放左肩，讓阿龍的頭和她的臉相貼在一起說：

「阿龍，你看！爸爸在那裡！」她指著坤樹的手和她講話的聲音一樣，不能公然的而帶有某種自卑的畏縮。他們距離得很遠，阿龍什麼都不知道。她站在路旁目送著坤樹的背影消失在岔路口，這時，內心的憂慮剝了其中最外的一層。她不能明白坤樹這個時候在想些什麼，他不吃飯就表示有什麼。不過，看他還是和平常一樣的舉著廣告牌走；唯有這一點叫她安心。但是這和其他令她不安的情形揉雜在一起，變得比原先的恐懼更難負荷的複雜，充塞在整個腦際裡。見了坤樹的前後，阿珠只是變換了不同的情緒，心裡仍然焦灼的。她想她該回去替第二家人家洗衣服去了。

當她又替人洗完衣服回到家裡，馬上就去打開壺蓋。茶還是整壺滿滿的，稀飯也沒動，這證明坤樹還是沒回來過。他一定有什麼的。她想。本來想把睡著了的阿龍放下來，現在她不能夠。她匆忙的把門一掩，又跑到外頭去了。

頭頂上的火球正開始猛烈的繞著，大部分路上的行人，都已紛紛的躲進走廊，所以阿珠要找坤樹容易的多了。她站在路上，往兩端看看，很快的就可以知道他不在這一條路上。這次阿珠在中正北路的踞木廠附近看到他了，他正向媽祖廟那邊走去。她距離坤樹有七八個房子那麼遠，偷偷地跟在後頭，還小心的提防他可能回過頭來。在背後始終看不出坤樹有什麼異樣，有幾次，阿珠藉著走廊的柱子遮避，她趕到前面距離坤樹背後兩三間房的地方觀察他，仍然看不出有什麼異樣的地方。但是，不吃飯，不喝茶的事，卻令阿珠大大的不安。她一直不能相信她所觀察的結果，而深信一定有什麼。她擔憂著什麼事將在他們之間發生。這時阿珠突然想看看坤樹的正向，她想，也許在坤樹的臉上可以看到什麼。她跟到十字路口的地方，看坤樹並沒拐彎而直走。於是她半跑的穿過幾段路，就躲在媽祖廟附近的攤位背後，等坤樹從前面走過來。她急促忐忑的心，跟著坤樹的逼近，逐漸的高亢起來。面臨著自己適才的意願的頃刻，她竟不顧旁人對她的驚奇，她很快的蹲到攤位底下，然後連接著側過頭，看從她旁邊閃過的坤樹。在這剎那間，她只看到不堪熬熱的坤樹的側臉，那汗水的流跡，使她也意識到自己的額頭亦不斷地發汗。阿龍也流了一身汗。

那包紮著一個核心的多層的憂慮，雖然經她這麼跟蹤而剝去了一些，而接近裡層的核心，卻敏感的只稍一觸及即感到痛楚。阿珠又把自己不能確知什麼的期待，放在中午飯的時候。她把最後的一家衣服洗了。接著準備好中午飯，一邊給阿龍餵奶一邊等著坤樹，但是過了些時，還不見坤樹的影子踏進門，這使她又激起極大的不安。

她揹著阿龍在公園的路上找到坤樹。有幾次，她真想鼓起勇氣，跟上前懇求他回家吃飯，但是她稍微一走近坤樹，突然就感到所有的勇氣又消失了。於是，她只好保持一段距離，默默地且傷心的跟著坤樹。這條路走過那一條路，這條巷子轉到另外一條巷子，沿途她還責備自己，說昨晚根本就不該頂嘴，害得他今天這麼辛苦，兩頓飯沒吃，茶水也沒喝，在這樣的大熱天，不斷的走路……。她流著淚，走幾步路，總得牽揹巾頭擦拭一下。

最後看到坤樹轉向往家裡走的路，她高興得有點緊張。她從另一條巷口先趕回到家門口的另一條巷口的地方，在那裡可以看到坤樹怎麼走進屋子裡，看他有沒有吃飯。坤樹走過來了。終於在門口停下來了。阿珠看到他走進屋子裡的時候，流出了更多眼淚，她只好用雙手掩面，而將頭頂在巷口的牆上，支住著放鬆她的心緒。坤樹在屋裡的一舉一動，她都看在眼裡了。她也猜測到坤樹的心裡，正焦急地找她，這種想法，使她覺得多少還是幸幅的。

當坤樹在屋裡納悶而急不可待的想踏出外面，阿珠揹著阿龍低著頭閃了進來。阿珠在對面竊視到坤樹喝了茶，一股喜悅地跨過來的時間，正好是坤樹納悶的整段。看到妻子回來了，另一邊看到丈夫喝了茶了，兩個人的心頭像同時一下子放了重擔。阿珠還是低著頭，忙著把桌罩掀掉，接著替坤樹添飯。坤樹把前後的廣告牌子卸下來放在一邊，將胸口的釦子解開，坐下來拿起碗筷默默地吃了，阿珠也添了飯，坐在坤樹的對面用飯。他們一直沉默著，整個屋子裡面，只能聽到類似豬圈裡餵豬時的嚼嚼的聲音。坤樹站起來添飯，阿珠趕快地抬起頭看看他的背後，又很快的低下頭扒飯。等阿珠站起來，坤樹迅速的看了看她的背後，在她轉身過來之前，亦將視線移到別的地方。坤樹終於耐不住這種沉默了：

「阿龍睡了？」他明知道阿龍在母親背後睡著了。

「睡了。」她還是低著頭。

又是一段沉默。

坤樹看著阿珠，但是以為阿珠這一動將抬頭時，他馬上又把視線移開。他又說話了：

「今天早上紅瓦厝的打鐵店著火了你知道不知道？」

「知道。」

這樣的回答，坤樹的話又被阻塞了。又停了一會兒。

「上午米粉間那裡的路上死了兩個小孩。」

「唷！」她猛一抬頭，看到坤樹也正從飯碗裡將要抬頭時，很快的又把頭低了下去，「怎麼死的？」她內心是急切想知道這問題的，但語調上已經沒有開始的驚嘆那麼來得激動。

「一輛運米的牛車，滑下來幾包米，把吊在車尾的小孩壓死了。」

坤樹從幹了這活以後，幾乎變成了阿珠專屬的地方新聞記者，將他每天在小鎮裡所發現的事情，一五一十地告訴她，有時也有號外的消息，例如有一次，坤樹在公園路看到了一排長龍從大主教堂的側門排到路上，他很快的專程的趕回家，告訴阿珠說大主教堂又在賑濟麵粉了。等他晚上回來，兩大口的麵粉和一廳奶粉好好的擺在桌上。

雖然某種尷尬影響了他們談話的投機，但總算和和氣氣的溝通了。坤樹把胸釦扣好，打點了一下道具，不耐沉默地又說：

「阿龍睡了？」

（廢話，剛才不是說了！）

「睡著了。」她說。

但是，坤樹為了前句話，窘得沒聽到阿珠的回答。他有點匆忙的走出門外，連頭也不回的走了。這時阿珠才站在門口，搖晃著背後的阿龍，一邊輕拍小孩的屁股目送著丈夫消失。這一段和解的時間約有半個小時的光景，然而他們之間的目光卻沒有真正的接觸過。

農會的米倉，不但牆築得很高，同時長得給人感到怪異。這裡的空氣因巨牆的關係，有一團氣流在這裡旋轉，牆的巨影蓋住了另一邊的矮房，坤樹正向這邊走過來。他的精神好多了，眼前直穿到盡頭，再也看不到那一層膽黃色的阻隔了，那麻木不覺的臂膀，重新恢復了舉在頭頂上的廣告牌子的重量感。他估量天色的時分和晚上的時間，埋怨此刻不是晚上，他實在想睡覺的事。他有這種經驗，只要這麼經過，他和阿珠之間的尷尬即可全消。其實為了消融夫妻之間的尷尬算是附帶的，不知怎麼，夫妻之間有了尷尬，而到了某一種程度的時候，性慾就勃發起來。這麼白亮的時光，真受坤樹咒詛，倉庫的四周，麻雀吱吱喳喳叫個不停，他想到自己的童年，那時這一排矮房子還是一片空地，他常常和幾個小朋友跑到這裡打麻雀；當時他練得一手好彈弓。電線上的幾隻麻雀有的正劈著頭望他，他略微側著頭望上去，仍舊不變腳步地走著，側仰的頭和眼球的角度，跟著他每一步的步伐在變，突然後面有人跑過來的腳步聲，使他驚嚇的回轉過頭。這和他以前提防著倉庫的那位老頭子一樣。他為他這動作感到好笑。那位老頭，早在他在這裡來打麻雀的時候就死掉了，屍體還是他們在倉庫邊的井旁發現的。想啊想地，電線上的麻雀已落在他的後頭了。

一群在路旁玩土的小孩，放棄他們的遊戲，嘻嘻哈哈地向他這邊跑來，他們和他保持警戒的距離跟著他走，有的在他的前面，面向著他倒退著走。在阿龍還沒有出生以前，街童的纏繞曾經引起他的氣惱。但是現在不然了，對小孩他還會向他們做做鬼臉，這不但小孩子高興，無意中他也得到了莫大的愉快。每次逗著阿龍笑的時候，都可以得到這種感覺。

「阿龍——阿龍——」

「你管你自己走吧，誰要你撒嬌。」

「阿龍——再見，再見……」

他們幾乎每天都是這樣的在門口分手。阿龍看到坤樹走了他總是要哭鬧一場，有時從母親的懷抱中，將身體往後仰翻過去，想挽留去工作的父親。這時，坤樹往往由阿珠再說一句：「孩子是你的，你回來他還在。」之類的話，他才死心走開。

（這孩子這樣喜歡我。）

坤樹十分高興。這份活兒使他有了阿龍，有了阿龍叫他忍耐這活兒的艱苦。

「鬼咧！你以為阿龍真正喜歡你嗎？這孩子以為真的有你現在的這樣一個人哪！」

（那時我差一點聽錯阿珠的這句話。）

「你早上出門，不是他睡覺，就是我揹出去洗衣服。醒著的時候，大半的時間你都打扮好這般模樣，晚上你回來他又睡了。」

（不至於吧，但這孩子越來越怕生了。）

「他喜歡你這般打扮做鬼臉，那還用說，你是他的大玩偶。」

（呵呵，我是阿龍的大玩偶，大玩偶？）

那位在坤樹前面倒退著走的小街童，指著他嚷：

「哈哈，你們快來看，廣告的笑了，廣告的眼睛和嘴巴說這樣這樣地歪著哪！」幾個在後頭的都跑到前面來看他。

（我是大玩偶，我是大玩偶。）

他笑著。影子長長的投在前面，有了頭頂上的牌子，看起來不像人的影子。街童踩著他的影子玩，遠遠的背後有一位小孩子的母親在喊，小孩子即時停下來，以惋惜的眼睛目送他，而也以羨慕的眼睛注視其他沒有母親出來阻止的朋友，坤樹心裡暗地裡讚賞阿珠的聰明，他一再地回味著她的比喻：「大玩具娃娃，大玩具娃娃。」

「龍年生的，叫阿龍不是很好嗎？」

（阿珠如果讀了書一定是不錯的。但是讀了書也就不會是坤樹的妻子了。）

「許阿龍。」

「是不是這個龍。」

（戶籍課的人也真是，明知道我不太熟悉字才請他替我填表，他還那麼大聲的問。「鼠牛虎兔龍的龍。」）

「六月生的，怎麼不早來報出生？」

「今天才取到名字。」

「超出三個月未報出生要罰十五元。」

「連要報出生我們都不知道咧。」

「不知道？那你們怎麼知道生小孩？」

（真不該這樣挖苦我，那麼大聲引得整個公所裡面的人都望著我笑。）

中學生放學了，至少他們比一般人好奇，他們讀著廣告牌的片名，有的拿電影當著話題，甚至於有人對他說：「有什麼用？教官又不讓我們看！」他不能明白他的意思，但是他很愉快，看到每一個中學生的書包，漲得鼓鼓的，心裡由衷的敬佩。

（我們有三代人沒讀過書了，阿龍總不至於吧！就怕他不長進。聽說註冊需要很多錢哪！他們真是幸運的一群！）

兩排高大的桉的路樹，有一邊的影子斑花的映在路面，從那一端工業地區走出來的人，他們沒有中學生那麼興奮，滿臉帶著疲倦的神色，默默地犁著空氣，即使有人談笑也只是那麼小聲和輕淡。找這活幹以前，坤樹亦曾到紙廠、鋸木廠、肥料廠去應徵過，他很羨慕這群人的工作，每天規律的在這個時候，通過這涼爽的高桉路回家休息。除此之外，他們還有禮拜天哪。她始終不明白為什麼被拒絕，他檢討過，但是無論如何也想不通的：

「你家裡幾個人？」

「我和我的妻子，父母早就去世了，我的——」

「好了好了，我知道。」

（真莫名奇妙？他知道什麼？我還沒說完咧。他媽的！好不容易排了半天隊輪到我就問這幾句話？有些人連問都沒問，他只是點點頭笑一笑，那個應徵的人隨即顯得那麼得意。）

黃昏了。

坤樹向將墜入海裡的太陽瞟了一眼，自然而然不經心的快樂起來，等他回到樂宮戲院的門口，經理正在外面看著櫥窗。他轉過臉來說：

「你回來得正好，我找你。」

對坤樹來說，這是很不尋常的。他愣了一下，不安的說：

「什麼事？」

「有事和你商量。」

他腦子裡一時忙亂的推測著經理的話和此時那冷淡的表情。他小心的將廣告牌子靠在櫥窗的空牆，把前後兩塊廣告也卸下來，抱著高帽的手有點發顫。他真想多拖延一點時間，但能拖延的動作都做了，是他該說話了。他憂慮重重的轉過身來，那濕了後又乾的頭髮，牢牢地貼在頭皮，額頭和顴骨兩邊的白粉，早已被汗水沖淤在眉毛和向內凹入的兩頰的上沿，露出來的皮膚粗糙的像患了病。最後，他無意的把小鬍子也摘下來，眼巴巴的站在那裡，那模樣就像不能說話的怪異的人型。

經理問他說：

「你覺得這樣的廣告還有效果嗎？」

「我，我——」。他急得說不出話來。

（終於料到了。完了！）

「是不是應該換個方式？」
「我想是的。」坤樹毫無意義的說。
（他媽的完了也好！這樣的工作有什麼出息。）
「你會不會踏三輪車？」
「三輪車？」他很失望。
（糟糕！）
坤樹又說：「我，我不大會。」
「沒什麼困難吧，騎一兩趟就熟了。」
「是。」
「我們的宣傳想改用三輪車，你除了踏三輪車以外，晚上還是照樣幫忙到散場。薪水照舊。」
「好。」（嗨！好緊張呀！我以為完了。）
「明天早上和我到車行把車子騎回來。」
「這個不要了？」他指著靠牆的那張廣告牌，那意思是說不用再這樣打扮了？
經理裝著沒聽到他的話走進去了。
（傻瓜！還用問。）
他覺得很好笑。然而到底有什麼好笑？他不能確知。他張大著嘴巴沒出聲的笑著。回家的途中，他隨便的將道具扛在肩上，反而引起路人驚訝的注視，還有那頂高帽挾在他的腋下的樣子，也是小鎮裡的人所沒有見過的。

「看吧！這是你們最後的一次。」他禁不住內心的愉快，真像飛起來的感覺。是很可笑的一種活兒哪！他想：記得小時候，不知道那裡來的巡迴電影。對了，是教會的，就在教會的門口，和阿星他們爬到相思樹上看的。其中就有這樣打扮著廣告的人的鏡頭，一群小孩子纏繞著他。那印象給我們小孩太深刻了，日後我們還打扮成類似的模樣做遊戲，想不到長大了卻成了事實。太可笑了。

「他媽的！那麼短短的鏡頭，竟他媽的這樣，他媽的可笑。」坤樹沿途想著，且喃喃自言自語地說個沒完。

往事一幕一幕地又重現在腦際。

「阿珠，如果再找不到工作，肚子裡的小孩就不能留了。這些柴頭藥據說一個月的孕期還有效。不用怕，所有的都化成血水流出來而已。」

（好險哪？）

「阿珠，小孩子不要打掉了。」

（那麼說，那時候沒趕上看那場露天的電影。有沒有阿龍還是一個問題哪！幸虧我爬上相思樹看。）

奇怪的是，他對這本來想拋也拋不掉的活，每天受他咒詛不停，現在他倒有有些敬愛起來。不過敬愛還是歸於敬愛，他內心的新的喜悅總比其他的情緒強烈的多。

「坤樹，你回來了！」站在路上遠遠望到丈夫回來的阿珠，出於尋常的興奮地叫了起來。

坤樹驚訝極了。他想不透阿珠怎麼知道了，如果不是這麼回事，阿珠這般親熱的表現，坤樹認為太突然而過於大膽了；在平時他遇到這種情形，一定會窘上半天。

當坤樹走近來，他覺得還不適於說話的距離時，阿珠搶先的說：

「我就知道你走運了。」她好像恨不得把所有的話都說出來。坤樹卻真正的嚇了一跳，她接著說：「你會不會踏三輪車？其實不會也沒有關係，騎一兩趟就會熟的。金池想把三輪車頂讓給你咧。詳細的情形——」

他聽到此地才明白過來。他想索性就和她開個玩笑吧。於是他說：

「我都知道了。」

「剛看到你回來的樣子，我猜想你也知道了。你覺得怎麼樣？我想不會錯吧！」

「不錯是不錯，但是。」他差一點也抑不住那令他快樂的消息，欲言又做罷了。

阿珠不安的逼著問：

「有什麼問題嗎？」

「如果經理不高興我們這樣做的話，我想就不該接受金池的好意了。」

「為什麼？」

「你想想，當時我們要是沒有這件差事，那真是不堪想像，說不定阿龍就不會有。現在我們一有其地工作，一下子就把工作丟了，這未免太過分吧！」這完全是他臨時想出來的話，但經他說出來之後，馬上覺察到話的嚴肅與重要性，他突然變得很正經，與其說阿珠了解他的話，倒不如說被他此刻的態度懾住了。她顯然是失望的，但至少有一點義理支持她。她沉默的跟著坤樹走進屋子裡，在一團困惑的思緒中，清楚的意識到坤樹有一種新的尊敬。可能提到和阿龍有關係的緣故吧，她很容易的接受了這種說法。

晚飯，他們和平常一樣的吃著，所不同的是坤樹常常很神祕的望著阿珠不說話，除了有一點奇怪之外，阿珠倒是很安心，她在對方的眼神中，隱約的看到善良的笑意。在意識裡，阿珠覺得她好像把坤樹踏三輪車以後的生活計畫都說了出來，而不顧慮有欠恩情於對方的利益，似乎自責的很厲害。坤樹有意要把真正好的消息，留在散場回來時告訴她。他放下飯碗，走過去看看熟睡的阿龍。

「這小孩子一天到晚就是睡。」

「能睡總是好囉。不然，我什麼事情都不能做，註生娘娘算很幫我們忙，給我們這麼乖的孩子。」

他又到戲院去工作了。

他後悔沒即時將事情告訴阿珠。因此他覺得還有三個小時才散場的時間是長不可耐的。也許在別人看來這是一件平凡中的小事情。但是，對坤樹來說，無論如何是裝不了的，像什麼東西一直溢出來令他焦急。

（在洗澡的時候，差點說出來。說了出來不就好了嗎？）

「你怎麼把帽子弄扁了呢？」那時阿珠問。

（阿珠一向是聰明的，她是嗅出一點味道來了。）

「噢！是嗎？」

「要不要我替你弄平？」

「不用了。」

（她的眼睛想望穿帽子，看看有什麼祕密。）

「好！把它弄平吧。」

「你怎麼這樣不小心，把帽子弄得這麼糟糕。」

（乾脆說了算了。嘖！就是。）

這樣錯綜的去想過去的事情，已經變成了坤樹的習慣。縱使他用心提防再不這樣去想也是枉然的了。

他失神的坐在工作室，思索著過去生活的片段，即使是當時感到痛苦與苦惱的事情，現在浮現在腦海裡亦能撲得他的笑意。

「坤樹。」

他出神的沒有動。

「坤樹。」比前一句大聲地。

他受驚的轉過身，露出尷尬的笑容望著經理。

「快散場了，去把太平門打開，然後到寄車間幫忙。」

一天總算真正的過去了。他不像過去那樣覺得疲倦。回到家，阿珠抱著阿龍在外。

「怎麼還沒有睡？」

「屋子裡太熱了，阿龍睡不著。」

「來，阿龍——爸爸抱。」

阿珠把小孩子遞給他，跟著走進屋子裡。但是阿龍竟突然的哭起來，儘管坤樹怎麼搖，怎麼逗他都沒用，阿龍愈哭愈大聲。

「傻孩子，爸爸抱有什麼不好？你不喜歡爸爸了嗎？乖乖，不哭不哭。」

阿龍不但哭得大聲，還掙扎著將身子往後倒翻過去，像早上坤樹打扮好要出門之前，在阿珠的懷抱中想掙脫到坤樹這邊來的情形一樣。

「不乖不乖，爸爸抱還哭什麼。你不喜歡爸爸了？傻孩子，是爸爸啊！是爸爸啊！」坤樹一再提醒阿龍似的：「是爸爸啊，爸爸抱阿龍，看！」他扮鬼臉，他「嗚魯嗚魯」地怪叫，但是一點用處都沒有，阿龍哭得很可憐。

「來啦，我抱。」

坤樹把小孩子還給阿珠，心突然沉下來。他走到阿珠的小梳妝臺，坐下來，躊躇的打開抽屜，取出粉塊，深深的望著鏡子，慢慢的把臉塗抹起來。

「你瘋了？現在你打臉幹什麼？」阿珠真的被坤樹的這種舉動嚇壞了。

沉默了片刻。

「我，」因為抑制著什麼的原因，坤樹的話有點顫然地：「我要阿龍，認出我……」

作者簡介與評析

黃春明，一九三五年出生於宜蘭羅東。為臺灣鄉土文學重要代表作家，曾任成功大學、東華大學等校駐校作家，著有小說集《莎喲娜啦．再見》、《看海的日子》、《兒子的大玩偶》、《放生》、《沒有時刻的月台》等，散文集《等待一朵花的名字》、《九彎十八拐》、《大便老師》，並從事兒童繪本、漫畫、地方戲曲的改編與創作，著有兒童文學《我是貓也》、《短鼻象》、《愛吃糖的皇帝》、《小駝背》、《小麻雀．稻草人》等。曾創立黃大魚兒童劇團巡迴演出，創辦雙月刊《九彎十八拐》，對於地方文史、社區營造等，也都熱心投入，斐然有成；亦嘗試現代詩創作，且被選入年度詩選。曾獲國家文藝獎、中國時報文學獎、吳三連文藝獎等。二〇〇八年中正大學舉辦「『跨領域』黃春明國際學術座談會暨研討會」，論文集結為《泥土的滋味：黃春明文學論集》，作品被譯為英、日、法、韓、德多國語言，英國漢學家David E. Pollard並將他的作品選入《古今散文英譯本》。

根據黃春明的自述，他開始寫作的時代現代主義正風行，他也模仿了幾篇，亦獲得報章雜誌的刊登。後來，他終於了解到自己真正想寫的並不是那些抽象的存在困境，而是更落實於土地的、真實小人物的悲喜愁怨，和他們面對大環境遷變時的執著、抵抗與韌性。六〇年代聯合報副刊主編林海音，以及《文季》的尉天驄、姚一葦，在他寫作的過程中都給予了重要的支持與助益。黃春明是天生的說故事人，總能將人物的情態轉折描述得生動靈活、扣人心弦。六〇年代後期至七〇年代，陸續發表〈青番公的故事〉、〈看海的日子〉、〈癬〉、〈魚〉、〈鑼〉、〈兒子的大玩偶〉、〈蘋果的滋味〉、〈莎喲娜啦．再見〉等重要作品，使他成為臺灣文學史上書寫鄉土題材的代表性作家。他的小說，均以老人、小孩與妓女最具特色，九〇年代以後的《放生》，尤其對現代社會中的老人問題多所關注。此外，八〇年代期間，他的多篇小說被改編成電影，小人物的命運與當時社會農工轉型的變化相映，是臺灣新電影發展歷程上的醒目風景線。

在〈兒子的大玩偶〉中，黃春明透過卑微小人物面對生活困境時的無奈。藉由「三明治人」、「面具」等意象，刻劃人性細微之處，夫妻情態的真摯、父親發現稚子只認得「不真實」的自己的複雜心緒，甚至是小鎮人情，卻讓這齣悲喜劇擁有堅實的現實基礎，而更煥發出動人的力量。

延伸閱讀

1 呂正惠，〈七、八十年臺灣鄉土文學的源流與變遷〉，收入張寶琴等編：《四十年來中國文學》（臺北：聯經，1997），頁147~161。

2 林瑞明，〈目的與手段之別——試論黃春明與陳映真〉，《成大歷史學報》（1999年12月），頁321~337。

3 姚一葦，〈論黃春明的「兒子的大玩偶」〉，《現代文學》第48頁（1972年11月），頁5~20。

4 樂蘅軍，〈從黃春明小說藝術論其作品的浪漫精神〉，《臺灣文藝》第66期（1978年10月），頁32~63。

5 陳建忠，〈神祕經驗的啟示與鄉土倫理的復歸——論黃春明小說中的人間、神鬼與自然〉，《臺灣文學研究學報》第七期，（2008年10月），頁147~175。

6 黃春明主講，江寶釵整理，〈文學路迢迢——黃春明談他的寫作歷程〉，《聯合文學》第24卷9期（2008年7月），頁30~37。

自己的天空

袁瓊瓊

她一下就哭起來了。

良三抿緊了嘴坐著，已經不準備再說了。她看著他，眼淚啪啪流下來，流到頰邊癢癢的。不知怎麼，光留心了那癢。良三不知道是甚麼看法，面對這個哭哭啼啼的女人。還有良四跟良七。三個大男人一溜圍著她坐著，看她哭。眼淚搞糊了視線，光看到三個直矗矗的人頭。看不清表情。

「嫂嫂。」是良七叫了一聲，他那個方向的人影動了一下。靜敏垂下頭來，在手袋裡找手帕。她擦眼淚的時候聽到良七又喊了一聲：「嫂嫂。」

她答應：「嗯。」

視線又清楚了。良三跟良四都垂著眼，面無表情。良七年紀輕，還不大把持得住自己，坐在那兒，臉都迸紅了。

靜敏看他，他突地立起來：「甚麼嘛！」他說，聲音都變了腔：「還找我幹麼！」

良四拉他：「你坐好。」

良七坐下來了。靜敏看到他眼睛紅紅的，她嫁過來的時候，良七才唸小學，一直到上高中，同她這嫂子感情最好。現在好像也只有他同情她。她心一酸，眼淚又下來了。

良三慢慢的說話：「前頭不是講好了嗎？叫你不要哭。」他停了一下，仍然是上對下的口吻：「這又不是家裡。」

靜敏抹眼淚。

良四的角色是調劑雙方的氣氛的。他當下應話：「嫂嫂，不要哭，三哥又沒說不要你。」

良三說：「是呀！」他一點也不慚愧：「只是暫時這樣。現在她鬧得厲害，騙騙她。」她是指那舞女。

他說那個女人的時候，嘴角悄悄的迸了朵笑，只有一剎那。靜敏看得很清楚，不懂他怎麼這樣寡情，總算是夫妻七年。他現在或者是種控制住局面的得意吧！別的男人有外遇，總弄得雞飛狗跳的，只有他，一切安排得好好的。完全拿她不當回事。現在還要她把房子讓給那個女人，而且算定了她會聽話。

良四說：「三哥給你租的那房子，雖然小些，是套房，什麼都齊全的。」

良三說：「住起來很舒服的。」他皺著眉，不是苦惱，是種嚴峻，決定性的表情：「我每個禮拜都會去看你。」

沉默。靜敏拿面紙擦眼淚，極輕的沙沙的聲音，還有她自己吸鼻子，一吸一吸，氣息長長的，像害了病。

良七抱著手膀，很陰沉的盯著她，好像突然成了她的敵人。良四一向是家裡最滑溜的，這時候臉上是適當的凝重表情。良三則呆著臉，好像要睡著了。他難得有這樣和氣的表情，或者他也有良心的，也在這件事上頭感到一點點不忍。

靜敏終於說話了：「為甚麼？」

三個人都看看她，靜敏又不說了——她垂下頭來整理一下思緒，有點驚奇的發現自己沒想到甚麼。

這也算是女人一生的大事。男人有了外遇，現在要跟自己分居。可是她想不出一些別的甚麼來，連哭都不大想。為甚麼剛才會哭，也許只能歸因於她一向愛哭。也許她給嚇倒了，想不到自己生活裡會出這種事。也許她覺得不高興，這種事應當在家裡講。結果把她帶到這裡來，四個人圍個大圓桌子，就像馬上要開飯。他們兄弟圍著圓桌的那邊，這裡只有她一人坐著，好像她跟他們全不相干。

她應當有點合適的想法才對，比如指斥一下良三的忘恩負義，「我做錯了甚麼，你要對我這樣。」電視上演過很多。至少也該一下子暈死過去。可是她光是健康的不痛不癢的坐著，手在桌子底下絞手帕，絞得硬硬的再轉鬆回來。她看到地毯上讓菸燙了一個洞，那是深紅底黑紋的地毯，不仔細還不大看得出來。她又拿手帕擦了一下臉，估計現在臉上是沒有樣子了，恐怕鼻子都肥了起來。她忽然很慚愧。要分手的時候，讓他看到自己這樣醜。

良三說：「她六月就要生了，需要大一點的房子。」

靜敏灰心起來。她應聲：「哦。」一談到孩子，她就覺得灰心乏味，她跟良三沒有孩子，可是她不知道他是這麼想孩子的，他從來也不說甚麼。她忽然又想哭了，又開始亂七八糟掉淚，男人們都安靜著。她分明的見著了眼淚落在裙子上，眼淚聲音好像很大，真是啪答啪答落雨一般。

雅室的門呀地推開，服務生現在才進來，也是這家生意太好。靜敏垂首坐著。良三說：「還是吃點甚麼吧！這店子是出名的。」

他靜靜的翻菜單，平穩的徵求其他人的意見：「來道蝦球好嗎？」

服務生刷刷的記在單子上。

良四說：「來點清淡的，三哥，你這是不成的，小心血壓高。」

「這是這兒出名的菜，你懂不懂？」

良三點了四菜一湯。

服務生離開。靜敏垂頭說：「我想上洗手間。」

良三說：「去吧！」

靜敏離座，窸窸窣窣在皮包翻東西，終於決定連皮包一起帶去。那三個男人寧靜有禮的坐著。良四甚至做了個微笑。

靜敏合上門。隔著門是那一家三個男人，叫她妻子叫她嫂子的，可是這下她是給關在門外了，她一下有點茫然，忘了自己要做甚麼。她發了一會兒呆。聞到飯館廚房飄過來的香氣，熱烘烘的。

她沿著通道走，通道底是廚房，看到廚師的白帽子白圍裙和不鏽鋼廚具。轉過彎來是餐廳，隔著許多張桌子椅子和人群，自動門就在那兒。自動門是咖啡色，映出來的外面像是夜晚，靜敏看著，很想走出去，人聲嗡嗡的。但是走出去又怎樣呢？她覺得有點心煩，結婚七年來一直依賴著良三。她連單獨出門都沒有過，這地方還不知是哪裡，而且她還沒帶甚麼錢，因為總跟著良三。現在是給他帶到這裡來講這些事。相信他，他就把人不當回事。

她又氣自己不爭氣，怎麼連錢也不帶呢？她沒辦法的事多著，向來出門是良三把車子開來開去，她懷疑自己就算坐了計程車，能不能把地方指點給司機聽，總之是無能，不怪人家要來甩張舊報紙樣的甩掉自己。

她只好去洗手間。在鏡子裡看到自己果真是花容零亂。她洗了臉，對著鏡子描粧。眼睛哭了一陣，倒是清清亮亮的。她注意鏡子裡的自己，覺得過於精神了，不像是剛受到打擊的女人，可是為甚麼要把這件事當作是打擊呢？她覺得自己並沒那麼愛良三。他們的婚姻是媒人撮合的。是很平靜不費力的婚姻。或許良三對那女人的感情還深些，他一說起那女人，有很特殊的表情。

可是她剛才哭那麼多，良三恐怕要以為她崩潰了。他全部的心思只想到要震懾她安撫她，不願她糾纏不放以致失態。他可不知道她根本不在乎。她一直哭，因為怕。而且想到自己要三十歲了，突然變成被遺棄的女人。早幾年的話她還年輕些。年輕時被遺棄比較上有甚麼好處，她一時也想不清楚。不過一切事年輕時總要好些。她開始有一點點恨良三，彷彿正暖暖的泡在熱水池裡，良三過來澆人一頭冷水。過後她開始細細的打扮，為良三，她一直是為良三打扮的。又把眼線擦掉了，也是為良三，顯得太容光煥發，良三也許要難過的。他一直認為他在靜敏心裡頭有分量。

回到房間裡，三個人已經在吃了。良三抬頭瞄她一眼，說：「吃一點吧！」

這又是很家常的感覺，一家人坐著吃。良七完全不看她，靜敏不知怎麼，感覺到他那強烈的羞愧感覺，彷彿席上眾人，光他一個做錯了事，她知道良七同情她。良四也許也同情，可是他沒那麼強的道德感，他很挑剔的夾了塊荷葉蒸肉，小心的用筷子把荷葉翻開來。良三一吃起東西來總是心情很好。他慢慢的談是如何發現這館子的。像尋常一般指點著菜對靜敏說：「靜敏，你研究一下這道菜，人家做的是真好。」

良四問：「她這方面不大成吧？」他不看靜敏，不是說她。「她那種出身。」

良三略微遺憾了：「就是呀！」

靜敏默默坐著，有些難過，當著她，就這樣談起那個女人來了。

良三像要安撫她：「靜敏的菜做的好，那是難得的。」

他賞識她也許就這一樣，良三非常講究口腹的。事實是他們家的男人全是。想到良三那個女人是不會燒菜的，靜敏一下子同情他了，不知怎麼，一下看他是別的男人，同情他妻子不好，忘了他是自己丈夫。靜敏說：「以後你吃不到了。」

良三停下筷子看她：「甚麼？」

「我的菜呀！」靜敏漫漫應道。她忽然有種鬆懈的感覺：「我不想分居。」

良三頭一下抬正了起來，彷彿有點變了臉：「剛才不是說好了嗎？」

「我們離婚吧！」

靜敏也覺著了一點得意，那是那三個人一下全抬了臉，都看著她的時候。雖然表情不一樣，而且良七瘦，良三是個圓臉，可是他們家男人長的真像。

靜敏是這樣子離了婚，說出來人總罵她：「哪有那麼笨的。」

劉汾也罵她：「哪有你那麼笨的，你跟人說那麼清楚幹甚麼，誰也不會同情你。」

劉汾比她還小兩歲，也離了婚。她的婚姻是另一種，唸高中時候懷了孩子，迫不得已結婚，婚後過不慣，就離了。滿二十歲以前，女人這輩子的大事全經過了。現在孩子養在娘家。她保持的好，看不出來生過孩子，跟前夫還常有來往，她說：「不要他做丈夫，我就覺得這個人真是可愛。」

分手的時候，良三給了點錢，就拿這點錢開了家工藝材料行。店子小，沒有用人，平常忙不過，劉汾會幫著招呼一下，她在對面開洋裁店。閒的時候愛過來聊天，兩個人一塊坐在店面前的臺階上，像小學生。巷口有風送過來，下午，涼涼的。

劉汾慣是一屁股坐下去，兩腳一叉，天熱了她穿短褲，就手「啪」打了靜敏一下：「你怎麼這樣秀氣，我以為那兒來的大小姐。」

靜敏是抱著膝蓋，腳縮到裡面的坐法。拘束慣了，一下子敞開不來。

劉汾心不大在，邊看巷口，她兒子快放學了，唸小學四年級，已經好大的個子。劉汾呱啦講著報上登的崔苔菁的新聞：「離了婚怎麼還那麼恨他。我跟小丙一離婚我就不恨他了，嘴也不吵了，架也不打了。」小丙只大她一歲，夫妻倆火氣都大。到現在都不算是夫妻了，小丙來過夜的晚上，他們樓上有時候還一樣乒乓亂響，隔天垃圾桶裡儘是砸壞的東西碎片。「小丙今天來。」她漫漫的說，心裡有事。

「是呀！」靜敏應她：「最近你們是不大吵了。」

「咦。」劉汾驚詫：「那算甚麼吵架，你不知道我們從前，簡直像我是男的，跟我打咧！」她下結論：「小丙現在成熟多了。」

巷口有人進來，劉汾眼尖。看出來了：「嘿，謝小弟又來了。」

她是用調笑的心理喊良七「謝小弟」。坐在台階上懶懶的拉嗓子喊：「嗨，謝——小——弟。」

良七臉僵僵的過來，劉汾不管，拉他坐台階上：「喂，好久沒來了。」

良七先越過劉汾跟她打招呼：「靜敏姐。」

忘了她是甚麼時候開始改口叫靜敏姐的。靜敏應：「我拿杯冰水給你。」

端兩杯冰水出來。靜敏留心到良七的背影，他很明顯的瘦了，襯衫裡空盪盪的。

坐下來就問：「怎麼瘦了好多？」

劉汾代他答：「他考試，熬夜。」

她喝光冰水，回自己店裡去了。

靜敏跟良七一塊坐在台階上，中間是劉汾離去那塊空白。風吹著，有奇怪的感覺。彷彿坐的很近，又有距離。

良七常來看她。謝家的人唯有他一人過不去，總是心事很重的，講起話像跟自己生氣：「要滿月了。」

良三那兒生了個女兒。良七垂頭看自己鞋子：「三哥本來想兒子。」

「哦。」靜敏柔和的回答：「男人都這樣。」

良七要抗議：「我不會。」他說著把臉轉過去。

「你還早吧！」靜敏笑他。臉對著良七的後腦，他頭髮老長，厚厚雜雜的一大絡。她說著手就伸過去，拉良七的髮尾：「頭髮好長哦。」

良七吃了一驚，胡亂應道：「誰給我剪！」

「我給你剪好不好？我手藝不錯啦！」她是雜誌上看來的，真正動過手的只有劉汾跟她自己，她把腦袋轉給良七看：「你看看我的頭，我自己剪的。」

轉過臉來時，良七正凝定的看她，憋住甚麼的神氣，眼睛裡汪汪亮亮的，靜敏情不自禁的愛嬌起來，她偏臉問：「好不好嘛！」說完了自己先詫起來，良七向來是自己的小叔，看著他長大的，可是那一下，他光是個男人。

她仔細的找了張床單把良七渾身圍起來，怕他熱，拿風扇對著吹，先用噴壺把頭髮噴濕，頭髮濕透了貼著腦門，頭一下子小了許多。良七乖乖坐著，渾身包起來、光剩個腦袋任她擺布。靜敏先用夾子夾頭髮，跟良七說：「像個女生。」她垂眼笑著，良七翻著眼向上看她，頭不敢動。

她說：「你記不記得小時候我老給你洗頭呢！」

良七說是。不知為甚麼要答的這樣正式。靜敏光是想笑，以前接觸良七時，他還是橫頭橫腦的小男孩。現在他真是大了。大半期末考忙的，連鬍子也沒刮，黑色那麼明顯的小椿椿。年輕男孩的皮肉潤潤的，給人好乾淨的感覺。良七抿嘴坐著，這孩子慣愛擺這種臉。

剪下來的頭髮有菸味。靜敏嗔：「多久沒洗頭啦！」

良七說：「沒人給我洗嘛！」

「你的手呢！」

「被你包起來了。」他的手在白被單下頭動了動。

靜了半晌，靜敏說：「反正我不給你洗哦。」又說：「懶。」

是放學的時辰，巷口漸漸有學生進來。有學生來買線，女孩子一群巴著櫃臺前，靜敏去招呼。她這店子的生意總這樣，一來一大群。女孩們有跟她熟的，咕咕猛笑：「老闆娘，你會剪頭髮啊！」

良七楞頭楞腦坐在櫃臺裡，頭上還夾著夾子，他閉了眼，像生氣，怕是真窘了，靜敏喚：「良七，你去坐裡面。」裡面是她自己住的，良七到後面去，她跟人解釋：「我小弟。」又跟另一個女孩講：「我小弟啦！」其實人家沒注意她的話。她教了幾個人針法。把顏色和花邊本子攤出來給人看。忙了半天才對付完。一忙完就進裡面去。店堂與內室只拿簾子擋著。她掀簾子進去，喚：「良七。」

良七已經把被單解下來了，坐在床上翻電視週刊看。簾子從背後嘩啦垂下來，是她自己編的木珠簾子。世界在外面，可以看見，是零零碎碎的。

房子裡單擱了一張梳妝臺，一張單人床，一張椅子，角落擱著村料和紙箱。良七坐在裡面。她忽然覺得房子小了。她有些拘束，背貼著簾子站著：「良七，你生氣啦？」

「沒有。」良七把書放下：「靜敏姐，你變了，變得比較能幹。」他把手一擺，突然帶點淘氣：「不是說你以前不能幹哦。」

「來剪吧！」

現在就把良七推到粧鏡前，剪了半天，她發現良七光在鏡子裡看自己。遂停了手問：「怎麼啦！」

「甚麼怎麼啦！」

「你一直看我。」她把臉板起來，做潑辣狀。良七是她看著長大的，她不怕他。

良七說：「那不然我看誰？」

「看你自己呀！」

良七又答是，兩人是撐不住的要笑。靜敏小心的問：「有沒有女朋友呀！」

「還沒有。」他連笑都抿緊嘴，顯得孩子氣得厲害，靜敏在鏡子裡望他，突然的有點心亂。

良七那清楚的五官，也許是照在鏡子裡，異常的明亮，他的下巴是狹狹削過來的，極平滑的輪線，很漂亮。手底下他的頭髮一搭搭，全是濕的，絲絨似的黑亮。她覺得自己沒法控制似的，要癱到良七身上了，她的頭沉了沉，良七的氣味泛上來，是菸燥帶了汗臭，全很淡。她這裡簡直就沒男人來過。

靜敏怕自己。

她說：「我看看外面。」掀了簾子出去。

良七跟了她出來，他把被單又解了，頭上還是夾子。靜敏想笑，又掀簾子進去。良七又跟進來。

他忽然就說了：「靜敏姐，我喜歡你。」

他自己抵著門簾站著，世界讓他擋著了。那麼滑稽、濕的，沒剪完的頭髮，夾子是灰白色，像頭上棲著大飛蛾。他也害怕，說完了抿緊嘴站著，也是個大人，卻一下子瘦寒得厲害，讓人想摟著在懷裡哄。

他也許這事想過許久了，說出來像繃緊的弦突然鬆開。臉上不笑，神色像定了心。

兩個人都不知該怎麼辦，只是站著。最後是靜敏講：「過來剪吧！」良七過來安坐在鏡子前。她開始哭。這一點大概一生都不會變。良七要站起來，她按他坐下，一邊眼淚滴答掉著，落在他頭髮上。她一邊剪一邊抹眼淚。良七發急道：「靜敏姐，我，對不起。」

「沒關係，我就是愛哭。」

良七給嚇著了。靜敏覺到自己可怕，又不是很兇猛的哭法，光是無聲的，一下子眼裡蘊了淚水，像日子過得多幽怨。其實不是，離了良三，她覺得自己過得挺好，男人也不是頂重要的。她一鬧情緒總要哭，看書報電視電影，總哭得好傷心。她自己想著又笑了。良七在鏡子裡看她，放了心，害羞的回了個笑。

靜敏說：「我就是愛哭，跟你沒關係。」

她仔細的剪他的頭髮。她有點喜歡良七，可是沒有喜歡到那程度，他還是小，看他那放了心的樣子。她氣自己，離婚還不到一年，聽到男人說喜歡自己，居然還哭了呢！

「良七，你亂來。」靜敏說。覺得口吻不大正派，於是拿剪子敲了他一下頭：「我是你三嫂吔！」

剪好頭髮，她幫他洗頭，窄窄的洗澡間，兩人擠在一塊，良七彎了腰，頭髮浸在洗臉池裡。靜敏左手越過去夾著他腦袋。這麼親近的一個男人，像弟弟、愛人、像兒子。

流水嘩嘩，涼涼滑動的水，流過她手指間，她手指間是他一條一條的髮，黑色小蛇般蜷在手背上，浸在水裡的髮漂開來，絲絲絡絡，非常整齊美麗。她也許一輩子記得這些。下午，室外沒有人聲。老風扇在前面店堂裡轉，轟轟過來，又轟轟過去。浴室裡是房子本身的舊，帶著腥腥的腐味，上面浮著洗髮精的草香。良七本身的汗濁氣。他低著頭，給水澆濕了，觸的到的部分全是涼的。他很乖，安靜著，可是好大聲的吸著氣，她曉得他在憋著，她自己也憋著，小心的屏息著，一次只呼吸一點點，可是憋不住的時候就又幽又長的冒出來，像嘆息。兩個人緊張的貼擠在一塊，良七大聲喘著氣，好像曖昧了，可是沒有。

這以後她就不大能安定。總是心惶惶的。把店頂了出去。開始給保險公司跑外務，只有這個工作好找。

每天夾了大包包，見人笑臉先堆起來。她都不相信自己會幹這個。她也並不是能說會道。可是長了張誠實的臉。拉保險時並不跟人強推強銷，只是坐著，資料全攤出來，老老實實唸相關的部分。人說甚麼，她都光是答應：「是的。」緩緩的，拉長音調講。讓人覺得她有話說，不敢講。客戶很難避免這種憐恤的心情，如果拒絕了她，總過陣子又打電話來。她業績很好，開始往上爬，做到了主任。

她現在黑了，也瘦了。穿著牛仔褲，因為方便。變得比較不那麼拘謹。眼睛亮亮的，也會坐著時把腿擱得老高。她的笑容是熱誠明亮，老實不帶心機，讓人見了戒心先去一半。

跑保險時碰到了屈少節，兩人不久就住在一塊，這次是她了，她是那另一個女人。她知道他結了婚，可是她喜歡他那副倔倔的樣子。四十來歲，給寵壞了的男人，到現在都還不知道要怎麼生活。他在家貿易公司做經理，靜敏闖進去。那是間發亮的辦公室，全是玻璃、不鏽鋼、壓克力、塑膠、鋁與鐵。秩序而明亮。屈少節坐在桌子後頭。乾淨的臉、頭髮，西裝筆挺。他根本不耐煩她。臉繃著，倔倔的。他保過險了。他不需要保那麼多的險。他不願意談這此事。對不起，他還有業務要處理。

他維持了禮貌，送靜敏到門口。他身上甚至噴了香水，是青橄欖的味道。

靜敏決定自己要他。那時候她三十三歲，在社會上歷練了四年，開始變成個有把握的女人。除了她自身的修飾裝扮，她學會運用人，懂得甚麼人要怎麼應付，懂得甚麼話會產生效果，她心思細密，肯靜靜聽人說話，結果學到了體會別人的感情波動，能窺測別人的想法。

她明白屈少節是甚麼樣的人。

她第二次去，打扮得極女氣，薄紗的衣裡，頭髮貼著腦門。她只佔了他十分鐘，並不談保險。

後來她經常去，坐的時候長了。有時候一塊去吃飯。她那時整個愛上他了，突然全無腦筋。甚麼也不考慮，就光想見到他。她的把握全失去了，她每天打扮得漂漂亮亮，輕飄飄的到了他辦公室。她端莊坐著，腿縮在椅子下。盯著他，整個人流麗。任何人都可以看出她滿得像裝實了的水瓶，一碰就要溢出來。只除了他，他那頂好看的濃黑眉毛，倔倔的蹙起來，她是個煩惱的人，見面總把眉一抬：「又來拉保險？」

靜敏自己受不住了，她發現自己當真戀愛起來，反倒怕了，她擔不起這樣認真。她愛他受到覺得自己全身洞明，在他面前，她靈敏得像含羞草，一點點動靜她都縮起來。都這麼大了，玩這些不是太老了麼？她停止去看他。彷彿把他全忘了，但是不能死心。她終於又去了，決心把這件事澄清下來，她就連他對自己甚麼想法都不知道。

屈少節還是老樣子，像這麼久的時間，他釘死一樣坐在辦公桌後，一步也沒離開過，他抬頭，濃黑眉毛一跳一跳：「又來拉保險？」

他連詞也不改。靜敏又哭了。

她終於拉到了保險。不久他們就同居在一起。

這麼多的事，講給劉汾聽，好像又很簡單。三兩句就交代了：「我要他保險，他老不保呢！我天天去纏他。」手上抱的是劉汾新生的兒子，又胖又重，贅得手酸，她換個手抱。劉汾接過去：「我來吧！」

她問：「後來呢！」

靜敏說：「後來我們就熟了，他也保了險啦！」

劉汾看著她，下斷語：「我看你現在過得很好。」她解釋：「你看上去很漂亮。」

「哦。」靜敏失笑。

劉汾又跟小丙結了婚。兩人在市區裡開了餐館。劉汾現下是坐鎮櫃臺的老闆娘，發了福，坐在櫃臺裡，白白胖胖像剛出籠的饅頭。她把小孩放在櫃臺上，給他抹口水。

靜敏逗他：「我們別的不要，光要吃這個小豬哦！」啃那孩子：「吃一口，吃一口。」

有客人進門，服務生招呼不來，老闆娘親自下海，劉汾嚷嚷：「坐這裡！要點甚麼。」

這孩子下地就認了靜敏做乾媽，熟得很，孩子給逗得直笑。靜敏懷疑自己是不是不能生。或者是年紀到了，她極想要個孩子，少節的孩子。

劉汾過來拍她背：「靜敏，那桌客人問起你。」

「哪一桌？」這是常事，她本來見過的人多，跑保險跑的。

「我帶你去。」靜敏笑瞇瞇的，抱著孩子，一張張桌子擠過去。那桌上坐了對夫妻，帶兩個孩子。那位太太老遠就盯著她看，很謹慎的。那男人給孩子擦手，偏著臉，直到靜敏走近了……才抬起頭來。

是良三。

靜敏喊：「是良三。」確實有點驚喜。雙方都各自介紹過。劉汾把孩子抱走。靜敏熱烈的又說：「好久不見了。」

是這麼多年的閱歷練出了她這種見面招呼，良三詫了一下，帶了笑，也一樣客氣的：「你變了很多。」兩個人這時候是沒有過去的。良三也像初識的人，靜敏覺得忘了許多事了，良三過去不是這樣，可是她記不起良三從前的樣子。

她扶著椅背站著。他們一家四口正好佔了桌面四周的椅子，毫沒有讓坐的意思，靜敏於是老實不客氣的挨著那個大女孩坐下來。這也是過去的靜敏沒有的舉措。她看到良三那奇怪的表情。良三又說一遍：

「你變了很多。」

「人總是要變的。」靜敏笑。她現在怪異的感覺到出現了兩個自己，她很少想到過去的自己是甚麼樣子，但是守著良三，從前的自己就出來了，她忽然強烈的感到了現在的自己和過去的自己許多差異。

她笑，托著臉，懶散的。知道自己使那個女人不安：「良三，你也變了。」

「沒有，」良三連忙否認。

「胖了。」

「沒有。」還是否認。良三突然老實得有點可憐。

兩人談了些近況，良七出國了，小妹嫁了。靜敏為了面子，謊稱自己結了婚。良三睜直了眼問：「那是你兒子？」

他是指劉汾的小孩。

靜敏半真半假的：「是啊！」

良三突然衰頹了，掙扎半天，他遺憾的說：「想不到你也能生兒子。」

桌面上另外三個女人，良三的妻和良三的女兒，他們安靜的發著呆。靜敏很了解做良三的妻子是甚麼滋味。她帶點憐恤的看那女人。穿素色洋裝，非常安靜溫順。她認識良三時是舞廳裡最紅的，現在也還看的出人是漂亮，可是她有點灰撲撲的。

那就像那個女人代替靜敏在良三身邊活下去，灰暗、溫靜、安分守己。或許她也很快樂，靜敏從前也不是活得不好。因為那個女人，她現在在過另一種生活。她覺得自己現在比過去好。她主動跟良三的妻子微笑，善意，可是管不住自己想胡調一下。她問：「良三晚上睡覺還不愛刷牙嗎？」

良三夫妻都變了臉，良三笑：「呵呵。」那女人氣了。她也許不像表面那麼溫馴。她這下又是她自己了，不是另一個靜敏，她也沒有要哭的意思。或許回去她會跟良三吵鬧。

靜敏回到劉汾這兒。她特為叫廚房炒一盤敬菜給良三夫婦，向廚房走，從廚房飄來白色的熱氣，廚師的白衣，亮晃晃的餐具，在許多年前也有這麼個印象，為甚麼飯館的廚房都是一個樣子。

可是她現在不同了，她現在是個自主、有把握的女人。

作者簡介與評析

袁瓊瓊，一九五〇年生，四川眉山人。一九八二年赴美愛荷華大學創作班，一九八五年開始從事電視編劇。袁瓊瓊的小說語言輕快，情節緊湊，故事曲折，擅長以黑色狂想，演繹女性內心幽微的情慾世界。曾獲聯合報小說獎及時報文學獎。著有小說《春水船》、《自己的天空》、《兩個人的事》、《滄桑》、《袁瓊瓊極短篇》、《恐怖時代》、《情愛風塵》、《今生緣》、《蘋果會微笑》，散文《紅塵心事》、《隨意》、《食字癖字的札記》、《孤單情書》、《繾綣情書》、《兵火情書》、《曖昧情書》等，及《家和萬事興》等多部電視劇。

〈自己的天空〉題旨甚為清楚，顧名思義，就是指女性走出婚姻，從此拋開以男性為中心的陰霾，而獲得了新生，開創一片屬於自己的晴朗天地。小說中女主角名為「靜敏」，「靜」和「敏」俱是代表傳統婦德，男主角則名為「良三」，為「良人」的反諷。但是現代版的「良人」不良，妄想坐擁齊人之福；「靜敏」也不靜，打破沉默，提出離婚的要求。整篇小說以「飯桌」開頭，也以「飯桌」結尾，「飯桌」在中國傳統文化中，本是家庭的重要象徵，而小說開頭的靜敏，被良三一家的幾個男人圍住，圍在「飯桌」之中；等到了小說的結尾，靜敏卻是已經跳出「飯桌」，遙看另外一個女子陷在這把枷鎖裡，代替靜敏在良三的身邊活下去。不過弔詭的是，當靜敏找到自我的天空時，卻也成為別人婚姻中的第三者。她在「突破女性宿命」與「女性宿命」之間循環拉扯，究竟是真的成為「自主的女人」了，或仍在男性價值的屋簷下而不自知？

延伸閱讀

1 朱雙一，〈世俗風情畫和女性真我的展現——略論袁瓊瓊的小說創作〉，《聯合文學》第14卷第7期（1998年5月），頁124~129。

2 郝譽翔，〈袁瓊瓊「自己的天空」導讀〉，《文學臺灣》第38期（2001年4月），頁145~148。

3 張誦聖，〈袁瓊瓊與八〇年代臺灣女性作家的「張愛玲熱」〉，《文學場域的變遷》（臺北，聯合文學，2001），頁54~82。

4 簡瑛瑛，〈性／女性／新女性：袁瓊瓊訪談錄〉，《何處是女兒家——女性主義與中西比較文學／文化研究》（臺北：聯合文學，1998），頁226~244。

5 蘇偉貞〈(新)女性的出走與回歸——以八、九〇《聯合報》小說獎為主兼論媒體效應〉，《臺灣文學研究學報》第10期（2010年4月），頁149~181。

山路

陳映真

「楊教授，特三病房那位太太……」

他從病房隨著這位剛剛查好病房的主治大夫，到護士站裡來。年經的陳醫生和王醫生恭謹地站在那位被稱為「楊教授」的、身材頎長、一頭灰色的鬈髮的老醫生的身邊，肅然地聽他一邊翻閱厚厚的病歷，一邊喁喁地論說著。

現在他只好靜靜地站在護士站中的一角。看看白衣白裙、白襪白鞋的護士們在他身邊匆忙地走著，他開始對於在這空間中顯然是多餘的自己，感到彷彿闖進了他不該出現的場所的那種歉疚和不安。他抬起頭，恰好看見楊教授寬邊的、黑色玳瑁眼鏡後面，一雙疲倦的眼睛。

「楊大夫，楊教授！」他說。

兩個年輕的醫生和楊教授都安靜地凝視著他。電話嗚嗚地響了。「內分泌科。」一個護士說。

「楊教授，請問一下，特三病房那位老太大，是怎麼個情況？」

他走向前去。陳醫生在病歷堆中找出一個嶄新的病歷資料。

楊教授開始翻閱病歷，同時低聲向王醫生詢問著什麼。然後那小醫生抬起頭來，說：

「楊教授問你，是病人的……病人的什麼人？」

「弟弟。」他說，「不……是小叔罷。」他笑了起來。「伊是我大嫂。」他說。

他於是在西裝上身的口袋中，掏出了一張名片，拘禮地遞給了楊教授。

「李國木

誠信會計師事務所」

楊教授把名片看了看，就交給在他右首的陳醫生，讓他用小釘書機把片子釘在病歷檔案上，

「我們，恐怕還要再做幾個檢查看看。」楊教授說，沉吟著：「請你再說說看，這位老太太發病的情形。」

「發病的情形？哦，」他說，「伊就是那樣地萎弱下來。好好的一個人，突然就那樣地萎弱下來了。」

楊教授沉默著，用雙手環抱著自己的前胸。他看見楊教授的左手，粗大而顯出職業性的潔淨。左手腕上帶著一隻金色的、顯然是極為名貴的手錶。楊教授嘆了口氣，望了望陳醫師，陳醫師便說：

「楊教授的意思，是說，有沒有特別原因，啊，譬如說，過分的憂愁，忿怒啦……」

「噢，」他說。

轉到臺北這家著名的教學醫院之前，看過幾家私人診所和綜合醫院，但卻從來沒有一家問過這

樣的問題，但是，一時間，當著許多人，他近乎本能地說了謊。

「噢，」他說，「沒有，沒有……」

「這樣，你回去仔細想想。」楊教授一邊走出護士站，一邊說，「我們怕是還要為伊做幾個檢查的。」

他走回特三病房。他的老大嫂睡著了。他看著在這近一個半月來明顯地消瘦下來的伊的側臉，輕輕地擱在一只十分乾淨、鬆軟的枕頭上。特等病房裡，有地毯、電話、冰箱、小廚房、電視和獨立的盥洗室。方才等他來接了班，回去煮些滋補的東西的他的妻子，把這病房收拾得真是窗明几淨。暖氣颼颼地吹著。他脫下外衣，輕輕地走到窗口。窗外的地面上，是一個寬闊的、古風的水池。水池周圍種滿了各種熱帶性的大葉子植物。從四樓的這個窗口望下去，高高噴起的噴泉水，形成一片薄薄的白霧，像是在風中輕輕飄動的薄紗，在肥大茂盛的樹葉，在錯落有致的臥房和池中碩大的、白的和紅的鯉魚上，搖曳生姿。

寒流襲來的深春，窗外的天空，淨是一片沉重的鉛灰的顏色。換了幾家醫院，卻始終查不出老大嫂的病因之後，他正巧在這些天裡不住地疑心：伊的病，究竟和那個消息有沒有關係。「啊，譬如說，過分的憂愁、忿怒……」醫師的話在他的腦中盤桓著。然而，他想著，那卻也不是什麼憂傷，也不是什麼忿怒的罷。他望著不畏乎深春的寒冷，一仍在池中莊嚴地游動著的鯉魚，愁煩地想著。

約莫是兩月之前的一天，一貫是早晨四點鐘就起了床，為李國木一家煮好稀飯後，就跟著鄰近的老人們到堤防邊去散步，然後在六點多鐘回來打點孩子上學，又然後開始讀報的他的老大嫂，忽而就出了事。那天早上，他的獨生女，國中一年生的翠玉，在他的臥房門上用力敲打著。「爸！爸！」翠玉驚恐地喊著，「爸！快起來啦，伯母伊……」李國木夫妻倉皇地衝到客廳，看見老大嫂滿臉的淚痕，報紙攤在沙發腳下。

「阿嫂！」他的妻子月香叫了起來。伊繞過了茶几，搶上前去，坐在老大嫂坐著沙發的扶手上，手抱著老大嫂的肩膀，一手撩起自己的晨褸的一角，為老大嫂揩去滿頰的淚。「嫂，你是怎麼了嗎？是那裡不舒服了嗎……」伊說著，竟也哽咽起來了。

他靜默地站在茶几前，老大嫂到李家來，足有三十年了。在這三十年裡，最苦的日子，全都過去了，而他卻從來不曾見過他尊敬有過於生身之母的老大嫂，這樣傷痛地哭過。為了什麼呢？他深鎖著眉頭，想著。

老大嫂低著頭，把臉埋在自己的雙手裡，強自抑制著潮水般一波跟著一波襲來的啜泣。「嫂，您說話呀，是怎樣了呢？」月香哭著說。李國木把雙手放在驚立一邊的女兒翠玉的肩上。

「上學去吧。」他輕聲說，「放學回來，伯母就好了。」

李國木和他的妻子靜靜地坐在清晨的客廳裡，聽著老大嫂的啜泣逐漸平靜下來。

那天，他讓妻子月香去上班，自己卻留下來陪著老嫂子。他走進伊的臥房，看見伊獨自仰躺著，一雙哭腫的眼睛正望著剛剛漆過的天花板。擱在被外的兩手，把捲成一個短棒似的今早的報紙，緊緊地握著。

「嫂。」他說著，坐在床邊的一把籐椅上。

「上班去吧。」伊說。

「……」

「我沒什麼。」伊忽然用日本話說，「所以，安心罷。」

「我原就不想去上班的，」他安慰著說，「只是，嫂，如果心裡有什麼，何不說出來聽聽？」

老大嫂沉默著。伊的五十許的，略長的臉龐，看來比平時蒼白了許多。歲月在伊的額頭、眼周和嘴角留下十分顯著的雕痕。那是什麼樣的歲月啊！他想著。

「這三十年來，您毋寧像是我的母親一樣……」

他說，他的聲音，因著激動，竟而有些抖顫起來了。

伊側過頭來望著他，看見發紅而且濕潤起來了的他的眼睛，微笑地伸出手來，讓他握著。

「看，你都四十出了頭了。」伊說，「事業、家庭，都有了點著落，叫人安心。」

他把伊的手握在手裡摩著。然後雙手把伊的手送回被窩上。他摸起一包菸，點了起來。

「菸，還是少抽的好。」伊說。

「姉さん。」

他用從小叫慣的日語稱呼著伊。在日本話裡，姊姊和嫂嫂的叫法，恰好是一樣的。伊看見他那一雙彷彿非要把早上的事說個清楚不可的眼神，輕輕地喟嘆起來。他一向是個聽話的孩子，伊想著。而凡有他執意的要求，他從小就不以吵鬧去獲得，卻往往用那一雙堅持的眼神去達到目的，伊沉思著，終於把捲成短棒兒似的報紙給了他。

「在報紙上看見的。」伊幽然地說，「他們，竟回來了。」

他攤開報紙。在社會版上，李國木看見已經用紅筆框起來的，豆腐塊大小的消息：有四名「叛亂犯」經過三十多年的監禁，因為「後悔有據」，獲得假釋，已於昨日分別由有關單位交各地警察局送回本籍。

「哦。」他說。

「那個黃貞柏，是你大哥最好的朋友。」

老大嫂哽咽起來了。李國木再細讀了一遍那一則消息。黃貞柏被送回桃鎮，和八十好幾的他的瞎了雙眼的母親，相擁而哭。「那是悔恨的淚水，也是新生的、喜悅的淚水。」報上說。

李國木忽然覺得輕鬆起來。原來，他想著，嫂嫂是從這個叫作黃貞柏的終生犯，想起了大哥而哭的罷。也或許為了那些原以為必然瘐死於荒陬的孤島上的監獄裡的人，竟得以生還，而激動地哭了的罷。

「那真好。」他笑了起來，「過一段時間，我應該去拜訪這位大哥的好朋友。」

「啊？」

「請他說說我那大哥唉！」他愉快地說。

「不好。」老大嫂說。

「哦，」他說，「為什麼？」

伊無話地望著窗外。不知什麼時候下起霏霏的細雨了的窗外，有一個生鏽的鐵架，掛著老大嫂心愛的幾盆蘭花。

「不好，」伊說，「不好的。」

可是就從那天起，李國木一家不由得觀察到這位老大嫂的變化：伊變得沉默些，甚至於有些憂悒了，伊逐漸地吃得甚少，而直到半個月後，伊就臥病不起，整個的人，彷彿在忽然間老衰了。那時候，李國木和他的妻子月香，每天下班回來，就背負著伊開車到處去看病。拿回來的藥，有人勸，伊就一把一把馴順地和水吞下去；沒人勸著，就把藥原封不動地擱在床頭的小几上頭。而伊的人，卻日復一日地縮萎。「……啊，譬如說過分的憂愁、忿怒啦……」李國木又想起那看來彷彿在極力掩飾著內心的倨傲的陳醫師的話。他解開領帶，任意地丟在病床邊，月香和他輪番在這兒過夜的長椅上。

可是，叫我如何當著那些醫生、那些護士，講出那天早晨的事，講出大哥、黃貞柏這些事？

他坐在病床左首的一隻咖啡色的椅子上，苦惱地想著。

這時房門卻呀然地開了。一個懷著身孕的護士來取病人的溫度和血壓。病人睜開眼睛，順服地含住體溫計，並且讓護士量著血壓。李國木站了起來，讓護士有更大的空間工作。

「多謝。」

護士離開的時候，他說。

他又坐到椅子上，伸手去抓著病人的嶙峋得很的、枯乾的手。

「睡了一下嗎？」他笑著說。

「去上班罷，」伊軟弱地說，「陪著我……這沒用的人，正事都免做了嗎？」

「不要緊的。」他說。

「做了夢了。」伊忽然說。

「哦。」

「台車の道の夢を、見たんだよ。」伊用日本話說，「夢見了那條台車道呢。」

「嗯。」他笑了起來，想起故鄉鶯鎮早時的那條蜿蜒的台車道，從山墺的煤礦坑開始，沿著曲折的山腰，通過那著名的鶯石下面，通向火車站旁的礦場。而他的家，就在過了鶯石的山坳裡，一幢孤單的「土角厝」。

「嫁到你們家，我可是一個人，踩著台車道上的枕木，找到了你家的喲。」伊說。

在李國木的內心不由得「啊！」地驚叫了起來。他筆直地凝視著病床上初度五十虛歲的婦人。這一個多月來，伊的整個人，簡直就像縮了水一般地乾扁下去。現在伊側身而臥，面向著他。他為伊拉起壓在右臂下的點滴管子，看著伊那青蒼的、滿臉皺皮的、細瘦的臉上，滲出細細的汗珠來。

「那時候，你一個人坐在門檻上，發呆似的……」伊說，疲倦地笑著。

這是伊常說，而且有說不厭的往事了。恰好是三十年前的一九五三年，一個多風的、乾燥的、初夏的早上，少女的蔡千惠拎著一隻小包袱，從桃鎮獨自坐一站火車，來到鶯鎮。「一出火車站，敢問路嗎？」伊常常在回憶時這樣對凝神諦聽的李國木說，「有誰敢告訴你，家中有人被抓去槍斃的人的家，該怎麼走？」伊於是嘆氣了，也於是總要說起那慘白色的日子。「那時候，在我們桃鎮，朋友們總是要不約而同地每天在街上逛著。」伊總是說，「遠遠地望見了誰誰，就知道他依然無恙。要你一連幾天，不見誰誰，就又斷定他一定是被抓了去了。」

就是在那些荒蕪的日子裡，坐在門檻上的少年的李國木，看見伊遠遠地踩著台車道的枕木，走了過來。台車道的兩旁，儘是蒼鬱的相思樹林。一種黑色的、在兩片尾翅上印著兩個鮮藍色圖印的蝴蝶，在林間穿梭般地飛舞著。他猶還記得，少女蔡千惠一邊踩著台車軌道上的枕木，一邊又不時抬起頭來，望著他家這一幢孤單的土角厝，望著一樣孤單地坐在冰涼的木檻上的、少年的他的樣子。他們就這樣沉默地，毫不忌避地相互凝望著。一大群白頭翁在相思樹林的這裡和那裡聒噪著，間或有下坡的台車，拖著「嗡嗡——格登、格登！嗡嗡——格登、格登！」的車聲，由遠而漸近，又由近而漸遠了。他，少年的，病弱的李國木，就是那樣目不轉睛地看著伊跳開台車道，撿著一條長滿了野蘆葦和牛遁草的小道，向他走來。

「請問，李乞食……先生，他，住這兒嗎？」伊說。

他是永遠都不會忘記的啊。他記得，他就是那麼樣無所謂好奇、無所謂羞怯地，抬著頭望著伊。他看見伊睜著一雙微腫的、陌生的目光。有那麼一段片刻，他沒有說話。然後他只輕輕地點了點頭。他感到飢餓時慣有的懶散。可就在他向著伊點過頭的一刻，他看見伊的單薄的嘴角，逐漸地泛起了訴說著無限的親愛的笑意，而從那微腫的、單眼皮的、深情地凝視著她的伊的眼睛裡，卻同時安靜地淌下晶瑩的淚珠。野斑鳩在相思樹林裡不遠的地方「咕、咕、咕——咕！」地叫著。原不知跑到山中的那裡去自己覓食的他家的小土狗，這時忽然從厝後狠狠地吠叫著走來，一邊卻使勁地搖著牠的土黃色的尾巴。

「呸！不要叫！」他嗔怒地說。

當他再回過頭去望伊，伊正含著笑意用包袱上打的結上拉出來的布角揩著眼淚。這時候，屋裡便傳來母親的聲音。

「阿木，那是誰呀？」

他默默地領著伊走進黝暗的屋子裡。她的母親躺在床上。煎著草藥的苦味，正從廚房裡傳來，瀰漫著這個屋子。他的母親吃力地撐起了上半個身子，說：「這是誰？阿木，你帶來這個人，是誰？」

少女蔡千惠靜靜地坐在床沿。伊說：

「我是國坤……他的妻子。」

在當時，少小的李國木雖然清晰地聽見了伊的話，卻並不十分理解那些話的意義。然而，僵默了一會，他忽然聽見他的母親開始嗚嗚地哭泣起來。「我兒，我心肝的兒喂……」他的母親把聲音抑的低低地，唱誦也似地哭著說。他向窗外望去，才知道天竟在不知不覺間暗下了大半邊，遠遠有沉滯的雷聲傳來。黃色的小土狗正敏捷地追撲著幾隻綠色的蚱蜢。

一年多以前，在鶯鎮近郊的一家焦炭廠工作的他的大哥李國坤，連同幾個工人，在大白天裡抓了去了。一直到上兩個月，在礦場上當台車伕的他的父親，才帶著一紙通知，到臺北領回一綑用細草繩打好包的舊衣服、一雙破舊衣服、一雙破舊的球鞋和一枝鏽壞了筆尖鋼筆。就那夜，他的母親也這樣地哭著：

「我兒，我心肝的兒喂——」

「小聲點兒——」他的父親說。蟋蟀在這淺山的夜裡，囂鬧地競唱了起來。

「我兒喂——我——心肝的兒啊，我的兒……」

他的母親用手去摀著自己的嘴，鼻涕、口水和眼淚從她的指縫裡漏著往下滴在那張陳舊的床上。

「嫂，」他清了清在回想梗塞起來了的喉嚨，「嫂！」

「嗯。」

這時病房的門謹慎地開了。月香帶著水果和一個菜盒走了進來。

「嫂，給你帶點鱸魚湯……」月香說。

「那時候，我坐在門檻上。」他說，「那模樣，你還記得嗎？」

「一個小男孩，坐在那兒。」老大嫂，閉起眼睛，在她多皺的臉上，泛起淡淡的笑意，「太瘦小了點。」伊說。

「嗯。」

「可是，我最記得那天晚上的情景。」老大嫂說，忽然睜開了眼睛。伊的眼光越過了李國木的右肩，彷彿瞭望著某一個遠方的定點。「阿爸說，怎麼從來沒聽阿坤說起？」伊說，「我說，我……」

「你說，你的家人反對。」他笑著說說。這些故事，從年輕時一直到四十剛過，也不知聽了老嫂子一次又一次地說了多少次。

「我說，我厝裡的人不贊成。」伊說，「我和阿坤約束好了的。如今他人不在，你要收留我，我說。」

月香從廚房裡出來，把鱸魚裝在一個大瓷碗裡，端在手上。

「待一會涼些，吃一點鱸魚，嫂。」伊說。

「真麻煩你唷。」老大嫂說。

「阿母死後，那個家，真虧了有你。」李國木沉思著說，「鱸魚湯裡，叫月香給你下一點麵罷。」

「不了。」伊緩緩地闔上眼睛，「你阿爸說了，這個家，窮得這個樣，你要吃苦的啊。看你也不是個會做（工）的人。阿爸這樣說呢。」

他想起那時的阿爸，中等身材，長年的重勞動鍛鍊了他一身結實肌骨。天一亮，他把一個大便當繫在腰帶上，穿上用輪胎外皮做成的、類如今之涼鞋的鞋子，徒步到山坳裡的「興南煤礦」去上工。一天有幾次，阿爸會打從家門口這一段下坡路，放著他的臺車，颼颼地奔馳而去。自從大嫂來了以後，阿爸開始用他的並不言語的方式，深深地疼愛著伊。每天傍晚，阿爸總是一身烏黑的煤炭屑，偶然拎著幾塊豆腐干、鹹魚之類，回到家裡來。

「阿爸，回來了。」

每天傍晚，聽見小黃狗興奮的叫聲，大嫂總是放下手邊的工作，一邊擦手，一邊迎到厝口，這樣說。

「嗯。」阿爸說。

打好了洗澡水，伊把疊好的乾淨衣服送到阿爸跟前，說：

「阿爸，洗澡。」

「哦。」阿爸說。

吃了晚飯，伊會新泡一壺番石榴茶，端到阿爸坐著的長椅條旁。

「阿爸，喝茶。」伊說。

「嗯。」阿爸說。

那時候啊，他想著螢火蟲兒一群群地飛在相思樹下的草叢上所構成一片瑩瑩的悅人的圖畫，而滿山四處，都響著夜蟲錯落而悅耳的歌聲。

現在月香正坐在病床邊，用一隻精細的湯匙一口口地給老大嫂餵鱸魚。

「還好吃嗎？」月香細聲說。

著。

老大嫂沒有作聲。伊只是一口又一口馴順地吃著月香餵過來的鱸魚，並且，十分用心地咀嚼著。

這使他驀然地想起了他的母親。

自從他大哥出了事故，尤其是他的父親從臺北帶回來大哥國坤的遺物之後，原本羸弱的他的母親，就狠狠地咯了幾次血，從此就不能起來。大嫂來家的那個初夏，乞食嬸竟也好了一陣。但一入了秋天，當野蘆葦在台車軌道的兩邊開起黃白色的、綿綿的花，乞食嬸的病，就顯得不支了。就那時，大嫂就像眼前的月香一樣，一匙一匙地餵著她的母親。不同的是，老大嫂躺在這特等病房裡，而他的母親卻躺在那陰暗、潮濕、瀰漫著從一隻大尿桶裡散發出來的尿味的房間。此外，病重後的他的母親乞食嬸，也變了性情。伊變得易怒而躁悒。他還記得，有這樣的一次，當大嫂餵下半匙稀飯，他的母親突然任意地吐了出來，弄髒了被窩和床角。「這樣的命苦啊，別再讓我吃了罷，」伊無淚地嚎哭了起來，「死了罷，讓我，死——了罷……」伊然後「我兒，我的兒，我心肝的兒唷——」地，呻吟著似地哭著大哥，把大嫂也弄得滿臉是淚水。

然而，他的母親竟也不曾拖過那個秋天，葬到鶯鎮的公墓牛埔山去。

「阿木，該去牛埔山看一回了。」老大嫂忽然說。

「哦。」

他吃驚地抬起頭來，望著伊。月香正細心地為伊揩去嘴邊的湯水。算算也快清明了。在往年的清明，大嫂、他和月香，總是要乘火車回到鶯鎮去，到牛埔山頭去祭掃他阿爸和阿母的墳墓。直到大前年，才正式為大哥立了墓碑。而大嫂為他大哥的墓園種下的一對柏樹，竟也開始生根長葉了。

「高雄事件以後，人已經不再忌怕政治犯了。」

老大嫂說，就這樣地決定了在為他父親撿骨立塚的同時，也為他大哥李國坤立了墓碑。

「整整吃了一碗鱸魚咧。」月香高興地說。

「今年，我不陪你們去了。」伊幽幽地說。

伊仰臥著，窗外逐漸因著陰霾而暗淡了下來。

「嫂，如果想睡，就睡一下吧。」月香說。

他不自覺地摸了摸口袋裡的菸，卻立刻又把手抽了回來。她的老大嫂子，從來不曾像月香一般，老是怨幽幽地埋怨他戒不掉菸。但是，在病房裡，他已有好幾次強自打消摸菸出來抽的念頭了。出去抽罷，又嫌麻煩。他沉默著，想起牛埔山滿山卑賤而又頑固地怒生著的雜草和新舊墳墓的聚落。從土地祠邊的一條小路上走去，小饅頭似的小山的山腰，有一小片露出紅土的新墳。立好墓碑，年老的工人說：

「來，牲禮拿過來拜一拜。」

他和月香從大嫂手中各分到三支香，三人併立在新塚前禮拜著。然而，在那時的他的心中，卻想著墓中埋著的、經大嫂細心保存了二十多年的，大哥遺留下來的一包衣物和一雙球鞋。他把拜過的香交給月香，插在墓前的香插子裡。大嫂和月香開始在一旁燒著一大堆銀紙。他忽然想起家中最近經大嫂拿去放大的大哥的相片：修剪得毫不精細的、五十年代的西裝頭，在臺灣的不知什麼地方的天空下，堅毅地瞭望著遠處的，大哥的略長的臉，似乎充滿著對於他的未來的無窮無盡的信心。這個曾經活過的青年的身體，究竟在那裡呢？他想著。上大學的時候，偶然聽起朋友說那些被槍斃的人們的屍首，帶著爆裂開來的石榴似的傷口，都沉默地浮標在醫學院的福馬林槽裡，他就曾像現在一樣，想到大哥的身體不知在那裡的這個惘然的疑問。

那時候，大嫂毋寧是以一種欣慰的眼神，凝視著那荒山上的新的黑石墓碑罷。

「生於一九二八年三月十七日
　歿於一九五二年九月
　　李公國坤府君之墓
　　　子孫立」

老大嫂說，人雖然早在五〇年不見了，但阿爸去領回大哥的遺物，卻是在五二年九月，記不得確切的日期了。他問道：「為什麼不用民間的干支表示年月？」「你大哥是新派的人啊！」老人嫂說。至於大哥的子孫，大嫂說，「你的孩子，就是他的孩子。」他還記得，那時月香不自覺地低下了頭。自從翠玉出生之後，他們就一直等著一個男孩，卻總是遲遲不來。

「倒也真快，」老工人站在他大哥的新塚邊，一邊抽著一截短到燙手的香菸，一邊說，「二十好幾年囉，阿坤……」

「嗯。」老大嫂說。

老工人王番，是他爸爸的朋友。鶯鎮的煤炭業，因為石油逐漸地成了主要的能源而衰退時，他和他的父親是第一批失了業的工人。李國木的老父，先是在鎮裡搞土水工，之後就到臺北當建築零工去了。而阿番伯卻把向來只當副業的修墓工，開始當作正業做了起來。剛上大學的那年冬天，李國木他阿爸從臺北鬧市邊的一個鷹架上摔下來死了，就是阿番伯修的墓。他還記得，那時候，在一邊看著一鏟鏟的泥土鏟下墓穴，在他阿爸單薄的棺木上發出鈍重的打擊聲，站在他身邊的阿番伯用他自己的骯髒的手，拭著流在兩頰上的淚，低聲說：「╳你娘，叫你跟我做修墓，不聽嘛，偏是一個人，跑臺北去做工……╳！」

以為睡著了他的老嫂子，這時睜開了眼睛。

「翠玉仔呢？」伊說，微笑著。

「還沒下課。」月香說，看看自己的腕錶。「晚上，我帶伊來看你。」

「你們這個家，到了現在，我是放了心了。」大嫂說。

「嗯。」他說。

「辛辛苦苦，要你讀書，你也讀成了。」伊說。

他苦笑了。

小學畢業那年，他的爸爸和阿番伯要為他在煤礦裡安排一個洗煤工人的位置。大嫂不肯。

「阿爸，」伊說，「阿木能讀，讓他讀罷。」

然而，老阿爸就是執意不肯讓他繼續上學。大嫂於是終日在洗菜、煮飯、洗衣的時候，甚至在礦場上同老阿爸一塊喫便當的時候，總是默默地流淚。有一回，在晚飯的桌子上，阿爸嘆著氣兒：

「總也要看我們有沒有力量。」

「做工人，就要認命，」阿爸生氣似的說，「坤仔他……錯就錯在讓他讀師範。」

「……」

「說什麼讀師範，不花錢。」阿爸在沉思中搖著頭。

「阿坤說過，讓阿木讀更多、更好的書。」伊說。

他看見阿爸放下了碗筷，抬起他蒼老的面孔。鬍子渣兒黑黑地爬滿了他整個下巴。

「他，什麼時候說的？」阿爸問。

「在……桃鎮的時候。」

長久以來，對於李國木，桃鎮是一個神祕而又哀傷的名字。他的大哥，其實是在一件桃鎮的大逮捕案件的牽連下，在鶯鎮和桃鎮交界的河邊被捕的。少年的時候，他不止一次地去過那河邊，卻只見一片白色的溪石，從遠處一路連接下來。河床上一片茫茫的野蘆葦在風中搖動。

「都那麼多年了，你還是信他。」阿爸無力地說，摸索著點上一根香菸。

「我信他。」伊說，「才尋到這家來的。」

大嫂默默地收拾著碗筷。在四十燭的昏黃的燈光下，他仍然鮮明地記得：大嫂的淚水便那樣靜靜地滑下伊的於當時仍為堅實的面頰。

老阿爸沒再說話，答應了他去考中學。他一試就中，考取了臺北省立C中學。

「我來你們家，是為了喫苦的。」

伊說。室內的暖氣在伊消瘦的臉上，塗上了淡淡的紅暈。伊把蓋到頸口的被子往伊的胸口拉著，說：

「我來你們家……」

月香為伊把被子拉好。

「我來你們家，是為了喫苦的。」老大嫂說：「現在我們的生活好了這麼多……」

他和月香靜靜地聽著——卻無法理解伊的本意。

「這樣，我們這樣子的生活，妥當嗎？」

老病人憂愁地說，在伊的乾澀的眼中，逐漸泛起淚意。

「嫂。」

他伸出手去探伊的前額，沒有發燒的感覺。

「嫂。」他說。

病人安靜地閉下了眼睛。月香坐了一回，躡著手腳去廚房裡端出了另一小碗鱸魚。

「剩下一點，你吃下去好嗎？」伊和順地說。

他接過魚湯，就在床邊喫著，細心著不弄出聲音來。也許是開始糊塗起來了罷，他思索著大嫂方才的無從索解的話，這樣地在想著。窗外下著細密的雨，使他無端地感到某一種綿綿的哀傷。

「楊教授！」在廚房洗碗的月香輕聲叫了起來。

瘦高的楊教授，和王醫師一塊推了門走進來。

「飲食的情況呢？」楊教授拿起掛在病床前的有關病人飯盒和排泄的記錄，獨語似地說。

「還算不錯的。」王醫師恭謹地說。

「睡眠呢？」楊教授說，看著沉睡中的病人，「睡了。」

「是的。」月香說，「剛剛才睡去的。」

「嗯。」楊教授說。

「楊教授。」李國木說。

「對了。」楊教授的眼睛透過他的黑色的玳瑁眼鏡，筆直地望著他。「想起來沒？關於伊發病前後的情況。」

他於是一下子想起那個叫作黃貞柏的，剛剛被釋放出來的終生犯帶給老大嫂的衝擊。

「沒有。」他望著老大嫂安詳的睡臉，沮喪地、放棄什麼似地說，「沒有。想不起來什度特別的事。」

「哦。」楊教授說。

他跟著楊教授走到門邊，懇切地問他大嫂的病因。楊教授打開病房的門。走廊的冷風向著他撲面吹了過來。

「還不清楚，」楊教授皺著眉頭說，「我只覺得，病人對自己已經絲毫沒有了再活下去的意志。」

「啊！」他說。

「我說不清楚。」楊大夫說，一臉的困惑，「我工作了將近二十年了，很少見過像那樣完全失去生的意念的病人。」

他望著楊醫師走進隔壁的病房，看見他的一頭灰色的鬈髮，在廊下的風中神經質地抖動著。

「不。」他失神地對自己說，「不會的。」

他回到他的老大嫂的床邊，看見月香坐在方才自己坐著的椅子上，向病人微笑著，一邊把手伸進被裡，握住被裡的伊的枯乾卻是暖和的手。

「睡了沒？」月香和藹地說。

「沒有。」大嫂說。

想著在楊教授來過都不知道的、方才的老大嫂的睡容，月香笑了起來。

「睡了，嫂，」月香說，「睡得不長久，睡是睡了的。」

「沒有。」病人說，「淨在做夢。」

「喝水嗎？」月香說，「給你弄一杯果汁罷。」

「あの長い台車の道。」老嫂子呢喃著說：「那一條長長的台車道。」

月香回頭望了望佇立在床邊專注地凝望著病人的李國木，站了起來。

「讓你坐。」

月香說著，就到廚房裡去準備一杯鮮果汁。他於是又坐在病人的床邊了。「很少見過像伊那樣完全失去生的意念的人。」楊教授的話在他的耳邊縈繞著。

「嫂。」他輕喚著說。

「嗯。」

「僕もな、よくその台車道を夢見るのよ。」他用日本話說，「我呀，也常夢見那一條台車道呢。」

「……」

「難以忘懷啊，」他說，凝視著伊的蒼黃的側臉，「那年，嫂，你開始上工，和阿爸一塊兒推煤車……」

「哦。」伊微笑了起來。

「這些，我不見得在夜裡夢見。但即使在白日，我也會失神似地回憶著一幕幕那時的光景。」他用日本話說，「嫂，就為了那條台車道，不值得你為了活下去而戰鬥嗎？」

伊徐徐地回過頭來，凝望著他。一小滴眼淚掛在伊的略有笑意的眼角上。然後伊又閉上了眼睛。

窗外愈為陰暗了。雨依然切切地下個不停。現在，他想起從礦山蜿蜒著鶯石山，然後通向車站的煤礦起運場的、那一條細長的、陳舊的、時常叫那些台車動輒脫軌拋錨的台車道來。大嫂「進門」以後的第三年罷，伊便在煤礦裡補上了一個推煤車工人的缺。「別的女人家可以做的，為什麼我就不能？」當她的爸對於她出去做工表示反對的時候，大嫂這麼說。那時，小學五年級的他，常常看見大嫂和別的女煤車工一樣，在胳臂、小腿上裹著護臂和護腿，頭戴著斗笠，在炎熱的太陽下，喫力地同另一個女工把滿載的一台煤車，一步步地推上上坡的台車站。汗，濕透了伊們的衣服。學校裡沒課的時候，幼小的他，最愛跟著大嫂出煤車。上坡的時候，他跳下來幫著推；平坦的地方，他大嫂會下來推一段車，又跳上車來，利用車子的慣性，讓車子滑走一程，而他總是留在車上享受放車的快樂。下坡的時候，他和大嫂都留在車上，大嫂一邊跟他說話，一邊把著煞車，注意拐彎時不致衝出軌道……

夏天裡，每當車子在那一大段彎曲的下坡道上滑走，「吼——吼——」的車聲，總要逗出夾道的、密濃的相思樹林中的蟬聲來，或者使原有的蟬聲，更加的喧譁，在車聲和蟬聲中，車子在半山腰上一塊巨大無比的鶯石下的台車道上滑行著。而他總是要想起那古老的傳說：鄭成功帶著他的部將在鶯石層下紮營時，總是發現每天有大量的士兵失蹤。後來，便知道了山上有巨大妖物的鶯哥，夜夜出來吞噬士兵。鄭成功一怒，用火炮打下那怪物鶯哥的頭來。鶯哥一時化為巨石。從那以後，它就不再騷擾軍民了。每次台車打鶯石底下過，少小的他，仍然不免想像著突然從鶯石吐出一陣迷霧來，吞吃了他和大嫂去。

運煤的台車的終站，是設在鶯鎮火車站後面的起煤場。由幾家煤礦共同使用的這起煤場，是一塊寬闊的空地。凡是成交後要運往中南部的煤，便由各自之台車運到這廣場中各自的棧間，堆積起深黑色的煤堆，等候著裝上載貨的火車，運到目的地去。

有好幾回，他跟著大嫂和另外的女工，把煤車推上高高的棧道，然後把煤倒在成山的煤堆上。從高高的台車棧道上往下看，他看見許多窮苦人家的孩子，在以舊枕木圍起來的棧間外，用小畚箕和小掃把掃集倒煤車時漏到棧外的煤屑。而大嫂總是要乘著監工不注意的時候，故意把大把大把的煤渣往外撥，讓窮孩子們掃回去燒火。

「同樣是窮人，」大嫂說，「就要互相幫助。」

在放回煤礦的空台車上，大嫂忽然柔聲地、唱誦著似地說——

「故鄉人，勞動者……住破厝，壞門窗……三頓飯，番薯簽。每頓菜，豆鋪鹽……」

他轉回頭來，奇異地看著伊。太陽在柑仔園那一邊緩緩地住下沉落。大半個鶯鎮的天空，都染成了金紅的顏色。風從相思樹林間吹來，迎著急速下坡的台車，使伊的頭髮在風中昂揚地飄動著。

「嫂，你在唱什麼呀？」他笑著說。

那時候她的大嫂，急速地吐了吐舌頭。他抬著頭仰望他大嫂。伊的雙頰因為竟日的勞動而泛著粉紅，伊的眼中發散著並不常見的、興奮的光芒。

「沒有哇，」伊朗笑了起來，「不能唱，不可以唱哦。現在。」

「為什麼？」

大嫂沒說話。在一個急轉彎中，伊一面把身體熟練地傾向和彎度相對反的方向，維持著急行中的台車的平衡，一邊操縱著煞車，煞車發出尖銳的「唧——唧」的聲音。遠處有野斑鳩相互唱和的聲音傳來。

「你大哥教了我的。」

滑過急彎，伊忽然平靜地說。一團黑色的東西，在相思林中柔嫩的枝條上優美而敏捷地飛竄著。

「嫂，你看！」他興奮地叫喊著，「你看，松鼠！松鼠唉！」

「你大哥教了我的。」大嫂說，直直地凝望著台車前去的路，眼中散發著溫柔的光亮，「這是三十多年前的三字歌仔，叫作『三字集』。你大哥說，」大嫂子說，「在日本時代，臺灣的工人運動家用它來教育工人和農人，反對日本，你大哥說的。」

「哦。」他似懂非懂地說。

「你大哥，他，在那年，正在著手改寫這原來的『三字集』。有些情況和日本時代有一點不同了，你大哥說。」伊獨語似地說，「後來，風聲緊了，你大哥他把稿子拿來託我收藏。風聲鬆了，我會回來拿，你大哥說……」

台車逐漸放慢了速度。過了湳仔，是一段從平坦向輕微上坡轉移的一段台車路。大嫂子跳下車，開始輕輕地推車子，他則依然留在台車上，落入與他的年齡極不相稱的沉默裡。

後來呢？後來，我大哥呢？那時候的少小的他，有好幾次想開口問伊，卻終於只把疑問吞嚥了下去。甚至於到了現在，坐在沉睡著的伊的病床前，他還是想對於有關大哥的事，問個清楚。長年以來，儘管隨著年齡和教育的增長，他對於他的大哥死於刑場的意義，有一個概括的理解。但愈是這樣，他也愈渴想著要究明關乎大哥的一切。然則，幾十年來，大哥一直是阿爸、大嫂和他的渴念、恐懼和禁忌，彷彿成了全家——甚至在社會的不堪觸撫的痛傷……而這隱隱的痛傷，在不知不覺中，經過大嫂為了貧困、殘破的家庭的無我的獻身，形成了一股巨大的力量，驅迫著李國木「迴避政治」、「努力上進」。使一個原是赤貧、破落的家庭的孩子的他，終於讀完了大學。經過幾年實習性的工作，他終於能在七年多以前，取得會計師的資格，在臺北市的東區租下了雖然不大，卻裝潢齊整而高雅的辦公室，獨自經營殷實的會計師事務所。他帶著大嫂，遷離故鄉的鶯鎮住到臺北高等住宅區的公寓，也便是在那一年。

三個多月以後，李國木的大嫂，終於在醫學所無法解釋的緩慢的衰竭中死去。

把老大嫂的屍體送到殯儀館的當天晚上，他獨自一人在伊的房間裡整理伊的遺物，卻在一個收置若干簡單的飾物的漆盒中，發現了一個厚厚的信封。信封上有伊娟好的字寫成的：「黃貞柏先生」。他不知不覺地打開不曾封口的信封，開始讀著大嫂用一種與他在大學中學會的日語不同的、典雅的日文寫成的信。

拜啟

我是蔡千惠。那個被您非常溫藹、真誠地照顧過的千惠。

您還記得罷？在很久很久以前的一個夜晚，在桃鎮崁頂的一個小村莊，您第一次拉著我的手。

您對我說，為了廣泛的勤勞者真實的幸福，每天賭著生命的危險，所以決定暫時擱置我們兩家提出的訂婚之議。我的心情，務必請你能夠了解啊，這樣子說著的，在無數熠熠的星光下的您的側臉，我至今都無法忘懷。

那夜以後的半年之後，您終於讓我見到了您平時一再尊敬和熱情的口氣提起的李國坤桑。

事情已經過去了三十年多。所以，在前日的報紙上看見您安然地釋放回到故里的現在，不論在道德上和感情上，我都應該說出來。那時候，你叫我稱呼國坤桑為「國坤大哥」，我卻感到一種惆悵的幸福的感覺。「好女孩子呢，貞柏。」記得當時國坤大哥爽朗地笑著，這樣子對您說，然後，他用他那一對濃眉下的清澈的眼睛，親切地看著早已脹紅了臉的我，說，「嫁給貞柏這種只是一心要為別人的幸福去死的傢伙做老婆，可是很苦的事。」和國坤大哥分手後，我們挑著一條曲曲彎彎的山路往桃鎮走。在山路上，您講了很多話：講您和國坤大哥一起在做的工作；講您們的理想；講著我們中國的幸福和光明的遠景。「喂，千惠，今天怎麼不愛說話了？」記得您這樣問了我嗎？「因為想著您的那些難懂的話的緣故。」我說著，就不爭氣地掉下了眼淚。

當然，您是不曾注意到的。在那一條山路上，貞柏桑，我整個的心都裝滿著國坤大哥的影子……他的親切和溫暖、他朗朗的笑聲、他堅毅而勇敢的濃黑的眉毛，和他那正直、熱切的目光。因為事情已經過去；因為是三十年後的現在；因為您和國坤大哥都是光明和正直的男子，我以度過了五十多年的歲月的初老的女子的心，回想著在那一截山路上的少女的自己，清楚地知道，那是如何愁悒的少女的戀愛著的心（切ない乙女の戀心）！

可是，貞柏桑，倘若時光能夠回轉，而歷史能重新敘寫，我還是和當初一樣，一百個願意做您的妻子。事實上，即使是靜靜地傾聽著您高談闊論，走完那一截小小而又彎曲的山路，我堅決地知道，我要做一個能叫您信賴，能為您和國坤大哥那樣的人，喫盡人間的苦難而不稍悔的妻子。

然而運命的風暴，終於無情地襲來。由於我已回到台南去讀書，您們被逮捕檢束的事，我要遲到十月間才知道。我的二兄漢廷也被抓走了。我的父母親為此幾乎崩潰了。但其後不久，我終於發現到……我的父親和母親的悲忿，來自於看見了整個逮捕在當時的桃鎮白茫茫地展開，而曾經在中國大陸體驗過恐怖的他們，竟而暗地裡向他們接洽漢廷自首的條件。而漢廷，我那不中用的二兄，卻一連有幾個深夜，同他們出去，直到薄明方回。他瞞住了他的好友，他的同志的您和國坤大哥，卻仍然不免於逮捕。

貞柏桑，請您無論如何抑制您必有的震駭和忿怒，繼續讀完這封由一個卑鄙的背叛者（裏切者）的妹妹寫的信。

半年後，蒼白而衰弱的漢廷回來了。他一貫有多麼的疼愛我，您是知道的。熬不過良心的苛責時，醉酒的我的二兄漢廷，陸陸續續地向他妹妹說出了一場牽連廣闊的逮捕。

為了使那麼多像您、像國坤大哥那樣勇敢、無私而正直、磊落的青年，遭到那麼暗黑的命運，我為二兄漢廷感到無從排解的、近於絕望的苦痛、羞恥和悲傷。

我必須贖回我們家族的罪愆。貞柏桑，這就是當時經過幾乎毀滅性的心靈的摧折之後的我的信念。

一年多以後，我從報紙上知道了國坤大哥，同時許許多多我從不曾聽您說過的青年（其中有兩個是我記得和您在崁頂見過面的、樸實的青年），一起被槍殺了。我也知道了您受到終生監禁的判決。

我終於決定冒充國坤大哥在外結過婚的女子，投身於他的家，絕不單純地只是基於我那素來不曾向人透露，對於國坤大哥的愛慕之心。

我那樣做，其實是深深地記得您不止一次地告訴我，國坤大哥的家，有多麼貧困。您告訴過我，他有一位一向羸弱的母親，和一個幼小的弟弟，和一個在煤礦場當工人的老父。而您，薄有資產的家族和您的三位兄長，都應該使您沒有後顧的憂慮罷。然而，更使我安心地、坦然地做了決定的，還是您和國坤大哥素常所表現出來的，您們相互間那麼深摯、光明、無私而正直的友情。原以為這一生再也無法活著見您回來，我說服自己：到國坤大哥家去，付出我能付出的一切生命的、精神的和筋肉的力量，為了那勇於為勤勞者的幸福打碎自己的人，而打碎我自己。

貞柏桑：懷著這樣的想像中您對我應有的信賴，我走進了國坤大哥的陰暗、貧窮、破敗的家門。我狠狠地勞動，像苛毒地虐待著別人似地，役使著自己的肉體和精神。我進過礦坑，當過推煤車的工人，當過煤棧間裝運煤塊的工人。每一次心力交瘁的時候，我就想著和國坤大哥同時赴死的人，和像您一樣，被流放到據說是一個寸草不生的離島，去承受永遠沒有終期的苦刑的人們。每次，當我在洗浴時看見自己曾經像花朵一般年輕的身體，在日以繼夜的重勞動中枯萎下去，我就想起早已腐爛成一堆枯骨的、仆倒在馬場町的國坤大哥，和在長期監禁中，為世人完全遺忘的，兀自一寸寸枯老下去的您們的體魄，而心甘如飴。

幾十年來，為了您和國坤大哥的緣故，在我心中最深、最深的底層，祕藏著一個您們時常夢想過的夢。白日失神時，光只是想著您們夢中的旗幟，在鎮上的天空裡飄揚，就禁不住使我熱淚滿眶，分不清是悲哀還是高興。對於政治，我是不十分懂得的。但是，也為了您們的緣故，我始終沒有放棄讀報的習慣。近年來，我戴著老花眼鏡，讀著中國大陸的一些變化，不時有女人家的疑惑和擔心。不為別的，我只關心：如果大陸的革命墮落了，國坤大哥的赴死，和您的長久的囚錮，會不會終於成為比死、比半生囚禁更為殘酷的徒然……

兩天前：忽然間知道您竟平安地回來了。貞柏桑，我是多麼的高興！三十多年的羈囚，也真辛苦了您了。在您不在的三十年中，人們兀自嫁娶、宴樂，把您和其他在荒遠的孤島上煎熬的人們，完全遺忘了。這樣地想著，才忽然發現隨著國木的立業與成家，我們的生活有了巨大的改善。早在十七年前，我們已搬離了台車道邊那間土角厝。七年前，我們遷到臺北。而我，受到國木一家敬謹的孝順，過著舒適、悠閒的生活。

貞柏桑：這樣的一想，我竟也有七、八年間，完全遺忘了您和國坤大哥。我對於不知不覺間深深地墮落了的自己，感到五體震顫的驚愕。

就這幾天，我突然對於國木一寸寸建立起來的房子、地氈、冷暖氣、沙發、彩色電視、音響和汽車，感到刺心的羞恥。那不是我不斷地教育和督促國木「避開政治」、「力求出世」的忠實的結果嗎？自苦、折磨自己、不敢輕死以贖回我的可恥的家族的罪愆的我的初心，在最後的七年中，竟完全地被我遺忘了。

我感到絕望性的、廢然的心懷。長時間以來，自以為棄絕了自己的家人，刻意自苦，去為他人而活的一生，到了在黃泉之下的一日，能討得您和國坤大哥的讚賞。有時候，我甚至幻想著穿著白衣、戴著紅花的自己，站在您和國坤大哥中間，彷彿要一道去接受像神明一般的勤勞者的褒賞。

如今，您的出獄，驚醒了我，被資本主義商品馴化、飼養了的、家畜般的我自己，突然因為您的出獄，而驚恐地回想那艱苦、卻充滿著生命的森林。然則驚醒的一刻，卻同時感到自己已經油盡燈滅了。

睽別了漫長的三十年，回去的故里，諒必也有天翻地覆的變化罷。對於曾經為了「人應有的活法而鬥爭」的您，出獄，恐怕也是另一場艱難崎嶇的開端罷。只是，面對著廣泛的、完全「家畜化」了的世界，您的鬥爭，怕是要比往時更為艱苦罷？我這樣地為您憂愁著。

請硬朗地戰鬥去罷。

至於我，這失敗的一生，也該有個結束。但是，如果您還願意，請您一生都不要忘記，當年在那一截曲曲彎彎的山路上的少女。謹致

黃貞柏樣

千惠上

他把厚厚的一疊用著流暢而娟好的沾水筆寫好的信，重又收入信封，流著滿臉、滿頤的眼淚。

「國木！怎麼樣了？」

端著一碗冰凍過的蓮子湯，走進老大嫂的房裡的月香，驚異地叫著。

「沒什麼。」他沉著地掏出手絹，擦拭著眼淚。

「沒什麼。」他說：「我，想念，大嫂……」

他哽咽起來。一抬頭，他看見放大了的相片中的大哥，晴朗的天空下，在不知是臺灣的什麼地方，瞭望著遠方……

一九八三年七月十四日

——一九八三年八月《文季》三期

作者簡介與評析

陳映真，原名陳永善，一九三七年生，籍貫臺北縣鶯歌。淡江文理學院外文系畢業，一九八三年應邀參加美國愛荷華大學的「寫作計畫」。陳映真年輕時閱讀不少中國三〇年代作品，受魯迅影響極深。一九六八年因被控組織「民主臺灣同盟」，「陰謀叛亂」的罪名入獄七年。一九七七年參與鄉土文學論戰，有力地反擊了御用文人偏狹的文學觀。八〇年代主持以報導社會弱勢階層的《人間》雜誌，對當時社會與知識份子產生巨大的震撼，也替日後臺灣的報導文學打下基礎。現任人間出版社發行人。曾獲吳濁流文學獎和時報文學獎推薦獎、花蹤世界華文文學獎等，一九九六年獲中國社科院授予榮譽高級研究員。著有小說集《我的弟弟康雄》、《唐倩的喜劇》、《上班族的一日》、《萬商帝君》、《鈴鐺花》、《華盛頓大樓》、《忠孝公園》等，評論集《知識人的偏執》、《孤兒的歷史、歷史的孤兒》，及《陳映真作品集》第六至第十五卷等。

〈山路〉是一篇對於一段陰暗歷史的痛切反省和無奈告白。千惠為了實踐理想，甘心偽裝成「男友的同志」的未亡人，辛勤數十年，直至當年情人從牢獄中被釋放，重新喚醒久遠的記憶和傷痛，她無從面對突然現身於當下現實的「過往」，以致迅速邁向死亡的道途。小說最末千惠的遺信，且是一名有志節者也抵擋不住歲月消磨的紀錄，而幽隱的記憶又如何抵抗必然的遺忘？個人尚且如此，那龐大的、時時受到牽制的歷史記憶，是否也難逃被棄置的命運？〈山路〉固然是對歷史記憶與革命道路的思索，同時也充滿了感傷回顧的氣息，如王德威所言，放在陳映真的創作生涯中，此乃「他對於一己曾獻身（或陷身？）政治的激情歲月，充滿鄉愁式的類比追憶與反省」。正如千惠身上的「原罪」與「愛」，已然近乎宗教情操，奠基在對「真理」的虔誠信仰之上，一種無私無我、奉獻犧牲的「人道愛」，一如為眾生苦難而殉道的耶穌。

延伸閱讀

1 王德威，〈峰迴路轉的〈山路〉〉，《聯合文學》第1卷第7期（1985年5月），頁152。
2 施淑，〈臺灣的憂鬱——論陳映真早期小說及其藝術〉，《新地》第1期（1990年4月），頁193~205。
3 柳書琴，〈文學來自時代反映時代——試論陳映真〉，《史學》第15期（1990年6月），頁1~28。
4 張誦聖，〈昨日的歷史——評陳映真〈山路〉〉，《文學場域的變遷》（台北：聯合文學，2001），頁188~192。
5 趙剛，〈重建左翼：重見魯迅、重見陳映真〉，《臺灣社會研究》第77期（2010年3月），頁277~289。

江行初雪

李渝

1

穿行過跑道上漂流著的霧水，緩緩地停下了速度，飛機六點五十分抵達郊區機場。學習美術史的我，第一次來到以古寺聞名的中國潯縣。

我從小窗望出去，在逐漸停轉的螺旋槳外，初冬的蘆花已經落去白絮，一大片光禿而筆直的枝幹，矗立在不遠處的江邊。

各位旅客請稍等，機場人員正在準備扶梯。

梳著兩條及肩的辮子，穿著白襯衫藍裙子的空中服務員，站在走道的盡頭，用北京腔的國語說。

我把安全帶解開，深深地噓了一口氣，本應該輕鬆下來的心情，因為接近了目的地，倒反而緊張起來。

我把裝滿照相器材的袋子揹在肩後，和其他乘客耐心地站在狹窄的走道上，一步步向艙門走去。

從未見過面的表姨，不知道會不會來機場接我。

一陣冷風迎面襲來；我拉緊圍巾，扯高大衣的領口，跨上伸展在我眼前的鐵梯。

負責接待我的是中國旅行社的老朱，一位年紀不過五十歲的瘦高男子，穿了件袖口起白的藍色夾裡人民裝，領口的釦子敞著，露出裡邊白色的襯衫，說話的時候，前面一排黃牙說出了抽菸過多的習慣。但是他的人很爽快，頗令我想起書上看到過的，忠心耿耿的黨書記或是基層幹部之類的人物。

我們到達立群飯店時，營業時間還沒開始。老朱按了幾下側門的電鈴。片刻工夫，一個剪著平頭的青年開了門。看見了我們，他三兩快步迎上來，從老朱手中接過為我提著的旅行箱。

「縣委辦公室昨天已經關照過了。」他露著和氣而禮貌的笑容。

我們隨他從側門進入。一小片庭園，種植著忍冬、杜鵑、和水松，除了白堊牆下的萱草已經枯黃以外，冬日仍舊保持了不落葉的滋潤。穿過梅瓣形的拱門，一長排松樹的後面，排列著廊似的客廂，雕花木窗規則地連接著，楠木的色質沉積成鬱悶的醬紅色。

叫小陳的旅舍服務員用鑰匙打開廂底一間房門的時候，我幾乎以為紫雲紗、檀香几這一類古典小說裡的家具會出現在眼前呢。

裡面放著的是比意料還要簡單的木桌和木床，然而看來以前卻必定是某紳宦人家的房邸。

「早晚會有人來灌熱水瓶。三餐由食堂供應。有什麼意見，請儘管提給我。」老朱爽快地露著黃牙說：

「時間緊湊，我們下午就開始參觀，妳這會先休息休息。」

站在房門口，他轉身重新握住我的手：

「歡迎妳回來，多看看，各方面都在進步。」

他在本已有力的手勁中又加上了幾分力，好像要我肯定後面一句話的分量。

日程排得果真緊湊。不過三、四個小時，竟能一連參觀了托兒所，托兒所旁的老人院，還有一個紡織印染廠。大概是希望在三天半的逗留中，盡量使我對潯縣有個全面的印象吧。總是先到一地方，聽取了負責幹部的簡報，再走馬似地繞一圈。至於究竟看到了些什麼，我也不大清楚了。倒是一切安排都顯得秩序井然，老朱似乎處處都流露著胸有成竹的信心。

然而此行我來並非為了老人院或托兒所；在紡織廠飛轉的線軸之間，我一直惦記著的，是玄江寺裡的那尊菩薩。

放在博物院檔案室的抽屜裡，放大圖片的右上角，這樣用精緻的小字打著：

觀世音菩薩．六世紀？頭高三十二公分．水成岩．玄江寺．中國潯縣。

標籤說明沒什麼奇特的地方，檔案室幾百張圖片大概都這麼記錄著，可是當我翻到這一張時，珂羅版的黑白光面紙隱約閃現了一片金光；或許是午後的陽光正好從天窗斜過，照到了它上面吧。然而這一片光卻使我禁不住停下了手指。

追隨六世紀風格的軀體在肩的部分已經略微渾圓起來。菩薩左手做著施願印，右手做著施無畏印。素淨的佛袍褶成均勻而修長的線條，從雙肩滑落到膝的周圍，變化成上下波動的縐褶，像泉水一樣地起伏著，呈托在蓮花座的上面。

這行雲流水似的身體上，菩薩闔著眼，挾長的睫縫裡隱現了低垂的目光。鼻線順眉窩直雕而下，在鼻底掀起珠形的雙翼。嘴的造型整潔而柔韌，似笑非笑之間，游走得如同蠶絲一樣的輪廓，靈秀地在嘴角扯動了起來。

早期南北朝的肅穆已經軟化，盛唐的豐腴還沒有進襲，莊嚴裡揉和著人情。十三個世紀的時光像一隻溫柔的手，把如曾有過的銳角都搓撫了去，讓眉目在水成岩的粗樸的質理中，透露著時間的悠長。

揉合著悲傷的微笑，與其說是笑容，不如說是在天上守望著人世間的動靜生滅，來去是非，心裡發起悲憐，於是不得不脫離本尊諸佛們的寂然世界，降生到凡世，共分眾生的困難，超度世間的苦厄，在笑容後面牽動的，其實是悲哀和憐憫的意思。

這樣的笑，當天窗那一格陽光斜閃過我手中的圖片時，竟也扯動了我心裡的什麼絲絲絡絡。不知怎麼的，這慈悲而悽苦的笑容以後就再也拂去不了。

在博物館收藏著的每尊佛像的臉上，我開始看到玄江菩薩的笑容；從鬱暗的展覽室回到研究室，每拿起一張圖片，迎來的是玄江菩薩；掠起一手水，端起一杯茶，在折波中看見的是玄江菩薩；迎面走來的路人中，車窗玻璃上飛逝的景物中，午夜的黑暗裡，都現出了菩薩。

修於宣統三年的《潯江府誌》在〈廟寺〉一則下，我讀到了有關菩薩的第一個故事：

潯縣郊外的玄江寺，建於東晉咸和年間。由天竺渡來此地的僧人慧能，看到江，想起了故國的恆河，遂結庵為寺，並以玄江名之。

梁天正年間，文帝親臨江南，路過潯縣時，留在京師的寵愛的小公主慈真患上重病，誠奉佛教的文帝在玄江設大齋，向菩薩祈福，慈真在宮中不藥而癒。為了感謝菩薩的恩賜，王賜錢百萬串，修飾佛寺。玄江寺因而成為江南香火最盛的寺廟之一。此後兒女有疾苦的人家，每年二月十九日，都會齋戒祝禱，結會上山，在菩薩座前點上長明燈油，祈求安康。

明末潯縣的地位被揚州取代，市井日漸衰微。萬曆年間玄江寺陷於兵亂。清太平天國之戰幾毀於大火，光緒二十二年才又加以修復。

中國的地理環境常和藝術風格有密切的關係。莫不是潯縣的山水有什麼特別的氤氳，潯縣的鄉民有什麼特別的性情，終於醞孕出菩薩這般慈苦的笑容呢？

我期待著有一天可以親自去一趟潯縣。

年底，博物院為了明春和廣州舉辦現代繪畫交換展，要派人去交涉一此事情，對我來說，這真是天降的好機會。

我把中國地圖找出來，從廣州北上，經過長沙、武漢，去南京的途中如果停下，坐飛機大約要三個小時。坐火車經過衡陽、長沙、鷹潭、南昌，可能要一天的時間。然而無論是從哪條路走，如果把交換展覽的事盡快辦妥，總應該可以留下幾天時間，去一次潯縣。

感恩節已過，猶太聖節、聖誕節就要接踵而來。這歲末的時候，整個博物院都鬆下了節奏，同事們個個都準備著和家人團聚了，去中國的差事也就沒有競爭地落在我這寂寞的外鄉人的身上。

「明天可以去玄江寺嗎？」從紡織廠回來的麵包車裡，我問老朱。

「明天已經安排了參觀百貨店和工廠。」老朱說。

我聽了心裡暗吃一驚，是我的信文化部沒收到，還是下傳到中國旅行社的這節上出了錯，於是為我安排了為一般觀光客而設的日程？

「我是特別為玄江寺來的。」

老朱不為我明顯的焦急所動。「臨時改變程序不容易。」他慢條斯理地說：

「不過，如果妳專程為玄江寺而來，晚上不妨讓我想想辦法。」

的確，五點已過。照理說，各個單位都已經下班了。可是明天要重複這一連串我毫無興趣的參觀，聽一些無動於衷的解說，一想到這裡，就分外疲憊起來。從下飛機到現在，其實都還沒真正休息過呢。

吃完晚飯，我一個人漫步走回廂房。

在這旅遊的淡季，特為外賓而設的旅店除了三兩個外商模樣的人，幾乎沒有其他寄宿的，依著長松的一排客房冷清得叫人不想回去。

黑夜還沒有全來，冬日的黃昏也不留餘暉。晚霜很快浸襲，穿行在松幹間，沉迷在石板鋪成的小徑上。雕花木窗的上簷，日光燈已經先開亮，在黯淡的暮氣裡，濛濛地閃著筆直一條幽青的光。

這景象真有點悲哀，當我準備早一點上床的時候，小陳推門就進來，委實又令我吃了驚，好在衣服還像樣地穿著。早上為了灌熱水瓶，他就這樣進來過一次。

但是小陳顯然不覺得自己有什麼唐突的地方，一腳跨進門，提高了嗓音：

「旅行社朱同志來電話請去會客室接。」

我隨手掠起外衣披在肩上，跑去前廳，準是改動日程有了眉目。

果然，只是因為時間過於迫近，上午已經不好動，下午的工廠參觀卻可以取消，如果把時間挪用到別的地方去，玄江寺的訪問明天下午午睡以後就可以開始。

我答應到時一定準備妥當。

為了溫習資料，我把隨身帶著的卡片鋪了一床。此外又檢查了照相機的曝光速度，底片的捲數，擦亮了鏡頭，再把近距離鏡頭掛在背帶上。

老朱的效率令我佩服，不過一天時間，對他已不得不建立起某種信任和尊敬，原來是在不動聲色的時候，認真地想著怎麼辦好事呢。然而下班以後仍舊能夠行事，是應了效率精神，還是其實具有特殊的權力呢？我一邊準備一邊禁不住揣想著。聽說他曾是十五、六級的幹部。

等到我覺得一切差不多就緒的時候，午時已過。熄燈躺上床，這一陣興奮使我完全不能睡了。

我起身推開對拘的雕窗。

白色的夜，是霜霧相映而成的白色，月亮不知在哪兒。松影像墨團似地浸在霧水裡。某一片不遠的樹林，有來不及南飛的鳥啾啾地叫著。

我和玄江菩薩近在咫尺，幾個時辰過去以後就要會見，我看見她在眼前召喚著。在這肅靜的夜心，已經使我領會到她溫柔的福賜。

2

早早起身換好衣服，只是為了提防小陳不敲門就進來。小陳年紀比我還小，真是令人尷尬。

既然起得這樣早，不如也就早早準備妥當了。我跨出房門，正打算前去食堂吃早飯的時候，看見老朱領著一個婦人，從廊的那頭走過來。

一段距離外的她，只到老朱的頭下，矮胖胖的，穿著深色的棉襖，深色的寬布褲，一頭晶瑩的白髮最是觸目。

我客氣地向她微笑，等老朱開口為我介紹，倒是她先開了口，嚅嚅地說：

「自家人都不認識呢。」

我這才恍然明白了眼前的婦人究竟是誰：

表姨！

在這從來沒見過面的長輩面前，我竟也像晚輩一樣地紅了臉，喚了她一聲，便嚅嚅地說不出話來。

典型的中國南方人的臉，看不出和父親的相似在哪兒，或許年輕時也曾好看過，此時仍很端莊整齊。銀色的頭髮像女中學生一樣地齊耳剪短了，全部往後梳，用一支細細的軟篦子在腦後一絲不苟地攏起來，愈發襯托出眼前的白淨。

參觀加進了表姨，路程上老朱和我兩人在心理上都輕鬆了不少。她並不常開口，偶時低聲在我耳邊補充別人解說的不足，或是指出有名的街道或建築而已。

她的口音帶著南京腔，把「昨天」唸成了「嵯天」，「離」又都說成了「泥」，使我想起了父親的說話。在鄉音後面，她有一種持久的平衡和鎮定，不因為情緒上有什麼激動而產生了音調上的揚抑。隨著她的敘述，一種和平的感覺竟從我倦憊得很的心中浮起，倒像回到了家鄉呢。

「妳看，那不就是鼓樓了？」

她拍拍我的肩，半傾斜著頭，指著窗外飛過去的一幢灰色牌樓，好像責備我怎麼把它忘了似的。

午後二時我們終於來到玄江寺。汽車在山腳停下。

順著梳篦般的石階往上看，曇嵐後面，縹緲著「玄江寺」三字飛草。據《桐陰畫論》的記載，這匾額還是宋末禪畫家玉澗的筆跡呢。

雖然開放了一段時日，冬天並沒有什麼香客。走在表姨和老朱之間的我，忐忑著朝聖者的心情，一步步踏著石階往上走。

陽光乍現，令人不免驚喜，然而還沒有入晚就偏斜得厲害，一層澹淡的黃色只引起了視覺上的暖意。穿著厚棉襖的表姨漸漸落了後。我站在石階上等她，看見她額前的髮，秋日茅草似地透著亮。

住持惠江和尚是文革以後僅存的老人，穿著鑲黑色寬邊的灰袈裟，站在朱紅色的寺門前，看見我們上來，俯身合掌，喃喃唸著佛號。

我們跨過四、五吋高的門檻，進入鬱暗的佛堂。

「既然千里為菩薩而來，就先祈拜菩薩吧。」惠江說。領我們斜穿過正堂。

我隨身低頭再跨過一個四、五吋高的門檻。正要抬起頭時，突然一片金光罩下，不由得使我吃了一驚。我急忙站穩了身——眼前矗立著一尊從頭到腳水洩不通的金色菩薩！是弄錯了吧？這哪是水成岩的玄江佛呢？我急忙抽出袋裡的圖片。

左手齊腰合掌垂下，右手當胸推前，印相是完全相同的。可是，全身披掛著叮噹的珠璣纓珞，卻是和圖上的完全不同，更不用說這一身金了。

當胸就有幾串大小長短不整的珠鍊，齊腰紮了幾條蓮花圖案接成的束帶，肩上加出飄帶，佛衣繚上紅黃藍三色邊，頭上還有一頂碩大的高冠，疊鑲著各色寶石。

不消說，珠寶金玉都不是真貨。無論華麗到哪裡去，莫非都是合成材料照形狀塑成，再塗上紅藍綠的俗鄙顏色，把圖片裡的如水似雲的風格全數破壞了。

我再近前一步，沿著本該是春蠶吐絲似的衣褶底下，看見滴掛著一排排小粒的漆痕，才明白這全身金光原是金油漆塗出來的，而且還是頗不薄的油漆呢。

手中搓撫著長珠的惠江，站在我的左側。在只有我們四人的空堂裡，告訴了玄江菩薩的第二個故事：

天上的慈航導者展目天宮，遙望人間，看見眾生疾苦掙扎，永無了期，動了慈悲之心，便化作太陽，投入地上興林國王后伯牙氏的懷中，生成為第三位公主妙善。

妙善公主自小就不沾葷乳，喜愛學佛，長大以後前去白雀寺出家，勤修佛理。

對公主的抉擇，妙莊王很不以為是，要白雀寺的僧尼百般刁難，公主卻都一一承受了。父王又下令焚燒白雀寺，僧尼俱毀於燄，公主卻安然無恙。父王又遣人斬公主，卻有白虎前來營救。

公主來到屍多林，有青衣童子引導遊歷地府。終於太白星化作老人，指引公主前往普陀落迦山，修為正果。

妙莊王重病，公主聽知了，剜目斷臂救療父王。父王病癒以後，大徹大悟，帶著王后一同去禮謝公主，同為公主濟度。

成為正果的公主，觀世聲音，皆施解脫，於是以觀世音名之，就是這眼前奉祀的玄江菩薩。

惠江俯身合掌禮拜：

「觀自在的菩薩，至上的尊王，慈悲的神明。」

喃喃的梵語迴響在黑鬱的寺堂的兩壁，好像來自另一個世界。

暗紅色磚牆的那一面，傳來木魚的哆哆聲。

我這時，若是說被妙善剜目救人的精神感動了，不如承認心裡正湧翻出一種相反的感覺；這樣庸俗的佛像和其他廟裡的又有什麼不同呢？豈非是被騙了。

騙我的，當然不是菩薩，不是老朱，不是玄江寺的方丈，他們只不過跟我一齊受騙而已。一千三百年累積下來的文明可以在一刻間就被玩弄得點滴不存！

厚厚的金漆後面，妙善垂著雙目，從細長的睫縫裡端看著眼前人間的我們。嘴角微揚起的程度已經淹沒在徜徉的油漆下，然而柔弱得幾乎浮現不出的，仍舊是那不欺的笑容。無論人間怎麼翻騰，加諸在她身上的凌侮多麼沉重，一手從垂著的五指流出起死回生的生命之水，另一手推射出呵護眾生的五色之光，靜立在黯淡的室中，承受著人間所有的荒唐，引渡所有的辛苦到諸佛住持的淨土。

穿過窄門，經過膳房的時候，牆角似乎什麼在動著，我注意地看，不得不又意外了。一個活生生的老婦人蹺坐在壁角，如果不留神，莫不是要把她當作一尊泥塑的供養人了。

她正用手掏著一隻碗，嘴裡咀嚼著。

「不是已經沒有乞丐了呢？」

表姨、老朱、惠江竟都不接腔，便有一段沒趣的沉默。

天色在山中黑得早，五時還沒到就恍惚成一片。老朱怕汽車不好走，隨惠江走了一圈之後便催我下山。

「明天一早再來，還有整整一天的時間。」他說。

「明晚縣委請客，順便為妳送行，別忘了，華江飯店，請妳表姨一起來。」

回到旅舍的門口，臨回宿舍時，老朱提醒了我這一個約會。

然而明天再去不去，我已不甚在乎。一年來的期待，日前的焦慮，都已化作潮水退去，只留下瓦石的空岸。

也許應該提早回去，或是留下一天去南京或上海看看。下次來，不知又是什麼時候了。

可是，昨天走得匆忙，寺的建築和其他佛像都沒仔細看，幻燈片拍得也不齊全，再去一天吧，這樣草草就回轉，實在也不能平衡來時的熱望。

面對菩薩的瞬間，因為事情來得突然，又近在眼前，一霎竟失去了反應的能力，現在一節節回想過來，惘然的感覺像庭院的晚霧，開始無著無落地蔓延開來。

窗外庭園裡，霧已浸到近眼的地方。披著薄霜的叢木，分不清各自的形狀。菱花形的漏窗依傍著一株楓樹，落了葉的主幹隱沒在黑暗裡，只有頂端的細枝斜欹在深灰色的天際。

這時我才覺察，從城郊的機場到旅舍到玄江寺，從清早到黃昏到夜裡，一層迷濛的霧，或近或遠、似有似無，原來總在周身漂依著，好像悲戀的情人，又像記不清楚的回憶，虛虛實實地呈現著相貌。偶然也有一小點太陽，卻是棉紙剪出來的圈圈，給霧水浸得稀透地。

整個潯縣是個睜不開眼睛的人，迷茫地走在一個醒不過來的夢裡。

既然有表姨相陪，第二天老朱也就跟我告了一天假，忙別的事了。

惠江有事先下山去，留下一位年輕的和尚招呼我們，穿了件式樣中和了人民裝和馬褂的上衣，大概是改良的新式袈裟吧。

寒暄一陣後，年輕的和尚也就走開去，留下我們逕自跨入寺堂。

細看的結果，不過增加了昨天的不快印象，這哪像莊嚴肅穆的宗教場所呢，倒更近於古代的刑堂了。

脇壇左右塑了十八尊羅漢，袒露著肉胸，臉面本應是搜盡人間的詼諧貌的，卻陰森地懸坐於壁上，倒像是前來捉拿人犯的判官。

堂底幽幽坐著三尊佛。體上的金箔已經斑駁，露出底層黑黝的銅質。只有眼眶還保存得好，便在暗堂裡瞪著三對金色的瞳眼。本質背後襯托住焰形的光背，流暢的線條，美麗的圖案，也都看不見了，唯有焰尖還留下刀鋒似的一點光。

金紅二色漆的案桌，擺著長明燈，土金色的玻璃罩裡，抖著鎢絲的豆光。左方擺著一盆大紅的塑膠牡丹，右方一盆杏黃的塑膠菊。金上加金，金上又加紅加黃，在陰濕的廳堂裡油膩又齷齪。明清以後的中國人，在宗教藝術上表現的貪婪無饜，簡直是不可原諒。

簡單吃過午飯以後，我們留在膳房休息。

年輕和尚拿來一壺茶，置放在木桌上。

「山後的泉水沖的呢。」他說。

果然沁鼻一陣芳香，我端起漆著「為人民服務」一排小紅字的茶碗。喝下靜心的茶水，對金佛的耿耿於懷卻沒有消去。

「什麼時候加漆的？」我問表姨。

博物院的圖片大約是四九年以前拍的。如果那時還保持著水成岩的面目，加漆一定是四九年以後的事，我這樣推想。

熟知潯縣的表姨想了想：

「是七五年春吧？」

竟是這麼近的事。

「為保護文物嗎？」

「不，是縣委病癒以後，為了謝菩薩而漆的。」

「說來，這還是為老太太而動的工程。」

我這才注意到，昨日的老婦人原來還蹺坐在黑摸摸的壁角，自頸以下包裹在棉被裡，探出一個稀疏著白髮的頭。

「昨天妳問到要飯的，不是中國沒要飯的，是沒讓妳看見。」

昨天大家不接腔，原來只是因為老朱在場。

「不過，這老太太可不是要飯的，只是自己要住在寺裡，曾是中學教師呢。」

必定有某種有意思的身世吧，可是被金菩薩引起的索然還占著我的心思。打算一問究竟的念頭，當時也就沒有出現在心裡。

聽到了人聲，她把入定的老眼拉到了這邊——

驀地我驚奇了。起皺的黑臉，似在哪兒見過，是昨日百貨店的某個售貨員嗎？還是今天寺裡的一個香客？可是寺裡除了方丈以外，一位女性都沒遇見，除非是把那尊金菩薩也算上。

正是那尊菩薩，我頓時覺悟，那順著雙眉直下的鼻梁，柔韌的嘴形，略方的下巴，雖然已經覆蓋在乾皺的皮膚下，和菩薩的相似卻是錯看不了的。

一壺茶後我們回到前堂。表姨幫我持著閃光鏡頭，讓我拍下了幻燈片，測量了佛像的長寬，仔細看過了建築；在俗世的手懶得干涉的樑頂和簷角部分，斗拱和藻井倒是保留了南北朝的流利瀟灑的線條風格。

車子還沒來。我們穿過蕭瑟的竹林。已經蹉縮成針筒形的枯葉孤憐地掛在枝上，一走過，就索索折舞在我們四周。

白茫的江霧，看不見江水，卻聽見水聲嘩然奔流。

「這是潯縣的命脈，它向東北流去，百里外接上長江。潯縣的紡織產品都要經過這條水線運送到南京和上海。」

表姨站在岩峭一塊平石上，谷底掀起一陣風，她的圍巾和白髮交舞在一起，藍布大褂的下襬在風裡拍拍地翻打。

溪山縹遙無盡。天水林木都化作了氤氳，變成混沌眾世的一部分。在這恆久的混沌裡，人生活著；故事進行著。從神話裡的興林國，經過了梁文帝天正年間，經過了一九七五年春，經過了此刻，還要向百里外的長江奔去。

慈悲的女神，至高無上的佛尊，過去現在將來的觀察者，心裡害怕著的人們看見了祢會生起勇氣；被屈從的人看見祢會重拾起信心，另有一個一千三百年，會洗去你一身的污金。

我從汽車的後窗轉回頭，默然在心中和菩薩道別。

玄江寺的青瓦在兩排榆樹的禿幹間漸漸後退，隱沒在夜落前的滿地霜寒裡。

3

一進門，小吳從服務室的窗口探出頭來：

「今晚縣委的請客取消了，辦公室剛打過電話來，說縣委要去接一個外國訪問團。」

這一位潯縣第一號人物，替菩薩塗金油漆的人，今天晚上不能見到，頗令人失望。不過臨時空出的倒是一個好時間。

留下一起吃個飯吧，我邀請表姨，想對一路陪同略表謝意。

她推辭了一陣才答應。

我請表姨點幾道喜歡的特產菜，又請服務員去小賣部拿一瓶竹葉青來。

端起雙鉤著一叢青竹的白瓷瓶，小心地在兩個剔白瓷杯裡斟滿了酒。

她舉起杯，波動的酒光閃過她的臉，那麼瞬時即逝的三兩折，近老年的瞳仁透露了江南女子的靈秀。

一仰盡了酒，我沒料到她有這等豪氣，我自己卻是不能飲的。

晚飯時間過去以後，只有三兩個食客的飯廳更空冷了。

捲邊荷花的白瓷長掛燈底下，鋪著一張張水青色的枱布。

一邊飲，一邊談著，我知道了第一次見面的表姨的一些私事。表姨父是文革時候過世的，還有一個獨生女兒在邊區的蘭州工作，而她自己在紡織廠也已近退休了。

為了夜裡來去的旅客方便，飯廳並不完全打烊，可是服務員也都慢慢離去，留下一個年經的姑娘，梳著瀏海，在櫃台前剝著花生吃。

直到椅子都搬上了桌子，荷花都熄了燈，還剩下一盞，在我們的桌上蕩下五瓣捲邊形的光。

這樣一圈荷光下，從表姨的口中，我聽到了關於玄江菩薩的第三個故事。

潯縣城北近江的地方有一條朝陽街，住著姓岑的一家三口。

大躍進的時候，工程師的父親在一次水堤意外去世，留下母女兩人，文革時，出身中學教員的母親因為平日言行小心，沒有遭到事故。

七〇年開始軍管，派來了新縣委。這時女孩已經十五、六歲，長得很是秀美。天氣好的時候，喜歡依在門口，看縣委的轎車隊從街口開過去。

長征老幹部的縣委有顆比誰都大的頭，跟人說話的時候，就是努力的維持也不能止住搖晃。家裡養著一個已經三十多歲的白痴兒子。平日不讓出來，留在後面一間房裡，由一個遠親的老婦人照顧。

長久留在屋子裡，失去了常人的光澤，白痴的模樣可真不好看，只有一顆不輸於父親的大頭，稍稍撐起了一點場面。

縣委決定給痴子找一名現代的保健護士，說是找護士，其實縣委心裡要著的，大家都猜想，恐怕是一房媳婦吧。

縣委想起了朝陽路上有對剪水眼睛的姑娘。

做母親的怎能依從要女兒去服侍白痴的要求？可是縣委把紅旗牌停在門口，親自下了車。整條巷子都憋住了氣，在木條窗的後面等看著。

直到天變黑，縣委才從岑家跨出門，臉上怎麼也看不出結果，可是木條窗後的人都明白，無論怎麼樣，都會如了縣委的心願的。這遠近七十方里的第一號人物，有什麼做不得的事呢？

不過聽說他的確自己許下了日後送女孩上大學的承諾。

此後小汽車一日兩回來巷裡。女兒早上去，摸黑才回來，卻也總是高高興興的，母親也漸放了心。想到這樣勉強兩三年，能夠過江去上學，也不能說不值得。

白痴給女孩帶著出來了，拐著兩條細腿，像聽差一樣畏縮地跟在身旁。女孩子買了什麼，就趕緊張開了袋子，好讓她扔進去。如果是下雨天，就看見他撐把大傘走在女孩的後頭。頭上肩上淋濕了雨，一搖一拐的。

有年秋天冷得特別快，十五沒過就落霜了。縣委得了頭疼症。說是一寒下來，百腳蟲就不知從哪裡鑽進了腦殼，在裡邊慢騰騰地扭起來。

縣裡有一位從上海來的西醫，一直空著沒事做，這難得的機會給縣委診測了，說是大約是患上了周期性偏頭疼，要他先試試紙袋治療法。聽說在一個紙袋裡呼吸十到二十分鐘，大多數頭疼都能治好呢。

一有空，就見縣委就著一個紙袋呼嚕呼嚕吸著。這麼吸了好一陣子，絲毫沒有轉好的現象，反而疼過了全頭。

紙袋醫生已經不能信任，縣委從江西老家請來了近八十歲的中醫。

老大夫給把脈看舌以後，這樣對縣委說：

有一種腦生來就埋伏著寒邪，到了時機，寒邪蟄動，一發不可收拾，痴癲現象即呈現而出。這種病有時隔代相傳，有時代代相承；有時半發，有時遲來，不過都是遲早的事。

「家裡——有什麼癲癇的先例麼？」老先生問出了這樣的問題。

聽說當時大夫為了說出下面的怵然的治方，雖然身邊除了縣委以外並沒有他人，也盡量壓低了聲音：

採用身健體清的姑娘，乘命氣活躍時直接收入，由血脈即時運至腦中，以腦治腦，以腦引腦，以熱震寒驅寒，或有治癒的希望。

高幹家的伙食好，岑家姑娘的臉圓了。手腳結實起來，皮膚底下透著桃紅，本來就是好看的孩子，現在人人見著都更喜歡。

潯縣山上的鳥往年都是寒露一過就沿江水往南飛，開春再回來的。那年落了幾次霜都不見有鳥動的跡象。只見牠們一群群棲候在枯黃的竹林裡，天一黑就拔著嗓尖叫，叫得奇怪。

恐怕要有事了。年紀大的都這麼交頭接耳，竊竊私下傳說。

一天晚上，白痴在飯桌上喝了杯橘子水就打起瞌睡來。

像往常一樣，岑家姑娘準備收拾收拾就回家。

母親像往常一樣等在門口。天黑透了，又去巷口等。那一整夜，女兒都沒回來。

那晚，過了子時，潯縣的人都聽到了一聲淒厲的喊叫。大家都熄燈睡了，這又慌張地跳起身，趕緊把門窗關緊了，該藏的東西藏開去，預備著公安隊隨時推門進來。

林裡的鳥都從梢頭驚飛出來，嘩嘩地搧著翅膀，黑壓壓一大片，掠過漆黑的朝陽街的上空，向江邊飛去，母親獨自一人站在漆黑的巷頭。也聽到了那聲嘶喊。

清冷的曙光裡，汽車終於黑點似的出現在街的盡頭，母親等到了沒有氣息的女兒。說是晚上不知怎麼地往後一摔，摔到了八仙桌的銳角，傷了腦，連急救都來不及呢。後腦結纏著凝血的頭髮間，果真碎了一小片腦殼。

從那天起，潯縣一直都罩在一片霧裡。到處是霧，站在這廂的人看不見合院那廂的人。生煤團的時候，看不見爐上的白煙。去河邊打衣服，打著了自己的手腳。人人都得恍恍惚惚地摸索著。

百日以後，霧散了些。大家在寺後的亂竹林裡，發現了吊著已經臭了的痴子。痴子自己怎麼摸上山的，也不清楚，不過有人說，曾經看見由女孩帶著到寺裡看菩薩，在竹林子裡又跑又笑地。

縣委顯然遇過了險頭，眼不斜了，頭也不疼了。以後反見他硬朗起來，恢復了威嚴的容貌。大家雖然也都風聞了故事，卻不見有人張聲說什麼。

不久縣委傳下整修菩薩的命令。

本是打算貼金箔的，一時沒這種材料，也找不出懂手藝的老匠人，就決定了拿油漆來塗上。

開閣的那天，選了妙善公主二月十九日的生辰。從前一天晚上就有人陸續上山燒夜香了。沿著江邊直到玄江寺的門前，一路星火不斷，潯縣已經幾十年沒見過這麼熱鬧的光景，十九日天還沒亮，菩薩尊前就都是等著的人。

天光從窗口進來，照亮了菩薩的臉，寧靜祥和極了，擾攘著的人都靜了下來。可是這五官怎麼這樣地面熟？大家都忍不住捺著聲音猜議，可不是。除了闔著的眼皮以外，看來不正是岑家姑娘的臉呢？

從那天起，母親就再也不肯離開玄江寺，坐在寺房的一角，沒日沒夜地守著菩薩。佛寺一旦開放，菩薩跟前來往的人多了，又加上外賓參觀，縣委覺得實在不好看。便特別給老太太在城裡劃了一間有自己廚廁的房子，無奈老太太怎麼也拖不出去，只得抬去了後房。從那時起，就由寺裡的方丈照顧著。

白色鉤花窗簾的鏤空洞眼外，庭園逐漸從昨夜的長夢裡醒過來。無論是落葉的還是不落葉的叢木，都蜷伏在凌晨的厚霜下，似真似幻地摸索著自己的輪廓。

竹葉青的酒瓶被持著的手捂得暖和，裡邊卻已沒有了酒。

通宵沒睡的表姨顯得十分蒼白。她的臉有一種令人無法推想的嫻靜，拱圍在白髮之間，好像寒林中的一片止水。

「——我該回去了。」她從恍然中回轉出神態。

「離天亮不過三兩個小時，到我房裡躺躺吧。」我說。

「還是回去的好，在外頭睡總不習慣，年紀大了就只認自己的窩。」

她回復了笑容，把軟篦子拿下來，重新箍好了頭髮。

「讓我送妳一段路。」從椅背我拿起棉外套。

朦朧的清晨，白堊土的牆，青灰色的瓦，石板路旁有河道，河上有月形的橋，橋旁有夜泊的木船，船尾蹲著生爐火的婦人，正用一把裂開的蕉扇仔細地搧，斜著頭，避著爐上的灰煙。

灰煙裊裊地升上天，天上有一彎浸了水的下弦。

畫中常見的江南景色，現在就在我的周邊，是真實的嗎？是第一次來到這兒嗎？第一次見到這時正走在我身旁的表姨嗎？對這些事情，忽然我都不能十分確知起來。

而玄江菩薩的故事，從水成岩的六世紀到塗金的二十世紀七〇年代，究竟是藝術史上的一個纏綿惻悱的傳說，還是曾經的確發生過，而且還要繼續發生下去的事實呢？

那樣殷切地召喚我，借助了天窗的一線光，離開潯縣的前夕，我終於明白了心意。

飛機本應下午三時起飛，過了午時仍不見霧散去，反見天色愈來愈沉。老朱打電話去機場。

「恐怕要遲了。」他回來我屋裡說：「螺旋槳的飛機不好開，一定要等天氣有把握。」

兩點多仍沒有動靜，我焦急起來。這裡一遲，跟著一連串預定的行程都要改變了。

「到底有沒有起飛的希望呢？」我問老朱。

他仰頭看窗外的天色，早上本來還能浮動的雲，現在已經凝滯成厚厚的一層，鐵盔似地壓在頭上。

「改動行程可以嗎？」老朱說。

「接下來的事可真麻煩呢。」

「看樣子，飛機來都來不了，恐怕要做旁的打算了。或者坐船上溯南京，從南京再飛廣州，怎麼樣？」

這倒是權宜之計，與其在這裡苦等，不如及時動身趕去南京，大城市的退路總是多些。

我同意了，老朱立刻和中國旅行社聯絡，重新釐定行程，最後決定了從潯縣特別開出一艘小汽輪，送我去南京。

一切重新安排妥當以後，也迫近了黃昏，空氣愈發濕冷，醞釀著雪意。

剛才一陣急促，只想快點動身，現在事情定了，離別的情緒漸漸不可救藥地湧上來。

老朱提著我的箱子打前走，我和表姨跟在他身後，走過了迴廊，穿過了水松的庭園。

我們到了江岸時，小汽輪已在等候。天空開始飄起白色的雪絮，靜悄悄地落在我們的肩上。

老朱幫我把箱子放好，又叮嚀了掌船的，覺得一切妥當無錯了，才彎身出來。

回岸前，他伸出手：「有機會常回來看看，總是不同的。」

又在掌裡加了幾分勁力，要我肯定後半句話裡的決心。

我送表姨走到船尾時，雪已漸大。

雪花落在她的白髮上，落在她的圍巾，落在藏青色棉衣的下襬，繞過她的棉鞋，靜靜地堆積在艙板上。

她用雙手握住我的手，江南女子的細細的灰眼睛消失在索索的雪裡。

「再回來。」她說。

馬達開動了，船身緩緩掉過頭，掠過蕭瑟的蘆稈，向蒼茫的前路開去。

我站在船尾，一直等到表姨矮胖的身影隱失在飛雪裡。

江中一片肅靜，噠噠的機器聲單調地擊在水面，雪無聲無息地下著，我從艙窗回望，卻已看不見潯縣，只見一片溫柔的白雪下，覆蓋著三千年的辛苦和孤寂。

作者簡介與評析

李渝，安徽人，一九四四年生於重慶。臺大外文系畢業，柏克萊加州大學博士，現任教於紐約大學東亞系。專攻中國藝術史。大學時代開始寫作，曾獲時報文學獎小說獎、帝門藝術評論獎。著有小說集《溫州街的故事》、《應答的鄉岸》、《夏日踟躇》、《賢明時代》，長篇小說《金絲猿的故事》，論著《拾花入夢記：李渝讀紅樓夢》，藝術評論集《族群意識和卓越風格》，畫家評傳《任伯年——清末的市民畫家》；翻譯《現代畫是什麼》、《中國繪畫史》等。

李渝受現代主義美學影響，致力於追尋一種明淨的藝術形式，行文以簡練為尚，內蘊豐富歷史意識，關照生命幽微而纏繞的變化。獲時報小說獎的〈江行初雪〉是李渝的代表作，小說的主角為旅美知識份子，在七〇年代末返回大陸故鄉，輾轉得知文革中一場駭人聽聞的事件。誠如作者所言：「中古的斷臂剜目，化作今日的生吸人腦，又會化作明日的什麼，我們此時不知它的名目，必然重複的本質卻可以預卜。」故相對於宇宙的無言，人世間卻一再上演殘暴愚行而不自知。小說結尾處，李渝把目光抽離，凝視這塊苦難的大地，「一片溫柔的白雪下，覆蓋著三千年的辛苦與孤寂。」宗教的情懷油然而生，而愛與悲憫，方是唯一的救贖之道。

延伸閱讀

1 王德城，〈秋陽似酒——保釣老將的小說〉，《眾聲喧嘩以後》（臺北：麥田，2002），頁388~393。

2 王德威，〈無岸之河的渡引者——李渝的小說美學〉，收入李渝《夏日踟躇》（臺北：麥田，2002），頁7~28。

3 郝譽翔，〈給永恆的理想主義者——評李渝《金絲猿的故事》〉，收入李渝《夏日踟躇》（臺北：麥田，2002），頁303~306。

4 林幸謙，〈敘事主體的在場與不在場——李渝〈朵雲〉的雙重引渡空間〉，《文學世紀》第5卷7期（2005年7月），頁44~47。

5 廖玉蕙，〈生命裡的暫時停格——小說家郭松棻、李渝訪談錄〉，《聯合文學》19卷9期（2003年7期）頁114~122。

草

郭松棻

看見他，好像被記憶打動了，覺得似曾相識。在什麼地方……什麼時候……。有那麼一種人，未識以前你早已在夢裡相會了。你不由自主，逆著河上落日的金光，一步步走近了他。

他孤單得像一件剛剛搬離了牆角的斗櫃，渾身不能自在。他靠著欄杆出神，眼睛釋放著游移的光。怕生的臉，像在風中勉強點起的朵火，隨時要求再熄滅過去。是的，一個沒有血色的青年，只想獨自站到船尾去。這種人靠著沉默過日子，光吃風也長得大似的。第一次遇見他，就在那密西西比河上。

你接到妹妹從家鄉寄來的限時專送，特地走了一段路易西安那，探望突然病倒的一位她幼時的友伴。然後正準備溯河北上，坐一段輪渡，回到自己的學校。

他身邊的行李夾著一份久違的中文報紙。紙張在風口拍動得清脆悅耳，宛如故鄉在呼叫。你的手有點虛弱，想抓起他就要丟棄的那報紙，一時覺得風已經長了翅翼。一切變得難以捕捉。而他竟茫然了。無怪，那是剛剛離鄉的新人。

你有意攀談。而又苦於思鄉的惶惑在自己的注視中過早洩漏。他剛踏上了這塊新大陸。你打聽之下，知道他即將就讀的學校離你的地方不遠，開車只需半天的時光。他將在神學院攻讀歷史哲學。

「順利的話，明天傍晚可以到達。」

他久久都不開口。只偶爾仰望天空，預卜著雲彩。

你可以從他細長的脖子看到一個格外腫大的喉核。即使不開口，那硬塊也不斷在起落。最後，他被自己的一口乾沫噎住了似的，結結巴巴地說，這天氣靠得住嗎。

夕陽染紅的飛雲擦過一排不知名的樹叢。天陲是烏黑的。河風吹著令人懷鄉的辛辣。夕暮正在終結。船腹的拍擊緩慢遲鈍。更遠的地方，在樹叢的另一邊，太陽想必正匆忙下落。霧靄把河岸層層包圍，那樣從容的交疊，全在模仿人們幽暗的思慮。

他的身體敏捷地在旅行。而他的心思逐漸變得與河幅的遼闊一樣安靜。緘默和晚照交錯起來，彷彿嘲笑著你一向忙亂無章的生活。河水在他的腳下殷勤起伏，唯有這個時候，你才了解，那柔弱的水流全是為了安撫失意的夢想家的。欄杆邊那木然的站立，無非在懇求世間莫再試探他心底的渴望和期待。

這樣的影子，你有印象。中學時代——現在你產生了記憶——你躺在病院，曾經見過的那個實習醫生。每當夕陽西下，他會倚在走廊的欄杆，一個人癡癡凝望著樓下。青年的實習醫生熱愛著醫院牆角的一片空地。

河水構成一條銀帶，長長拖在船尾。樹梢上的餘暉正在收腳，微塵浮動。浴在這沉沉的薄光，看著不知何時從叢蔭裡出現的一座古色的伽藍，以白金的十字領取著最後的落照。

就這樣你們兩個人一路無言，溯著密西西比河北上。

再遇見他，是第二年的暑假，在紐約。

你開車橫跨半個北美洲，到那個大都會打工。不期然在街上碰見了他。你賃居的閣樓離他的地方只有幾條街。白天你們分別在不同的餐館當跑堂，深夜才坐著地鐵回家。休假的日子，他偶爾以疲倦的腳步踏上你的閣樓。

他不能喝茶，每次他總要了一杯白開水，仰頭吞服紅色膠囊的藥丸。究竟那是什麼藥，你始終沒有問及。他隨時用手拂去腿上的菸灰。你看到他有十隻白皙而修長的手指。

他太沉默了。他難得開口說一句話。他所有的語言，都凝聚在他那雙黝黑的眼睛。即便僅僅是天氣，或是關於一隻貓的事，他的眼睛都能夠為他道出內心的一切。那兩隻大眼球會一下子從你的視線閃開。然而那深沉的凝注，無論如何短暫，也都因懇摯而成為一條牢固的鎖鍊。精神倘能移動物質，他躲閃而去的眼神就可以把你牢牢牽走。那一年，一個空氣乾爽的日子，他爬上你的閣樓，用力推開了一扇窗。你看到一張受生活困擾的臉。他還不到三十歲。

你從紐約開車送他回到神學院。夏天過去了，雲老是遮住校園的後山。太陽照不到的時候，山脊是冷冷的。暮色降臨得越來越早。天還沒有涼，人們已經披上了毛線衣。神學院是古老的經院式建築。厚敦的圓石柱，拱起巍然的堂宇。年深月久，愈顯得幽深莊嚴。牆上的藤蔓護守著一片古舊的安詳，而校園的每個角落卻又充滿了新學期即將開始的生氣。

現在山谷裡這座小小的學城都亮起了燈火。橙光如靄，和天色銜結起來。時間再也不移動了。地面上人聲浮浮，然而天空幸福正匹配著靜穆。在這座與世隔絕的經院，晚照顯得分外富麗絢燦，像人人手上的一杯酒，溫暖你的心。坐在街邊的露天餐桌，穿過燒烤牛肉的藍煙，他和坐在對街的一位教授點頭示意。教授蓄著一臉濃鬍，聽說他就是叫作所羅門的紅牌教授了。這新來的學期他準備選修他的《德意志意識形態學》。

你從這邊望過去，那是被濃密的毛髮烘成的一張岸然的臉。那不苟言笑的表情，想來是正和身邊的人議論著哲學問題。你完全不能想像會有一闋口哨從這種人的髭鬚裡飛將出來，雖然他也拿著大玻璃杯正在喝他的生啤酒。是的，這神學院的學生大半都在攻讀形上學。從酒談中的神氣可以斷定他們都在談論著相似的問題。於是，被晚暮包圍的這座山城，一時躍動著德意志風的理想主義，不辨國籍地拂過所有人的臉，向著敞露的天空捲騰而去。坐在地面上談論哲學，人生顯得高高在上。空氣也因此發出了比酒更為幽微的鬱勃。在桌上各種外國口音的雄辯中，人影沉落。只有黑夜降臨，才看出人間燈火的明亮。

能夠和外國人一起沉入奧妙的形上學，對你從來是不可思議的。而對他，形上學就像啃食自己的寂寞一樣簡單自然。只有接近他，你才感到人的內裡原是那樣晦不可測。他靜坐一邊，與四周正在滔滔爭辯的人們相比，他的沉默別有一份奇妙的自在。人們因為過分的掏思，臉上已經掛著入不敷出的惶恐了。

從打工的鬧市返回學院，天地迅急轉變，你為之收起渙散的心思。而一口一口喝進去的啤酒逐漸漲成傲岸的思念。薄暮中嘩嘩的樹聲，吹動了你的記憶。早在前一刻，天空為你出現了象形的雲彩，任你隨意詮釋久別的家鄉。

子露浸腳。走向他公寓的坡地，回頭看到酒肆已在腳下，燈火仍在燃燒。偶爾傳來的鬧酒顯得稀落。整個小鎮已經深深躺在黑夜裡。鐵軌是沉默的，映著夜色冷冷伸向南方。只有在深夜，才產生了冬天即將來臨的預感。每年到了年底，大雪就將這塊中西部的平原層層冰封起來。

去年初雪，一段婚姻正在破裂。聽說那時的所羅門教授在哲學系的饗宴中端起了酒杯，臉上帶著幾分紅酡。

「那麼，你就是從福爾摩沙來的哲學系研究生了。」

他戰戰兢兢等候著教授碰過來的酒杯。而所羅門太太是幾乎掩著臉匆匆離開了人群的，她推門而去，一個人躲進了颼颼紛飛的雪花裡。

教授的歡迎和酒嗝混合在一起。後來他對這異國的學生說：「對不起，你來得太不是時候了。」而他是虔誠的有神論者。他常跟哲學系的學生說，證明上帝的存在畢竟是徒勞無益的。

早晨起身，從他的公寓的窗口，你可以看見遠處的穀倉在寂靜的田野升起了一道稀薄的白煙，居高臨下，你才知道這個小鎮只不過是沿著通往神學院的路邊開出了的幾家商號而已。郵局設在藥房裡，只佔一個不起眼的角落。隔壁是銀行，銀行的樓上是保險公司和辦理社會保險的辦公室。

公寓裡瀰漫著咖啡的香氣。去年下雪天，他的女房東來叩他的房門，向他借了幾隻雞蛋和一點糖，就此站在門口，問起他的家鄉。她是一個好女人，兒女都在外長大了。她獨自住在頂樓上。後來有事沒事常常就來敲他的房門。在一個沉默寡言的青年面前，這老女人打開了話匣子。看他那麼細細瘦瘦的，就勸他每天吃一盤蒲公英。她可以站在走廊上高談闊論，給他各樣指點。提起天氣，還批評到人生。

她埋怨她的失眠症。夜裡根本睡不著，她說。但是第二天睜開眼，卻又覺得曾經睡著了。她以為自己一定是在夢裡睡不著的。於是把她弄糊塗了。

「夢原來這麼不正經，簡直要來索走她的命。」

下午她要去穀倉就來找他。要他一起去看長年守著那破舊倉庫的老人，八十歲了。他醃的鹿肉讓她想起了童年。她說自己曾經是撿拾麥穗的村姑。每天黃昏她會再煮一次咖啡，讓整棟公寓飄散著芳香。她談起穀倉的老人，提到他一生的挫折。

「愛情只是生命中的一次意外，竟把他弄的這個樣子。」

在他的公寓住了兩天，分手的那一晚，你們又一起站在黑暗的坡道上，看著小鎮的燈火反射在天空。後來，一夜無語，直到第二年的初夏，你突然在長途電話裡聽到了他的聲音。

一窩鳥在他的冷氣機裡孵出來了。

「怎麼辦？怎麼辦？」

他慌張地噎著氣。那是什麼鳥呢。

「會是候鳥嗎？」

他的失措，就像你打開了一本形上學。

有一次，他在電話裡說，其實不必每年老遠跑到紐約去打工。在附近的養老院工作，收入也不壞。聽說抬一具老人的屍體，從養老院到火葬場，現在往往可以賺到二十塊錢了。

他說他不能不搬家。這一帶冬天太冷夏天太潮，不適於他的身體。

他應該到別的地方去唸歷史哲學。

他患著哮喘。即使平日，也隨身帶著一管噴槍模樣的藥器，不時放到嘴裡，往喉嚨噴射一種刺鼻的粉末。他年紀輕輕的，咳起來卻那麼深沉。每次都好像要把整張肺葉咳出來似的。整個人往前撲過去，要擁抱空氣來填補挖去的胸口。

你彷彿聽到他的身體發出崩裂的聲音。

校醫吩咐他說，最好找一個地中海型的氣候。否則病就難有好轉的一天。

「你的國家沒有地中海型的氣候嗎？」校醫這麼問他。

他說要不是臺灣那種潮濕的天氣，他就不想出國了。他不離開臺灣，遲早會死於哮喘。

他認為芥川龍之介在《河童》裡描寫的那種生育制度是非常合理的。

小河童臨盆之前，父親就湊到母親張開的生殖器上，像通電話一般，對著母體裡的胎嬰，介紹他即將投生的那個社會的種種，然後徵求小河童的意見。投不投生全由胎兒自己決定。如果認為父親描述的那個社會不適於他的生存，決定之後，只消一針，母親的肚子就隨即消下去。

父親倘在事先通點消息，他就不想多此一舉，投生在臺灣了。連連的咳嗽中，他總是這樣開著玩笑。

高更能夠從巴黎隻身跑到大溪地安身，因為他的血管流著水手的血。他在什麼地方看到這種記載。他一直羨慕著作為法國人的高更。只是水手的血云云，恐怕並非實情。

「他或許也有不能在巴黎活命下去的什麼隱情罷。」

他說起一生的願望是當一名鄉間牧師。自己有個小教堂。終身安心佈道。在家鄉，少年的他穿過陰暗的窗口，看到步下教堂石階的村民。他們三三兩兩，撐著黑傘默默走下了鎮上一條荒冷的雨街。街道在昏黃的路燈下閃亮。隔著玻璃他仍然聽見那些孤單的影子拖出沉重的腳步，在溫暖的細雨裡，寂寞，在他俯向玻璃窗的胸口第一次脹得滿滿的。

在山谷的神學院，他指著後山的山頂問那是不是雪。喝了幾品脫啤酒的美國女生望了望說，才十月，雪不會來得那麼早。現在還不是下雪的時候，說著就又回到了她的酒杯。

「然而你可不能為了家鄉的一條雨街哭泣喲。」

那個哲學系的女生一開頭就看上了他。她送他一件麻布襯衫，要他天天穿起來。她在衣服的胸口為他繡上了三葉草。

「小時候，你們玩過三葉草嗎？」

她看著他。接著又自言自語地說：

「噢，這樣說來，全世界的兒童都玩著同樣的遊戲。」

三葉草萬歲。

這讓那個女生高興了一整天，以致到了晚上，就想和他上床。

而那正是雪。雪覆在山脊上，軟軟的，顯得善解人意。從遠處仰望，好像憑空降臨的靈物。在臺北那家醫院的窗口，病人爭看著大屯山頂。報紙的社會版大幅報導了那次的降雪。而整座醫院沸騰了。患者竟忘記了自己身上的病。他們一輩子沒看過真正的雪。

那個實習醫生，卻獨自倚到另一頭的欄杆上，癡癡望著樓下那片空地。一身漿得硬挺的白色罩衣，只有穿在他的身上，你才了解那白衣原是用來防塵的。他也有十隻白皙而修長的手指。拿在手裡的聽筒是顫抖的，彷彿是用來傳達他自己的跳動。他俯向病床上的你，你感到他比病人灼熱的雙頰。

他的眼眶隨時張羅著慌恐，穿過病人的臉，揣測著某種更深的憂愁。你暗想一定有什麼難言的惋惜發生在這醫生的身上。然而一個突然有了晚照的冬暮，他沿著醫院的走廊移動著輕快的腳步，一心沉湎於夕暮的終了，因生活而磨損的眼光悠然有了晚空的柔弱。

第二年的夏天，你又在醫院看見了他。肥碩的芭蕉在他的白衣上印著羽狀的葉脈。庭風拂過他正在抽搐的臉。他手裡挾著病歷卡，猶如挾著筆記本。醫院紅磚的牆角郁滿夏日的藻腥。他垂頭站在一位老教授的面前，彷彿正做著無言的告饒。

你為母親的住院剛辦完了手續，走過穿廊時你相信看到淚水正滾到實習醫生剛剛萌茁的鬍髭上。

老教授隨即轉身離去。他還一個人面牆垂頭站在那裡。

這個人為什麼要揹負著這麼嚴厲的人作為他的師長呢？

你急急穿過走廊，不再多看他一眼。

生命正在耗損，他的沉默已經到了非自毀不可的地步。

「無論如何，」去年的主治醫生對他說，「病人得先照顧好。」

他抱著一團的滾熱，以致他沿著黃昏的通道走過時，他已經被什麼毀棄了。

他因熱愛那片空地而遺忘了自己。一有空閒，人就倚在二樓的水泥欄杆，聽筒懸在胸前，屏息流眄著。

出院那天，你從欄杆探出頭去，看到了那片空地。那是無人整理的一塊小角落，鋪蓋著去年的腐葉和破碎的瓦片和死去的斑駁的苔痕。多少年後你猛地想通了，那青年醫生原是等著冬天來了才會戀愛的那種人。即使現在，你依然被他那雙水一樣的眼睛所吸引。

你跟他爬上了神學院的後山，站在一條美麗的山路向下瞰望整座小鎮。火車站、銀行、酒肆、聖家堂、養老院……。再遠些，是修長的田野。苜蓿已枯，秣堆方整，層層排成長列。更遠就是那孤立的穀倉了。背著朝陽，倉壁的木板是鐵鏽色的。小鎮的星期日，火車站躺得像個沉睡的棄兒。

每次他爬上後山，為的是要將自己的視線釋放。站在曠野的前面，相互輝映的空無在擴大。他的灼視和景物正在交接。流光消逝。眼前的田地為他無聲地伸展、綿延……直到一無隱蔽。秋日的曠朗和靜肅統御著空間。他知道什麼時候爬上後山，就可以看到一無人跡的田莊。現在他驅策著自己的眼睛在秋野裡注入期待。而眼前的風景就會款款臨摹著他孤獨的形影。

就在那個秋天，在晌午的無言中，你無意間感到自己已經成了他的朋友。

他偶爾抽動著眼瞼。那是前一夜的失眠。你們開始了友誼。你突然有了傾訴的衝動。你們睜著眼睛躺在一起，望著天花板直到天亮。後來各自翻身搶睡時，他想必沒有睡著。

他邁著失眠後的腳步爬上神學院的後山，沉默吸引了他全部的思慮。每次他站在田野面前的模樣，總是令你心蕩神移。你明白了：夢，原是要站著完成的。

他的臉帶著家鄉街道的灰敗。他年輕的身體只用來緊守自己的世界。那天，你們在後山逗留了一整天，直到聖家堂的尖頂泯滅在暗色中。他開口說話的時候，瘦削的身體開始起著變化，慢慢變得緩和、親切、柔弱。只有這種時候，他才擺脫了某種心中的隱祕，而與曠地達成了最後的媾和。

一扇窗打開了。他，神學院的研究生，總是等待著一個呼叫他的聲音。他準備隨時與奇異的響動交往。然而等待使他整個人徐徐分裂了。他向窗外觀看這世界，用他兩泡失眠的眼睛。為了那休耕的田野，他已經付出了某種代價。那一年，他全心全意和你接近，你隨時可以聽到他的胸口喘著粗氣。秋葉轉紅，驟冷的天氣湊合了你們兩個獨身的生活。

而那正是雪。喝了幾品脫啤酒的女生看錯了。雪覆在山脊上。才十月，雪就出現在神學院的後山。雪穿過山腰一路鋪蓋下來，十二月整個中西部就釀成了一場大雪災。他開了一天一夜的車子來到你的住處，為了擺脫雪天想必加倍糾纏的那女生，你這樣猜測。

幾個月不見了，他又怕生了。眼光從你的視線避開，像躲避一根針。

他找不到地方放他的兩隻手。他把手藏在褲袋裡。每次伸出來，那手就要翻倒身邊的什麼。他用手指這裡碰碰那裡碰碰。於是每樣東西都等著被碰成碎片。每樣東西都沾了他手指頭的水印。他的手總是泛潮，即使大白天，也像夜裡盜汗那樣。

日後的記憶裡，你將會看見在空中翩翩飛起來的一雙原是俊美的手。

一雙曾經在那一年的夏天從冷氣機釋放了一窩小鳥的手。那雙手只有握到一本書才算有了歸宿。記得那次，拿在手上到你公寓來的是黑格爾的《精神現象學》，書皮被他的手汗浸濕了。

他躺在客廳聽馬勒的《大地之歌》。背著他，你也感到他的目光犀利地穿過空間。他又想遠了。他放在心上的東西太多。躺著聽音樂，人都被自己追趕著。偶爾他會給你一瞥。留下的凝注，你總因無以回報而感到歉疚。去年，他的沉默驚擾了神學院的四周。入秋的月亮掛在空中，他突然淚眼跑過一條蓋滿落葉的小路，一個人直奔回家。腳下發出一陣扎扎的碎響。你們才散步走過午夜的小鎮。經過熄了燈的藥店和肉舖，向著他的公寓走去。他被那空盪無人的火車站感動了，接著就奔跑起來。對於生活，他總是不知從何下手。無論如何，你知道，他不可能成為這小鎮生活的一部分。

現在你的房間已經濺滿了刺鼻的粉末，他不斷噴著他的那管藥槍。他那麼喜愛風雪。他喝酒，只為了慶祝雪花的潑辣。全部白皓皓的天空，為他搭成了一個溫暖的帷帳。窗外咻咻，更透著他的沉靜。音樂終於讓他安定下來。第一次在船上，你也看到密西西比河在他的腳下終於移動得那麼泰然而舒潤。

他提起他在家鄉度過的日子。公寓充滿了白色的溫暖。那是窗外雪的反照。而安於無言的夜半，只有窗外的枝椏在寒弱的路燈裡鬱鬱伸長著它的寂寞。你自己再也無法準確地描繪故鄉的一條街了。你小時候偷錢，挨白天醉酒的父親責罵。你面壁站在落滿針葉的牆角，河水挾著松脂香擦在你酸楚的鼻頭上。故鄉的記憶便常常以這樣的景象出現在暗夜裡。夢一般看見了座落在淡水河邊的土屋裡父親靠著佛桌無端獨酌的落拓。臉上勾著惺醉的眼，穿過窗外夏日茂密的榕蔭，直瞪著河岸鄭家那棟紅磚的大樓房。幼小的你早就知道了父親在外生活的失敗。

而你的貓，無聲無息就鑽進了他的懷裡，幾天以來早已成了他的友伴。

平日百無聊賴的牠，只會伏在窗口，讓自己一雙徒然燦爛的瞳眸，隨著慢慢黑下來的光陰而萎頓，陪著你度過人間的一日。偶爾你為美國的貓，終其一生也見不到一隻老鼠而興起了莫名的鄙夷。他把貓放在身上玩，以致手肘上留著鮮紅的爪印。那貓真地高興了，爪子便狠狠抓住他的皮肉。而他比貓更開心，他一向渴望不到的那東西就這樣輕易地滑入了他雙手那狹隘的逗玩中。

有時貓會從他的身邊走開。在屋裡的角落蹲坐起來，和他遠遠做著無言的對視。安靜中殷勤的交媾。只有這個時候，你感到牠的空眸裡已經有神降臨。

街上傳來鏟雪的聲音。天色有了開朗的意思。只是太陽一直在雲層裡努力，從窗口望出去，好像一隻快熟未熟的煎蛋。

熹微的晨光終於照在雪地上。溢滿了朝霞的房間突然失去了雪封帶來的安適。光線趕走了美夢。而貓原就比人通靈，牠一心想追隨著寂寞，跟他一起離去。雪地上一條筆直而果決的貓的爪印，從門口一直伸延到他的身後。那是風雪無阻畢生跟隨的立誓。只有你，貓的主人，記得牠那次未遂的流浪。這傷了你的心。為你飼養了這麼多年的牠，原來還是一隻蹉跎落魄無以為家的畜牲。

最後一次看到他，是翻過年的初春。在芝加哥的植物園。

走進熱帶蕨類的溫房。他從映著天光低低垂掛的一盆羊齒裡悠然出現。寂寞就像瓷器的裂縫，留在他的臉上。他蒼白的身體還那麼年輕，而現在他的羞澀彷彿只為了某種無以挽回的惋惜。肥大的桫欏在他身邊伸展，泉水發出故鄉的聲音。你們幾乎同時看到了對方，你們都沒有驚訝，彷彿早已知道會在這裡相遇的。他只咧嘴笑了笑。一件瓷器就要破碎了。

那一天，你們逗留在植物園裡，直到日落。他們把茶几擺在滿是天窗的小屋裡。讓你可以坐下來慢慢啜飲。陽光投在你們的小圓桌上。他仍然什麼也不能喝，只買了一杯開水，然後默默吸著他的紙菸。

落地窗外一大片小盆的水仙，開著月白的花，在風中頻頻點頭。畦邊插的牌子說，這種水仙俗稱「四月之淚」。他再也不能在此地待下去了。他說他想到西岸的賭城打長期的工。沙漠地方對他的嗄嗆可能有益，何況，還趁機可以積一點錢。

某種果敢的東西滲入他說話的聲音。他長久獨居累積下來的話，也只是寥寥幾句。

他在毀滅自己，你這麼以為。

他對窗外的凝注，分明是他身體無以負荷而溢出的思慮。

他說他的所羅門教授因為太太的離走已經毀於酒精了。窗外的喇叭聲，總讓他引頸張望，以為她又駕車歸來。

你記起了那個神學院的小鎮。記起了教授們給秋陽激起熱情，飲著啤酒去迎接新學期的那種譊樂。

而他，所羅門教授，聽說在昏醉中仍然堅持證明神的存在是徒勞的。

「不妨加入救世軍，如果有那種念頭。」

他講課時，通體流過奇異的戰慄，對於形上的終極問題，他望眼欲穿的期待，贏得了學生的愛戴。他更會把書本打開到最令人神往的那一頁，而為學生指出了生命的創口。

「人必得追求痛苦。」

有一天，教授在浴缸裡突然豎起了耳朵。窗外又有了那喇叭聲。像一匹戰壕裡的馬，聽見了號角，他一個翻身爬出了水池，就直衝到門外。聽說站在路口引望的所羅門教授是全身赤條條的，毫無掩遮。

而他決定離開那小鎮。他望著窗外喝白開水。人停在思索上，沉默追趕著他的話語。他幾次要吞掉已經開口的一番話。他抬起頭來仰望天空而突然構成了一幅陌生的圖畫。你知道他又暗中在耗損自己，而一時苦於無法熱情相待。只是靜坐中，你感到他的身體已經敏捷地在旅行。

往西走，到內華達。到雷諾。或再走遠些，到拉斯維加斯。

離開這內陸，走到一個沒有濕氣的地方。現在只有沙漠才是他器重的安身之地。

已經開春了，正是動身的好時光。

然而他一邊抽著菸，一邊又還在仰望天空，預卜著雲彩。

是的，這種天氣靠不住。去年開春以後，又下了一場大雪。五寸厚的雪把地上剛剛開的風信子、番紅花和雪滴子都凍壞了。

初春的雲塊從頭上掠過。才剛剛投下迅速移動的影子，現在黃昏已匆匆趕過芝加哥的鬧市。

他走下一條街。微薄的陽光留在高樓的樓頂。馬路已經來到了白晝和夜徐徐交接的岔口。建築物的緘默全都被吸引到他單薄的身影上。你看到芝加哥的摩天大樓原有極為單純的線條，只希望垂立在空中而別無所求。

你走在他的身邊，被孤獨鼓舞著，而遺忘了熙攘的人群。

在芝加哥分手，你就埋頭在書桌上。學位論文已經到了不能再拖的地步。指導教授說已經拖了將近十年了，再拖下去他也保不了你的。這下才把你打醒了過來。

為了掃除日復一日拖沓造成的惱喪，你整天守著打字機。「在多義性的文脈中試圖以單一的視點去完成詮釋的工作，毋寧是……」暮靄已臨，最後的日光照進書房。寂靜凍成冷瑟，佔據了這一住就是十年的單身公寓。在論文斷續不能成章時，你經常想起了妹妹的一些話。

妹妹的信上說現在她終於知道幼時的家才是這輩子唯一溫暖的所在。

她說一結婚就知道生活的空虛。她對婚姻已經害怕了。離了婚的妹妹如今又搬回去和父親一起住了。

妹妹還說有一度她對父親存著極大的反感。父親喝醉了還會舉起手來摑她。我是小孩嗎？妹妹說，我都已經嫁過人了。接著，妹妹又後悔了。我這樣對待父親，我要碎屍萬段了。妹妹不想那樣，她拿出錢來為父親裝了一副假牙。

「好了，現在喝起來又可以嚼土豆了。」

妹妹在菜市場的理髮店燙髮，突然忍不住坐在椅子上哭出聲來。她非常害怕，父親這樣喝下去……而且，警察也找上門來了。父親喝醉時，不知說了些什麼。她信上還會常常說，她枉為你的妹妹，因為她什麼都不懂，什麼都做不好。她只想好好侍候身邊的父親也侍候不好。

不過，妹妹又說，由於有人照顧，父親臉上的皺紋已經不像以前那麼深了。父親則再三表示他早已看遍人生，並沒有什麼特別留戀的。妹妹問妳記不記得母親在世時，有一天父親喝醉了，要沿著鐵路去尋死。第二天清早從冰涼的鐵軌醒來，突然發現了天良。

夏日一個有風的晚上，父親從酒裡醒了過來而談起他和母親早年的一段往事，這使得妹妹開心得流出了眼淚。睡覺以前，妹妹從灶腳拿來了一把火扇，興奮地追打著滿屋子瘋狂亂飛的蟑螂。「這些瘋蟑螂。」妹妹邊打邊這麼叫，她的聲音充滿了為那段往事的感動。那是小學的時候，你和妹妹還睡在一起。那晚你呼吸著蟑螂的腥臭而胸口脹得滿滿地沉入睡眠。

你被送進醫院割除盲腸的那一天，父親是清醒的。

他一個人在天井低頭咕嚕著什麼。他沒有送你去醫院，酒精中毒的他，連走出馬路都慌張。那實習醫生把你抱進了三等病房，你躺在床上，聽到床腳每隔一些時候就烘響起來的電爐，在冬日缺乏陽光的病室為你傳來溫暖。由於你那次的開刀，母親終於買下了躊躇良久的那電爐，而多賒了一個月的木炭錢。

第二年輪到母親入院，父親又喝得爛醉，以致母親死在病院，他還在家裡泥成一團，不省人事。那實習醫生突然蹲下來，為母親轉大了床下的電爐，然而母親的身子已經失去血溫，開始冰涼了。

而青年的實習醫生已經到了非自毀不可的地步。

每次醫院死了病人，生命就在他蒼白的體內耗損。發抖的雙手快要抓不住胸前的聽筒了。寒冷的冬天，他，剛剛茁生細髭的實習醫生，隨時喘著一口粗氣，在自己的臉前，呵成一團一團的白霧。他緊緊啃噬著自己。他會突然揹負著一雙熱狂的眼睛，沿著病院的通道，急急離去。那變得絲毫沒有疑慮的腳步，好像要奔過去迎接痛苦。生命像一陣風，不經意就吹落一把嫩葉。

中學時代的一次朝會，在跟著呼喊萬歲的口號中，無意間頭頂上綻出了一片溫暖的冬陽而想起了幾年前的這實習醫生，使你的口號一時壓過了別人全部的喊聲。你突然感到他每次走進病房來的臉總是像月光一樣的柔弱。一時的興湧，使你在隊伍裡由衷地向空中喊出了：

「萬歲。萬歲。」

日後你會知道這樣的一個人，作為醫生是不可能勝任愉快的。你也會知道，這樣的醫生，就是作為一個人，也還是不可能勝任愉快的。

偶爾推算起來，這個醫生，倘還在人間，早已是過了五十的人了。他早該是人家的父親了。每一想起，你就對自己說，他，此時此刻，正在泅渡著他的生命。正在演算著眼前的一道難題。他的一生，注定要比別人度得格外艱辛。他那麼熱愛著牆角的一片空地。

你終於準備出國。房東在樓梯口的暗角抓住了你的手。他緊緊握著說你這正是如日中天，前途無量。他還祝福你留學成功，將來金玉滿堂。熄滅了枱燈，意識才醒覺過來。美國中西部無趣的冬景已經在窗外沉睡。你拉上了窗簾，全室的黑暗總在深夜裡為你照亮了家鄉的那片窗。

母親死後，父親才想到要刮去戰時在玻璃窗貼上的防震棉紙。秋日的午後，陽光從洗淨的窗口移出去，穿過玻璃你可以看到浴在薄暮中的一排違章建築。鄰居在屋頂上放著晚前鴿，一陣一陣撲拍從頭上繞過，為你提醒著什麼。你沿著一條陰溝急急走出小巷。夕照中家家把煤球放在門前起火。你在街上毫無目的地兜轉，直到夜色中出現了幢幢的樓影，炭火在污穢的暗巷飛出星點。

冬天正在降臨。站在公寓的窗口你看著一群黑人沿街走過。咯咯的笑聲響徹在小城安靜的柏油路上。美國，早已成為這些人的家園。他們穿過馬路的腳步不因冬日而沉重，那富於彈性的起伏，彷彿隨時踏在音符上。只要有陽光，他們的皮膚就會發亮。遠遠望去，宛如一匹匹美麗的馬，在這塊偉大的新大陸隨著飛起的塵埃載沉載浮。

你沿著街道走下去。榆樹的葉子已經脫落，天空無限。順著火車站的月台一直走下去，離開住宅夾道的鎮區，最後經過放著寒假的小學，你就完全脫離人群，步入了一片空地。異國，松林掩遮了小鎮，河水淺下去，露出了涸鏽的河床。你邊走邊思索著手上的論文，也來回推敲著指導教授最近的觀點。這些年來，你一直以為不必為這種文章倉卒其事。如今再不完成，可就連眼前這個臨時教職都要保不住了。

偶爾一點微光出現在眼前，你以為這日夜糾纏的論文有了轉機。然而光線遁走，你看到的其實是白雪留在枯枝上。你得安於這個小鎮。畢竟這是消磨了這輩子不少時光的所在。這樣的流落異地，無論如何，再也不能說是生命中的一次意外了。小鎮的週末，你只有在無聊中翻讀著妹妹的舊信來打發時間。

在芝加哥分手，就再也沒見過他了。家裡的電話變得更其安靜。你發現自己一個人，無論走在路上或忙著手上的事，都不時在傾聽著他為人的沉默，彷佛感到那就是形上學最尊貴的雄辯了。你遲鈍的記憶，現在總是入冬以後才會甦醒。有一天，你剛起床，滿口含著苦澀，窗縫的冷氣侵入，你猝然撲進了他周身曾經散發的芳香。他清瞿憂愁的身影如今讓你相信，那是從搖籃裡一起帶大的孤獨。

那游移不定的眼神告訴你，他的身子，即使站立不動，也隨時在敏捷地旅行。那是一個夢想家。畢生的願望莫非就是將自己放逐到世界的盡頭。那年夏天，單單為了一片天空，他使盡了氣力也要打開你在紐約閣樓上的那片窗。

在家鄉，他整天徘徊在鎮上唯一的一條街上。

他的故鄉由幾個小村落圍成，依著山腰在陽光中總是孤零零的。鄉居的生活經常在山谷裡響起了回聲。在冰封千里的美國中西部他曾經那樣興致勃勃談起了幼時就熟悉的那聲音。

村婦的木桶擲進水井的聲音，早飯後穿過竹林的吆喝招呼，樹蔭下偶爾釘起棺材的聲音，在藍得令人發愁的家鄉的天空都有令人嚮往的回聲。聲音，一如光線，曾經照亮了他少年的鄉居生活。

他不能虛擲光陰。他不能偷懶。他這一輩子要做點事。他從小就這麼叮嚀自己。在一場溫暖的細雨裡，他走下鎮上唯一的那條街。才走了幾步路，就走到了街的盡頭。於是他轉過身來，想回去敲每一家的門。他要把屋裡走出來的每個人都滿滿抱起來嚎啕一場。

他在雨中踽踽獨行。病倒以後，他知道他的嗄嘔將殘留在身子裡，隨伴他一生。日子在他的身邊安安靜靜地度過。後來，他的村莊終於裝上了電燈。通電的那一夜，人人都瘋狂了，在空中他聽到令人毛骨悚然的反響。過了不久，家鄉的人看起臺北的報紙而有了報紙的那種想法，他就動了離鄉的念頭。

在車站，他擠進了後備軍人的汗酸裡，嗄龜立即發作了。故鄉，在別離以前突然從急駛的車窗給他現出了一張全然陌生的臉。

他這樣撤離世界，連自己都驚駭了。

在神學院後山的坡路上，他談起這件事，臉上還張羅著莫名的疑惑。

你有意登高。為此你總是一早就離開了公寓。

他離去以後，你才想到要學著用他的眼睛來凝望世界的盡頭。

你穿過荒廢的小學，走出那片空地，來到斜坡上。

你耐心等候著景致在你面前徐徐展開，有如他的記憶。

泥土、枯樹、遠屋……冬冷的天空是頑冥的，雲的遲鈍壓迫你的胸口。每次爬上坡地，你總以為一切都會寫在曠野上。而落盡秋葉的枝椏為你揭開了友情的浩瀚。你的身邊細風鑽骨，薄靄如煙，你找不到陽光的中心。每天只有晌午的時光，太陽才斜斜掠過。人影早已絕跡，土地凝重，遍野覆蓋著白雪。美國整個中西部被遺忘在人間之外。你相信自己已經完全適應了這個寓居的世界。你牢牢記住了那句名言：只要能夠生活的地方，就可以好好活下去。他不在身邊了，你才恍然，無事流眄風景原要比生活本身重要。他曾經那樣迷戀過神學院後面那列修長的田野。他對天色的凝睇，漫悠悠的散步，那毫無緣由的懸念，可又無時不在折減他的生命。他不顧肺葉的作痛，讓冷冽的空氣流遍全身，他寧願摀著嘴在風中咳嗽，也要裹緊大衣毅然走向山坡。那孤單的身影每次浮現在曠空，彷如地平線上吊起的月牙。你和他匆匆幾次的相會，如今已成為往昔豐盛的歡宴，使你在入冬的獨身生活中聞到了節日的薰香。景致終於在你眼前涵涵展開。田野，那咧著微笑的敗落，使你安於親狎。天空漸漸有了牡蠣般的暖色。在你纏綿的凝望中，冬景的疏落到處是雍容的富泰和壯麗，有如盛世。你突然灼見了他那一向都是憂愁的眼神，原是飛躍著開滿了家鄉五月桃花的斑彩。這樣的驟醒，宛如自天而降的喜悅，耀眼欲眩。你站在曠野的面前，一陣痙攣的虛脫，兩腿再也撐不住你的身體了。風景折磨著人。剎那的神往，令你筋疲力竭有如交歡。在這異國的冬季，在這廣闊無垠的曠空，你知道除了自己，身邊已無熟人，除了等待一場風雪的來臨，別無想望。是的，不久皓雪即將到來，紛飛在眼前的平野上。每年都是一樣的。雪將挾著北風如瘋婦般嘯嚷，然後就無聲無息將這塊平原隱埋。這個雪季，你不知怎樣度過去。對於冬天，你可是越來越束手無策了。在被一場大風雪冰封以前，在你還未懊悔自己的生活以前，就在此時此刻，你只想藉著一陣痙攣的醉湧，躍入枯枝的搖盪中，讓曠野的一股溫暖裹抱。噢，精神倘能移動物質……。隨後，風浪將會平息，空間將會啞然無聲，這時雲空是多餘的了，一切變成記憶般在起伏。這酣醉有如千年的祝福。而他在神學院苦苦追逐的莫非就是這個形上學。

你興奮之餘，自以為已經了解了他一向的懷抱，直到那一天……

你接到妹妹從臺北寄來的食品。你打開一箱生力麵，正要把包裝的報紙擲掉，而你的貓以為那是一場嬉戲。牠早就苦苦在等待，這些日子你又冷落了牠。現在貓迫不及待跳進了紙堆，身上翻仰起來，腳爪在空中抓弄，做著急於抱玩的動作。紙張清脆，在牠的翻滾中不斷發出嘶嘶的裂聲。你無意間看到被貓爪撕下來的一塊報紙上，在一個不顯眼的角落裡，登著他的一則消息：他因涉嫌叛亂，被判刑入獄。

作者簡介與評析

郭松棻，一九三八年生於臺北，二〇〇五年病逝於美國。臺大外文系畢業，柏克萊加州大學比較文學碩士，一九七一年放棄博士學位研讀，投入保釣運動。著有《雙月記》、《郭松棻集》、《奔跑的母親》，生前最後一篇作品〈落九花〉二〇〇五年於《INK文學生活誌》刊出。作品量少而精緻，以抒情含蓄的筆法側寫時代傷痕或情慾流動，內蘊形上思索，重視意象所交染浸浴的境界，具有現代主義文學的特質。乍看複雜，實則是採取了較為迂迴的敘述路徑，往往能從細美的心理描寫襯托出暴烈的政治或情感本質。

〈草〉即是承繼了郭松棻一貫的寫作手法，描摹一段同性戀情，在那些蒼白的、不確定的、病態的氛圍之中，這隱密的情慾如同小說中所觸及的對存在本身的形上思索一般，在流動的回憶中忽隱忽現：異國求學生涯的蕭索，親近或疏離均難以精確量測的人際，在歷史或哲學中難以求竟的生命終極答案，豐盛的愛也難以包覆的空虛。小說以「在一個不顯眼的角落裡，登著他的一則消息：他因涉嫌叛亂，被判刑入獄」作結，顯示出那始終不曾明晰的政治線索，投入政治以尋索一種抵抗、一條解答的途徑，終於把靈魂從隱形的監獄引向具體的囚禁。而唯一自由著的，或許就是纏綿的回憶，「你和他匆匆幾次的相會，如今已成為往昔豐盛的歡宴，使你在入冬的獨身生活中聞到了節日的薰香」。

延伸閱讀

1 王德威，〈秋陽似酒——保釣老將的小說〉，《眾聲喧嘩以後》（臺北：麥田，2002），頁388～393。

2 王德威，〈冷酷異境裡的火種——郭松棻的創作美學〉《聯合文學》第210期（2002年4月），頁32～36。

3 吳達芸，〈齎恨含羞的異鄉人——評郭松棻的小說世界〉，收入《郭松棻集》（臺北：前衛，1993），頁517～543。

4 許素蘭，〈流亡的父親．奔跑的母親——郭松棻小說中性／別烏托邦的矛盾與背離〉《文學臺灣》第32期（1999年10月），頁206～229。

5 黃錦樹，〈詩，歷史病體與母性：論郭松棻〉，收入《文與魂與體：論現代中國性》（臺北：麥田，2006），頁249~323。

二魚文化　人文工程　E042

【臺灣現代文學教程】

小說讀本 增訂版（上）

主　　編／梅家玲、郝譽翔
策　　劃／葉振富、梅家玲
編輯委員／方杞、方梓、王瓊玲、石曉楓、向鴻全、朱惠足、朱嘉雯、江寶釵、
吳達芸、呂正惠、李瑞騰、李翠瑛、施淑、洪珊慧、梁竣瓘、張素貞、
莊宜文、許秦蓁、陳翠英、陳憲仁、黃文成、黃錦珠、楊清惠、羅秀美
責任編輯／馮銘如
美術編輯／蔡文錦
校　　對／耿立予
副總編輯／黃秀慧

出 版 者／二魚文化事業有限公司
地　　址／116台北市文山區興隆路4段165巷61號6樓
網址　www.2-fishes.com
電話　(02) 29373288
傳真　(02) 22341388
郵政劃撥帳號　19625599
劃撥戶名　二魚文化事業有限公司

法律顧問／林鈺雄律師事務所
總 經 銷／大和書報圖書股份有限公司
電話 (02) 89902588
傳真 (02) 22901658

製版印刷／漾格科技股份有限公司
初版一刷／二〇一二年五月
初版五刷／二〇二三年三月
定　　價／四〇〇元
ISBN　978-986-6490-67-5

題字篆印　李蕭錕

國家圖書館出版品預行編目(CIP)資料

臺灣現代文學教程. 小說讀本 /
梅家玲, 郝譽翔主編. -- 四版. -- 臺北
市：二魚文化, 2012.05
432面；21*14.8　公分. -- (人文工程；
E042-1)
ISBN 978-986-6490-67-5(上冊：平裝)

857.61　　101008988

二魚文化